Tereza Vanek

Flucht aus Formosa

Roman

Bookspot
EDITION CARAT

1. Auflage

Satz/Layout: Martina Stolzmann
Covergestaltung: Nele Schütz Design, München
Lektorat: Andreas März
Korrektorat: Susanne Döllner

Druck: CPI – Clausen & Bosse, Leck
Made in Germany
ISBN 978-3-95669-174-4
www.bookspot.de

Formosa (heute Taiwan), um 1640, Maßstab o. A.
Die Kartendarstellung ist nicht, wie heute üblich, nach Norden ausgerichtet. In dieser Abbildung zeigt der Nordpfeil nach unten.

1. Kapitel

Tayouan, Formosa, 1663

Sie hat Füße so groß wie ein Mann«, hörte Sophie die erste Frau von Zheng Jing, dem ältesten Sohn Zheng Chenggongs, sagen und blieb regungslos über ihre Stickerei gebeugt sitzen. Noch ahnten die meisten hier nicht, dass sie die chinesische Sprache mit jedem Tag besser verstehen konnte. Sie hatte sich an ihren Lieblingsort in der Palastanlage zurückgezogen, eine kleine, schmucklose Pagode hinter dem Gebäude, wo ihr eine kleine Kammer zugewiesen worden war. Meist blieb sie dort unbehelligt, da die anderen Frauen, mit denen sie sich ihr Haus teilte, stets versuchten, dem neuen Herrscher oder seinen Familienmitgliedern zu begegnen und deren Aufmerksamkeit zu wecken.

Sophie, der es nach einem Jahr Gefangenschaft immer noch schwerfiel, sich in dieser chinesischen Welt zurechtzufinden, genoss hingegen jede Möglichkeit, eine Weile unbeobachtet zu sein. Nun war sie durch das unerwartete Auftauchen von drei Frauen, die sich sonst niemals hierher verirrten, in ihrer Ruhe gestört worden. An den kunstvoll verzierten Seidenroben hatte sie gleich erkennen können, dass es sich um Mitglieder der Herrscherfamilie handeln musste. Von der letzten großen Feier im Palast, an der sie hatte teilnehmen müssen, wusste Sophie sogar, welche Rolle diese drei in der weitverzweigten Familie Zheng einnahmen, auch wenn sie ihre Namen nicht kannte.

Zheng Jings Gemahlin war klein und zerbrechlich wie eine Porzellanfigur. Die erste Nebenfrau hatte mehr weibliche Rundungen und trug viel Schminke im Gesicht, als wollte sie sich hinter einer Maske verstecken. Die jüngste Frau in der Runde war auch die unscheinbarste. Zheng Jings Schwester verzichtete auf auffälligen Schmuck und Farben. Ihr Körper war so mager, dass Sophie bei ihrem Anblick Mitleid verspürte.

Aber durfte jemand, der wie eine seltene Tierart begafft wurde, überhaupt etwas empfinden? Falls doch, dann waren diese Gefühle unwichtig.

Sophie versuchte, die drei Eindringlinge zu ignorieren, doch ihre Hoffnung, sie würden wieder gehen, erfüllte sich nicht. Die Frauen nahmen auf der Bank in der Pagode Platz, als sei dies ihr bevorzugter Aufenthaltsort.

»Das gelbe Haar ist unnatürlich«, sagte die Konkubine nun. »Kein gewöhnlicher Mensch hat so eine Haarfarbe. Sie muss eine Dämonin sein.«

Sophie hatte sich in den letzten Monaten oft nach eben jenen übersinnlichen Kräften gesehnt, die ihr immer wieder unterstellt wurden.

»Die Ozeanbarbaren hatten rotes Haar, heißt es«, mischte sich nun die Schwester des neuen Herrschers ein. »Vielleicht hat die Sonne auf dieser Insel es ausgebleicht. Ich glaube, sie ist eine ganz gewöhnliche Frau. Sonst wäre sie schon längst in ihre Heimat geflohen. Eine Dämonin kann man nicht einsperren.«

»Vielleicht will sie gar nicht weg«, wandte die Konkubine ein. »Vielleicht ...« Sie beugte sich vor und redete leise weiter: »Vielleicht bleibt sie hier, weil sie uns schaden möchte.«

Drei Augenpaare bohrten sich in Sophies Rücken. Sie zog entschlossen den Faden durch das in einen Rahmen gespannte Baumwolltuch. Das Sticken war eine der wenigen Freuden, die sie in ihrem neuen Zuhause gefunden hatte. Sie vermochte inzwischen schöne Bilder von Blumen und Tieren anzufertigen. Jener griesgrämige Alte mit Fistelstimme, der alle Frauen hier schikanierte, mochte Sophies Arbeiten und konnte sogar ein klein wenig freundlich werden, wenn er ein neues Werk an sich nahm. Wohin er die Stickereien brachte, wusste Sophie nicht. Aber sie ahnte, dass ihr Geschick mit der Nadel der Grund war, warum sie noch nicht als Dienstmagd eingesetzt worden war wie einige andere gefangene Holländerinnen.

»Was auch immer sie ist«, sagte nun die Gemahlin und winkte eine Dienstmagd heran, um sich ein Tablett mit Leckereien bringen zu lassen. »Sie ist hässlich. Ich verstehe nicht, warum unser edler Herr Zheng Chenggong sie unbedingt in seinem Haus haben wollte.«

»Als Zeichen seines Sieges«, meinte das magere Mädchen. »Sie war die Tochter seines Feindes. Deshalb ist sie jetzt hier.«

Wieder wandten mehrere Augenpaare sich in Sophies Richtung. Sie duckte sich instinktiv. Manchmal war sie von den Frauen der Familie Zheng angeschrien oder gar mit faulem Obst beworfen worden, weil sie irgendeine der zahllosen, ihr unbekannten Regeln verletzt hatte, nach denen das Leben in dieser hierarchisch gegliederten Gemeinschaft ablief. Sophie war daher meist bemüht, sich wie eine Statue ohne Gedanken und Gefühle zu verhalten. Jene Trophäe, als welche sie gerade bezeichnet worden war. Vielleicht würden die Frauen ihre Existenz mit der Zeit einfach vergessen.

»Su Fei!«, rief die Schwester des neuen Herrschers aber nun. Es klang, als rufe sie nach einem der Schoßhunde. Sophie zögerte einen Moment, dann beschloss sie, dass sie sich wohl oder übel zu der Rednerin würde umdrehen müssen.

Das junge Mädchen hatte ein schmales Gesicht mit so kleinen Augen, dass sie an bloße Striche erinnerten. Der Mund hingegen war ein breiter, grob gezeichneter Balken. Die Proportionen passten nicht, alles wirkte wie willkürlich zusammengeworfen. Obwohl Sophie nicht wusste, welche Frauen bei den Chinesen als schön galten, ahnte sie, dass diese nicht dazugehörte.

»Was wünscht Ihr?«, fragte Sophie leise. Mit den Bediensteten hatte sie schon manchmal auf Chinesisch gesprochen und war zu ihrem Erstaunen verstanden worden. Nun landete die Teetasse der Konkubine klirrend auf dem Tisch, den die Bedienstete aufgestellt hatte. Die erste Gemahlin stieß einen Schreckenslaut aus, als hätte sie eine Statue oder einen der Hunde reden hören.

»Möchtest du Tee?«, fragte die Schwester des Herrschers sehr langsam. Als Einzige in der Runde schien sie nicht völlig fassungslos, dass eine Holländerin des Chinesischen mächtig sein konnte. Sophie bejahte und war überrascht, als ihr von der Rednerin selbst eine Tasse entgegengehalten wurde. Sie hatte keinen Henkel und war aus sehr dünnem, fast durchscheinendem Porzellan. Sophie bedankte sich und führte sie vorsichtig an ihre Lippen. Bisher hatte sie nur in Gegenwart von Dienstmägden zu essen oder zu trinken gewagt, aus Angst, dabei irgendeine falsche Bewegung zu machen.

Sie wurde von den Frauen weiter angestarrt wie eine Geistererscheinung. Allein die unansehnliche Schwester des Herrschers wies recht entspannt auf ihre Stickerei.

»Das ist eine sehr schöne Arbeit.«

Sophie lächelte, biss sich gleich darauf auf die Lippen. Sie hatte vergessen, dass vornehme Chinesinnen niemals ihre Zähne zeigen durften.

Aber sie war keine Chinesin. Auch nicht vornehm.

»Blumen im Garten«, sagte Sophie in der Hoffnung, erneut verstanden zu werden. Es gab in dieser Palastanlage, die aus um verschiedene Höfe gruppierten Holzhäusern bestand, wunderschöne Teiche mit Seerosen und blühende Gartenanlagen.

Nun hielt das magere Mädchen Sophie eine Schale mit frischem Obst hin. Die frisch geschnittenen Mangostücke waren zu verführerisch, um sie ablehnen zu können. Sophie genoss den weichen, süßen Geschmack auf ihrer Zunge.

»Weißt du, wer ich bin? Kennst du meinen Namen?«, fragte die Schwester des Herrschers nun. Sophie versteinerte vor Schreck. Nun steckte sie in einer Falle.

»Ihr seid die Schwester des Herrn Zheng Jing«, brachte sie mühsam hervor. Nur wusste sie den Namen dieser Schwester nicht. Chinesische Namen klangen für sie immer noch alle sehr ähnlich.

»Ich bin Fenzhi«, sagte das Mädchen unerwartet freundlich. »Du kannst heute Abend in meinem Haus mit mir speisen. Ich würde gern mehr über die Ozeanbarbaren erfahren.«

Sophie neigte ergeben den Kopf, denn sie wusste, dass diese Einladung einem Befehl gleichkam. Ehefrau und Konkubine von Zheng Jing machten nun so völlig verblüffte Gesichter, dass Sophie kurz Triumph verspürte.

»Es schadet nicht, mehr von der Welt zu wissen«, sagte Fenzhi zu ihren Gefährtinnen. Beide lächelten auf jene den Chinesen eigene Art, hinter der alle möglichen Gefühle verborgen werden konnten.

Sophie wusste nicht, ob diese Einladung ihr weiteres Leben verbessern konnte oder ob sie gar Gefahr lief, es bald schon zu verlieren. Hinrichtungen waren im Palast keine Seltenheit. Gerade Untergebene konnten wegen eines geringen Vergehens zum Tode verurteilt werden. Dennoch durfte sie sich nicht weigern, die Wünsche der Schwester des Herrschers zu erfüllen. So wusch sie sich mit einer Karaffe Wasser, die in ihr winziges, fensterloses Gemach am hinteren Ende eines Hofes getragen worden war. Sie besaß einen einzigen, bodenlangen Rock aus Leinen, den sie schon bei ihrer Gefangennahme nach dem Sieg Zheng Chenggongs getragen hatte. All ihre anderen Kleidungsstücke aus dem früheren Leben waren mittlerweile völlig zerschlissen, sodass ihr zwei chinesische Blusen mit weiten Ärmeln gegeben worden waren. Sie wurden um die Taille gewickelt und zu einem Knoten gebunden, wiesen weiße Blüten auf blauem Untergrund auf. Sophie wechselte sie regelmäßig. Eines ihrer wenigen Privilegien bestand darin, dass sie Schmutzwäsche einem Dienstmädchen zur Reinigung übergeben konnte.

Die blauen Samtpantoffeln hatte sie selbst bestickt und war nun stolz, sie vorführen zu können. Ihr Haar band sie im Nacken fest, denn jene verspielten, mit Schmucksteinen verzierten Frisuren, die von den Konkubinen getragen wurden, waren ohne fremde Hilfe kaum fertigzustellen.

Eine Dienstmagd erschien, um Sophie abzuholen. In ihrer Hand lag eine jener roten Papierlaternen, die hier abends überall angezündet wurden. Sophie stand auf, um ihr mit einem flauen Gefühl im Magen durch die verwinkelte Palastanlage zu folgen. Die Mitglieder der Herrscherfamilie lebten am anderen Ende. Ihr wurde erst jetzt bewusst, wie groß dieser ganze Komplex war. Es mussten etliche Verwandte des neuen Herrschers hier untergebracht sein, die nun mit ihren Vertrauten in den verschiedenen Höfen speisten. Dort, wo Sophie hingebracht wurde, sah der Hof besonders prächtig aus und gewährte Ausblick auf einen riesigen Garten. Sie bemerkte außerdem eine kunstvoll mit exotischen Vögeln bemalte Pagode und eine goldene Statue, vor der Räucherstäbchen schwelten, die einen beißenden Geruch verbreiteten.

Die Dienstmagd brachte Sophie in einen Raum voll filigraner Vasen und Malereien auf Wänden und Möbelstücken. Alles hier schien kostbar, sodass Sophie bei jedem Schritt Angst hatte, ungewollt Zerstörung anzurichten. Die Gastgeberin saß an einem runden Tisch und winkte sie ungeduldig herbei.

»Ich hoffe, du bist inzwischen unser Essen gewöhnt.«

Sophie bejahte. Das Essen im Herrscherpalast war besser als alles, was sie jemals gekostet hatte.

»Nun, dann setz dich jetzt«, ordnete das magere Mädchen

an. Sophie vollführte zunächst eine tiefe Verbeugung, dann gehorchte sie.

Fenzhi trug nun eine Robe mit weiten Ärmeln aus hellblauer Seide. Das Haar war zu einem kunstvollen Geflecht auf ihrem Kopf geformt, doch konnte all diese Mühe nicht darüber hinwegtäuschen, dass es ihrem Gesicht an äußeren Reizen mangelte. Doch Sophie bemerkte nun den klugen Blick der winzigen Augen. Vielleicht war Verstand auch bei einer Frau wichtiger als Schönheit.

»Es freut mich, dass du meine Einladung angenommen hast«, begann Fenzhi. Wusste sie nicht, dass kaum jemand in diesem Palast gewagt hätte, diese abzulehnen?

»Ich fühle mich geehrt, dass Ihr mich sehen wolltet«, sagte Sophie mühsam auf Chinesisch.

»Warum sollte ich nicht?«, erwiderte Fenzhi. »Du bist ungewöhnlicher als die anderen Frauen hier. Männer darf ich ja nicht sehen, nur meinen Bruder, und der ist jetzt sehr beschäftigt.«

Sie lud sich etwas Reis und ein Fleischgericht auf ihre Schale. Sophie musterte etliche Schüsseln mit verschiedenen Speisen. Von allen ging ein starker, oft verführerischer Geruch aus. Sie hatte Angst, etwas falsch zu machen, daher beschränkte sie sich auf Reis und Fisch. Im Umgang mit Stäbchen hatte sie inzwischen genug Übung.

»Stimmt es, dass Holländerinnen frei herumlaufen dürfen?«, plapperte Fenzhi weiter. »Dass sie ihren Gemahl sogar vor der Hochzeit sehen dürfen?«

Sophie bejahte zögernd.

»Wir müssen nicht ständig im Haus leben. Natürlich gehen vornehme Frauen nicht allein nach draußen, sondern nehmen Begleitschutz mit. Den Ehemann dürfen wir vor der Trauung sehen, aber meistens nicht frei wählen.«

Zum ersten Mal nach langer Zeit überlegte sie, was wohl ihr

Los gewesen wäre, wenn Zheng Chenggong die Holländer nicht aus Formosa vertrieben hätte. Wäre sie dann schon eine verheiratete Frau? Hätte ihr Vater ein Mitglied der Garnison ausgewählt oder einen anderen Missionar?

Kurz verspürte sie Erleichterung, diesem Los entkommen zu sein.

»Dann habe ich ja Glück.« Fenzhi schlürfte geräuschvoll, während sie Suppe aus einer kleinen Schüssel trank. Sophie war bereits aufgefallen, dass dies unter Chinesen nicht verpönt war.

»Wer mich einmal gesehen hat, wird mich nicht unbedingt zur Frau wollen«, fuhr Fenzhi fort und lachte laut. Sophie wusste nicht, ob sie einstimmen sollte. Obwohl Fenzhis Tonfall nicht bitter gewesen war, klangen ihre Worte so.

»Ihr seid mit dem Herrscher der Insel verwandt«, wandte Sophie ein. »Viele Männer werden Euch zur Gemahlin wollen.«

»Ja. Dann stecken sie mich in ein Haus, das sie fast nie besuchen, und amüsieren sich mit ihren bildschönen Konkubinen.«

Fenzhi nippte an einem Becher Reiswein.

»Aber es hat keinen Sinn, zu klagen. So ist eben unsere Welt. Sag mir, Su Fei, wie gefällt es dir bei uns?«

Sophie musterte die kunstvolle Einlegearbeit auf der Tischfläche. Vögel und Landschaften hatten es den Chinesen wohl besonders angetan. Im Haus ihres Vaters in Davilo hatte ein holländisches Bild gehangen, das einen Wald mit Hirschen zeigte. Die Farben waren dunkler gewesen, die Darstellung breitflächiger. Mit Erschrecken merkte Sophie, dass sie viele Details davon bereits vergessen hatte. Bald würde sie nicht mehr genau wissen, woher sie eigentlich stammte.

»Es ist eine Ehre für mich, im Palast des Herrschers in Formo-, ich meine, in Taiwan leben zu dürfen«, murmelte sie in ihrem sicher nicht fehlerfeien Chinesisch.

Ihre Gastgeberin runzelte die Stirn.

»Des Herrschers, der deinen Vater hinrichten ließ?«

Sophie fuhr wie nach einem Hieb zusammen. Zu ihrem Entsetzen verspürte sie Tränen in den Augen. Wahrscheinlich wurde sie von diesem merkwürdigen Mädchen einer Art Prüfung unterzogen. Die erste Kunst, die selbst die niedersten Bediensteten in diesem Haushalt lernen mussten, war vollkommene Gefühlsbeherrschung.

Sie lief gerade Gefahr, in bewusst aufgestellte Fallen zu treten.

»Es herrschte Krieg zwischen Chinesen und Holländern«, erwiderte sie nach ein paar Atemzügen. »Da müssen Menschen manchmal sterben.«

Die wenigen gefangenen Holländer, mit denen sie im Herrscherpalast hatte reden können, hatten ihr erzählt, dass man ihren Vater als Helden verehrte, weil er den Tod der Unterwerfung vorgezogen hatte.

Aber Sophie verspürte manchmal Bitterkeit, wenn sie an den großen, lauten Antonius Hambroek dachte, den wichtigsten aller holländischen Missionare. Warum hatte er ihre Schwester Emma und sie in dem kleinen Ort Davilo zurückgelassen, um sich in politische Fragen einzumischen? Warum war er später nicht wenigstens bei ihr in Fort Zeelandia geblieben, als es schon belagert wurde? Er hatte seine Töchter ihrem Schicksal überlassen, weil seine Missionsarbeit und die Sicherung der holländischen Herrschaft über Formosa ihm wichtiger gewesen waren.

»Wir Frauen können selten über unser Leben bestimmen«, redete Fenzhi weiter. »Mein Vater brachte mich auf diese Insel, weil er sie erobert hatte. Dabei liebte ich unseren Palast in Xiamen. Hier leben sehr viele Wilde, die Menschen ihre Köpfe abschneiden. Ich weiß auch nicht, wen ich eines Tages heiraten werde, wenn wir doch mit den neuen Herrschern von

China zerstritten sind. Aber ich habe alles hingenommen, wie es sich gehört. Du tust es auch. So anders können Holländer also nicht sein.«

Zufrieden, eine so kluge Schlussfolgerung gezogen zu haben, trank sie nochmals Reiswein. Erst dann fiel ihr auf, dass Sophies Becher leer war. Sie schenkte ihr persönlich ein.

Sophie überlegte, dass sie selbst hier aber eine Gefangene war und nicht die Schwester des neuen Herrschers. Aber Fenzhi verhielt sich so freundlich, dass die Fesseln der Rangordnung auf einmal weniger stark in Sophies Fleisch schnitten.

Sie leerte ihren Becher Reiswein. Im Haus ihres Vaters hatte sie beim Abendmahl manchmal Wein zu trinken bekommen, doch seitdem sie in diesem Palast lebte, waren ihr nur Wasser oder Tee vergönnt.

Nun erleichterte eine wohlige Berauschtheit ihr Gemüt.

»Ich weiß nicht einmal, welche Rolle ich hier habe und warum man mich gefangen hält«, sagte sie frei heraus. »Ich sollte die Geliebte des Siegers werden, aber ich bekam ihn niemals zu Gesicht. Seit seinem Tod lebe ich in einer kleinen Kammer und sticke Bilder, weil ich keine andere Aufgabe habe.«

»Nun, so geht es vielen Konkubinen und auch manchen Ehefrauen«, erwiderte Fenzhi unbeirrt. »Bei euch Holländern muss das anders sein, sonst würdest du dich nicht wundern.«

»Bei uns hat ein Mann nur eine Frau. Sie führt den Haushalt und dort wohnen keine anderen Frauen außer Verwandte oder Bedienstete«, erklärte Sophie. Das Gespräch begann, ihr unerwartete Freude zu bereiten.

»Das heißt, der Mann kann keine andere Frau haben?«, fragte Fenzhi erstaunt. »Selbst wenn er eine wie mich hat, die ihm nicht gefällt?«

Sophie versicherte, dass dem so wäre. Auch ungeliebte Ehefrauen konnten nicht einfach ausgetauscht werden. Dann fiel ihr wieder ein, wie wichtig es in diesem Palast war, den richtigen Leuten angemessen zu schmeicheln. Sie durfte sich nicht zu sehr in Sicherheit wiegen, nur, weil ihre plötzliche Freundlichkeit gezeigt wurde.

»Ich seid eine ausnehmend kluge Frau. Euer späterer Gemahl wird darüber sicher erfreut sein«, sagte sie und war stolz auf ihren Einfallsreichtum.

»So. Das meinst du.«

Fenzhi nagte nachdenklich an einem Hühnerknochen.

»Von einem Mann, der die Klugheit seiner Frau schätzt, habe ich bisher noch nichts gehört. Es ist stets von Schönheit oder Gehorsam oder dem Gebären von Söhnen die Rede. Darauf kommt es bei Frauen an. Ist das vielleicht bei euch Holländern anders?«

Die junge Chinesin sah fast hoffnungsvoll aus, als wünsche sie sich, von einer Welt zu hören, die nicht nach diesen Regeln ablief.

Nun erkannte Sophie, dass sie sich selbst eine Falle gestellt hatte. Der Vater hatte die Unterstützung seiner älteren Tochter Emma bei seiner Missionsarbeit befürwortet, jede ihrer Eigenwilligkeiten aber mit Missfallen betrachtet. Von einer Ehefrau hätte er vor allem erwartet, dass sie sich seinen Weisungen fügte. Wenn sie ihm Söhne geboren hätte, die er von seiner ersten, früh verstorbenen Gemahlin nicht bekommen hatte, wäre er ausnehmend froh gewesen.

»Ich fürchte, bei uns ist es nicht wesentlich anders«, gab sie zu. »Aber ich glaube … ich hoffe, es gibt dennoch Männer, denen eine kluge Frau gefällt. Meine Schwester hatte in Davilo … also dem Dorf, wo wir früher lebten, einen Verehrer aus dem Volk der Siraya. Der mochte sie so, wie sie war, und Emma, also meine Schwester, die hatte schon immer ihren eigenen Kopf.«

Vielleicht gab es bei den Siraya jene andere Welt, nach der Fenzhi sich sehnte. Nur betrachtete sie die Ureinwohner als

Wilde und würde sicher keinen von ihnen heiraten. Emma war nicht nur klug, sondern auch verrückt gewesen. Die Sehnsucht nach ihrer Schwester wurde plötzlich so heftig, dass Sophie Tränen wegblinzeln musste.

Es erstaunte sie, auf Fenzhis Gesicht plötzlich Mitgefühl zu erkennen.

»Du vermisst deine Schwester, nicht wahr?«

Sophie nickte.

»Wir standen uns immer sehr nahe. Ich … ich würde sie so gern wiedersehen. Sie unterrichtet in dem Dorf der Siraya.«

Ob die Schwester des neuen Herrschers ihr eine Reise dorthin ermöglichen konnte? Sie wagte es kaum zu hoffen, wollte aber wenigstens einen Versuch wagen.

Fenzhi lehnte sich auf ihrem Stuhl zurück und schob mit ihren Essstäbchen Reiskörner auf ihrer Schale herum.

»Ich verstehe, dass du mich um einen Gefallen bittest, aber ich weiß nicht, ob ich ihn erfüllen kann«, sagte sie dann. »Die Schulen der Holländer sollen geschlossen werden. Mein Bruder will sich um diese Insel kümmern, statt den Krieg gegen die Qing in China weiterzuführen, denn der ist verloren. Nun soll hier das letzte Reich der Ming entstehen. Euch Holländer braucht er da nicht.«

Enttäuscht senkte Sophie den Kopf. Wenn keine Holländer gebraucht wurden, weshalb war sie dann noch hier?

»Aber ich habe auch gute Nachrichten für dich«, fuhr Fenzhi fort. »Mein Bruder will auch die Geschäftsbeziehungen zu den Ozeanbarbaren erneuern. Er verhandelt gerade mit den Holländern in Batavia über den Freikauf von Gefangenen.«

Eine Welle der unterschiedlichsten Gefühle rollte durch Sophie und erschwerte es ihr, eine gefasste Miene zu wahren. Auf Freude, Hoffnung und Erleichterung folgte auch Angst. Was wäre, wenn sie nicht zu den Auserwählten gehörte? Oder wenn sie ihre Schwester für immer auf Formosa zurücklassen musste?

»Werde ich deshalb hier festgehalten?«, fragte sie mit mehr Offenheit, als sie bisher gewagt hatte. »Es braucht mich doch niemand in diesem Palast.«

»Dieser Palast ist voller Leute, die niemand wirklich braucht«, erwiderte Fenzhi. »Aber du hast wohl recht. Mein Bruder liebt seine Aufgaben als Herrscher dieser Insel. Aus Frauen macht er sich nicht viel. Auch deine gelben Haare beeindrucken ihn nicht. Er hofft, dich gegen Zugeständnisse eintauschen zu können. Würde es dir gefallen, wieder von hier wegzukommen?«

Sophie bejahte ohne Zögern. Seit sie denken konnte, war ihr Traum eine Rückkehr nach Holland gewesen und die Ehe mit einem Mann aus ihrer Heimat.

»Dann werde ich dir sofort Bericht erstatten, wenn ich etwas Neues weiß. Mein Bruder unterhält sich gern mit mir. Er sagt, ich habe mehr Verstand als seine Gemahlinnen. Aber das liegt wohl nur daran, dass ich ihm keine Söhne gebären muss. Sonst hätte ich auch andere Sorgen, als mir seine Reden über die Verwaltung dieser Insel anzuhören.«

Fenzhi sah dennoch stolz aus, so wichtige Neuigkeiten weitergeben zu können.

»Ihr habt mir einen großen Gefallen getan«, sagte Sophie. Zum ersten Mal an diesem Abend redete sie mit völliger Ehrlichkeit.

»Das freut mich«, erwiderte Fenzhi. »Ich war mir nicht sicher, ob du wirklich gehen willst, denn viele Frauen träumen von einem Leben im Palast des Herrschers. Aber ihr Holländer seid wohl anders.«

Von dieser Vorstellung schien sie regelrecht besessen. Sophie erhielt einen weiteren Becher Reiswein, den sie mit Genuss leerte. Auf einmal hatte sie Lust, zu singen und zu tanzen, wie es die Siraya in Davilo gerne taten. Die Aussicht, nach Holland zurückkehren zu können, riss sie aus der Gleichgültigkeit, in die sie in diesem Palast verfallen war. Auf einmal hatte ihr Leben wieder ein Ziel.

»Kennst du Holland?«, fragte Fenzhi.

Sophie verneinte nach kurzem Überlegen.

»Ich wurde dort geboren, aber als ich ein kleines Kind war, fuhren wir nach Batavia und später hierher. Dennoch ist Holland meine Heimat.«

»Eine Heimat, die du also nicht kennst«, stellte Fenzhi fest. »Ich hoffe, du wirst nicht enttäuscht sein, wenn du dort bist. Aber ich habe eine Bitte an dich.«

Sophie lauschte ungläubig. Was konnte die Schwester des Herrschers von ihr haben wollen? Sie würde dieser unansehnlichen Chinesin sogar ihre Seele versprechen, wenn sie dafür erfahren konnte, wann sie nach Holland heimkehren durfte.

»Schicke mir Briefe, wenn du in deiner Heimat bist«, forderte Fenzhi. »Es wird dauern, bis sie ankommen, aber da mein Bruder den Handel zwischen unseren Nationen wieder aufleben lassen will, werde ich sie irgendwann bekommen. Dadurch erfahre ich etwas mehr von der Welt, obwohl ich sie nicht sehen darf.«

Sie beugte sich wieder über ihren Teller und sortierte die Reiskörner. Auf einmal schien sie Sophie bemitleidenswert, denn für sie gab es keine Möglichkeit, dem Gefängnis zu entkommen, in das Chinesen ihre Frauen sperrten.

»Es wird nicht leicht sein, von Holland aus Briefe nach Formosa zu schicken, aber ich werde es versuchen«, versprach sie. Ihr war klar, dass sie dies tatsächlich tun würde, auch wenn Fenzhi noch zu Beginn dieses Tages eine seltsame Fremde für sie gewesen war.

Dann überlegte sie weiter. »Ich beherrsche die chinesische Schrift nicht. Könnt Ihr die unsere?«

»Ich würde sie gern kennenlernen«, erwiderte Fenzhi. »Und dir zeige ich unsere Schriftzeichen. Wir fangen morgen damit an. Meine Dienstmagd wird dich holen, halte dich bereit.«

Mit einer Handbewegung forderte sie eine der Bediensteten auf, nun den Tisch abzuräumen. Sophie stand auf, verbeugte sich nochmals und sprach angemessene Dankesworte für die Einladung aus.

Als sie durch die bereits von Laternen erleuchtete Anlage wieder in ihre kleine Kammer zurücklief, überkam sie zum ersten Mal seit ihrer Gefangennahme ein Gefühl der Zuversicht.

Diese merkwürdige Fenzhi war wie ein Stern am Horizont, an dem sie sich orientieren musste, wenn die Schwermut sie niederdrückte.

Am nächsten Tag wurde sie tatsächlich zum Unterricht abgeholt. Fenzhi erwies sich als sehr gründlich und hartnäckig in den Versuchen, ihr die eigenartige Zusammensetzung chinesischer Schriftzeichen zu vermitteln. Die Pinselstriche mussten in einer vorgegebenen Reihenfolge ausgeführt werden, manchmal erinnerten sie sie vage an den Gegenstand, den sie darstellten, oft aber nicht. Die Kunst des Schreibens wurde durch stetes Kopieren der Zeichen erlernt, eine monotone Aufgabe, die aber viel Aufmerksamkeit erforderte. Sophie bemühte sich, eine fleißige Schülerin zu sein, musste aber immer wieder daran denken, wie viel besser Emma einer solchen Aufgabe gewachsen wäre. Nach einer kurzen Unterbrechung, um Tee zu trinken und an Sesamgebäck zu knabbern, sollte nun der Unterricht in holländischer Sprache beginnen.

Sophie beschränkte sich darauf, Fenzhi einige Sätze nachsprechen zu lassen. Das schaffte diese recht schnell und viel besser, als Sophie es mit der chinesischen Sprache vermocht hatte. Ihre winzigen Augen funkelten wie schwarze Edelsteine vor Begeisterung, eine neue Sprache meistern zu können. Das spornte auch Sophie an. Sie malte das lateinische Alphabet auf eine Papierrolle und gab sich Mühe, der Chinesin das Prinzip dieser Schrift verständlich zu machen. Nun dauerte es länger, bis sich der erste Erfolg einstellte, aber Sophie ahnte, dass dies eher an ihrem mangelnden Talent als Lehrerin lag denn an Fenzhis Begriffsvermögen.

Emma hätte es besser gemacht. Eine solche Aufgabe hätte sie als Herausforderung gesehen.

»Es sind Laute«, rief Fenzhi schließlich aufgeregt. »Die Zeichen haben keine Bedeutung, man muss nur ›Ah‹ machen wie ein Esel oder ›Schschsch‹ wie eine Schlange. So setzt sich das Wort zusammen!«

»Ihr habt recht«, stimmte Sophie erstaunt zu und begriff, dass sie auf eben diese Weise bei der Erklärung hätte vorgehen müssen. Aber nun hatte Fenzhi das Prinzip erfasst, also konnte ihr Unterricht so völlig schlecht nicht gewesen sein.

»Ihr macht das Schreiben einfacher«, sagte die Chinesin, als die Bediensteten ihnen ein Abendessen gebracht hatten. »Diese wenigen Zeichen, das kann fast jeder recht schnell lernen. Und man kann sogar eine Sprache, die man nicht versteht, aufschreiben, indem man die Laute wiedergibt.«

Wieder aßen sie zusammen und tranken Reiswein. Fenzhi erzählte von ihrer Kindheit als Tochter Zheng Chenggongs. Die ständigen Kriege und daher notwendigen Ortswechsel hatten in ihr den Wunsch nach einem dauerhaften Zuhause geweckt.

»Ich dachte manchmal, dass wir eines Tages im Kaiserpalast in China leben. Aber nun sitze ich auf dieser Insel, wo laut meinem Vater nur Gras wächst. Aber so schlecht ist es hier nicht, mein Bruder hat es begriffen. Wo nichts ist, kann man Neues erbauen.«

Sophie musste an die Menschen in Davilo denken, ihre Hütten, Götterstatuen und alten Traditionen. Es gab durchaus mehr als nur wild wachsendes Gras auf Formosa, doch wer sein Leben hinter Palastmauern zubrachte wie Fenzhi, konnte nichts davon mitbekommen.

Eine Weile später trat sie vom Reiswein wohlig berauscht den Rückweg in ihre Behausung an. Inzwischen bewegte sie sich recht gelassen in dieser chinesischen Welt, denn ihre Bekanntschaft mit der Schwester des Herrschers verlieh ihr ein Gefühl der Sicherheit. Sie erreichte den kleinen Hof, den sie bewohnte, betrat ihr Haus und sah zu ihrem Erstaunen alle vier Mitbewohnerinnen versammelt vor der Schwelle zu ihrer Kammer sitzen. Für gewöhnlich hatten sie irgendwelche Aufgaben zu erledigen oder vertrieben sich die Zeit mit gemeinsamem Tratschen oder Würfelspielen.

Sophie kannte die Gesichter dieser Frauen, nicht aber ihre Namen. Sie war ihnen bisher weitmöglichst aus dem Weg gegangen und sie hatten ebenfalls kein Bedürfnis gezeigt, ihre Bekanntschaft zu machen.

»Speist du nun jeden Abend mit der Dame Fenzhi?«, fragte die älteste Mitbewohnerin des Hauses, die bereits ergrautes Haar hatte und füllig um die Hüften war.

»Wie hast du unsere Sprache gelernt? Ihr Barbaren könnt doch nur grunzen wie Schweine!«, fügte eine jüngere Frau dicht neben ihr hinzu.

Sie lachte. Die rundliche Alte stimmte mit ein, die drei anderen Frauen schwiegen. Sophie brach der Schweiß aus, aber sie wusste inzwischen, wie wichtig Selbstbeherrschung bei den Chinesen war. Höflich verbeugte sie sich.

»Ich habe mich, seit ich hier lebe, bemüht, eure Sprache zu lernen. Die Dame Fenzhi hilft mir nun.«

Die Alte runzelte die Stirn.

»Unser Herrscher mag dein gelbes Haar nicht. Der Dame Fenzhi gefällt es«, sagte sie und spuckte aus. Ihre jüngere Gefährtin lachte böse. Sophie hatte den Eindruck, dass die drei anderen Frauen verlegen aussahen, aber es fiel ihr immer noch schwer, chinesische Gesichtsausdrücke zu deuten.

»Ich weiß nicht, ob es mein Haar ist«, erwiderte Sophie. »Die Dame Fenzhi ist sehr gütig. Aber jetzt bin ich müde. Ich wünsche euch eine gute Nacht.«

Sie wollte an den Frauen vorbeikommen, um in ihre winzige Kammer zu flüchten, doch die füllige Alte versperrte ihr den Weg.

»Ich bin Shu Ma, eine Tante des Herrschers. Du schuldest mir Gehorsam. Ich sage, wann du schlafen gehst.«

Mühsam schluckte Sophie ihren Zorn herunter. Es wäre ungeschickt gewesen, sich aufzulehnen. Daher verbeugte sie sich nochmals.

»Ich bitte um die Erlaubnis, in meine Kammer zu gehen. Die Dame Fenzhi will mich morgen wiedersehen.«

Shu Ma stand auf, packte eine Strähne von Sophies Haar und roch daran.

»Es stinkt!«, rief sie. »Die Dame Fenzhi hat einen seltsamen Geschmack.«

Dann versetzte sie Sophie einen Stoß, der sie zu Boden fallen ließ. Eine kleine Götterfigur, vor der die Frauen regelmäßig Räucherstäbchen anzündeten, fiel ebenfalls um. Sophie vernahm einen Schreckenslaut, wusste aber nicht, welche Frau ihn ausgestoßen hatte. Während sie so schnell wie möglich wieder aufsprang, stellte sie auch die Figur wieder gerade hin.

»Ich möchte schlafen gehen«, wiederholte sie so gefasst wie möglich. Vorwürfe wegen der Art, wie sie behandelt worden war, konnte sie sich nicht erlauben.

Shu Ma musterte sie spöttisch. Ihre junge Gefährtin grinste. Die anderen Frauen hatten nun den Blick abgewandt.

»Sie sollte in Zukunft unsere Nachttöpfe leeren«, schlug die Freundin von Shu Ma vor. »Wenn sie doch schon danach riecht.«

Verzweifelt überlegte Sophie, welche Gründe sie vorbringen konnte, um dieser Aufgabe zu entgehen, als plötzlich eine der bisher schweigenden Beobachterinnen vortrat.

»Vergib mir, Shu Ma, aber wenn die Schwester unseres Herrschers diese Barbarin regelmäßig sehen will, sollten wir ihr keine anderen Aufgaben geben. Ihr Haar mag für uns übel riechen, aber es steht uns nicht zu, das Urteil der Dame Fenzhi anzuzweifeln.«

Shu Ma stieß ein Knurren hervor, aber zu Sophies Erleichterung entfernte sie sich ohne Widerspruch, gefolgt von ihrer jüngeren Gefährtin, die sich wie ihr Hündchen verhielt. Die anderen hier lebenden Frauen huschten schnell davon, als seien sie ebenfalls froh, dass es zu keinem größeren Konflikt gekommen war. Sophie wandte sich ihrer noch verbleibenden Retterin zu und bedankte sich.

»Shu Ma macht sich gern wichtig«, erwiderte die kleine, stämmige Frau leise. »Niemand weiß, ob sie wirklich die Tante unseres Herrschers ist. Sie behauptet es nur.«

Sophie fragte sich, wie diese alte Frau sonst in den Palast gekommen war. Aber ganz hatte sie die Regeln hier noch nicht begriffen.

»Ich bin Gushe. Wir haben bisher nicht miteinander gesprochen«, fügte die Retterin hinzu.

»Dann freue ich mich, dass wir es jetzt tun«, erwiderte Sophie.

»Niemand wusste, dass du reden kannst«, fuhr Gushe fort und musterte Sophie neugierig. »Es heißt, die Ozeanbarbaren schreien oder knurren nur.«

»Wir haben unsere Sprache. In der reden wir miteinander. Die eure beherrschen wir meistens nicht«, erklärte Sophie nachsichtig. Nicht jede Chinesin konnte über Fenzhis Verstand verfügen und diese Dinge ohne solche Ausführungen begreifen.

Gushe nahm diese Worte ohne Staunen hin.

»Möchtest du noch für eine Weile in meine Kammer kommen?«, bot Sophie ihr an. »Dort können wir ungestört reden.«

Sie hatte nicht mit sofortiger Zustimmung gerechnet, doch Gushe folgte ihr bereitwillig. In einer Kanne war noch Tee, den die Bedienstete Sophie morgens gebracht hatte. Er musste inzwischen kalt sein, aber mehr konnte sie Gushe nicht anbieten.

Sie setzten sich zusammen auf Sophies Schlafmatte und tranken aus schlichten Tontassen.

»Bist du zusammen mit Zheng Chenggong auf diese Insel gekommen?«, fragte Sophie.

Gushe, die breitbeinig dasaß, zog ein belustigtes Gesicht.

»Zunächst kamen vor allem Soldaten. Erst nachdem Taiwan erobert war, holten sie ihre Frauen. Mein Vater war ein unbedeutender Hauptmann. Er fiel in der Schlacht, angeblich als Held. Daher wurde ich in den Palast aufgenommen, denn sonst gab es keinen Ort für mich, wo ich leben konnte. Alle sagten, es sei eine Ehre. Ich hoffte, der Herrscher findet bald einen Mann für mich. Aber ich glaube, er weiß nicht mehr, dass es mich gibt.«

Vielleicht hatte Zheng Chenggong es noch gewusst, aber sein Sohn hatte andere Sorgen.

»Kannst du es der Dame Fenzhi morgen sagen?«, bat Gushe frei heraus. »Dass ich nicht in diesem Haus bleiben möchte, bis ich alt und biestig geworden bin wie Shu Ma. Zheng Jing will mich sicher nicht in seinem Bett. Aber vielleicht hat er einen Diener, der mit mir zufrieden wäre. Ich wünsche mir eine Familie.«

Es kam Sophie allzu ungerecht vor, dass ein so schlichter, natürlicher Wunsch unerfüllt bleiben sollte.

»Ich werde die Dame Fenzhi bitten, darüber mit ihrem Bruder zu reden«, versprach Sophie. Gushes Gesicht strahlte vor

Freude, bevor sie sich entfernte. Als Sophie sich schlafen legte, überkam sie ein fast vergessenes Gefühl der Zufriedenheit. Vielleicht würde sie von nun an anderen Menschen helfen können, wenn schon nicht sich selbst.

So wie ihre Schwester Emma es in Davilo getan hatte, wo sie die rechte Hand ihres Vaters gewesen war und sich während seiner häufigen Abwesenheit um alle Bewohner gekümmert hatte.

2. Kapitel

»Eine einfache Konkubine wünscht sich also einen Ehemann!«, meinte Fenzhi, während sie einen ihrer geliebten Melonenkerne knackend zerbiss. »Man merkt, dass du nicht bei uns aufgewachsen bist, Su Fei. Sonst würdest du mir das nicht erzählen. Es ist etwa so ungewöhnlich wie eine Ente, die in den Teich kackt!«

Sie zeigte beim Lachen nun ihre Zähne, die schief gewachsen waren. Sophie senkte den Blick. Sie hatte Fenzhi für klug und gütig gehalten, doch dieses Verhalten schien ihr boshaft.

»Es ist vielleicht gewöhnlich, aber dieses Mädchen ... sie lebt in unserem Haus, wo sie für niemanden wichtig ist, und hat nichts zu tun. Warum kann sie nicht heiraten?«

»Weil sie im Palast lebt«, erwiderte Fenzhi. »Sie ist eine der Frauen meines Bruders, auch wenn sie ihn wahrscheinlich niemals sehen wird. Er findet es schon anstrengend genug, seiner ersten Gemahlin Kinder zu machen. Seine große Liebe war die Amme seines jüngeren Bruders. Mein Vater duldete diese Beziehung nicht. Er ließ die Frau und das gemeinsame Kind töten, um Jing Gehorsam zu lehren. Das hat mein Bruder nie wirklich verwunden. In seiner Jungend hatte er viele Liebschaften, aber jetzt zieht er andere Beschäftigungen vor. Die neue Nebenfrau hat er nur genommen, um ihren Vater zu ehren. Obwohl sie wunderschön und kultiviert ist, durfte sie noch niemals sein Lager teilen.«

Sophie bediente sich an ihrer Reisschüssel. Das hervorragende Essen bei Fenzhi hatte ihrem Leben ein wenig Würze verliehen.

»Wozu soll ein Mann so viele Frauen haben, die er nicht einmal will?«, fragte sie. »Bei uns gilt es als Sünde, wenn ein Mann mehr als nur eine hat.«

»Ein merkwürdiger Brauch«, erwiderte Fenzhi nachdenklich. »Männer wollen so viele Nachkommen wie möglich zeugen. Da ist es besser, wenn sie mehr Frauen haben als nur eine.«

Sophie dachte an die Sitte der Siraya, die es Männern erst nach vollbrachter Leistung als Krieger erlaubte, überhaupt Vater zu werden. Die Welt war vielfältiger, als Fenzhi annahm.

»Aber das allein ist es nicht«, redete Fenzhi weiter. »Frauen müssen versorgt werden, da sie allein schutzlos sind. Auch aus diesem Grund ist es von Vorteil, wenn mächtige, reiche Männer mehr als nur eine Gemahlin haben. Deine Freundin Gushe wurde hier aufgenommen, weil ihr Vater im Dienst von meinem Vater starb. Sie hat ein Zuhause, genug zu essen und muss nicht hart arbeiten. Welchen Grund hat sie denn zu klagen?«

Im ersten Moment wusste Sophie keine Antwort. Alles, was ihr einfiel, war das Empfinden von Leere, das sie geplagt hatte, bevor der Unterricht mit Fenzhi begonnen hatte. Ein Leben, das kein Ziel und keinen Mittelpunkt hatte, weckte irgendwann den Wunsch, es schlafend zuzubringen. In der Hoffnung auf schöne Träume.

»Gushe möchte eine Familie, wie die meisten Menschen eine haben. Ich glaube, dann wäre sie auch bereit, manchmal hart zu arbeiten«, erklärte sie.

Fenzhi nagte nun wieder einen Hühnerknochen blank.

»Ich verstehe, dass sie es möchte. Aber ich kann ihr nicht helfen, es zu bekommen.«

»Aber könntet Ihr nicht …«, begann Sophie, wurde aber mit einer ungeduldigen Handbewegung zum Schweigen gebracht.

»Nein. Ich kann ihr keinen Mann herbeizaubern. Das könnte ich nicht einmal für mich selbst tun, wenn ich wollte. Ich werde auch nicht mit meinem Bruder darüber reden, weil ich ihn nicht langweilen möchte. Dieser Palast ist voller Frauen wie Gushe, die für den Rest ihres Lebens keine andere

Aufgabe haben werden, als es hier irgendwie miteinander auszuhalten. Aber sie sterben nicht an Hunger wie manch anderer Mensch.«

Sollte man allein dafür dankbar sein?, überlegte Sophie. Sie wusste nicht, ob sie dazu fähig wäre.

»Kommt es denn niemals vor, dass Frauen aus dem Palast vermählt werden?«

»Doch, es kommt vor«, erwiderte Fenzhi. »Manchmal werden sie Männern, die sich im Dienst des Herrschers hervorgetan haben, als Geschenk überreicht. Doch dabei handelt es sich entweder um Verwandte des Herrschers oder um besonders schöne, junge Frauen.«

Eine weitere Ausführung erübrigte sich. Gushe würde niemals als ein solches Geschenk ausgewählt werden, doch Sophie graute es davor, ihr diese niederschmetternde Botschaft überbringen zu müssen. Vielleicht würde sie mit der Zeit doch etwas ausrichten können, wenn sie immer wieder bei Fenzhi nachfragte. Es musste auch unbedeutende Männer geben, denen manchmal ein Gefallen erwiesen wurde.

»Was dich betrifft, so hat mein Bruder übrigens eine Nachricht nach Batavia geschickt«, sagte Fenzhi nun. »Du gehörst zu den bedeutenden holländischen Gefangenen, weil dein Vater ein wichtiger Mann war. Du siehst, es kommt immer auf die Väter an. Sie bestimmen unser Schicksal, auch wenn sie nicht mehr leben.«

Mit diesen Worten ging Fenzhi dazu über, wieder lateinische Buchstaben zu üben.

»Sie sagte, es wird nicht einfach sein«, teilte Sophie Gushe am Abend mit. »Aber sie wird es versuchen.«

Kurz schämte sie sich, weil sie die Wahrheit allzu sehr beschönigt hatte. Doch das Leuchten auf Gushes Gesicht versöhnte Sophie mit ihrer Lüge. Falls sie tatsächlich bald nach

Batavia fahren konnte, würde sie darum bitten, Gushe mitzunehmen. Für den Palast wäre es kein Verlust und sie selbst konnte sich in der holländischen Niederlassung nach einem Ehemann für die kleine Chinesin umsehen.

Ihr Leben hatte sich erstaunlich schnell verändert, seit sie als Favoritin der Dame Fenzhi galt. Shu Ma und ihre Freundin, die Zhuni hieß, warfen ihr finstere Blicke zu, wenn sie ihnen über den Weg lief, hatten aber keine weiteren Anfeindungen gewagt. Vermutlich hatte sie das Gushe zu verdanken, die damit gedroht hatte, es der Dame Fenzhi mitzuteilen. Wichtiger als dieser Schutz aber war der Umstand, dass Gushe sie zu mögen schien, lächelte, wenn sie ihrer ansichtig wurde, und gern mit ihr sprach. Fast ein Jahr lang hatte Sophie sich in dieser chinesischen Welt aus Pagoden, Höfen und Götteraltären wie ein Straßenköter gefühlt, der sich möglichst klein und unauffällig machen musste, damit niemand ihn zornig zur Seite trat. Jetzt gab es zumindest zwei Menschen, denen sie wichtig war.

»Ach ja, da ist noch etwas«, redete Gushe weiter. Sie saßen wieder in Sophies kleiner Kammer. Diesmal gab es noch etwas Fischsuppe, die Fenzhi ihr mitgegeben hatte und die Gushe nun erfreut schlurfte.

Erst als ihre Schüssel völlig leer war, fuhr Gushe mit ihrer Rede fort.

»Ich habe dir doch gesagt, dass es hier noch Bedienstete gibt, die auch Ozeanbarbaren sind. Ich kenne ein paar von ihnen, weil ich früher in der Küche mithalf. Also eine von ihnen, eine ältere Frau, möchte gern mit dir reden.«

Sophie schüttelte verwirrt den Kopf.

»Ich lebe ein Jahr hier. Warum will sie jetzt mit mir reden?«

Gushe sah angesichts dieser Frage überrascht aus.

»Es ist nicht so einfach. Jeder überwacht hier jeden und ihr seid Gefangene. Du warst als Einzige keine Dienstmagd, sondern Konkubine. Sie durften nicht mit dir reden.«

All diese Dinge hatte Sophie nicht begriffen, weil sie die Welt der Chinesen nicht kannte.

»Aber wieso kann sie mich jetzt treffen?«

Gushe lachte.

»Weil ich euch helfen werde. Morgen früh, wenn alle noch schlafen, zeige ich dir, wo du die Holländerin findest.«

Ihr Gesicht drückte Stolz aus, sich derart nützlich zeigen zu können. Sophie ahnte, dass ihr ein Gefallen erwiesen wurde, weil sie selbst einen versprochen hatte. Sie würde sich wirklich anstrengen, Gushe zu helfen, beschloss sie.

Am nächsten Morgen wurde sie von Gushe geweckt, bevor die Sonne aufgegangen war. Sie schlichen gemeinsam nach draußen, durchquerten mehrere Höfe, wo Diener bereits den Boden kehrten, und gelangten schließlich zu einer großen Hütte an der Palastmauer.

»Hier wohnen die einfachen Diener. Die meisten sind schon wach«, flüsterte Gushe ihr zu. »Gehe zu dem kleinen Tempel neben dem Eingangstor an der Mauer. Dort ist jetzt niemand. Hinter dem Altar ist ein kleiner Lagerraum. Krieche dort hinein. Ich bringe die andere Ozeanbarbarin, sobald es geht.«

Sophie gehorchte. Sie trat über die hohe Türschwelle, mit der Chinesen Geister fernhalten wollten, und gelangte in das Tempelgebäude, wo es nach Rauch und verfaultem Obst stank. Man merkte, dass hier die einfachen Arbeitskräfte des Palastes beteten, denn in Fenzhis Hof hatten auch die grell bemalten, grimmigen Götterstatuen der Chinesen frische Luft und ein sauberes Zuhause. Sophie kroch schnell hinter die hölzerne Statue und bemühte sich, dabei keine der davor aufgebauten Schalen und Bretter umzuwerfen. Tatsächlich entdeckte sie eine Tür, die sich mühelos aufschieben ließ.

Finsternis tat sich vor ihr auf, denn der kleine Vorratsraum verfügte über keinerlei Fensteröffnungen.

Zum Glück traf Gushe sehr bald ein, gefolgt von einer anderen Frau, deren Gesichtszüge im Dunkeln schwer zu erfassen waren. Dennoch erkannte Sophie das gelockte Haar und die großen, runden Augen einer Europäerin.

Ihr Herzschlag überschlug sich vor Freude.

»Bist du wirklich die Tochter von Antonius Hambroek?«, flüsterte eine heisere Stimme auf Holländisch. Sophie schossen Tränen in die Augen. Sie hatte nicht einmal gewusst, wie sehr die Muttersprache ihr gefehlt hatte.

»Die bin ich«, erwiderte sie. »Mein Vater ist leider tot.«

»Das wissen wir.«

Die Frau setzte sich neben sie. Gushe blieb im Tempel, bestand aber darauf, die Tür offen zu lassen. So hatten sie wenigstens ein wenig Licht.

»Ich bin Cornelia Barts«, stellte die Holländerin sich vor. »Mein Mann stand im Dienst von Valentyn, dem Gouverneur von Fort Provintia. Er wurde getötet und ich geriet in die Sklaverei.«

»Wir hörten während der Belagerung von dem Unglück«, erzählte Sophie. Erinnerungen stürzten auf sie ein. Sie dachte an Griet und deren kleine Stieftochter Lies und alle anderen Menschen, mit denen sie in Fort Zeelandia eingesperrt gewesen war, während die Flotte von Zheng Chenggong sie belagert hatte. Damals war sie noch unter ihren Landsleuten gewesen und hatte gehofft, eines Tages in die holländische Heimat segeln zu können.

»Wie wirst du behandelt?«, fragte sie Cornelia, die bitter auflachte.

»Nicht schlechter, als sie mit den chinesischen Dienern umgehen. Wer sich richtig verhält, dem geschieht nichts. Aber Fehler werden streng bestraft.«

Das mochte in holländischen Fürstenhäusern ähnlich sein.

»Musst du zu chinesischen Göttern beten?«, bohrte Sophie

weiter nach. Für ihren Vater wäre es das größtmögliche Unglück gewesen, sich vor den heidnischen Statuen verneigen zu müssen.

Wieder schüttelte Cornelia den Kopf.

»Nein. Wir dürfen sogar christliche Gebete sprechen. Den Chinesen ist das egal, wir sollen nur unsere Arbeit verrichten. Aber ich hatte einen Mann und ein Kind. Beide habe ich verloren, denn meine Tochter erlag vor zwei Monaten einem Fieber. Mir bleibt nur ein einziger Wunsch. Ich möchte meine Familie in Holland wiedersehen, anstatt irgendwann unter diesen fremden Menschen zu sterben.«

Diese Worte kamen wie aus Sophies Herz. Zwar fand sie das Leben im Herrscherpalast erträglicher, seit sie Fenzhi kannte, aber sie wollte nicht auf ewig in diesem Zustand verharren.

»Vielleicht werden wir nach Verhandlungen ausgetauscht«, sagte sie, um Cornelia Hoffnung zu machen. Aber die Holländerin lachte nur bitter auf.

»Das mag für die Tochter eines bekannten Missionars gelten. Nicht für mich.«

Tröstend griff Sophie nach ihrer Hand.

»Ich werde darauf bestehen, dich mitzunehmen.«

»Ach Mädchen, sie werden nicht fragen, was du willst«, entgegnete Cornelia. »Nutze deine Chance, nach Batavia zu kommen, wenn sie sich bietet. Aber Menschen wie ich müssen andere Fluchtwege finden.«

»Gibt es die denn?«

Sophie war hellhörig geworden. Lange hatte sie gedacht, dass die Mauern, die sie nun umgaben, unüberwindlich wären.

Cornelia warf einen vorsichtigen Blick Richtung Tür.

»Gushe versteht kein Holländisch«, beruhigte Sophie sie.

»Also«, flüsterte Cornelia. »Es gibt chinesische Händler, die uns gegen eine entsprechende Entlohnung nach Batavia schmuggeln. Chinesen sind geborene Geschäftsleute. Das sagte bereits mein verstorbener Mann. Man muss ihnen nur ein passendes Angebot machen, dann bekommt man alles, was man braucht.«

Nun drückte sie Sophies Hand fest zusammen.

»Durch dich könnten wir vielleicht genug Geld oder Wertgegenstände auftreiben, um diese Händler zu bezahlen. Du bist eine Konkubine von Zheng Chenggong gewesen, heißt es.«

»Ich bekam ihn niemals zu Gesicht, wurde nur im Palast eingesperrt«, erklärte Sophie. »Aber ich werde sehen, was ich tun kann, um dir den Weg in die Freiheit zu ebnen.«

Stürmisch schloss Cornelia sie in die Arme.

»Vergiss deine Landsleute nicht!«, flüsterte sie ihr ins Ohr. »Erweise dich deines Vaters würdig.«

Eben dies hatte Sophie sich früher niemals zugetraut. Doch nun, als sie mit Gushe in ihr Haus zurückging, verspürte sie plötzlich die Ahnung von Stärke in sich.

3. Kapitel

Davilo, Formosa

In dieser Nacht sah Emma ihren Vater wieder. Er wirkte noch größer und wuchtiger, als sie ihn in Erinnerung hatte, trug einen schwarzen Mantel und einen Hut mit breiter Krempe. Sein Bart war seit ihrer letzten Begegnung deutlich ergraut, wucherte bis zu seiner Brust hinab wie auf den bildlichen Darstellungen der Apostel. In seiner linken Hand hielt er die Bibel, in der rechten einen Rohrstock, den er aber nicht auf sie niedergehen ließ, obwohl sie sich furchtsam duckte.

»Vergiss niemals deine Pflicht, Tochter«, donnerte seine Stimme. »Verkünde das Wort Gottes auf dieser von Hexen beherrschten Insel, kämpfe gegen heidnische Sitten und rette die Seelen der Unschuldigen vor dem Fegefeuer. Allein dir kann ich diese Aufgabe anvertrauen. Du besitzt die Kraft, mein Erbe fortzuführen.«

»Bist du krank?«, flüsterte Emma fassungslos. Sie hatte ihn immer als furchteinflößend stark erlebt, ein Fels, dem selbst die Stürme und Erdbeben Formosas nichts anhaben konnten.

Nun bemerkte sie plötzlich tiefe Falten auf seinem Gesicht, Adern, die rot und blau unter kreidebleicher Haut schimmerten. Er fiel langsam in sich zusammen wie eine Hütte, deren Holz morsch wurde. Sie streckte die Hand aus, um ihn zu stützen, doch griff sie ins Leere.

»Vergiss mich nicht!«, flüsterte er. »Vergiss niemals, wofür ich mein Leben gab.«

Auf einmal krochen Würmer über seine Wangen, fraßen seine Augen und schlichen unter den Hut, der zur Seite rutschte und glatten, hellen Knochen freigab.

Emma schrie. Angst und Entsetzen ließen sie wild um sich

schlagen. Doch gleichzeitig ergriff ein anderes Gefühl von ihr Besitz. Sie hatte ihren Vater lange bewundert, später gefürchtet und manchmal verabscheut. Nun, da er vor ihren Augen zu Staub wurde, spürte sie eine tiefe, gewaltige Kraft der Liebe, die wie eine Welle über sie hinwegrollte. Sie blieb erschöpft und mit schmerzenden Gliedern zurück, doch empfand sie auf einmal Erleichterung.

»Wach auf!«, hörte sie eine junge Frau rufen. Ihre Stimme klang ängstlich und Emma öffnete verwirrt die Augen. Sie sah das hölzerne Dach der Hütte über sich, blickte in drei besorgte Gesichter und bekam etwas Wasser eingeflößt.

Die Frau, in deren Hand der Becher lag, hieß Anna, wie Emma nun einfiel. Eine der zahlreichen Verwandten der Inib. Sie gehörte zu den wenigen Leuten in Davilo, die dem christlichen Glauben noch nicht ganz abgeschworen hatten.

Langsam richtete Emma sich auf. Durch die Ritze in den Balken der Hütte drang Sonnenlicht. Sie erkannte die zwei anderen Mädchen hinter Anna, ebenfalls Angehörige der Sippe der Inib, doch um einiges jünger. Oki und Dika wurden sie genannt. Falls sie jemals christliche Namen bekommen hatten, so waren diese unwichtig geworden.

»Dein Mann Frans ist zurück«, flüsterte Anna ihr nun zu. »Er ist im Haus der Krieger, wie es sich gehört. Aber wenn es dunkel wird, kann er zu dir kommen.«

Sie brachte Emma eine Schüssel mit einer Mischung aus gekochter Süßkartoffel und Gemüse.

»Hier, iss das bitte. Du warst drei Tage lang krank. Wir hatten Angst, dich zu verlieren. Sogar unsere Priesterin, die Inib, war hier, meinte aber, die Götter würden entscheiden, ob du lebst oder nicht.«

Wenigstens wollte sie meinen Tod nicht, dachte Emma erleichtert und begann zu essen. Unter dem Vorwand, ihr ein Heilmittel einzuflößen, hätte die Inib sie problemlos vergiften können. Nach dem Fortgehen von Frans, der mit anderen Männern des Dorfes aufgebrochen war, um Hirschfelle zu verkaufen, hatte Emma niemanden mehr in Davilo gehabt, der sich für sie eingesetzt hätte. Sie war das letzte Überbleibsel einer vergangenen Herrschaft.

»Ich danke euch für eure Hilfe«, sagte sie zu den drei Frauen. »Mir geht es gut, ich möchte mich nur noch eine Weile ausruhen.«

Ihre drei Begleiterinnen entfernten sich ohne Widerspruch. Die kleine Ecke in der Hütte gehörte nun ihr allein, auch wenn die Geräusche des Dorfes ständig an ihr Ohr drangen. Tagsüber war es in Davilo fast niemals still, da die Einwohner einander viel zu erzählen hatten, gern lachten und sangen. Nur nachts herrschte Ruhe, denn Lampen und Kerzen waren rar. Emma hatte gedacht, an dieses Leben gewöhnt zu sein, doch in den letzten Wochen war das Gefühl der Verlorenheit so stark geworden, dass es ihr den Lebensmut geraubt hatte. Die Folge war stete Erschöpfung gewesen, schließlich ein Fieber, das sie niederstreckte. Aber nun konnte sie spüren, wie Hoffnung durch ihre Adern floss.

»Frans ist zurück«, murmelte sie leise auf Holländisch, das sie manchmal allein übte, um es nicht ganz zu vergessen. Ihr Ehemann war wieder in Davilo. Mit ihm konnte dieser Ort sich in jenes Zuhause verwandeln, das es früher einmal für ihre ganze Familie gewesen war.

Als es dämmerte, hatte Emma sich in einem kleinen Bottich gewaschen und zu ihrer Leinenbluse einen jener bunt bestickten Wickelröcke angezogen, die im Dorf weiterhin getragen wurden. Er reichte nur bis zu ihren Waden. Ihr Vater hätte ihr niemals erlaubt, mit nackten Beinen und Sandalen an den bloßen Füßen das Haus zu verlassen. Bei der steten Hitze auf Formosa war es eine Wohltat, dem Körper nicht mehrere

Lagen Stoff aufzubürden, aber dafür hatte Antonius Hambroek nie Verständnis gezeigt.

Sie war dennoch züchtiger gekleidet als die meisten Frauen des Dorfes, dachte Emma, um gegen Schuldgefühle anzukämpfen. Ihr Vater hatte die Eigenheiten dieser Insel niemals begriffen.

Da sie auch keine Haube mehr besaß, flocht Emma ihr Haar in zwei Zöpfe, bevor sie zum Ausgang der großen Hütte ging. Davor brannte ein Lagerfeuer, um das sich inzwischen etliche Frauen des Clans versammelt hatten. Sie brieten Fleischspieße, stillten Neugeborene und plapperten ununterbrochen. Die Stimmung war deutlich entspannter als zu der Zeit holländischer Herrschaft. Niemand hinderte Emma daran, aufzubrechen, obwohl es bereits dämmerte. Hier durften Frauen tun, was sie wollten – solange die Clansmutter keine Einwände hatte. Emma sah noch ein paar Kinder auf dem Dorfplatz herumtollen, sorglos und fröhlich. Das Haus, in dem sie mit ihrem Vater und der Schwester Sophie gewohnt hatte, gehörte inzwischen einem anderen Teil der weitverzweigten Verwandtschaft der Inib. Der Häuptling von Davilo lebte in der ehemaligen Kirche. Die Inib hatte gewusst, dass es seine Eitelkeit befriedigen würde, das Heim eines gestürzten Gottes zu beziehen. Die Eingangstür war nun bunt bemalt, den von einem heftigen Sturm beschädigten Turm hatte niemand repariert. Im Vorgarten bauten die Frauen aus dem Häuptlingsclan Gemüse an.

Die missionarischen Erfolge ihres Vaters wurden zurückgedrängt, so wie der Wald sich ein verlassenes Gebäude zurückholte. Würden die Kinder von Oki und Dika noch etwas vom christlichen Glauben wissen?

»Meine Aufgabe«, murmelte Emma leise, als sie in Richtung des Langhauses lief, wo nun die jungen Männer lebten. Anna hatte ihr später zugeflüstert, dass Frans ein Stück dahinter auf sie warten würde.

Dunkelheit empfing sie, sobald sie das Dorf verlassen hatte. Der Dschungel hatte seine eigene Musik, eine Mischung aus Zischen, Kreischen und Knirschen. Emma wurde mulmig zumute, denn hier konnte sie die heidnische Geisterwelt, vor der ihr Vater sie immer gewarnt hatte, einatmen. Als sie nicht mehr weiter ins Unbekannte einzudringen wagte, wurde sie plötzlich stürmisch umarmt.

»Es geht dir gut, ich danke dem Christengott!«, rief Frans auf Holländisch.

Er war kräftiger geworden. Auf seinen Armen waren die Rundungen der Muskeln zu sehen wie bei den Kriegern des Dorfes. Dabei hatte er Kampfübungen stets gehasst und die Bibelstunden bei ihrem Vater vorgezogen.

»Ich habe mich durchgeschlagen«, sagte Emma. »Aber es war nicht immer leicht. Die Menschen in Davilo vergessen alles, was die Missionare sie gelehrt haben.«

»So ist es überall«, erwiderte Frans und zog sie zu sich auf einen Baumstumpf. Er roch nach Schweiß und Arak. Emma spürte bis in die Tiefen ihres Unterleibs, wie sehr sie ihn vermisst hatte.

»Die Chinesen wollen, dass wir die Lehren der Holländer nicht mehr befolgen«, erzählte er.

»Bringen sie euch denn nun ihre chinesischen Götter?«, fragte Emma besorgt. Ihr Vater hatte die Einheimischen Formosas als harmlose Kinder betrachtet, die eine angemessene Erziehung brauchten. Den Chinesen hatte er jedoch misstraut, womit er am Ende recht gehabt hatte. Aber hinter seiner Skepsis hatte sich auch die widerwillige Anerkennung eines Gegners verborgen, der zur ernsthaften Gefahr werden konnte.

»Nein, sie wollen uns nicht missionieren«, erwiderte Frans zu ihrem Erstaunen. »Ich glaube, dazu sind wir ihnen zu unwichtig. Manche chinesische Herren holen sich unsere Frauen in ihre Häuser und schenken ihnen schöne Kleider und Schmuck. Ansonsten betrachten sie uns als ihre Diener.«

Er hatte bitter geklungen. Emma legte ihren Kopf an seine Schulter.

»Auch mein Vater hat viele Dinge falsch gemacht«, erinnerte sie ihn. Frans versteifte sich.

»Dein Vater wollte uns belehren und bevormunden, doch ging es ihm um unser Seelenheil. Die Chinesen wollen uns einfach benutzen.«

Emma staunte, wie sehr er den alten, grimmigen Missionar trotz allem schätzte.

»Hast du herausgefunden, was aus ihm geworden ist?«, flüsterte sie nun unruhig. Frans hatte sich der Gruppe von Händlern auch angeschlossen, um Neuigkeiten nach Davilo bringen zu können.

Nun schwieg er eine Weile und musterte das Geflecht der Baumwurzeln zu seinen Füßen.

»Dein Vater ist tot«, sagte er schließlich, weiterhin ohne Emma anzusehen. »Ich hatte mir wirklich gewünscht, dass es nicht so wäre, aber...«

»Ich weiß«, unterbrach sie. »Ich habe von ihm geträumt und sah, dass er nicht mehr lebt.«

Ein holländischer Mann hätte dies vielleicht Hexerei genannt, aber Frans war ein Enkel der Inib. Er nahm Emmas Aussage ohne Widerworte hin.

»Was ist mit Sophie?«, bohrte sie nun weiter nach. Die Schwester war ihren Träumen bisher ferngeblieben, was ihr Hoffnung schenkte.

»Sie konnte nicht mit den anderen Holländern Fort Zeelandia verlassen«, erwiderte Frans. »Deine Freundin Griet Maas und ihre Kinder sind fort. Aber Sophie wird im Palast von Zheng Chenggong gefangen gehalten.«

Emma versteinerte. Sie hatte befürchtet, von Sophies Tod

zu hören, aber diese Neuigkeit ließ neue Ängste wie Würmer aus einem Loch kriechen.

»Ist sie eine Sklavin? Eine … eine …«

»Sie ist eine Konkubine«, beendete Frans seinen Bericht. »Doch der große Eroberer unserer Insel ist inzwischen tot und sein Sohn hat Sophie geerbt. Er macht sich nicht viel aus Frauen, heißt es. Deine Schwester hat wahrscheinlich ein sicheres und angenehmes Dasein im Palast, ohne von ihm behelligt zu werden.«

Es könnte Sophie gefallen, überlegte Emma. Sie hatte sich stets nach Sauberkeit, Ordnung und schönen Gewändern gesehnt. Ihr Traum war ein holländischer Ehemann gewesen, der sie in eine Heimat brachte, die ihnen beiden unbekannt war. Für Emma war Davilo zur Heimat geworden, aber die jüngere Sophie hatte sich nie wirklich mit den Hütten im Dschungel anfreunden können. Vielleicht war sie nun glücklicher, da die Chinesen ihr ein besseres Leben bieten konnten. Aber all das waren nur Vermutungen.

»Ich kann nicht mit meiner Schwester reden. Ich weiß nicht, wann ich sie wiedersehe«, flüsterte sie bedrückt.

Der Druck von Frans' Armen um ihre Schultern wurde fester.

»Warte ab. Vielleicht ändert es sich.«

Oder vielleicht auch nicht. Emma hatte inzwischen begriffen, dass sie nicht alles in dieser Welt nach ihren Wünschen lenken konnte. Frans war wieder bei ihr, dafür allein musste sie dankbar sein.

»Werden wir jemals in Davilo zusammenleben können wie ein Ehepaar?«, fragte sie nun frei heraus. Vorher hatte der Vater es ihr verboten. Nun gab es andere Regeln, die ihnen im Weg standen.

»Ich muss mich bewähren«, erwiderte Frans nach einigem Zögern. »Dann erst darf ein Mann bei uns Kinder zeugen. Alles andere ist … erlaubt.«

Wieder vermied er es, Emma anzusehen. Die christliche Erziehung machte es ihm schwer, so zügellos zu sein wie andere Männer seines Volkes. Es gab bei den Siraya keine Verbote von Liebschaften und viele Paare trafen sich nachts am Rande des Dorfes, um ein geeignetes Versteck zu suchen. Nur die Fortpflanzung war strengen Regeln unterworfen. Inzwischen wusste Emma, dass die meisten jungen Frauen sich mit Kräutern vor unpassenden Schwangerschaften schützten. Aber diese halfen oft nicht. Die Prozedur einer erzwungenen Abtreibung flößte Emma zu viel Schrecken ein, um sich leichtfertig in die Arme ihres Geliebten zu stürzen.

Frans drängte sie nicht. Ein weiteres Zeichen, wie gut sie zusammenpassten.

»Ich tauge nicht als Krieger«, gab er schließlich zu. »Aber ich möchte meinen Leuten helfen, indem ich gute Handelsbeziehungen zu den Chinesen aufbaue. Sie sind die neuen Herren hier. Wenn ich unsere Felle und Schnitzereien verkaufe und begehrte Waren nach Davilo bringe, wird die Inib mir erlauben, eine Familie zu gründen.«

Er drückte Emmas Hand an seine Wange.

»Wir warten«, flüsterte er. »Bis es so weit ist.«

Sie verspürte Erleichterung, obwohl die Sehnsucht ihren Unterleib zusammenzog. Seit sie aufgehört hatte, ein Kind zu sein, hatte es für sie keinen Mann außer Frans gegeben, den Sohn des Häuptlings.

»Eines Tages leben wir zusammen in einer großen Hütte und haben mehrere Kinder«, erwiderte sie und schmiegte sich an seinen Körper, der ihr fast so vertraut war wie ihr eigener.

Selbst wenn sie einfach nur gemeinsam auf einem Baumstamm saßen, waren sie trotz ihrer unterschiedlichen Herkunft Teil eines Ganzen. Kinder dieser Insel, die keine andere Heimat kannten.

Als der Morgen graute, machten sie sich auf den Weg ins Dorf. Frans ging zu der einstigen Kirche, die von seinem Vater, dem Häuptling, und seiner weitverzweigten Verwandtschaft bewohnt wurde. Emma wollte möglichst unauffällig in ihre Hütte gelangen. Auf dem Dorfplatz standen nun die zwei wichtigsten Gottheiten der Siraya, schlichte, aber dennoch kunstvoll geschnitzte Darstellungen eines Mannes und einer Frau. Emma hatte sich an diesen Anblick gewöhnt. Wenigstens lagen keine Schädel davor, der übliche Tribut nach Kriegen mit anderen Stämmen.

Ein Stück neben dem Opferplatz entdeckte Emma die Inib über einen Bottich gebeugt. Sie trug wie immer einen Wickelrock, der nur zu ihren Knien reichte. Der Rest ihres Körpers war nackt, mit einigen Tätowierungen verziert und für eine Frau, deren Haar bereits schlohweiß geworden war, erstaunlich sehnig. An den Schultern sah man jene Narben, die ihr auf Befehl von Emmas Vater durch Hiebe zugefügt worden waren.

Obwohl Emma sich bemühte, leise zu gehen, fuhr die Inib herum wie ein Tier, das auch in seinem Rücken jede Bewegung wahrnahm. Emma unterdrückte den Drang, wegzulaufen, und zwang sich, die alte Frau mit einer respektvollen Neigung des Kopfes zu grüßen. Nun, da die Holländer vertrieben waren und die Chinesen sich nicht mehr in Davilo aufhielten, war diese grimmige Heilerin die wahre Herrscherin des Ortes.

»Ich sehe, du bist wieder gesund«, sagte sie und musterte Emma aufmerksam. »Die Götter wollten dich für uns erhalten.«

Emma warf einen Blick auf die Holzstatuen. In letzter Zeit ertappte sie sich immer wieder dabei, ihnen tatsächlich besondere Kräfte zuzuschreiben. Der christliche Herrgott schien sich von dieser Insel zurückgezogen zu haben.

»Ich bin dankbar, dass ich noch leben darf«, erwiderte sie. »Du hast mich vor Jahren schon einmal mit deiner großartigen Heilkunst gerettet.«

Das Gesicht der Inib erhellte sich wie von Emma erwartet. Die Alte liebte Schmeicheleien.

»Ich wusste schon immer, dass du uns nützlich sein kannst«, erklärte sie nun etwas freundlicher. »Die holländischen Priester brachten nur Verderben, aber du bist anders. Eine Frau kann die Stimmen der Götter und Geister dieser Erde hören. Du bist keine Fremde mehr, sie haben dich angenommen.«

Emma schämte sich für die Freude, die sie empfand. Ein Teil von ihr hatte stets genau das sein wollen. Eine Tochter der Insel, die ihr Zuhause war. Aber sie konnte ihre Erziehung nicht so einfach ablegen wie die unbequeme europäische Kleidung.

»Ich habe nicht aufgehört, an den Christengott zu glauben«, beharrte sie, obwohl es unklug war.

Die Inib schnaubte. Ihr Gesicht war ein Spiegel ihres Wesens, eine Mischung aus Wildheit und kluger Berechnung.

»Du kannst glauben, woran du willst«, gab sie schließlich nach. »Aber du hast keine mächtigen Männer mehr hinter dir, um unsere Götter zu bekämpfen. Hast du schon gehört, dass die Chinesen deinen Vater getötet haben?«

Die dunklen Augen drückten keinerlei Mitgefühl aus. Emma streckte den Rücken. Diese Frau war eine Gegnerin, der sie sich ebenbürtig zeigen musste.

»Ich habe es gehört«, erwiderte sie. »Er starb für seinen Glauben. Dafür wird man ihn unter Christen verehren.«

Das Murren der Inib klang abfällig und doch widerwillig anerkennend.

»Die Christen haben unsere Insel verlassen«, stellte sie fest. »Nur du bist noch hier, denn du hast eine Aufgabe.«

Sie winkte Emma zu, ihr zu der Hütte zu folgen, die sie mit ein paar Töchtern und Enkelinnen bewohnte. Davor standen mehrere Hocker, auf die sie sich setzen konnten. Hühner und Schweine liefen dazwischen frei herum.

Die Inib nahm eine jener Ketten, die um ihren Hals hingen, und hielt sie Emma hin. An einem Lederband baumelte ein kleiner Stein, in den ein paar Zeichen geritzt worden waren. Emma murmelte Dankesworte und legte den Schmuck an. Im Geiste hörte sie ihren Vater wütend aufschreien, ignorierte das aber.

Sie musste ihren eigenen Weg gehen.

»Ich nehme dich in meine Familie auf«, erklärte die Inib und bohrte ihren Blick in Emmas Gesicht. »Das ist eine große Ehre, tue daher deine Pflicht.«

Sie holte Luft. Emma lauschte gebannt.

»Bringe unseren Kindern weiter das Lesen bei«, sagte die Inib langsam. »Wenn du ihnen deshalb vom Christengott erzählen musst, dann tue es. Sie wissen, dass unsere Götter stärker sind. Aber lesen sollen sie können. Als ich jung war, brauchte das niemand, doch jetzt leben viele Chinesen in unserem Land. Ich will nicht, dass sie uns für dumm halten.«

Emma senkte stumm den Kopf, doch ihr Herz hüpfte freudig. Sie hatte sich danach gesehnt, hier wieder eine Aufgabe zu haben.

»Ich beherrsche die Schrift der Chinesen nicht«, gestand sie.

Die Inib runzelte kurz die Stirn, machte dann eine abfällige Handbewegung.

»Schrift ist Schrift. Wer schreiben kann, gilt als klug. Also zeige es unseren Kindern.«

Ungeduldig stampfte sie mit dem Fuß auf. Emma versprach schnell, zu tun, wie ihr geheißen wurde.

Es gab unter den Chinesen Leute, die europäische Sprachen beherrschten und diese auch schreiben konnten. Jedenfalls würden die Kinder von Davilo wissen, worin die Kunst des Schreibens bestand. *Die Inib ist klüger, als du vermutet hast*, teilte Emma ihrem Vater im Geiste mit.

Aber vielleicht hatte er diese alte Frau gerade deshalb entschieden bekämpft, weil er ihren Verstand als Gefahr betrachtet hatte.

Ich werde dein Erbe weiterführen. Auf meine Art, die besser dem Wesen dieser Insel entspricht, fügte sie hinzu. Von ihrem Vater hörte sie keine Antwort, was sie erleichterte.

4. Kapitel

Eine Woche später hatte Emma eine Hütte erhalten, in der sie ihren Unterricht beginnen konnte. Viele ehemalige Schüler hatten sich wieder eingefunden, Kinder und auch fast schon erwachsene Frauen. Nur die jungen Männer kamen nicht, da sie nun an den Übungen der Krieger teilnehmen sollten. Auch Frans musste mitmachen, was er mit gefasster Miene hinnahm. Emma bedauerte ihn trotzdem, denn sie wusste, dass er den Umgang mit Waffen nicht mochte. Erst die christliche Religion hatte ihm einen Weg gezeigt, wie ein Mann Respekt gewinnen konnte, ohne ein Meister im Umgang mit dem Speer zu sein. Aber jetzt halfen seine Bibelkenntnisse nicht mehr. Er bemühte sich, sich als Häuptlingssohn zu bewähren, doch bei den Treffen im Wald konnte Emma die Wunden an seinem Körper sehen und – schlimmer noch – seine Niedergeschlagenheit spüren, die er mühsam vor ihr zu verbergen suchte.

Bei den Siraya war es von Vorteil, eine Frau zu sein. Vielleicht hatte es sein Gutes, dass sie als Holländerin ausgerechnet in diesem Dorf gestrandet war, wo sie ihren Geliebten frei wählen durfte.

Emma begann den Unterricht voller Zuversicht. Sie hatte stets Freude daran gehabt, ihr Wissen an andere Menschen weiterzugeben, und ihre Schüler machten begeistert mit. Erst als Anna sie darauf hinwies, dass sie bald das Mittagsmahl für die Krieger vorbereiten mussten, begriff Emma, wie schnell die Zeit verflogen war. Sie entschließ ihre Schüler nach draußen und folgte Anna zu der Hütte, wo gekocht wurde, um sich auch dort nützlich zu machen.

Es war auf dem Weg dorthin, dass sie die Neuankömmlinge bemerkte. Chinesische Soldaten waren Davilo schon länger ferngeblieben. Der Anblick ihrer mit Eisen gepanzerten Wämser weckte Emmas Unbehagen. Sie trat ein paar Schritte zurück und wollte sich hinter einer Gruppe anderer Frauen verstecken, doch unglücklicherweise stolperte sie über einen herumliegenden Ast und musste mit den Armen rudern, um nicht zu stürzen. Ein paar der Soldaten grinsten, beachteten Emma aber nicht weiter.

Ihr wurde bewusst, dass sie inzwischen wie eine der Ureinwohnerinnen aussehen musste. Allein ihr hellbraunes Haar wies auf die europäische Herkunft hin, aber da holländische Soldaten viele Kinder mit einheimischen Frauen gezeugt hatten, war daran nichts Ungewöhnliches.

Der Anführer der Chinesen stand nun neben den Götterstatuen und erzählte etwas. Ein kleinerer Mann trat an seine Seite, um diese Worte in die Sprache der Siraya zu übersetzen.

»Dieses Land wird von seinem Herrn, dem ehrwürdigen Qi Yuen, benötigt, um es nutzbar zu machen. Ihr habt Zeit bis zum nächsten Vollmond, es zu verlassen.«

Zunächst standen sie alle nur ungläubig da und starrten die chinesische Truppe an. Sicher würde bald irgendeine Erklärung folgen, der Hinweis, wann sie Davilo wieder beziehen könnten. Doch nichts geschah, der Anführer der Chinesen blieb aufrecht stehen, als erwarte er irgendeine Reaktion.

Die Leute begannen untereinander zu tuscheln. Ein leises Murren schwoll zu Protestrufen an. Einige Krieger sprangen zornig herum und hoben ihre Speere, denen die Chinesen ihre Schwerter entgegenhielten. Der Häuptling ging langsam auf den Anführer zu. Frans folgte mit etwas Abstand. Die Inib hatte sich vor den Götterfiguren platziert. Ihre Augen sprühten Funken.

»Wohin sollen wir gehen?«, hörte Emma Frans fragen. Sie war erleichtert über seine Einmischung, denn dem Häuptling traute sie nicht viel Verhandlungsgeschick zu.

»Es gibt auf dieser Insel viel Raum für euch«, verkündete der Chinese. »Nur das Land an der Küste ist für den Ackerbau geeignet. Zieht in die Berge, dort könnt ihr jagen und leben, wie ihr es gewöhnt seid. Wir haben euch von dem Joch der rothaarigen Barbaren befreit und verdienen daher eure Dankbarkeit.«

Emma unterdrückte mühsam einen Protestruf. Ihr Vater mochte viele Dinge in diesem Dorf falsch gemacht haben, aber es wäre ihm niemals in den Sinn gekommen, die Bewohner aus ihren Hütten zu jagen. Sie sah die Inib ein paar Schritte vortreten und wünschte sich plötzlich, dass die grimmige Alte tatsächlich einen bösen Zauber verhängen konnte, wie Emmas Vater stets gefürchtet hatte.

»Dies ist das Land unserer Ahnen«, redete Frans weiter. »Wir alle sind hier geboren und haben niemals ein anderes Zuhause gekannt. Mit welchem Recht wollt ihr uns vertreiben?«

Ein paar zustimmende Rufe erklangen. Wieder wurden Speere gehoben. Der chinesische Anführer richtete sich auf.

»Der edle Zheng Jing, Sohn des Herrn des kaiserlichen Namens, ist nun Herrscher dieser Insel. Fügt euch, oder ihr bekommt seinen Zorn zu spüren.«

Obwohl er deutlich kleiner war als Frans, schien Emma der Chinese bedrohlich, denn seine Haltung drückte ein unerschütterliches Gefühl der Überlegenheit aus. Sie war erleichtert, dass Frans die Krieger nicht zum Angriff aufrief, sondern respektvoll den Kopf neigte.

»Ich habe die Botschaft verstanden. Aber bitte deinen Herrn, unsere Lage zu bedenken. Wir sind die Kinder dieser Insel und diese Erde ist unsere Heimat.«

Der Chinese lächelte sanft und berührte Frans' Schulter.

»Ihr könnt auf den Feldern des Herrn Qi Yuen arbeiten und werdet dafür eine Entlohnung bekommen. Es wird zu eurem

Vorteil sein. Beginnt am besten schon jetzt, an anderer Stelle neue Hütten zu bauen. In den Bergen ist es kühler, ihr werdet weniger unter Hitze leiden.«

Mit diesen Worten wandte er sich ab und tauchte mit seinen Soldaten wieder in das Dickicht des Dschungels ein. Offenbar hatten sie nicht erwartet, bewirtet zu werden.

Die Versammelten starrten schweigend auf die Stelle, wo der Wald die ungebetenen Gäste verschluckt hatte. Den sonst so fröhlich plappernden Einwohnern von Davilo waren die Worte ausgegangen. Emma sah zu Frans, dessen Gesicht verkrampft und blass wirkte. Sie hätte ihn gern in die Arme geschlossen, doch widersprach ein solches Verhalten den Regeln der Gemeinschaft.

»Wir können doch nicht dieses Dorf verlassen«, murmelte Anna an ihrer Seite. »Es ist unser Zuhause.«

»Das meinen sie sicher nicht ernst«, fügte eine ältere Frau hinzu. »Sie wollten uns nur Angst machen. Wir müssen auf unsere Götter vertrauen.«

Emma verschränkte die Arme vor der Brust. Ihr Vater hatte ihr einige Dinge über Herrschaft und Ohnmacht beigebracht. Bereits die Holländer hätten die Siraya aus ihren Dörfern jagen können, doch war ihnen die Missionierung wichtiger gewesen. Darum ging es den Chinesen nicht, wie Frans erkannt hatte.

»Wenn wir nicht gehen wollen, müssen wir uns wehren«, murmelte sie an niemand bestimmten gewandt. Als sie den dunklen Blick der Inib auf sich spürte, erschrak sie.

»Du sprichst kluge Worte«, sagte die alte Frau und kam langsam auf sie zu. »Wir werden uns nicht von dem Land unserer Ahnen vertreiben lassen. Es ist unsere Pflicht, es zu verteidigen. Die Götter prüfen uns. Zeigt, dass ihr wahre Krieger seid, die ihre Stimme hören.«

Sie streckte beide Arme in die Luft und stieß einen heiseren

Gesang aus, mit dem sie die Götter um Beistand anflehte. Emma staunte erneut, wie muskulös und kräftig der Körper dieser grauhaarigen Alten war. Sie konnte ebenso imposant wirken wie Antonius Hambroek bei seinen Predigten, strahlte dieselbe Gewissheit aus, eine höhere Macht in ihrem Rücken zu haben.

Die Frauen jubilierten und begannen zu singen, die Krieger schwangen ihre Speere und vollführten einen Tanz vor dem Opferplatz. Der Häuptling gesellte sich bereitwillig zu ihnen. Die Inib ließ sich ein Huhn bringen, dass sie zu Ehren der Götter schlachtete, während einige Mädchen bereits Arak ausschenkten. Fiebrige Aufregung hatte die Dorfgemeinschaft ergriffen, es wurde weiter getanzt, getrommelt und wieder sehr laut geredet. Emma ließ sich für eine Weile mitreißen, half, Essen zu verteilen und bewunderte den Tatendrang der Krieger. Doch sie bemerkte, dass Frans sich nicht an dem Aufruhr beteiligte. Er stand abseits neben der einstigen Kirche, hielt ein Stück Holz in der Hand, das er mit einem Messer zurechtschnitzte. Nachdem Emma die Becher mehrerer Krieger gefüllt hatte, gesellte sie sich an seine Seite.

»Glaubst du, es wird zu Kämpfen kommen?«, fragte sie leise. »Vielleicht ist es möglich, mit den Chinesen zu verhandeln.«

Sie wollte daran glauben. Es gab genug unbewohntes Land abseits von Davilo, dass der Herr Qi Yuen für seine Zwecke nutzen konnte.

»Vielleicht könnten wir vorschlagen, einige Zeit ohne Entlohnung für sie zu arbeiten«, führte sie ihre Überlegungen weiter. Frans lachte bitter auf.

»Es ist gut möglich, dass sie uns dazu zwingen werden, wenn wir nicht weit genug in die Berge verschwinden.«

Sein Gesicht, dessen hellbraunen Farbton sie so liebte, wirkte plötzlich grau.

»Ich habe es befürchtet, dachte aber nicht, dass es so schnell geschieht«, fuhr er fort. »Wenn wir Widerstand leisten, kommt es zum Kampf. Wir haben hölzerne Speere und Messer mit Eisenklingen. Sie haben Schwerter und wahrscheinlich auch ein paar Musketen von den Holländern.«

Eine unsichtbare Hand zog Emmas Magen zusammen.

»Aber sollen wir denn einfach nachgeben und gehen?«

Er schüttelte grimmig den Kopf.

»Die Inib wird nicht zulassen, dass wir es überhaupt versuchen. Mein Vater wird tun, was sie sagt. Der Kampf ist jetzt schon unausweichlich.«

Er warf das Stück Holz von sich, ohne seine Arbeit beendet zu haben. Seine Schultern waren verkrampft.

»Ich hole dir etwas zu essen«, sagte Emma und hastete davon.

Sie benahm sich nun wie eine der Siraya, dachte sie. Essen und Arak würden alles in Ordnung bringen, solange der Wille der Götter erfüllt wurde. Jeder andere Gedanke weckte nichts weiter als Angst, die letzte Sicherheit, die ihr noch geblieben war, endgültig zu verlieren.

Am nächsten Tag begannen die Kampfübungen, da Frans den Häuptling von deren Notwendigkeit überzeugt hatte. Die Frauen wurden mit der Aufgabe betraut, nahrhaftes Essen zu kochen und die Krieger zu versorgen. Emma beteiligte sich emsig daran, unterbrach auch den gerade begonnenen Unterricht, da es nun wichtigere Dinge zu tun gab. Das ganze Dorf war von Entschlossenheit beseelt, die alle Zwistigkeiten belanglos machte und sie stärker zusammenschmiedete, als irgendwelche Predigten es jemals vermocht hatten.

Emma nahm an allen Feierlichkeiten und religiösen Ritualen der Inib teil. Ihr christlicher Glaube rückte in den Hintergrund, sie war eine Siraya geworden, die Gefährtin des

Häuptlingssohns. In diesem Zustand stand ihr Leben für eine Weile still.

Drei Wochen vergingen, in denen sie auf einen Angriff warteten, der nicht stattfand. Allmählich ließ die aufgeregte Geschäftigkeit nach und die Dorfbewohner fielen in ihre alten Gewohnheiten zurück. Die Krieger tranken abends gemeinsam und trafen sich anschließend mit ihren Geliebten. Am nächsten Tag schliefen sie in Ruhe ihren Rausch aus. Die Frauen tratschten ausgiebig über das Verhalten ihrer Kinder und zeigten sich stolz gegenseitig neu gewebte Stoffe, anstatt über die unmittelbar bevorstehende Gefahr zu reden. Niemand außer Emma und Frans schien daran zu denken, dass der nächste volle Mond sich noch nicht am Nachthimmel gezeigt hatte.

Jene Frist, die ihnen die Chinesen gesetzt hatten.

Als sein blasses Licht den Nachthimmel erhellte, lagen Emma und Frans eng umschlungen an jenem Ort hinter dem Kriegerhaus, wo sie nun fast jede Nacht verbrachten. Die Vorsicht, keine Kinder zu zeugen, war von dem Drang, einander nahe zu sein, verdrängt worden. Emma hatte ihren Kopf auf die Brust ihres Mannes gelegt und war erleichtert, seine Atemzüge zu spüren.

Wenn die Chinesen angriffen, konnten sie ihn töten, und sie würde bis ans Ende ihres Lebens nur von Erinnerungen an diese Zeit inniger Nähe zehren können.

»Glaubst du, sie kommen morgen?«, fragte sie leise, bevor die Rückkehr ins Dorf bevorstand.

»Ob es morgen sein wird, weiß ich nicht. Aber sie werden kommen«, erwiderte er. »Chinesen dulden Widerstand noch weniger, als es die Holländer taten.«

Er ergriff Emmas Hand und drückte sie.

»Wenn ich sterbe, dann musst du versuchen, irgendwie zu

deinen Leuten zu kommen. Du bist Holländerin und Christin.«

Emma hatte keine Ahnung, wie sie das allein schaffen sollte, versprach ihm aber, es zu tun. Frans sollte sich ihretwegen nicht zu viele Sorgen machen.

Nachdem sie wieder ihre Kleidung angezogen hatten, umarmten sie einander innig und machten sich auf den Weg in ihre Hütten.

Später dachte Emma, dass die Chinesen ihr gerade genug Zeit gelassen hatten, sich nach ihrer Rückkehr in die Hütte zu waschen. Dann vernahm sie draußen die Kampfschreie der Krieger, zog blitzschnell wieder ihre Kleidung an und hastete ins Freie. Zu ihrem Erstaunen waren etliche Männer des Dorfes auf den Angriff vorbereitet, hielten Speere in der Hand und zogen als geschlossene Einheit gegen die Angreifer los. Frans gehörte zunächst nicht zu den Kämpfern, sondern tauchte erst später auf, als die Chinesen und ihre Gegner zu einem Klüngel aus Leibern und Waffen geworden waren. Emma bemerkte aus den Augenwinkeln das Auftauchen der Inib, die das Geschehen mit unbewegter Miene beobachtete.

Was Frans befürchtet hatte, geschah nicht. Die Chinesen mähten die Krieger der Siraya nicht gnadenlos nieder, denn dazu waren es zu wenige. Musketen hatten sie keine dabei, nur einige Schwerter, die ihnen von den Kriegern der Siraya aus der Hand geschlagen wurden. Bald schon hatten die Ersten von ihnen die Flucht ergriffen, rannten wie aufgeschrecktes Wild in das Dickicht des Waldes. Einige vermochten nicht mehr aufzustehen, da sie niedergezwängt worden waren. Die Inib trat vor und streckte wieder die Arme hoch.

Aus ihrer Kehle dang ein heiserer Laut, als sie den Kopf zurückwarf.

»Wir haben gesiegt!«, schrie sie. »Die Feinde wurden von unserem Land gejagt, die Götter waren uns gewogen.«

Emma starrte ungläubig auf den Dorfplatz, wo das Gefecht stattgefunden hatte. Nun tummelten sich dort fast nur die Krieger der Siraya mit ihren Lendenschürzen und den bunten Hüfttüchern. Die noch verbliebenen Chinesen lagen am Boden. Ihre Gesichter drückten statt Hochmut blanke Todesangst aus. Frans redete auf den Häuptling ein, der hinter der Inib aufgetaucht war.

»Nehmt ihre Köpfe!«, schrie die Heilerin nun. »Unsere Götter haben diese Gabe verdient.«

Emma wurde kalt. Zwar lebte sie seit Monaten wie eine der Siraya, aber an das Ritual der als Trophäen gesammelten Schädel hatte sie sich niemals gewöhnen können.

Frans trat langsam auf die Inib zu.

»Lassen wir die Gefangenen besser laufen«, schlug er vor. »Sie sollen ihrem Herrn erzählen, dass wir nicht so leicht zu besiegen sind.«

»Das werden jene tun, die geflohen sind«, erwiderte die Inib. »Unsere Götter verlangen die Köpfe unserer Feinde.«

»Man wird es uns niemals verzeihen, wenn wir …«, begann Frans, wurde aber von seiner Großmutter abgewürgt.

»Tötet die chinesischen Hunde!«, schrie die Inib. »Wir haben die Holländer von unserem Land vertrieben und werden es auch mit allen anderen tun, die es uns wegnehmen wollen.«

Bevor Frans etwas sagen konnte, hatte ein Krieger dem ersten Chinesen die Kehle aufgeschlitzt. Er ließ sein Opfer ausbluten wie ein Schlachttier, bevor er mit einem geübten Schnitt den Kopf abtrennte. Die anderen chinesischen Gefangenen begannen zu schreien und verzweifelt um sich zu schlagen, wurden aber gnadenlos auf den Boden gedrückt. Emma wandte den Blick ab und eilte in die Hütte zurück, denn sie fürchtete, sich sonst vor allen Anwesenden zu übergeben.

Hinter sich vernahm sie Jubelrufe, Klatschen und Gesang, unterbrochen von gellenden Schreien der Angst. Sobald das Abschlachten vorbei war, würde wahrscheinlich ein Fest folgen, an dem teilzunehmen sie kein Verlangen verspürte. Sie flüchtete in jene Ecke, wo ihre Schlafmatte lag, und vergrub ihr Gesicht in der bunt gewebten Decke.

»Mir gefällt es auch nicht«, vernahm sie Annas Stimme in ihrem Rücken. »Der Mann, den ich liebte, wurde ebenso geköpft.«

Erstaunt wandte Emma sich um.

»War es ein Kampf unter feindlichen Stämmen?«, flüsterte sie bedrückt.

Die Holländer hatten für Frieden auf Formosa gesorgt, aber auch damit war es wohl nun vorbei.

Anna schüttelte den Kopf.

»Einer der holländischen Soldaten wollte mich zu seiner Frau machen. Aber als die Chinesen Davilo angriffen, um die Holländer zu vertreiben, wurde er getötet. Die Inib ließ seinen Schädel zur Schau stellen.«

Anna wischte sich die Augen trocken.

»Sie ist ein böses, rachsüchtiges Weib«, fuhr sie fort.

»Wir können den gefangenen Chinesen nicht helfen«, stellte Emma seufzend fest. »Aber vielleicht sind die Kämpfe dann wieder vorbei.«

Solange Frieden herrschte, waren die Siraya ein umgängliches, warmherziges Volk.

»Das wäre doch ein Grund, trotz allem an der Feier teilzunehmen«, schlug Anna vor und ergriff Emmas Hand. »Komm wieder nach draußen. Es wird der Inib nicht gefallen, wenn du dich hier verkriechst.«

Emma gehorchte, obwohl sie mit Widerwillen aus der Hütte trat. Inzwischen hatte sie gelernt, das Urteil der Inib zu fürchten.

Die abgeschnittenen Köpfe der Chinesen lagen nun vor den Götterstatuen. Die Rümpfe hatte man außer Sichtweite gebracht, um alles für das Fest vorzubereiten. Tische mit Speisen waren in aller Schnelle aufgebaut wurden, die Frauen des Dorfes schenkten Arak aus. Trommler und Flötenspieler stimmten ihre Melodien an. Die Inib saß neben dem Häuptling auf einem Podest, was früher ein Privileg der Holländer gewesen war. Emma konnte sich nicht erinnern, jemals einen so zufriedenen Ausdruck auf dem Gesicht der alten Frau gesehen zu haben.

Die Krieger vollführten einen Tanz auf dem Dorfplatz. Frans beteiligte sich nicht daran, er stand ein Stück hinter dem Häuptling, doch hatte er alle Versuche, auf ihn einzureden, inzwischen aufgegeben. Emma staunte, wie ernst ihr Mann aussah. Auch er wurde nicht von dem allgemeinen Jubel mitgerissen, machte einen nachdenklichen, fast bedrückten Eindruck.

Als es dämmerte und die ersten Männer betrunken zu schwanken begannen, gesellte Emma sich zu Frans, denn sie wollte möglichst unbeobachtet mit ihm reden.

»Wir haben gesiegt, scheint es«, flüsterte sie ihm auf Holländisch zu. Er legte seinen Arm um ihre Schulter und zog sie hinter eine der Hütten.

»Glaubst du das wirklich?«, fragte er dann. Seine Augen funkelten zornig. »Bist du wirklich so verrückt geworden wie die anderen Leute hier?«

Verwirrt schüttelte Emma den Kopf.

»Wir haben die Chinesen in die Flucht geschlagen. Wie soll ich es denn sonst nennen, wenn nicht einen Sieg?«

Frans lachte auf.

»Das also sollen alle Chinesen gewesen sein, die jetzt auf unserer Insel leben? Wir haben ein paar verjagt, die anderen geköpft, also kann nichts Schlimmes mehr geschehen!«

Er trat mit dem Fuß gegen einen Stein, der im hohen Bogen ins Dickicht des Dschungels flog.

»Was ist mit dir?«, murmelte Emma verstört. »Du warst niemals zuvor so bitter.«

»Ich habe niemals zuvor mit ansehen müssen, wie mein eigenes Volk sich sein Grab schaufelt«, erwiderte Frans. »All meine Versuche, dem Häuptling Vernunft einzureden, waren nutzlos. Er hört lieber auf die Inib, denn sie weiß genau, was sie sagen muss, damit er ihr gehorcht wie ein dressierter Hund.«

Er schlug mit der Faust gegen das Holz der Hütte hinter ihnen. Es ächzte gequält.

»Was hättest du denn anstatt des Häuptlings getan?«, fragte Emma und zog Frans zu sich auf den Boden, wo er sich hoffentlich beruhigen würde. Er holte entschlossen Luft.

»Was der Herr Qi Yuen uns heute schickte, waren Boten. Er rechnete nicht damit, dass wir so verrückt wären, sie anzugreifen. Sonst wären sie mit einer Eskorte gekommen, die ihre Schwerter nicht nur als Schmuckstücke betrachtet, sondern mit ihnen umgehen kann. Wir hätten versuchen sollen, mit ihnen zu verhandeln, um wenigstens einen Teil unseres Landes zu behalten. Stattdessen haben wir sie abgeschlachtet. Jetzt können wir warten, bis der Rückschlag kommt. Dann dürfte nichts mehr von Davilo übrig bleiben.«

Mit verkrampftem Gesicht starrte er auf das Gras unter ihnen. Emma versetzte ihm einen wütenden Stoß.

»So, wie du redest, könnten wir uns alle gleich vom nächsten Felsen in die Tiefe stürzen«, rief sie. »Wo ist dein Mut geblieben? So aussichtslos kann unsere Lage doch nicht sein.«

Sie konnte weitere Freudenrufe hören, schiefen Gesang und das Lachen von Liebespaaren, die sich nach der Feier Orte gesucht hatten, wo sie unbeobachtet waren. Die Einwohner von Davilo waren wie glückliche Kinder. Es schien unvorstellbar, dass ihnen ein so grausames Schicksal bevorstand.

»Ich bin nicht besonders mutig«, gab Frans zu. »Aber ich bemühe mich immer, das Richtige zu tun. Wenn ich sehe, dass wir in unser Unglück rennen, dann … dann …«

»Dann ist es immer noch möglich, dass du dich täuschst«, unterbrach Emma und schloss ihn in die Arme. »Ich glaube, du grübelst zu viel. Daran ist das Studium der Bibeltexte schuld, die anderen Männer deines Volkes sind nicht so. Aber ich liebe dich eben darum.«

Sie strich über seinen Rücken, um die Verkrampfung zu lösen. Solange Frans sich so bedrückt gab, war die Welt nicht in ihrer vertrauten Ordnung. Emma verspürte Angst, Verwirrung und Sorge, doch als Frans sie an sich zog, zerfloss all das wie verschüttetes Wasser.

Nichts Schlimmes konnte geschehen, solange sie einander hatten.

Schreie ließen Emma auffahren, als der nächste Tag schon angebrochen war. Ihr Kopf schmerzte, denn sie musste mehr Arak getrunken haben, als gut für sie war. Das Kreischen stach wie Nadeln in ihre Ohren. Blinzelnd richtete sie sich auf, wurde aber gleich darauf von Frans gepackt und wieder auf den Boden geworfen.

»Sie sind da!«, flüsterte er ihr ins Ohr.

»Die Chinesen?«

Emma schüttelte den Kopf, um eine böse Ahnung abzuwehren.

»Bleib hier. Ich sehe nach, was los ist«, flüsterte Frans und verschwand, bevor sie irgendetwas erwidern konnte.

Emma rollte sich zusammen und dankte Gott für die Planken der Hütte, hinter denen sie sich verbergen konnte. Beim ersten Angriff hatte sie nicht mitbekommen wollen, was vor sich ging. Jetzt verspürte sie nichts weiter als lähmende Angst.

Das Schreien wurde lauter und zu ihrem Entsetzen konnte

sie lautes Brüllen von kurzen, melodischen Worten vernehmen, die typisch für die Sprache der Chinesen waren. Kurz darauf kehrte Frans zurück. Er zog Anna hinter sich her, deren linker Arm aufgeschlitzt war. Blut tropfte auf den Boden.

»Es sind viel mehr als jemals zuvor!«, rief die junge Frau mit vor Schreck geweiteten Augen. »Wir müssen uns verstecken, schnell!«

»Lauft in den Wald«, sagte Frans und zerrte nun auch Emma auf die Beine. »Ein Stück weiter hinten ist eine Grube, in der wir manchmal Tiere gefangen haben. Dort bleibt ihr, bis es völlig ruhig geworden ist.«

»Was ist mit dir? Kommst du nicht mit?«, fragte Emma fassungslos, aber Frans schubste sie in Richtung des Dschungels. Bevor sie protestieren konnte, hatte Anna ihren Arm gepackt und zog sie mit sich.

»Wir müssen weg. Die schlachten uns alle ab!«

Sie hörten Klagen, Schmerzensschreie und wütendes, chinesisches Bellen. Hand in Hand stürmten beide Frauen ins Dunkel des Waldes, stolperten über Wurzeln und zogen einander wieder hoch. Schließlich fielen sie in das Loch, von dem Frans gesprochen hatte. Anna begann schnell, abgefallene Blätter und Äste über sie beide zu legen. Nach kurzem Zögern beteiligte Emma sich an der Aufgabe. Schließlich konnten sie kaum etwas sehen, atmeten die feuchte Erde ein und versuchten angestrengt, sich nicht zu rühren.

Der Lärm ging weiter. Er kam Emma vor wie das Eintreffen der Reiter der Apokalypse, der nahende Zusammenbruch von allem, was ihr bisheriges Leben ausgemacht hatte. Davilo würde untergehen, hatte Frans gesagt. Warum kam er nicht zu ihnen, um sich ebenfalls zu verstecken?

Sie musste sich in die Hand beißen, um nicht aufzuschreien, denn sie wusste, warum er sie allein fortgeschickt hatte. Ihr Mann war nicht mutig, kein guter Krieger, sondern ein Grübler, der lieber die Bibel studiert hatte, als den Umgang mit Speeren oder Messern zu üben. Doch nun, da sein Volk vernichtet wurde, weil niemand auf seine Warnungen gehört hatte, fühlte er sich verpflichtet, es bis zum Ende zu verteidigen.

Aber da er nicht gut im Umgang mit Waffen war, konnte das nur seinen Tod bedeuten.

Emma glaubte zu fallen. In einen Abgrund, der tiefer war als alle Schluchten dieser Insel, und aus dem sie niemals wieder würde herauskriechen können.

5. Kapitel
Xiamen, China

»Er ist ein Barbar«, sagte Jianshen, der die Oberhoheit über alle Dienstmägde zustand. »Sein Haar ist nicht schwarz, sondern braun wie … also das, was wir auf dem Nachttopf hinterlassen.« Sie lachte laut auf. Einige der Mädchen, die ihr unterstellt waren, stimmten zögernd mit ein. Lanfang war froh, ganz hinten zu stehen, denn so fiel sie weniger auf.

Warum sollte man über einen Menschen lachen, nur, weil sein Haar anders aussah?

»Aber der Hausherr hält viel von dem Fremden«, fuhr Jianshen fort. »Er wurde ihm von seinem ältesten Sohn Yuen geschickt, der in Taiwan lebt. Die Barbaren wurden von dort vertrieben, dieser eine ist geblieben und jetzt ist er bei uns.«

Sie nahm eine aufrechte Haltung an und musterte ihre Untergebenen streng.

»Wenn der Herr Qi beschlossen hat, einen Fremden als Mitglied der Familie aufzunehmen, so haben wir dies hinzunehmen. Es steht uns nicht zu, das Urteil des Hausherrn anzuzweifeln.«

Fast klang es, als wolle sie sich selbst überzeugen. Lanfang ahnte, dass es ihr nicht leichtfiel. Jianshen glaubte immer, alles ganz genau zu wissen. Meistens war sie dabei in Übereinstimmung mit dem Hausherrn und seinen drei Ehefrauen, doch nun war ein Fall eingetreten, mit dem sie sich nur schwer abfinden konnte. Ein junger Mann aus einem anderen Volk sollte Mitglied der Familie Qi sein, obwohl er keinerlei Anrecht auf eine solche Stellung hatte.

»Eine von euch wird ihn bedienen«, beschloss Jianshen. »Sie muss ihn achten und sich seinen Wünschen fügen, wie es die guten Sitten erfordern.«

Sie räusperte sich und begann, an den versammelten Dienstmädchen entlangzugehen. Alle hatten den Blick gesenkt. Manchmal reichte ein Fleck auf der Kleidung oder Schmutz unter den Fingernägeln, um einen Hieb mit dem Bambusstock zu erhalten, den Jianshen stets in der Hand hielt. Doch diesmal verhielt sie sich friedlich, ging von Mädchen zu Mädchen bis in die hinterste Reihe, wo sie vor Lanfang stehen blieb.

Deren Knie wurden weich. Sie musste wieder einmal etwas falsch gemacht haben, obwohl sie nicht wusste, was es sein konnte.

»Du!«, beschloss Jianshen. »Du wirst die Dienerin des Barbaren.«

Der Seufzer der Erleichterung, den die anderen Mädchen ausstießen, war zwar nicht hörbar, aber Lanfang spürte ihn wie einen starken Wind, der durch den Raum fegte.

»Wie du befiehlst«, erwiderte sie mit respektvoll gesenktem Kopf.

»Achte auf das, was du tust«, fuhr Jianshen nun etwas leiser fort. »Er hat das Recht, dich nach Belieben zu strafen. Du weißt nicht, welche Bräuche seine Leute haben.«

Lanfang kannte Jianshens Bräuche und die schienen ihr schlimm genug. Erst vor zwei Wochen war eine Dienerin, ein halbes Kind, so erbarmungslos verprügelt worden, dass sie an einer Entzündung ihrer Wunden gestorben war. Der Grund dafür war eine verschüttete Schüssel Reis gewesen. Niemand hatte sich an dem Tod der Kleinen gestört, denn junge Mädchen waren auf dem Markt billig zu erwerben. Der endlose Krieg gegen die neuen Herrscher Chinas hatte dazu geführt, dass viele Familien ins Elend stürzten und alles abschütteln mussten, was nicht wirklich wichtig war. Also ihre Töchter.

Wenigstens war sie selbst nicht einfach weggeworfen worden wie unnützer Ballast, nur weil sie ein Mädchen war, dachte Lanfang. Die ersten fünfzehn Jahre ihres Lebens war sie jemandem wichtig gewesen. Würde das allein reichen, damit sie all die Zeit, die vielleicht noch vor ihr lag, mit Fassung ertragen konnte?

Manchmal zweifelte sie daran. Es hieß, dass zwei der gekauften Mädchen sich bald schon erhängt hätten. Eine junge Frau hatte man vor zwei Wochen tot im Teich gefunden. Ob das ein Unfall, Selbstmord oder absichtliche Tötung gewesen war, wusste niemand genau. Eine gewöhnliche Dienerin war zu unwichtig, um deshalb viel Aufhebens zu machen.

Ihr Vater hatte Lanfang erklärt, dass ein menschliches Leben zu wertvoll war, um es aus freien Stücken zu beenden. Aber je mehr Zeit sie im Haus der Familie Qi verbrachte, desto leiser wurde seine Stimme in ihrem Kopf.

»Sei froh«, meinte ein kleines, pummeliges Mädchen neben ihr, als ihnen von Jianshen erlaubt worden war, das Haus der Dienstmägde zu verlassen. »Du musst nicht für den Herrn Kuo arbeiten. So schlimm wie der kann kein anderer sein.«

»Das werde ich bald herausfinden«, erwiderte Lanfang. Sie wusste, dass der Herr Kuo alle seine Dienerinnen früher oder später auf sein Lager zerrte, so auch jene sehr hübsche Frau, deren Leichnam im Teich gefunden worden war. Aber es gab Gründe, warum Lanfang ihm nicht als Bedienstete zugewiesen wurde. Ihre großen Füße machten sie hässlich, und Jianshen wäre wahrscheinlich bestraft worden, eine so unpassende Bedienstete für ihn ausgewählt zu haben.

Dachte der Barbar so wie die neuen Herrscher aus dem Tartaren-Land, die sich nicht an ausgewachsenen Frauenfüßen störten? In dem Fall wäre Jianshens Entscheidung sehr vernünftig gewesen. Wahrscheinlich war er wirklich wie die Mandschu, die sich nun Qing nannten. Nicht grausamer als die Männer, denen dieses Land bisher gehört hatte, aber auch nicht milder.

Egal was Lanfang nun bevorstand, sie würde sich fügen müssen.

Das Haus, wo man den Barbaren untergebracht hatte, lag neben dem Hof des Hausherrn, ein Stück hinter dem großen Teich. Er musste der Familie Qi wirklich wichtig sein, denn er hatte eine mit kunstvollen Schnitzereien verzierte Behausung erhalten, die groß genug gewesen wäre, um ein ganzes Dorf zu beherbergen. Lanfang wusste, dass sämtliche Mitglieder der Familie Qi im Moment noch gemeinsam das Mittagsmahl einnahmen. Die Bediensteten würden später bekommen, was übrig geblieben war, doch stand es den Aufsehern wie Jianshen zu, sich als Erste zu bedienen, sodass gewöhnliche Dienerinnen meist nur eine dünne Reissuppe erhielten. Aber Lanfang war es gewohnt, sich selten satt essen zu können.

Vorsichtig trat sie über die Schwelle, um den neuen Herrn nicht zu stören, falls er dennoch anwesend sein sollte. Doch die Räume waren leer. Jemand musste sie vor Kurzem hergerichtet haben, denn der Boden schien frisch gefegt, und sie konnte nirgends ein Staubkorn entdecken. Auf dem Schreibtisch lag das Buch der Riten von Konfuzius, daneben Papier, Pinsel, Tintenstein und eine Wasserschale. Lanfang verspürte einen Stich in der Brust, denn die Erinnerung, wie sie selbst früher den Tintenstein in Wasser aufgelöst hatte, um Schriftzeichen malen zu können, war noch allzu lebendig. Kurz wagte sie über die drei Pinsel zu streichen, die sich an ihre Finger schmiegten, als wollten sie ergriffen werden. Mühsam riss sie sich von ihnen los.

Sie würde hier Ordnung halten müssen, nichts weiter.

Neben dem Studierzimmer lag das Schlafgemach. Das Bett schien unbenutzt, doch davor lag eine große Ledertasche, das erste Zeichen, dass diese herrlichen Gemächer nicht völlig unbenutzt waren. Jemand musste sie in Eile hingeworfen haben, denn sie war halb umgekippt. Ein Buch war herausgefallen. Lanfang konnte sich nicht beherrschen, sie griff danach und starrte ratlos auf Symbole, die ganz klar eine Bedeutung haben mussten, ihr aber unverständlich blieben. Es musste eine fremde Schrift sein. Hatten Barbaren ihre eigenen Bücher? Falls dem so war, warum nannte man sie dann Barbaren?

Sie hockte sich auf den Boden und begann, neugierig zu blättern. Die Schrift erschloss sich ihr weiterhin nicht, was sie ärgerte, aber sie entdeckte Zeichnungen. Es waren Darstellungen von Menschen, die völlig anders aussahen als alle, die Lanfang je gesehen hatte. Sie trugen seltsame Kleidung, hatten sehr viel Haar und ungewöhnlich lange Nasen. Nur die Gegenstände in ihren Händen waren klar als Schwerter und Speere zu erkennen. Es musste um die Beschreibung eines Krieges gehen. Wie gern hätte sie ihrem Vater von dieser merkwürdigen Entdeckung berichtet! Er hatte stets behauptet, dass es auf der Welt noch viele andere Völker mit anderen Sitten gab.

Ein Geräusch vor der Tür ließ sie erschrocken zusammenfahren. Das Buch entglitt ihrer Hand, sie hob es vom Boden auf und steckte es in die Tasche zurück. Dann richtete sie sich auf, senkte den Blick und strich ihren Kittel glatt.

Schritte näherten sich. Sie stellte sich vor die Tasche, damit dem neuen Herrn nicht gleich auffiel, dass sie nach seinen Habseligkeiten gegriffen hatte. Es beschämte sie, wie weich ihre Knie wurden, aber in den letzten Monaten hatte sie gelernt, wie völlig hilflos sie in vielen Situationen war.

Dann stand der Barbar plötzlich vor ihr. Sie konnte kaum glauben, wie groß er war. Sein Haar hatte tatsächlich eine unnatürlich braune Farbe und schien weniger Gewicht zu haben als das zivilisierter Menschen, denn es flog federleicht um seinen Kopf herum. Die Augen wirkten ebenfalls riesig, was an ihrer runden Form liegen konnte. Er war blass und schwitzte. Die hohe Stirn glänzte feucht. Er sah aus wie eine missglückte Schnitzerei, die einen Mann darstellen sollte.

»Ich grüße dich. Mein Name ist Bi De.«

Es überraschte Lanfang, dass er verständlich sprechen konnte. Sie hatte bereits einige Leute getroffen, die sich mit der chinesischen Sprache schwertaten. Die Hakka zum Beispiel, deren Frauen große Füße hatten wie sie selbst. Aber die hatten wie ganz normale Menschen ausgesehen.

»Ich bin Eure ergebene Dienerin«, erwiderte sie und verbeugte sich. Er streckte die Hand aus, als wolle er nach ihr greifen, ließ sie zum Glück aber wieder sinken.

»Wie heißt du?«

Lanfang nannte ihren Namen. Sein neugieriges Starren verunsicherte sie. Würde er sie gleich auf das noch unbenutzte Bett werfen, wie der Herr Kuo es mit seinen Dienstmägden tat? Sie wusste nicht, ob sie ein solches Verhalten mit Fassung würde ertragen können. War alles an ihm riesig? Er könnte ihren Körper zerreißen.

Aber er stand einfach nur weiter da wie ein großes, verwirrtes Kind. Erst dann bemerkte sie, dass er eine Hand gegen seinen Arm gepresst hatte. Auf der Seide des Ärmels zeichnete sich ein wachsender Blutfleck ab.

»Seid Ihr verletzt? Ich kann Euch eine Salbe geben.«

In der Küche gab es eine alte Frau, die solche Salben verteilte, wenn Dienstboten allzu heftig verprügelt worden waren. Aber dieser junge Mann war ein Mitglied der Familie Qi, die ihren eigenen Arzt hatte. Es hieß, die Mittel der alten Frau seien manchmal wirksamer. Etwas an der Art, wie der Barbar seinen hohen, dünnen Körper hielt, weckte in Lanfang den Wunsch, ihn zu stützen, damit er nicht umfiel.

»Ich kann auch selbst Eure Wunde waschen«, bot sie sich an.

Der junge Herr sah plötzlich verlegen aus.

»Das ist nicht nötig«, erwiderte er schnell.

Dann trat er ein paar Schritte vor und setzte sich auf die Bettkante. Zum Glück achtete er nicht auf den Zustand seiner Ledertasche.

»Draußen hat jemand einen Stein nach mir geworfen«, sagte er. »Der Angriff kam von hinten. Ich weiß nicht, wer es war. Vor allem verstehe ich den Grund nicht.«

Das konnte Lanfang ihm nicht sagen, doch sie wusste, dass dieses Haus voller Menschen war, die einem Übles wollten. Offenbar waren auch Mitglieder der Familie Qi davon betroffen. Zumindest jene, die so merkwürdig aussahen wie Bi De.

»Ich werde Euch Wasser holen«, bot sie sich an und lief los, ohne seine Zustimmung abzuwarten. Erst als sie sein Haus verlassen hatte, wurde ihr bewusst, wie wenig Ergebenheit sie dadurch gezeigt hatte.

Aber der Barbar brauchte jetzt ihre Hilfe, nicht ihren Gehorsam.

Mit einem Eimer und einem frischen Lappen kehrte sie bald darauf zurück. Da Bi De offenbar nicht willens war, sich vor ihr zu entkleiden, legte sie beides zu seinen Füßen ab und verneigte sich erneut.

»Ich gehe jetzt, wenn Ihr es gestattet.«

»Kommst du morgen wieder?«, fragte er sofort.

»Gewiss. Ich bin Eure persönliche Dienerin.«

Ohne seine Zustimmung durfte sie nicht einmal fortgehen. Aber er hielt sie nicht zurück, sondern kletterte auf das Bett und wandte ihr den Rücken zu. Wahrscheinlich wollte er allein in Ruhe seine Wunde waschen.

Lanfang trat nach draußen. Es sah aus, als ob sie für den Rest des Tages keine Aufgaben mehr zu erfüllen hätte. Daher lief sie in den Garten und versteckte sich hinter einem Gebüsch, damit niemand auf die Idee verfiel, sie wieder in die Küche zu hetzen. Sie beobachtete die Wolken am Himmel, lauschte dem Summen der Libellen auf dem nahe gelegenen Teich. Zum ersten Mal, seit der Sklavenhändler sie ins Haus der Familie Qi geschleppt hatte, fühlte sie sich entspannt, beinahe glücklich. Falls der Barbar namens Bi De weiter so wenig

Ansprüche an sie stellte, konnte ihr Leben sich durch sein Auftauchen zum Besseren wenden.

Am nächsten Morgen brachte sie Bi De sein Frühstück, das er allein in seinem Zimmer einnehmen sollte. Danach wurde er zum Hausherrn gerufen, was Lanfang die Gelegenheit gab, das Bett zu machen und Ordnung zu schaffen. Nach ihrer Ankunft im Hause Qi war sie häufig für ihre Unachtsamkeit gescholten worden, denn es fiel ihr schwer, die Aufmerksamkeit auf Staub und Flecken zu lenken. In dem Leben, das sie vorher geführt hatte, war dies völlig unwichtig gewesen. Nun hatte sie zum ersten Mal den Wunsch, ihre Aufgabe nicht nur aus Angst vor einer Strafe so gut wie möglich zu erfüllen. Sie wollte diesem seltsam aussehenden Mann eine gute Dienstmagd sein. Daher legte sie die Decke auf dem Bett zurecht und fegte Staub von den Möbeln. Viel mehr gab es nicht zu tun, daher sah sie sich um. Er hatte die Tasche in einer Ecke verräumt und Lanfang wagte nicht, darin herumzuwühlen. Die meisten seiner Bücher waren ohnehin auf dem Schreibtisch gestapelt, aber es waren nur chinesische, die der Hausherr ihm fürs Studium gegeben hatte. Lanfang entdeckte das Buch der Sitten und Gebräuche von Konfuzius, das auch ihr Vater besessen hatte. Es war auf der zweiten Seite aufgeschlagen. Daneben lag ein mit Schriftzeichen beschriebenes Papier. Bi De übte sich darin, den Text zu kopieren. Er konnte hervorragend schreiben, wie sie erstaunt feststellte. Wie kamen Leute wie Jianshen dazu, ihn einen Barbaren zu nennen?

»Kannst du lesen?«

Die Stimme in ihrem Rücken war wie ein Hieb, der Lanfang zusammenfahren ließ. Sie hatte nicht damit gerechnet, dass ein so großer Mann sich fast lautlos bewegen konnte. Mit schamvoll gesenktem Blick wandte sie sich um. Falls er merkte, wie gern sie in seinen Sachen herumschnüffelte, würde sie Jianshen ausgeliefert werden, die den Bambusstock auf ihrem Rücken niedergehen lassen konnte, sooft es ihr gefiel.

»Ich kann ein paar Zeichen entziffern«, murmelte sie demütig. Inzwischen hatte sie gelernt, dass die meisten Männer es nicht mochten, wenn eine Frau sich zu viel Wissen angeeignet hatte.

»Das ist gut«, erwiderte er zu ihrem Erstaunen und setzte sich an seinen Tisch. »Vielleicht können wir zusammen üben.«

Lanfang wagte vorsichtig, wieder den Blick zu heben. Sie hätte gern zugestimmt, aber die Stimme der Vorsicht verbot ihr, ihm einfach zu trauen.

»Ich kann Euch eine Kanne Tee bringen, wenn Ihr wollt«, bot sie an, denn sie wäre gern eine Weile allein gewesen, um sich zu beruhigen.

»Wenn du möchtest«, erwiderte er. Seine Angewohnheit, alles so hinzudrehen, als ob ihre Wünsche von Bedeutung seien, verwirrte sie noch mehr. Sie hastete hinaus, ohne ihm eine Antwort zu geben.

Zum Glück traf sie in der Küche nicht auf Jianshen, sondern nur auf die alte Köchin, die bereitwillig Wasser für Tee erhitzte. Außerdem übergab sie ihr eine hübsch verzierte Kanne und drei dazu passende Tassen.

»Der alte Herr Qi hält sehr viel von diesem jungen Mann und deshalb sollte er unser bestes Geschirr erhalten«, erzählte sie dabei. »Stimmt es denn, dass seine Augen rund und braun sind wie bei einem Hund?«

»Er sieht nicht wie ein Hund aus«, widersprach Lanfang in dem Drang, ihren neuen Herrn zu verteidigen.

»Der Herr Kuo hat ihn mit einem verglichen«, meinte die Köchin. Sie war schon lange im Dienst der Familie Qi und schien sich sicher genug zu fühlen, um einfach auszusprechen, was ihr in den Sinn kam. »Aber der ist natürlich wütend. Sein Bruder Yuen lebt in Taiwan, sodass er hier der einzige Sohn sein könnte, doch dann schickte Qi Yuen uns diesen jungen Barbaren, der angeblich so unvorstellbar klug ist, dass er ein Chinese werden könnte.«

»Er ist wirklich sehr klug«, beharrte Lanfang.

»Ach, er gefällt dir, nicht wahr?«, rief die Köchin und brach in herzhaftes Gelächter aus, bei dem sie ihre gelben Zahnstummel zeigte. Lanfang spürte, wie ihre Wangen vor Scham zu brennen begannen.

»Ihr passt zusammen«, fuhr die Köchin fort. »Ihr seid beide merkwürdig.«

Lanfang spürte die Wahrheit in diesen Worten wie einen Schwall Wasser in ihrem Gesicht. Eben aus diesem Grund hatte sie von Anfang an den Wunsch gehabt, Bi De zu unterstützen. Er war fremd hier, tappte mit der Tollpatschigkeit eines gutmütigen Welpen durch das Heim der Familie Qi. Sie wusste, wie schnell man sich dabei Verletzungen zuziehen konnte.

Mit neuem Selbstvertrauen balancierte sie das Tablett mit dem Teegeschirr in sein Heim. Bi De brauchte ihre Hilfe, daher war er ihr gegenüber großzügig.

Als sie eintrat, war er wieder über das Buch von Konfuzius gebeugt. Er blickte auf und musterte sie mit sichtlicher Freude.

»Da bist du ja wieder. Du warst schnell. Das liegt sicher an deinen Füßen.«

Er starrte nun genau darauf. Lanfangs große Bauernfüße, wegen denen sie ausgelacht worden war, seit sie denken konnte. Nun musste auch er erkannt haben, wie hässlich sie war! Die Kraft wich aus ihren Armen, sie spürte, wie das Tablett sich zur Seite neigte, vermochte es im letzten Moment wieder ins Gleichgewicht zu bringen, doch eine Tasse war bereits zu Boden gefallen. Mit Entsetzen musterte sie die Scherben auf dem Boden.

»Bitte verzeiht meine Ungeschicklichkeit. Ich bringe Euch

eine neue Tasse«, murmelte sie, als sie ihre Last endlich auf dem Tisch im Raum abgestellt hatte.

»Das ist nicht nötig. Es sind noch zwei Tassen übrig, die reichen für uns«, erwiderte er mit einem freundlichen Lächeln. »Es tut mir leid, dass ich auf deine Füße gestarrt habe.«

Es beeindruckte sie, wie schnell er die Ursache ihrer Verlegenheit erfasst hatte.

»Es war der Wunsch meines Vaters«, erklärte sie und schenkte ihm Tee ein. »Er meinte, seine Tochter sollte laufen können.«

Oft in ihrem Leben war sie froh darüber gewesen, trotz allen Spottes.

»Dein Vater klingt wie ein kluger Mann«, sagte Bi De. »Hat er dir auch das Lesen beigebracht?«

Lanfang bejahte.

»Wer ist dein Vater?«, wollte er wissen.

»Ein Mann, der Fehler machte und dafür bestraft wurde«, erwiderte sie traurig. »Sein Denken war … seltsam. Deshalb habe ich Füße wie eine Bäuerin.«

»Du hast gesunde Füße«, widersprach er. »Jetzt nimm auch eine Tasse, allein will ich nicht trinken.«

Er schenkte ein und schob das Gefäß in Lanfangs Richtung, ohne ihre Zustimmung abzuwarten. Sie gehorchte und setzte sich auf einen Hocker neben dem Schreibtisch.

Es war fast wie früher, als sie mit ihrem Vater zusammen studiert hatte.

»Kennst du dieses Buch?«, fragte Bi De und wies auf das Ligi, wie die Sitten und Gebräuche hießen.

»Ja … ein wenig … das heißt …«

Sie wollte sich ihm gegenüber nicht mehr verstellen.

»Ich habe es ganz gelesen«, gab sie zu. »Gemeinsam mit meinem Vater. Wir redeten zusammen über die Bedeutung der Lehren, wie ein Edler sich zu verhalten hat.«

»Na, das ist ja wunderbar!«

Die runden, braunen Augen leuchteten vor Freude.

»Dann kannst du mir helfen. Ich kann den Text entziffern, wenn ich mich anstrenge. Aber ehrlich gesagt ist er nicht gerade unterhaltsam.«

»Darum geht es nicht!«, erwiderte Lanfang empört. »Das Buch der Sitten soll Menschen lehren, wie sie sich zu verhalten haben, damit in der Gesellschaft Ordnung und Harmonie herrschen. Gibt es unter den Leuten, bei denen Ihr aufgewachsen seid, keine solchen Regeln?«

Sie merkte, dass sie tatsächlich neugierig war.

»Natürlich gibt es die«, erwiderte er. »Und sie können manchmal ähnlich ermüdend klingen.«

Er lachte. Sie weigerte sich einzustimmen.

»Aber wir haben auch andere Schriften, die Geschichten über Liebe und Abenteuer erzählen«, begann Bi De. »Ich vermisse bei euren Texten ein wenig das Lebendige, Aufregende. Ich möchte auch etwas über echte Menschen mit Gefühlen lesen. Nicht nur Predigten, wie man sich richtig verhält.«

Nun, da waren die Texte von Konfuzius nicht das Richtige für ihn.

»Hat man Euch auch das Shijing gegeben, das Buch der Lieder? Konfuzius bezieht sich manchmal darauf. Die Lieder sind viel älter, sie wurden wahrscheinlich zunächst nur singend weitergegeben und später erst aufgeschrieben.«

»Nein, das habe ich nicht bekommen. Was steht da drin?«

Lanfang dachte an jenes Lied, das sie stets besonders geliebt hatte. Konfuzius hingegen hatte es nicht gemocht, weil es von einer lasterhaften Frau erzählte.

»Wenn ich auf der großen Straße
Nach deinem Ärmel greife,
So schelte mich nicht.
Alte Gewohnheiten sind schwer zu vergessen.

Wenn ich auf der großen Straße
Deine Hand halten will,
So hasse mich nicht.
Es ist schwer, eine alte Leidenschaft zu überwinden.«

Es schmeichelte ihr, wie beeindruckt Bi De aussah.

»Das gefällt mir!«, rief er. »Das klingt so … menschlich. Aber viele unserer Gelehrten hätten eine solche Frau auch verdorben gefunden.«

Also war die Welt im Grunde überall ähnlich. Lanfang wusste nicht, ob sie das bedrückend oder erleichternd finden sollte.

»Kannst du mir mehr von diesen Liedern vortragen?«, bat er. Lanfang wurde unwohl.

»Ich bin in diesem Haus nur eine Bedienstete. Man wird Euch Lehrer geben, wenn Ihr danach fragt. Der Herr Kuo hat mehrere davon.«

All diese Lehrer vermochten ihn nicht dazu zu bringen, wenigstens regelmäßig Schriftzeichen zu üben. Wie glücklich sie sein müssten, auf diesen wissbegierigen Barbaren zu treffen.

»Ich möchte aber lieber dich«, beharrte er. »Was ist so schlimm daran? Ich werde den Herrn Qi bitten, dass du keine anderen Pflichten mehr hast, als mit mir zu lernen. Würde dir das gefallen?«

Warum fragte er stets danach? Hatte er immer noch nicht begriffen, wie bedeutungslos ihre Wünsche in diesem Haushalt waren?

»Ich werde tun, was ihr verlangt«, erwiderte sie. Er sah nicht zufrieden über ihre Aussage aus, doch fügte er sich. Lanfang begann, das Geschirr abzuräumen.

»Soll ich Euch noch etwas aus der Küche bringen?«

Er verneinte und beugte sich wieder über seinen Text. Als

sie das Tablett zur Köchin zurückbrachte, überkam Lanfang ein Gefühl der Leichtigkeit, das sie nach dem Tod ihres Vaters nicht mehr empfunden hatte.

»Also wurde ein Krieg begonnen, weil eine Frau ihrem Mann davongelaufen war«, stellte Lanfang drei Wochen später fest und zerbiss einen jener Melonenkerne, die sie liebte und die Bi De regelmäßig bringen ließ. Sie wusste nun, worum es in dem Buch mit den seltsamen Zeichnungen ging, das er mitgebracht hatte. Sie hatte einfach gefragt und er hatte ihr mit Begeisterung Auskunft gegeben.

»Vielleicht war es nur ein Vorwand«, wandte er ein. »Die Griechen wollten Troja erobern.«

»Ja. Meistens sind Frauen nicht so wichtig«, stimmte Lanfang zu. Dann zog sie nachdenklich die Augenbrauen zusammen.

»Der König von Troja hätte seinem Sohn befehlen sollen, die Frau zurückzuschicken. Es war nicht recht, sie einfach ihrem Mann zu rauben.«

»Wahrscheinlich liebte er seinen Sohn und wollte ihm deshalb helfen«, wandte Bi De ein. Lanfang wusste, dass die meisten chinesischen Gelehrten ein solches Denken abgelehnt hätten. Doch ihrem Vater hätte es vielleicht gefallen.

»Eben weil er seinen Sohn liebte, hätte er ihn drängen sollen, sich richtig zu verhalten«, beharrte sie dennoch, denn das war die übliche Denkweise.

Bi De lehnte sich seufzend zurück.

»Denkst du wirklich so? Dass liebende Eltern stets erbarmungslos streng sein müssen? Ist dein Vater so zu dir gewesen?«

Ein unsichtbares Messer stach in Lanfangs Brust. Sie wusste, dass die Maske von Gleichmut auf ihrem Gesicht zu verrutschen begann, konnte es aber nicht verhindern.

»Willst du nicht, dass ich über deinen Vater rede?«, fragte Bi De. Wie kam es, dass er sie immer gleich durchschaute?

Sie straffte die Schultern.

»Ihr könnt reden, worüber Ihr wollt«, erwiderte sie den Regeln entsprechend. »Mein Vater war nicht streng. Viele Leute sagten, er hätte es sein müssen, damit ich lerne, mich wie eine fügsame Frau zu benehmen. Aber er wollte, dass ich ein glückliches Kind war. Jetzt bin ich dumm und ungeschickt als Dienstmädchen, weil ich nie gelernt habe, was eine Frau können soll.«

»Du kannst eben andere Dinge«, erwiderte Bi De. »Dein Vater hat dir viel beigebracht und deshalb kannst du mir jetzt bei meinen Studien helfen. Daran ist nichts Schlechtes.«

Wie selbstverständlich er alles hinnahm, was nicht den gängigen Regeln entsprach! War das bei seinen Leuten üblich? Sie wusste noch zu wenig über das Land, aus dem er stammte, um das einschätzen zu können. Aber ihre Neugier wuchs, je mehr sie darüber erfuhr.

»Wer war deine Mutter?«, wollte Bi De nun wissen. »Und wo sind deine Eltern jetzt? Haben sie dich hierhergeschickt, um zu arbeiten?«

Er hatte eine sehr direkte Art sie anzusehen, die sie bei einem anderen Menschen als aufdringlich empfunden hätte. Aber bei Bi De fühlte sie sich wohl. Auch wenn das, wonach er fragte, schmerzte.

»Meine Mutter starb, als ich noch ein Kind war«, berichtete sie. »Ich kann mich kaum an sie erinnern.«

»So wie meine auch«, erwiderte er. »Ich weiß nur noch, dass mein Vater sie über alles liebte und niemals vergessen konnte. Er heiratete später eine andere Frau, die sehr stark war. Wir wären ohne ihre Hilfe nicht zurechtgekommen, aber mein Vater liebte sie niemals so sehr wie meine Mutter.«

Das musste für diese Frau eine Enttäuschung gewesen sein, dachte Lanfang.

»Mein Vater heiratete nicht mehr«, sagte sie. »Es war schwer genug für ihn, eine Tochter zu ernähren, daher wollte er nicht noch mehr Familie. Er arbeitete als Hauslehrer, aber …«

Sie verstummte für einen Moment, denn sie wollte ihren Vater nicht in einem schlechten Licht beschreiben. Daher suchte sie vorsichtig nach den richtigen Worten.

»Er hatte sehr eigenwillige Ideen, die er an seine Schüler weitergab, und das gefiel deren Eltern nicht immer. Daher verlor er oft seine Anstellung. Wir zogen gemeinsam von Ort zu Ort, manchmal bot er sich als Schreiber auf dem Marktplatz an und ich half ihm dabei.«

Es hatte Tage gegeben, da sie sich eine Schüssel Reissuppe teilen mussten, um den schlimmsten Hunger zu stillen. Sie hatten in halb verfallenen Hütten übernachtet, manchmal sogar im Freien. Aber Lanfang hatte stets gewusst, welches Glück sie mit einem Vater gehabt hatte, der sie niemals verkauft hätte, um besser leben zu können.

»Mein Vater war auch nicht sehr erfolgreich bei seinen Tätigkeiten«, erzählte Bi De. »Er war Kaufmann, aber er verlor sein Vermögen und deshalb mussten wir nach Formosa reisen. Dort ist er gestorben, als Fort Zeelandia belagert wurde. Ich kam in den Haushalt von Qi Yuen.«

Zum ersten Mal wurde Lanfang bewusst, dass dieser Mann geliebte Menschen hatte zurücklassen müssen, um ein neues Leben unter Chinesen zu beginnen. Auch er musste unter dem Gefühl von Verlust leiden.

»Mein Vater starb sehr plötzlich«, begann sie. »Es war der Tag des Laternenfestes und wir hatten Xiamen erreicht, wo er hoffte, wieder eine Anstellung bei einer vornehmen Familie zu finden. Er hatte Glück, ein Grundbesitzer suchte einen Hauslehrer für seine Söhne und wollte diese Aufgabe meinem Vater überlassen. Daher kaufte er mir von seinem letzten Geld eine Laterne, auf der mein Name stand und außerdem eine Schlange zu sehen war, denn in diesem Zeichen bin ich geboren.«

Lanfang erinnerte sich, dass sie diese Ausgaben für übertrieben gehalten hatte, aber trotzdem sehr froh über ihr Geschenk gewesen war. Sie hatten sich auch zum ersten Mal seit vielen Wochen eine saubere Herberge geleistet. Am Abend des Festes hatten sie sich eine üppige Mahlzeit gegönnt und Reiswein getrunken. Danach war dem Vater übel geworden, aber Lanfang hatte diese Magenverstimmung nicht für schwerwiegend gehalten und ihm geraten, sich auszuschlafen.

»Am nächsten Morgen war er tot«, murmelte sie und kämpfte mühsam die Tränen nieder. »Ich weiß nicht, woran es lag. Er hat nicht gelitten, sonst wäre ich aufgewacht. Danach hatte er Schulden bei dem Vermieter und ...«

Sie wollte nicht darüber reden, wie sie schließlich an das Haus Qi verkauft worden war, um die Miete für zwei Nächte zu begleichen. Sie war sich sicher, dass ihr Vater den Herbergsbesitzer bereits bezahlt hatte, konnte das aber nicht beweisen.

»Ich kam hierher, um als Dienstmagd zu arbeiten«, beendete sie ihren Bericht und hoffte, Bi De würde nicht weiter nachfragen.

»Es tut mir sehr leid um deinen Vater«, meinte er nur. »Es klingt, als hättest du ihn sehr geliebt. Ich glaube, meiner war froh, zu meiner Mutter gehen zu können, denn sie war ihm wichtiger als irgendjemand sonst. Sogar wir Kinder zählten im Vergleich zu ihr nicht. Es gibt andere Menschen, die ich fast mehr vermisse als ihn. Meine Stiefmutter und meine Schwester wollten nach Batavia fahren. Ich weiß nicht, ob sie angekommen sind. Dann waren da noch zwei junge Frauen, die Töchter eines Missionars, die auf Formosa zurückblieben. Eine von ihnen wurde zur Konkubine Zheng Chenggongs. Ich frage mich oft, wie es ihr geht.«

»Sie muss ihr Schicksal hinnehmen wie wir alle«, erwiderte

Lanfang, aber es rührte sie, wie sehr er sich um zwei Mädchen sorgte.

»Ich bin jedenfalls froh, dass dieses Schicksal uns zusammengebracht hat«, meinte Bi De plötzlich und ergriff ihre Hand. Lanfang versteinerte zunächst, dann spürte sie Wärme in ihren Adern. Der ganze Haushalt hielt sie bereits für die Konkubine des Barbaren, Witze wurden darüber gerissen, welch seltsam aussehende Kinder sie ihm gebären würde. Aber niemand wagte mehr, einen Bambusstock auf sie niedergehen zu lassen, denn in der Hierarchie war sie deutlich aufgestiegen.

Würde Bi De nun den üblichen Preis dafür verlangen? Die Vorstellung flößte ihr nicht so viel Entsetzen ein wie befürchtet. Sie lehnte ihren Körper an den seinen, um ihr Einverständnis deutlich zu machen. Aber nichts geschah, er blieb nur still sitzen und streichelte ihre Finger. Lanfang schloss die Augen, überrascht über diesen plötzlichen Zustand der Geborgenheit, den sie seit dem Tod ihres Vaters nicht mehr erlebt hatte.

6. Kapitel

Es gibt verschiedene Geschichten, wie dieses Fest entstand«, erzählte Lanfang, während sie Bi De half, ein elegantes Gewand aus Seide anzulegen. »Meine liebste ist jene, die noch meine Mutter mir erzählte, als ich ein kleines Kind war. Eine Fee riet den Bewohnern einer bedrohten Stadt, Laternen anzuzünden, um den Angriff eines erzürnten Herrschers abzuwehren. Das gelang, da er das Licht der Laternen mit Flammen verwechselte und dachte, die Stadt würde brennen. Um dieses freudige Ereignis zu feiern, werden nun jedes Jahr Laternen angezündet.«

Er lauschte aufmerksam, wie immer, wenn sie ihm Dinge erklärte.

»Kommst du mit zu dem Fest?«, fragte er, als bereits ein Diener nach ihm rief, da das Mittagsmahl der Familie Qi bald beginnen würde. Lanfang schluckte. Da sie als seine bisher einzige Konkubine galt, hätte sie vielleicht ein Recht gehabt, am herrschaftlichen Tisch zu sitzen, aber ihr graute vor den spöttischen Blicken all der anderen Frauen der Familie.

»Ich soll in der Küche aushelfen«, erwiderte sie schnell. Tatsächlich hatte Jianshen gefragt, ob sie dafür Zeit hätte. Ein weiteres Zeichen für ihre veränderte Stellung im Haushalt, denn früher hätte man sie mit den anderen Dienstmägden im Morgengrauen zur Arbeit gejagt. Nun wurde sie gebeten – und sie hatte eingewilligt, um den Bediensteten ein wenig Last abzunehmen. Jianshens völlig verblüffter Gesichtsausdruck hatte ihr Genugtuung verschafft.

»Bei diesem Fest geht es um Vergebung und Frieden«, teilte sie Bi De mit. Im Gegensatz zu Jianshen wusste er wenigstens, was diese Begriffe bedeuteten. Dann verabschiedete sie ihn und machte sich auf den Weg in die Küche.

Bereits am Vormittag hatten Theateraufführungen und musikalische Darbietungen in den verschiedenen Höfen der Familie Qi begonnen. Während Lanfang half, die fertigen Gerichte zu verteilen, konnte sie sehen, wie Bi De vom Hausherrn herumgeführt wurde. Mit seinen großen Augen starrte er auf Sänger und Schauspieler, Löwentänzer und Akrobaten. Für ihn musste das alles so neu sein, wie es die Zeichnungen in seinem Buch für Lanfang gewesen waren. Sie war den ganzen Tag auf den Beinen, brachte Speisen zu den zahlreichen Mitgliedern der Familie, so auch zu den inzwischen vergessenen Konkubinen des Hausherrn und seines Sohnes Kuo, die einen eigenen kleinen Hof hatten. Der alte Herr Qi hatte schon vor Jahren das Interesse an Liebschaften verloren, sodass seine erste Ehefrau ihm genügte. Kuo brachte häufig Mädchen aus Bordellen mit. Die bedauernswerte junge Frau, mit der er letztes Jahr vermählt worden war, duldete es, wie sie alle seine Launen ertrug. Meistens vergaß er schon nach ein paar Tagen, dass diese Mädchen existierten. Man verhielt sich dennoch großzügig im Hause Qi. Alle Frauen, die jemals den Rang einer Konkubine erreicht hatten, durften den Rest ihrer Tage in bescheidenem Wohlstand fristen. Man hatte ihnen bei diesem Fest sogar eine eigene Theateraufführung gegönnt, die sie mit Neugier verfolgten.

»Sieh zu, dass du bald schwanger wirst und einen Sohn gebärst«, flüsterte die zweite Dienstmagd, mit der sie unterwegs war, ihr ins Ohr. »Sonst endest du hier. Aber besser als in der Küche ist es allemal. Du hast Glück gehabt, dem Barbaren zu gefallen.«

Lanfang stellte die Reisschüssel auf dem Tisch ab, wo all diese Frauen sich versammelt hatten. Manche von ihnen waren bereits grau und faltig, andere hatten Kindergesichter. Alle starrten auf die drittklassige Darbietung der Gesangstruppe, dankbar für jede Abwechslung in ihrem eintönigen Dasein.

Wollte sie selbst als eine von ihnen enden? Allzu viel durften sie sich nicht mehr vom Leben erwarten. Bi Des Konkubine zu werden war das Beste, was ihr noch widerfahren konnte, nur hielt er sie weiterhin auf Abstand.

Also würde sie auch nicht schwanger werden und der Familie keinen männlichen Nachkommen schenken können. Wenn er ihrer irgendwann überdrüssig wurde, käme sie hierher oder könnte weiter in der Küche arbeiten. Es schien ihr fast erstrebenswerter, eine Beschäftigung zu haben, als ohne jedes Ziel in den Tag hineinzuleben. Aber darüber würde sie nachdenken können, wenn es so weit war.

Bei Einbruch der Dämmerung wurde es auch den Dienstmägden vergönnt, die Reste der Speisen zu verzehren und ein paar Kannen Reiswein zu leeren. Lanfang, die sich völlig erschöpft fühlte, füllte ihren Becher immer wieder, bis ihre Lebensgeister neu erwachten. Sie würde Bi De verführen müssen, um schwanger zu werden, nur hatte sie keine Ahnung, wie sie dabei vorgehen sollte. All diese im Leben einer Frau so wichtigen Dinge hatte niemand ihr jemals erklärt. Hätte sie eine der alten Konkubinen um Rat fragen sollen? Diese Frauen waren selbst nicht sehr erfolgreich gewesen, also konnten sie wohl kaum helfen. Lanfang beschloss, auf ihr eigenes Gefühl zu vertrauen, denn sie spürte eine starke Verbundenheit mit diesem jungen Mann, den so viele hier einen Barbaren nannten.

Heute Nacht würde es ihr gelingen, dachte sie, als sie mit leichtem Schwindelgefühl über die Schwelle trat. Auch Bi De musste von dem Fest berauscht sein. Eine so gute Gelegenheit käme so schnell nicht wieder.

Sie betrat das Zimmer, wo sie stets gemeinsam studierten, und stellte eine aus der Küche mitgebrachte Kanne Reiswein auf dem Tisch ab. Wenn sie noch mehr davon trank, hätte sie morgen fürchterliche Kopfschmerzen, aber darauf kam es jetzt nicht an. Sie brauchte den Rausch in ihren Adern, um Dinge tun zu können, die sie sich früher niemals hätte vorstellen können.

Schnell hastete sie noch zu dem Spiegel in der hinteren Ecke des Raumes. Sie hatte keine Gelegenheit gehabt, sich frisch zu machen, und ihr Aussehen war ihr für gewöhnlich auch völlig egal. Doch heute musste sie es irgendwie schaffen, so verführerisch zu wirken wie jene Mädchen, die der Herr Kuo von seinen Bordellbesuchen mitbrachte. Leider war das Bild, das sich ihr bot, wenig ermutigend. Ihr Gesicht war kantig, das Kinn zu breit, die Stirn zu hoch.

»Du hast das nachdenkliche Gesicht eines Gelehrten, mein Mädchen«, hatte ihr Vater ihr immer wieder versichert. Doch welcher Mann wollte mit so einer Frau das Lager teilen?

Bi De vielleicht. Er war komisch, so wie sie auch.

Sie zog die Spangen aus dem Haar und ließ es über ihre Schultern fallen. Die dichten, blauschwarzen Strähnen glänzten im Licht der Laterne, was vielleicht hübsch aussah. Sie neigte den Kopf zur Seite und zwang ein süßes Lächeln auf ihr Gesicht, wie sie es manchmal an den Mädchen des Herrn Kuo gesehen hatte. Gleich darauf zog sie eine Grimasse, um das Gefühl der Lächerlichkeit abzuschütteln.

»Da bist du ja!«, vernahm sie Bi Des Stimme in ihrem Rücken. »Ich habe auf dich gewartet, bin aber kurz eingenickt.«

Lanfang versteinerte vor Schreck. Hoffentlich hatte er ihr peinliches Benehmen vor dem Spiegel nicht mitbekommen.

»Ich wusste nicht, dass Ihr schon da seid«, rief sie schnell. »Wollt Ihr noch etwas Reiswein?«

Lächelnd wies sie auf die Kanne auf dem Tisch.

»Oh, für heute hatte ich genug, glaube ich.«

Bi De schwankte leicht, als er ihr entgegenkam. Der Blick seiner braunen Augen war glasig.

»Es war ein schöner Tag«, redete er weiter, während er sich auf seinen Stuhl hockte. »Diese ganzen Aufführungen und der Gesang. Bei euch ist alles so … feingliedrig. Manchmal weiß ich nicht, wie ich damit umgehen soll. Ich habe Angst, mich grob zu benehmen.«

War dies der Grund für seine Zurückhaltung? Er wusste nicht, wie er sich Lanfang nähern sollte. Sie fühlte sich im Vergleich zu ihm nicht feingliedrig, nur unscheinbar und reizlos.

»Ich habe dir etwas mitgebracht«, fuhr er fort und stand wieder auf. »Warte einen Augenblick, ich hole es gleich.«

Lanfang blieb ratlos zurück. Geschenke wurden für gewöhnlich Konkubinen gemacht, also wies alles darauf hin, dass sie nun die seine werden sollte. Dennoch war sie sich nicht sicher, denn der Herr Kuo verhielt sich viel aufdringlicher gegenüber Frauen, die ihm gefielen.

Gleich darauf kam Bi De mit einer brennenden Laterne in der Hand zurück. Sie hatte die übliche rote Farbe und war mit der Zeichnung einer Schlange verziert. Darüber waren die zwei Schriftzeichen gemalt worden, die Lanfangs Namen beschrieben.

Alte Bilder stiegen in ihrer Erinnerung auf. Das letzte Geschenk, das sie von ihrem Vater bekommen hatte, war ein wenig kleiner gewesen, doch die Schlange darauf hatte ähnliche Formen gehabt.

»Ich hoffe, die Laterne gefällt dir ein bisschen«, murmelte Bi De, ohne ihr in die Augen zu sehen. »Ich habe sie für dich anfertigen lassen.«

Er hatte den Blick eines braven Jungen, der gelobt werden wollte. Lanfang wusste, dass dies vielleicht ihre Chance war. Sie musste Dankbarkeit und Freude zeigen, ihm vielleicht zur Ermutigung um den Hals fallen. Nur vermochte sie all das nicht mehr zu tun. Die Erinnerung an ihren Vater hatte sie schlagartig ernüchtert und sie glaubte, seine Augen in ihrem

Rücken zu spüren. Niemals hätte er gewollt, dass aus seiner Tochter eine billige Konkubine wurde, die Männer verführte, um ihre Zukunft zu sichern.

Sie fühlte sich wieder so verzweifelt wie an dem Tag, da sein Leichnam für die Beerdigung abgeholt worden war. Auch, um diese zu bezahlen, war Lanfang verkauft worden.

»Also ich wollte dir wirklich eine Freude machen«, redete Bi De weiter. »Aber scheinbar war es eine dumme Idee. Ich bringe die Laterne weg und besorge dir etwas anderes. Möchtest du Schmuck haben? Du trägst nie welchen, aber vielleicht ist es ja, weil …«

»Lass die Laterne hier!«, unterbrach Lanfang barscher, als sie jemals mit ihm geredet hatte. »Sie erinnert mich an mein früheres Leben, in dem ich frei war.«

Diese Worte hatte sie noch gefasst hervorgebracht, dann kamen die Tränen. Lanfang versuchte, sie niederzukämpfen, indem sie ihre Augen schloss und kurz mit dem Atmen aufhörte, aber all das nützte nichts. Es schien, als würden die Ängste und Erniedrigungen, die nach dem Tod ihres Vaters jeden Tag ihres Daseins ausgemacht hatten, nun einen inneren Damm durchbrechen. Sie krümmte sich und heulte den Schmerz hinaus, was zu ihrem Erstaunen sogar wohltat.

Dann spürte sie plötzlich Bi Des lange Arme um sich, wurde an seinen Körper gezogen und hörte das sanfte Murmeln seiner Stimme. So nahe waren sie einander noch nie gekommen, aber Lanfang dachte nicht mehr daran, dass sie ihn nun verführen sollte. Seine Nähe war wie ein Kissen, das vor dem harten Steinboden schützte. Sie bettete ihren Kopf an seine Brust, fühlte, wie seine Finger über ihr Haar strichen, und hörte langsam auf zu weinen.

»Es tut mir leid, dass du es so schwer hattest«, murmelte er. »Aber jetzt wird dein Leben sich wieder ändern. Das verspreche ich.«

Sie löste sich langsam aus seiner Umarmung und schob ihm seinen Stuhl hin.

»Dank Euch ist es bereits besser«, sagte sie wahrheitsgemäß.

Nun strahlte er wie ein Schüler, der von seinem Lehrer gelobt worden war.

»Es soll sich noch mehr für dich ändern«, sagte er und hielt ihr einen Becher Reiswein hin, den sie annahm. »Ich möchte dich zu meiner Gemahlin machen, wenn du einverstanden bist.«

Worüber redete er da?

»Ich gelte bereits als Eure Konkubine«, sagte sie wahrheitsgemäß.

»Aber ich will dich nicht als meine Geliebte, sondern als meine Ehefrau«, beharrte er mit unglaublichem Ernst. »Dort, wo ich herkomme, haben Männer nur eine Frau. Das sollst du für mich sein. Bevor ich dich traf, waren mir meine Bücher wichtiger, aber du bist die richtige Gefährtin für mich. Ich spüre eine Verbindung zu dir.«

Die spürte Lanfang auch, fand seine Worte dennoch unsinnig.

»Ich kann nicht Eure erste Gemahlin werden«, ermahnte sie ihn. »Der Herr Qi hat Euch als seinen Enkel angenommen. Daher wird er eine junge Frau aus vornehmer Familie für Euch suchen. Aber Ihr könnt Konkubinen haben wie alle Söhne reicher Männer.«

»Dort, wo ich herkomme, gilt das als schändlich«, erwiderte er.

»Und deshalb verzichten Männer auf Liebschaften mit anderen Frauen?«, fragte Lanfang ungläubig.

»Viele tun es dennoch«, gab er zu. »Aber ich will nicht so sein. Für mich gibt es nur dich.«

Er ergriff ihre Hand und sie entzog sie ihm nicht. Es tat wohl, solche Wertschätzung zu erfahren. Bi De ähnelte ihrem

Vater, der ebenfalls seine eigenen Ideen für wichtiger gehalten hatte als die Ordnung der Gesellschaft. Aber Lanfang wusste inzwischen, wohin diese Sturheit führen konnte.

»Ich wäre gern Eure Frau«, gestand sie ohne Zögern. »Doch wenn Ihr den Herrn Qi gegen Euch aufbringt, dann werde auch ich darunter leiden.«

Mehr noch als er, denn sie war dem Hausherrn nicht so wichtig.

Bi De sah für einen Moment betroffen aus, dann drückte er ihre Hand noch fester.

»Ich soll eine wichtige Aufgabe für den Hausherrn erfüllen«, erzählte er. »Man will, dass ich bei Verhandlungen mit Holländern übersetze. Wenn ich dabei Erfolg habe, wird man mir hoffentlich meinen Herzenswunsch erfüllen.«

Lanfang war sich nicht sicher, ob dem tatsächlich so wäre, aber er hatte ihr Interesse geweckt.

»Welche Verhandlungen denn?«

»Mit einem holländischen Admiral. Zheng Jing will eine Allianz mit ihm gegen die Qing-Regierung. Wir fahren zu einer Insel in der Nähe von Formosa, also Taiwan, wie es bei euch heißt. Willst du mich begleiten? Ich würde dir gern zeigen, wo ich lange gelebt habe. Wir werden Formosa wenigstens aus der Ferne sehen können.«

Staunend riss sie die Augen auf und stimmte zu, ohne lange nachzudenken. Es wäre aufregend, endlich wieder der Enge der Haushöfe zu entkommen.

Wenn man sie wirklich mitfahren ließ, dann lag es daran, dass sie nur seine Konkubine war. Einer Ehefrau vornehmer Herkunft hätte man eine solche Reise niemals erlaubt, aber das musste sie Bi De nicht erklären. Sie würde ihm nur helfen müssen, sich den Verhältnissen im Hause Qi anzupassen. Dann könnten sie beide hier ein erträgliches Leben führen.

7. Kapitel

Davilo, Formosa

Dort, wo einst Davilos Hütten und Häuser gestanden hatten, konnte Emma nur noch abgebrannte Ruinen und Leichen entdecken. Das Feuer war lichterloh gewesen und hatte es ihnen unmöglich gemacht, gleich nach dem Abzug der Chinesen in das Dorf zurückzukehren. Glücklicherweise war bald darauf ein heftiger Regenguss gekommen, der die Flammen gelöscht hatte. Nun stolperten Emma und Anna über die Spuren der Zerstörung. Ein bestialischer Gestank lag in der Luft, ließ sie würgen und verursachte Schwindelgefühle.

»Da vorne ist meine Schwester Oki!«, rief Anna und rannte los. Emma, die sich auf sie gestützt hatte, taumelte. Hilflos streckte sie die Hände aus, um irgendwo Halt zu finden, aber da war nichts mehr. Das Dorf, in dem sie den größten Teil ihres Lebens verbracht hatte, war innerhalb weniger Stunden ausgelöscht worden.

»Die Chinesen sind gründlich«, hatte ihr Vater immer wieder gesagt, durchaus mit Anerkennung. Nun sah sie diese Aussage bestätigt.

Sie stellte sich breitbeinig hin, um nicht zu stürzen. Von dem langen Liegen in der Grube schmerzten ihre Knochen und sie musste immer wieder blinzeln, um sich an das Licht zu gewöhnen.

Vielleicht wäre es in dieser Lage aber besser, nichts mehr zu sehen.

»Oki, Oki, Oki!«, vernahm sie Annas klagenden Ruf und hastete zu ihr. Den verletzten Arm ihrer Gefährtin hatte sie in der Grube notdürftig mit einem von ihrem Rock abgerissenen Stück Stoff verbunden. Er war bereits blutgetränkt, aber Anna schien dennoch weniger geschwächt als sie selbst.

Emma kniete sich neben die reglose Oki. Die Kehle des jungen Mädchens wies einen tiefen Schnitt auf, aus dem immer noch Blut floss. Ihre weit geöffneten Augen starrten in einen Himmel, den sie nicht mehr sehen konnten.

Sanft schloss Emma die Lider des Mädchens.

»Es tut mir sehr leid, Anna«, flüsterte sie. »Aber lass uns nach Überlebenden suchen.«

In ihrem Kopf konnte sie nur einen einzigen Namen hören. Wo war Frans? Die Krieger konnten nicht alle getötet worden sein, denn so viele Leichen lagen nicht herum.

Anna stand laut schluchzend auf. Emma schloss sie kurz in die Arme, zog sie dann quer über jenes Schlachtfeld, das einst der Dorfplatz gewesen war. Die Götterstatuen waren umgeworfen und zerhackt worden. Ein paar der Schweine, die den Angriff unversehrt überlebt hatten, fraßen gemächlich die verstreuten Opfergaben auf. Emma entdeckte mehrere Dorfbewohner, deren Lebenslicht ebenfalls erloschen war. Dennoch fehlten die meisten Leute. Es schien unwahrscheinlich, dass sie alle in den Hütten verbrannt waren, daher hoffte Emma, sie hätten sich ebenfalls im Wald versteckt. Anna stieß plötzlich einen hellen Schrei der Freude aus und schlang ihre Arme um ein unversehrtes Mädchen, das aufgetaucht war wie ein Geist aus dem Totenreich.

»Dika! Die Götter haben dir beigestanden!«

Es gab Überlebende. Frans konnte einer davon sein.

»Wir konnten weglaufen«, erzählte Dika schluchzend. »Sie gingen auf uns los wie Raubtiere, aber als wir in den Wald flüchteten, verfolgten sie uns nicht.«

Sie waren damit beschäftigt gewesen, das Dorf zu vernichten. Sie wollten das Land für ihre Zwecke nutzen, daher war es sogar sinnvoll gewesen, die Hütten niederzubrennen. Gewöhnliche Einwohner wie Dika waren zu unwichtig gewesen, um nach ihnen zu suchen.

»Hat sich sonst noch jemand versteckt?«, fragte Emma ungeduldig.

»Ja, ein paar Frauen und deren Kinder. Ich bringe euch zu ihnen«, erwiderte Dika sofort. Emma schämte sich für die Tränen der Enttäuschung in ihren Augen. Sie hätte wissen müssen, dass Frans niemals geflohen wäre.

Sie folgten Dika ins Dickicht des Waldes bis zu einer kleinen Lichtung, wo sieben Leute eng beieinandersaßen und Klagelaute ausstießen. Emma erkannte vier Frauen des Dorfes und zu ihrem Staunen auch drei junge Männer, die zu den Kriegern gehört hatten. Da sie Söhne der anwesenden Frauen waren, hatte Dika sie Kinder genannt, denn sie konnten nicht älter als sechzehn sein. Einem von ihnen hatten die Chinesen die linke Wange aufgeschlitzt, die anderen zwei hatten nur ein paar Schürfwunden.

»Was ist mit den anderen Männern geschehen?«, drängte Emma. »Sie können doch nicht alle tot sein. Wo sind die Leichname?«

Das Feuer hatte nicht lange genug angehalten, um sie völlig zu verbrennen. Außerdem hatte der Kampf außerhalb der Hütten stattgefunden.

»Die Chinesen haben Gefangene gemacht«, erwiderte der Krieger mit der aufgeschlitzten Wange, gegen die er ein Stück Tuch presste. »Kräftige Männer wurden verschleppt, außerdem alle jungen Frauen, die sie einfangen konnten.«

»Dann ist es mir lieber, dass Oki jetzt bei unseren Ahnen ist«, flüsterte Anna leise.

»Auch deinen Mann haben sie mitgenommen«, verkündete eine tiefe Frauenstimme im Hintergrund. Emma fuhr herum und erstarrte vor Schreck, als die Inib vor ihr auftauchte. Sogar Antonius Hambroek hatte diese störrische Hexe gefürchtet, doch nun glich sie einem verletzten Raubtier, das sich mit letzter Kraft auf den Beinen hielt. Dunkelrotes Blut strömte aus einer Wunde an ihrem Bauch. Ohne die Hilfe einer anderen, jüngeren Frau hätte sie nicht aufrecht stehen können.

»Er wird zurückkommen«, sagte Emma, um sich selbst Mut zuzusprechen. »Er weiß, dass wir ihn brauchen.«

Die Inib senkte den Kopf.

»Ich weiß nicht, ob noch jemand zurückkommt«, gab sie leise zu. »Unsere Zeit hier ist vorbei.«

Nun wurden auch Emmas Knie weich, denn sie hatte gelernt, die Voraussagen der Inib trotz ihrer christlichen Erziehung ernst zu nehmen. Diese größte aller Hexen war eine hilflose alte Frau geworden, die von ihren Anhängerinnen sanft auf den Boden gebettet wurde.

Das Blut strömte weiter aus der Wunde. Emma setzte sich an ihre Seite und ergriff ihre Hand.

»Sag uns, welche Kräuter du brauchst. Wir können sie besorgen!«, rief sie. Die Inib hatte mehrere ihrer Töchter und Enkelinnen als Heilerinnen ausgebildet, doch keine von ihnen war nun hier.

»Ihr … müsst … in die Berge«, stieß die Inib mühsam hervor. »Es geht nicht anders. Ich dachte … ich dachte …«

Nun spuckte sie einen Strom von Blut aus. Emmas Gesicht wurde davon benetzt.

»Ich dachte, die Chinesen sind besser als die Holländer« vermochte die alte Frau schließlich zu sagen. »Sie wollten uns nicht unsere Götter nehmen. Aber was nützt das, wenn sie uns abschlachten?«

Ein Zucken fuhr durch ihren Körper, sie bäumte sich auf, schnappte nach Luft und fiel wieder auf den Boden. Ihr Blick brach so schnell wie ein zertretener Zweig. Emma hielt weiterhin ihre Hand fest, aus der nun das Leben gewichen war, und spürte Tränen auf den Wangen. Wie kam es, dass Menschen, die man fürchtete, einem gleichzeitig so nahe sein konnten?

»Was machen wir jetzt?«, flüsterte Dika. »Den Häuptling haben sie auch getötet, ich habe es gesehen. Wer wird uns sagen, was wir tun sollen?«

Sie warf einen ratlosen Blick in die Runde. Emma richtete sich auf. Einst hatte sie die Kinder dieses Dorfes unterrichtet, was ihr eine gewisse Autorität verliehen hatte.

»Wir müssen in die Berge, wie die Inib sagte. Hier können wir nicht bleiben, denn die Chinesen kommen wahrscheinlich bald zurück. Sie wollen dieses Land. Bevor wir aufbrechen, müssen wir erst einmal nachsehen, wer alles überlebt hat, und die Verwundeten versorgen.«

Sogar die Krieger wirkten erleichtert, dass jemand die Führung übernehmen wollte. Die Inib wurde tiefer ins Dickicht des Waldes getragen und mit Geäst zugedeckt. Um sie mit einer Zeremonie beizusetzen, fehlte die Zeit.

Bevor es dunkel wurde, waren fünfzehn weitere Leute aufgetaucht, die sich in den Wald geflüchtet hatten. Auf dem Dorfplatz entdeckten sie zwei verletzte, aber noch lebende Krieger, deren Wunden versorgt wurden. Die Leichname der anderen brachten sie zu dem der Inib. Das laute Klagen der Frauen war ein düsteres Lied, mit dem die Dämmerung angekündigt wurde.

Als sie die Reste der verbrannten Hütten durchforsteten, stießen sie auf ein paar nur teilweise vom Feuer zerstörte Decken, in die sie sich wickeln konnten. Dann sammelten sie die auf dem Dorfplatz verstreuten Überreste der Opfergaben auf und zwei Krieger schlachteten eines der verbliebenen Schweine, sodass sie erst einmal etwas zu essen hatten. Wasser konnte aus einem nahe gelegenen Teich geholt werden.

Vor Einbruch der Dunkelheit suchten sie wieder Unterschlupf in dem umliegenden Wald, denn sie wollten nicht dort übernachten, wo ihre Verwandten und Freunde gestorben waren. Eng aneinandergepresst versuchten sie, Kraft für den morgigen Tag zu finden.

Obwohl niemand es aussprach, wussten sie, dass dies ihre letzte Nacht in jenem Ort sein würde, der einst Davilo gewesen war.

Emmas Vater hatte die Lebensweise der Ureinwohner als primitiv bezeichnet, doch mit jedem Schritt, mit dem sie sich von Davilo entfernten, wurde Emma bewusst, wie viel sie hinter sich ließen. Ein eingezäuntes Dorf mit stabilen Hütten, Nahrungsvorräte, Decken, Geschirr, eine geordnete Gemeinschaft. Alles, was in dieser Wildnis ein wenig Sicherheit und Schutz bieten konnte. Die Berge waren das Zentrum der Insel, wurden von Wolken umspielt und wiesen in den Himmel. Niemand wusste, was sie dort erwartete, und wie sie sich am Leben würden halten können.

»Wir sollten uns vielleicht nicht zu weit entfernen«, murmelte sie an Anna gewandt, die tapfer neben ihr einherschritt. »Ich hoffe immer noch, dass ein paar der Gefangenen zurückkommen.«

»Aber das wissen wir nicht«, erwiderte die junge Frau leise. »Wie lange willst du warten?«

Emma dachte, dass sie es nicht allein entscheiden könnte. Aber wen sollte sie fragen, mit wem sich beraten? Einst hatte sie den Weisungen ihres Vaters Folge geleistet. Später war Frans ihr Vertrauter geworden. Sogar die Worte der Inib hatte sie ernst genommen, denn die alte Frau hatte diese Insel und deren Gaben bestens gekannt. Aber jetzt waren da nur ein paar junge Leute und hilflose Mütter, die hinter ihr herliefen wie eine Hühnerschar.

Die Siraya waren es gewohnt, auf Frauen zu hören. Nun also musste Emma sich als Anführerin bewähren.

Wieder warf sie einen Blick auf die Berggipfel. Wie lange es wohl dauern konnte, dorthin zu kommen? Wäre in dieser Höhe Leben möglich? Alle ihr bekannten Siedlungen auf Formosa lagen innerhalb der Küstenregion, wofür es gute Gründe geben musste.

»Wir verstecken uns oberhalb des Dorfes. An einer Stelle, wo wir es noch sehen können«, beschloss sie. »Dort warten wir, bis … bis … drei Wochen vergangen sind.«

Nach der Vertreibung der Holländer hatte sie die Tage gezählt, um nicht zu vergessen, wie die Zeit verging. Ein Ritz an den Balken der Hütte an jedem Morgen hatte dabei geholfen. Nun würde sie an einem anderen Ort jeden vergangenen Tag markieren.

Frans kommt wieder, murmelte sie im Geiste. Sie weigerte sich, an etwas anderes zu glauben. Mit ihm würde sie den Weg in die Berge wagen, um für sein Volk ein neues Zuhause zu finden.

Bevor der Abend anbrach, hatten sie einen geeigneten Ort für ein vorübergehendes Lager gefunden. Von einem Felsvorsprung aus konnten sie noch die Überreste ihres einstigen Zuhauses sehen, doch bot der Wald ihnen Schutz, um nicht sofort entdeckt zu werden. Die Krieger bemühten sich, aus herumliegendem Geäst einen Unterschlupf für die Nacht zu bauen. Sie hatten noch drei der Schweine, die den Brand überlebt hatten, mitgenommen, die man mit Stricken an Bäume gebunden hatte. Emma riet davon ab, gleich ein weiteres zu schlachten, denn die Tiere sollten sich möglichst vermehren. Alle Frauen machten sich auf die Suche nach Früchten im Wald. Glücklicherweise fanden sie auch eine Quelle in der Nähe, die sie mit Wasser versorgte. Für die erste Zeit schien ihr Überleben gesichert.

Emma schlief eng an Anna und Dika gepresst ein. Niemand hatte sie je auf ein solches Leben vorbereitet, aber sie würde es schon schaffen, zurechtzukommen.

Nur durfte sie nicht die Hoffnung verlieren, Frans wiederzusehen.

Bereits nach wenigen Tagen hatten die ihnen verbliebenen Männer zwei Hütten errichtet, nicht ganz so groß und stabil wie jene aus Davilo, aber sie boten Schutz vor Regen und Wind. Dazu kam ein eingezäuntes Gatter für die Schweine. Die Krieger jagten Wild, die Frauen kochten und versorgten die Gemeinschaft. Emma hatte schon früher gelernt, sich daran zu beteiligen. Sie war nicht ganz so geschickt wie die Frauen der Siraya, aber sie gab sich Mühe. Die Menschen waren weiterhin willens, auf ihre Weisungen zu hören, nur in die Jagdausflüge der Krieger mischte sie sich nicht ein, weil sie davon nichts verstand. Ähnlich war das Leben in Davilo gewesen.

»Wenn wir hier oben sitzen, hätten wir auch in Davilo bleiben können«, meinte Dika eines Abends, nachdem sie gemeinsam Kokosnüsse eingesammelt hatten und diese nun aufzubrechen versuchten.

»Die Chinesen kommen wieder«, beharrte Emma. »Hier oben sehen wir sie und können uns verstecken.«

»Was ist, wenn sie bleiben?«, fragte Dika. »Sie wollten unser Land. Hier oben finden sie uns schnell.«

Dika hatte ihre Kokosnuss nun aufbekommen und biss gierig in das weiche Fleisch. Emma gelang es schließlich auch, nachdem sie ihre Nuss mehrfach gegen einen Stein geschlagen hatte.

»Wir bleiben natürlich nicht auf Dauer hier«, sagte sie. »Wir warten auf die Rückkehr der Leute, die verschleppt wurden.«

»Wie lange?«, fragte Dika, nachdem sie sich den Mund mit dem Handrücken abgewischt hatte. »Meine Mutter erzählte mir, dass früher, bevor die Holländer kamen, bei Kriegen Gefangene gemacht wurden. Die schickte man nicht wieder zurück. Sie mussten bei den Siegern bleiben und ihnen gehorchen.«

Emmas Schultern versteiften sich.

»Mein Mann wird zurückkommen«, flüsterte sie. »Er lässt uns nicht im Stich.«

Dika warf die leere Nussschale in hohem Bogen ins Tal hinab.

»Kriege fordern Opfer. Auch das erzählte meine Mutter. Die Inib hätte vielleicht sehen können, ob dein Frans noch lebt. Aber sie ist tot. Wir haben niemanden mehr, der mit den Göttern reden kann.«

Dann stand sie auf und lief auf flinken Beinen in die Siedlung zurück. Emma folgte ihr, denn sie fühlte sich unwohl allein in der Wildnis.

Die Frauen hatten bereits ein Lagerfeuer entzündet, wo von den Kriegern gefangene Fische gebraten wurden. Die Überlebenden von Davilo saßen inzwischen plaudernd zusammen, die Männer schnitzten Pfeile, die Frauen kümmerten sich um das Essen. Fünf Kinder, die ihnen noch geblieben waren, sprangen dazwischen herum.

Sie brauchten einen neuen Ort, um die Gemeinschaft fortbestehen zu lassen. Aber um ihn zu finden, kannte Emma die Insel zu wenig.

Ohne Frans wusste sie nicht weiter.

Die Zeit verging und das karge Dasein im Wald wurde zum Alltag. Die allgemeine Stimmung besserte sich, die Frauen sangen nun wieder bei der Arbeit und kokettierten fröhlich mit den ihnen verbliebenen Männern. Manchmal wurde abends am Lagerfeuer vorgeschlagen, einfach nach Davilo zurückzukehren und das Dorf wieder aufzubauen. Emma lehnte das resolut ab.

»Die Chinesen wollten, dass wir gehen«, sagte sie. »Sie haben uns gezeigt, was geschieht, wenn wir uns weigern.«

»Aber sie sind weg!«, rief eine junge Frau, Mutter von zwei der verbliebenen Kinder. »Sie haben Gefangene gemacht und zogen fort. Vielleicht kommen sie nicht zurück.«

Emma sehnte sich nach einem Becher Arak, den sie hier oben nicht brauen konnten.

Vielleicht kamen die Chinesen nicht wieder, nachdem sie ihnen eine Lektion erteilt hatten. Aus irgendwelchen Gründen hätte das Land für sie unwichtig werden können.

Aber Frans war verschwunden. Je länger sie darüber nachdachte, desto unwahrscheinlicher schien seine Rückkehr. Sie würde nun überlegen müssen, was sie tun sollte, wenn er fortblieb. Doch ihr ganzer Verstand sperrte sich dagegen, eine solche Möglichkeit in Erwägung zu ziehen.

»Wir müssen abwarten«, beharrte sie. »Wenn die Sommerhitze wieder beginnt und die Chinesen noch nicht zurück sind, gehen wir nach Davilo zurück.«

Bis dahin würden noch etliche Wochen vergehen, denn im Augenblick herrschte noch der milde Winter auf der Insel, die Tage waren kürzer und es regnete nicht so oft wie zur Sommerzeit.

In dieser Nacht schlief sie unruhig und träumte wieder von ihrem Vater, der sie mahnte, ihren Glauben nicht zu vergessen. Im Morgengrauen wurde sie von den aufgeregten Rufen eines jungen Kriegers geweckt, der gegen alle guten Sitten der Siraya verstieß, als er in die Hütte eindrang, wo Emma mit Anna, Dika und zwei anderen Frauen lag.

»Ich wollte nach Davilo zurück, um Vorräte zu holen«, teilte er nach einem respektvollen Kopfnicken mit. »Aber das ging nicht, denn die Chinesen sind dort. Sie müssen gestern eingetroffen sein, als es schon dämmerte und wir nicht mehr nachsahen.«

Emma fuhr in die Höhe. Ihr Kopf drehte sich in dem Bemühen, die Neuigkeiten zu verarbeiten.

»Jetzt haben wir endgültig unser Zuhause verloren«, murmelte Anna und rieb sich traurig den Schlaf aus den Augen.

»Wir müssen weg«, stellte Dika fest. »Ihr Männer werdet uns beschützen.«

Sie lächelte den Krieger an, der verlegen den Blick senkte.

Emma beneidete das Mädchen um diese Zuversicht, sah aber ein, dass Dika recht hatte. Hier oben wären sie auf Dauer nicht sicher vor den Chinesen. Sie mussten sich in die Berge zurückziehen.

Nachdem sie mit Anna und Dika auf den Felsvorsprung geschlichen war, konnte sie sich von der Ankunft der Chinesen überzeugen. Sie waren mit Fleiß und Ausdauern dabei, die letzten Reste der Hütten zu entfernen, um ihre eigene Siedlung aufzubauen. Die ersten Bäume um das ehemalige Siraya-Dorf wurden gefällt. Wahrscheinlich wollte man Felder anlegen, wie es an der Küste bereits geschehen war. Die eingetroffenen Chinesen sahen nicht wie Soldaten aus, eher wie gewöhnliche Bauern, die ein neues Zuhause suchten.

Nur war es vorher anderen Menschen geraubt worden. Holland war zu weit weg gewesen, um arme Menschen in großen Mengen als Siedler hierher zu locken. Für die Chinesen war es einfacher, sie mussten nur eine recht kurze Überfahrt in Kauf nehmen. Emma begann zu ahnen, dass immer mehr von ihnen kommen würden, um die Jagdgründe der Siraya in Ackerland zu verwandeln.

»Wir könnten versuchen, mit ihnen zu verhandeln«, überlegte sie laut. »Vielleicht lassen sie uns in der Nachbarschaft leben.«

Annas skeptischer Blick machte ihr klar, wie unsinnig diese Überlegung war. Die freie, ungezügelte Lebensart der Siraya ließ sich schwer mit dem Fleiß und der strengen Hierarchie vereinbaren, die die chinesische Gesellschaft ausmachten. Schon Frans hatte erkannt, dass die Ureinwohner bestenfalls als billige Arbeitskräfte geduldet werden würden.

Emma musste ihre Leute in Sicherheit bringen. Frans hätte dies von ihr erwartet, auch, wenn er jetzt nicht mehr an ihrer Seite war.

»Es ist besser, wir gehen«, beschloss sie und teilte es ihren Zuhörern mit. »Wir müssen mitnehmen, was wir tragen können, und nach oben in die Berge ziehen, denn dorthin kommen die Chinesen nicht.«

Sie erhob sich und ging los. Anna und Dika folgten ihr wie stets, doch Emma fragte sich, ob sie den Rest der Gemeinschaft auch so leicht würde überzeugen können.

»Aber wir haben immer in dieser Gegend gelebt«, rief eine der Frauen und warf einen ratlosen Blick in die Runde. »Oben in den Bergen wohnen vielleicht andere Stämme. Was ist, wenn sie uns nicht wollen? Wir sollten erst einmal in ein anderes Dorf unseres Volkes gehen und dort weitersehen.«

Es gab zustimmende Rufe. Ein junger Krieger versicherte, dass man die Chinesen schon verjagen würde, aber niemand nahm ihn mehr ernst. Eine zweite, etwas ältere Frau wies darauf hin, dass sie in den Bergen tatsächlich auf feindlich gesinnte Fremde stoßen könnten.

»Sie werden uns umbringen, genau wie die Chinesen«, fügte sie hinzu. Drei Gefährtinnen brachen in lautes Klagen aus.

Emma fühlte sich einen Moment lang völlig hilflos. Sie sehnte sich nach Frans und zu ihrem Erstaunen sogar nach der Inib, die es besser verstanden hätte, die Siraya zu überzeugen.

»Wir wissen nicht, was uns in den Bergen erwartet«, gab sie schließlich zu. »Aber hier können wir nicht bleiben, ohne uns den Chinesen zu unterwerfen. Wenn ihr nicht fortgehen wollt, müsst ihr bereit sein, ihnen zu dienen.«

Nun brach ein Proteststurm aus, die alten Götter wurden beschworen und der junge Krieger versprach nochmals, die ermordeten Einwohner Davilos bald schon zu rächen. Emma hob mahnend die Hände.

»Wenn wir in die Berge gehen, können wir dort ein neues Dorf aufbauen und unsere Kräfte sammeln. So, wie es die letzte Inib wollte.«

»Kannst du die Götter beschwören, damit sie uns gewogen sind?«, fragte plötzlich ein junges Mädchen, das bisher geschwiegen hatte. Emma erinnerte sich, dass sie eine Schülerin der Inib gewesen war.

»Das kann ich nicht«, gab Emma offen zu. »Ich kann nur zu meinem Gott beten, damit er uns beisteht.«

»Aber dein Gott ist nicht der unsere«, erwiderte das Mädchen mit ernster Stimme. »Du bist eine Fremde. Warum solltest du uns führen?«

»Die Inib wollte es so«, mischte Anna sich ein. »Emma gehört zu unserem Volk. Der Sohn unseres letzten Häuptlings wählte sie zu seiner Gefährtin.«

Nun begannen alle durcheinanderzureden und Emma gab es auf, das Wort an sich reißen zu wollen. Die Siraya waren ein von Aberglauben und Launen beherrschtes Volk, hatte ihr Vater gesagt. Seine Versuche, ihnen Disziplin beizubringen, hatten offensichtlich keine tiefe Veränderung herbeigeführt.

In dem Gefühl, in ihrer neuen Rolle versagt zu haben, zog Emma sich mit Anna und Dika in eine der Hütten zurück.

Sie war bereits eingeschlafen, als Dika sie plötzlich zu rütteln begann.

»Dein Mann ist da. Dein Mann!«

Ungläubig riss Emma die Augen auf. Sie erblickte das hölzerne Dach der Hütte, doch gleich darauf tauchte ein Gesicht auf, das sie lange nur noch in ihren Träumen gesehen hatte.

»Frans!«, rief sie und fiel ihm schluchzend um den Hals. Er war mager geworden und ein starker Geruch von Schweiß und Schmutz hing an ihm. Doch wenn sie ihre Hände über seinen Körper fahren ließ, dann spürte sie, dass er warm war und atmete. Um einen Geist konnte es sich nicht handeln.

»Ich bin geflohen«, flüsterte er ihr ins Ohr. »Die Chinesen schleppten uns nach Sincan, das nun von ihnen beherrscht wird. Dort sollten wir auf ihren Feldern schuften wie Sklaven, aber es gelang mir, zu entkommen. Ich kehrte nach Davilo zurück und sah, dass es völlig zerstört war. Bald darauf trafen die chinesischen Siedler ein. Ich versteckte mich im Wald und wusste nicht, wohin ich noch gehen konnte, da sah ich dich und Anna oben auf eurem Felsen sitzen. Ihr müsst vorsichtiger sein, die Chinesen könnten euch ebenfalls entdecken.«

Er drückte Emma so heftig an sich, dass sie fürchtete, ihre Knochen könnten brechen.

»Wir müssen weg«, sagte er leise. »Diese Insel gehört nun den Leuten von Zheng Chenggong und sie behandeln uns noch gnadenloser, als es die Holländer taten.«

»Dann gehen wir in die Berge, wie es die Inib wollte«, erwiderte Emma. Alle Zweifel und Ängste waren von ihr abgefallen, denn sie hatte den Menschen, zu dem sie gehörte, wiedergefunden.

Frans rückte ein Stück von ihr weg. Sie konnte erkennen, dass sein Gesicht schmaler geworden war.

»In den Bergen ist nur Wildnis«, sagte er leise. »Willst du dort wirklich leben?«

Emma lachte auf.

»Mit dir kann ich überall sein«, rief sie. »Wenn die Leute sehen, dass du zurück bist, werden sie uns folgen. Wir können aufbrechen und uns ein neues Zuhause schaffen.«

Alles würde in Ordnung kommen, dachte sie und schmiegte sich an Frans' Körper. Nun, da sie wusste, dass er überlebt hatte, konnte sie wieder an eine glückliche Zukunft glauben. Sie würde zusammen mit ihrem Mann eine neue Siedlung gründen und das Erbe ihres Vaters fortführen, denn Gott der Herr war auf ihrer Seite.

Tatsächlich wurde schon am nächsten Tag der Aufbruch in die Berge beschlossen. Frans berichtete, dass die Siraya überall von ihrem Land verdrängt wurden, da stets neue chinesische Siedler ins Land strömten. Es hatte keinen Sinn, zu benachbarten Orten aufzubrechen.

»In den Bergen ist nichts, was die neuen Herrscher unserer Insel reizt«, erklärte er den Anwesenden. »Wenn wir dort eine neue Siedlung errichten, sind wir ungestört.«

Die wenigen noch verbliebenen Krieger stimmten sogleich zu, denn sie verspürten kein Verlangen nach einer weiteren Auseinandersetzung mit den Chinesen. Die Frauen klagten eine Weile, bedauerten den Verlust der Geborgenheit, die sie in den neuen Hütten gefunden hatten, aber schließlich sammelten sie so viele Essensvorräte wie nur möglich ein und zogen gemeinsam los. Frans vermochte so etwas wie einen Pfad ausfindig zu machen, der sich durch das Dickicht des Urwalds zog. Wahrscheinlich hatten ihn früher die Männer von Davilo bei ihren Jagdzügen benutzt. Er schritt voran, Emma folgte und zwei der Krieger hielten sich mit ihren Speeren dicht hinter ihnen.

Allmählich verlor der Pfad sich im Dickicht. Baumwurzeln und Äste erschwerten den Aufstieg, Insekten schwirrten herum und Geäst schlug ihr bei jedem Schritt ins Gesicht. Sie waren auf dem Weg in eine Wildnis, die sich vielleicht als unbewohnbar herausstellen würde.

Als Emma stolperte, fing einer der Krieger sie auf. Es handelte sich um den Jungen namens Talavan, mit dem Dika gern kokettierte. Sein kindlich unfertiges Gesicht wirkte sehr verlegen, als er Emma festhielt.

Sie kämpften sich mit unerbittlicher Zähigkeit vorwärts, bis ein heftiger Regenguss auf den Wald niederging und gleich darauf die Sonne hinter einer finsteren Wolkendecke verschwand.

»Wir sollten überlegen, wo wir die Nacht verbringen«, murmelte Anna an Emmas Seite. »Heute kommen wir nicht weiter.« Auch Frans war stehen geblieben. Gemeinsam wiesen sie ihre Gefolgschaft an, ein Lager für die Nacht zu errichten. Sie entdeckten eine größere Höhle im Felsen, deckten sie mit Geäst und Blättern zusätzlich ab, nachdem alle dorthin geflüchtet waren. Eng aneinandergedrängt verzehrten sie mitgenommene Früchte und tranken etwas Wasser, bevor alle aufgrund der Erschöpfung in einen tiefen Schlaf fielen.

Am nächsten Tag herrschte wieder feuchtschwüle Hitze. Sie waren gerade zu einem neuen Marsch aufgebrochen, als sie in der Nähe das Knacken von Ästen vernahmen. Frans, Talavan und die anderen Krieger hoben ihre Speere, während die Frauen sich schützend vor die wenigen Kinder stellten.

Der Dschungel gab eine Gruppe dunkelhäutiger Gestalten in Lendenschurzen frei. Ihre Gesichter wiesen kunstvolle Tätowierungen auf, an ihren Gürteln hingen Messer und sie stießen grimmige Laute aus, die Emmas Knie weich werden ließen.

Ihr Vater hatte erzählt, dass nicht alle Wilden der Insel den Holländern bekannt waren. Es gab Stämme in den Tiefen des Urwalds, die von der Ankunft der Europäer und Chinesen bisher nichts mitbekommen hatten. Auf dem Weg in die Berge war es wohl unvermeidlich, diesen irgendwann zu begegnen.

Frans trat vor und sprach die Fremden in der Sprache der

Siraya freundlich an. Talavan und die anderen Krieger stellten sich schützend hinter ihn. Sein Versuch, eine Unterhaltung zu beginnen, erwies sich als mäßig erfolgreich. Frans wurde an den Armen gepackt und mitgezerrt. Er leistete keinen Widerstand, da es ihm wohl klüger erschien, und die anderen Krieger folgten seinem Beispiel. Erschrocken stellte Emma fest, dass ihre ganze Gruppe inzwischen von diesen unbekannten Urwaldbewohnern umstellt war. Frans musste erkannt haben, dass sie keine Möglichkeit zur Flucht hatten und es daher besser war, sich zu ergeben.

»Wir gehen mit ihnen. Vielleicht bekommen wir dort Essen«, teilte sie den Frauen mit, die in ängstliches Klagen ausgebrochen waren. Gleich darauf rief einer der fremden Krieger ihr etwas zu, das nicht gerade freundlich klang. Sie versuchte, ihn anzulächeln, was er mit einem Knurren kommentierte. Immerhin verzichtete er darauf, sie zu berühren, da sie freiwillig losging.

Recht schnell erreichten sie eine Ansammlung von Hütten, deutlich kleiner als Davilo, aber heimeliger als alle Unterkünfte, die sie seit ihrer Vertreibung bewohnt hatten. Frauen hockten auf dem Boden, zerrieben Kräuter in Schalen oder wachten über Kochtöpfe. Die Kinder tollten frei herum.

Wollte man sie an diesem Ort fremden Göttern opfern? Emma sah sich nach Frans um, der bemüht war, ein gefasstes Gesicht zu wahren. Dennoch war Emma sich plötzlich nicht mehr sicher, ob sie nicht lieber von Chinesen gefangen genommen worden wäre. Diese konnte sie wenigstens einschätzen.

Sie wurden alle auf den Dorfplatz geschubst, dann berieten die fremden Krieger sich eine Weile. Schließlich schlurfte eine grauhaarige Alte herbei. Sie wirkte noch sehniger und zerzauster, als es die Inib von Davilo gewesen war. Auch auf ihr Gesicht hatte man Muster tätowiert, ebenso auf den Oberkörper, der völlig unverhüllt war. Nur ein Stück Fell bedeckte ihren

Unterleib bis knapp über die Knie. Die meisten der ansässigen Frauen waren so bekleidet, nur an ein paar wenigen entdeckte Emma bunte, gewebte Stoffe, die aus Indien importiert wurden.

»Völlig abgeschnitten vom Rest der Welt leben diese Leute nicht«, flüsterte sie Frans mit Blick auf die Kleidung zu. Er nickte.

Die Grauhaarige musste hier eine ähnlich wichtige Rolle haben wie die Inib in Davilo, denn alle Krieger wichen respektvoll vor ihr zurück. Sie musterte die Gefangenen neugierig, befühlte die Muskeln an den Armen von Frans und Talavan. Dann stieß sie ein gackerndes Lachen aus.

Frans atmete schneller, verzog aber keine Miene. Auch Talavan blieb ruhig, obwohl seine Augen vor Zorn funkelten. Die Alte ging weiter zu den Frauen, die sie nur kurz ansah. Erst an Emma blieb ihr Blick hängen. Sie ergriff eine Strähne des hellbraunen Haares und schnüffelte daran. Abschließend spuckte sie in hohem Bogen aus. Gelächter erklang. Emma zwang einen unerschütterlich freundlichen Ausdruck auf ihr Gesicht, um dem Vorbild von Frans zu folgen. Sie hatte damit rechnen müssen, hier als Holländerin aufzufallen. Zum Glück ließ die Alte bald wieder von ihr ab.

Ein Mann mittleren Alters mit rundem Bauch und einem aufwendigen Kopfschmuck erschien und debattierte kurz mit der Alten. Auch er musste hier eine Autoritätsperson sein, denn die Krieger gehorchten seinen Weisungen. Alle Gefangenen wurden in eine der Hütten geschubst und man verrammelte die Tür.

»Mein Vater erzählte mir manchmal von den Stämmen in den Bergen«, sagte Talavan nun. »Mit denen ist nicht zu spaßen. Aber sie schätzen kampffähige Männer. Ich werde einen ihrer Krieger zum Zweikampf fordern. Wenn ich ihn besiege, werden sie uns mit mehr Achtung behandeln.«

Er hob siegesgewiss den Kopf. Dika sah ihn mit leuchtenden Augen an. Emma merkte, dass ein Schatten sich auf Frans' Gesicht gelegt hatte.

»Versuche es«, stimmte er Talavan dennoch zu. »Wir müssen hoffen, dass du gewinnst.«

Der Zweikampf wurde am nächsten Tag veranstaltet. Das ganze Dorf sah gespannt zu, es wurde Arak ausgeschenkt, gelacht und geplappert, doch als Talavan einem riesigen, breiten Mann mit tätowierten Wangen und Armen, die wie Baumstämme aussahen, gegenüberstand, wurde es plötzlich still. So still, dass das Schreien der Vögel und Affen im Dschungel zu hören war. An Emmas Seite stieß Dika einen leisen Seufzer aus.

»Er wird ihn aber nicht umbringen, oder?«, flüsterte sie. Emma hätte gern versichert, dass dies bestimmt nicht den hiesigen Regeln entsprach, aber sie wusste das nicht wirklich. Ihr fiel die biblische Geschichte von David und Goliath ein. Talavan war wendig, aber würde das allein für einen Sieg reichen?

Der riesige Krieger stieß ein tiefes Grölen aus und streckte die Arme hoch. Das Dorf jubelte, begann ihn anzufeuern. Dika rief nun Talavans Namen und Emma stimmte mit ein, obwohl sie sich bisher nichts aus Zweikämpfen gemacht hatte. Zuerst wich Talavan den Angriffen des Riesen tänzelnd aus, duckte sich und sprang zur Seite, um den Gegner dann von hinten anzugehen. Gleich darauf verwandelten die beiden sich in ein scheinbar nur aus zahlreichen Gliedmaßen bestehendes Knäuel, das auf dem Boden hin und her rollte. Zunächst hatte der Riese die Oberhand, doch plötzlich gelang es Talavan, ihn durch gezielte Tritte zu schwächen, sodass er innerhalb von Sekunden auf ihm lag und seine Hand auf seine Kehle drückte. Die Dorfbewohner plapperten aufgeregt. Dika schloss Emma in die Arme.

»Er schafft es, er schafft es!«

Emma war überrascht, wie gebannt sie selbst das Geschehen verfolgte. Als Talavan schließlich aufrecht dastand und einen Fuß auf die Brust des Riesen drückte, jubilierte sie wie noch nie zuvor in ihrem Leben. Talavan hatte sie alle gerettet! Begeistert blickte sie zu Frans, der schamvoll den Blick gesenkt hielt.

»Es ist egal, wer es vollbracht hat«, ermunterte sie ihn. »Hauptsache, es ist geschafft.«

Das war es. Talavan wurde eine Kette aus bunten Perlen um den Hals gehängt, die Mädchen des Dorfes machten ihm schöne Augen, bis Dika entschlossen an seine Seite trat.

Bei der Feier, die folgte, versuchte niemand mehr, die Neuankömmlinge auszuschließen und in eine Hütte zu sperren. Anna wurde von einigen der Krieger mit Interesse beäugt. Emma gesellte sich zu Frans, um ähnliche Annäherungsversuche abzuwehren.

»Es sieht aus, als hätten sie uns aufgenommen«, teilte sie ihm mit, als sie zusammen auf dem Boden hockten, einen Hirsebrei aßen und Arak tranken.

Er nickte, aber sein Gesicht blieb düster.

»Talavan hat ihnen gezeigt, dass unter uns kampffähige Männer sind, deren Unterstützung sie brauchen können«, stimmte er zu. »Die Jungs werden hier angenommen werden. Die Frauen werden Männer finden. Aber was wird aus uns?«

Mit todernstem Blick sah er Emma an. Sie erinnerte sich, dass er anders war als die meisten Krieger der Siraya. Nachdenklicher, zurückhaltender, ein hervorragender Schüler, aus dem ihr Vater schnell einen Christen hatte machen können. Aber in dieses Dorf, das noch niemals von einem Missionar oder Händler betreten worden war, passte er nicht.

»Ich werde das Erbe meines Vaters fortsetzen«, beschloss sie, denn der Arak hatte ihre Sinne beflügelt. »Auch diese

Leute sollen das Wort Gottes hören. Wir werden eine Schule bauen und dort gemeinsam unterrichten.«

Vor ihrem inneren Auge begann alles Gestalt anzunehmen. Hier in den Bergen konnten die Chinesen sich nicht einmischen, daher würde sie völlig unabhängig walten können, mit der Hilfe und Unterstützung von Frans.

Sein tiefer Seufzer riss sie aus ihren Träumen. Er wies auf die Krieger, die auf dem Dorfplatz einen wilden Tanz aufführten. Die Frauen klatschten und sangen, schwangen zügellos ihre fast unverhüllten Hüften. Die alte Priesterin nagte vor ihrer Hütte an einem Knochen. Der Häuptling war inzwischen völlig betrunken eingenickt.

»Diese Leute haben nicht auf deinen Gott gewartet«, sagte Frans mit mehr Offenheit, als er jemals bei diesem Thema gewagt hatte. »Sie leben so, wie sie immer gelebt haben, und sind damit zufrieden. Ich nahm den Glauben deines Vaters an, weil ich es hasste, ein Krieger werden zu müssen. Er zeigte mir, dass es in eurer Welt auch andere Aufgaben für einen Mann gibt. Aber hier braucht man jemanden wie mich nicht. Diese Leute treiben keinen Handel, sie jagen und kämpfen. Bei beidem habe ich mich nie besonders geschickt angestellt.«

Er sah so betrübt aus, dass Emma tröstend seine Hand ergriff.

»Du bist der Mann, den ich will«, beteuerte sie. »Wir werden hier gemeinsam das Werk meines Vaters fortführen.«

Frans neigte den Kopf, was sie als Zustimmung auffasste.

»Was auch immer du willst, ich halte zu dir«, flüsterte er. Emma schloss zufrieden für einen Moment die Augen und lehnte sich an seine Schulter.

Sie dankte Gott, Frans wiedergefunden zu haben. Aber durch ihre Flucht in die Berge war es unmöglich geworden, etwas über das Schicksal ihrer Schwester Sophie zu erfahren.

8. Kapitel

Tayouan, Formosa

»Dieses Spiel ist uralt«, sagte Fenzhi und wies auf ein Brett, auf dem ein Gittermuster aufgezeichnet war. »Mein Vater sagte, man übt dadurch, sein Denken so zu ordnen, dass Ziele besser erreicht werden.«

Sie hielt Sophie einen Beutel mit weißen Steinchen hin. »Du musst deine Steine richtig aufstellen, um eine Kette zu bilden.«

Das klang verlockend einfach, doch Fenzhi setzte sogleich zu einer längeren Erklärung an, worauf bei dieser Aufstellung von Ketten zu achten sei. In Sophies Kopf machte sich Erschöpfung breit. Ihr Vater hatte gern Schach gespielt und mitunter darauf gedrängt, dass sie sich daran beteiligte. Das war ähnlich ermüdend gewesen. Er hatte seine Versuche, ihr die Regeln des Spiels zu vermitteln, auch bald schon aufgegeben und sich nur noch mit Emma vor das Brett gesetzt. Die ältere Schwester hatte die meisten Dinge, die den Vater begeisterten, schnell gelernt, ja, sogar Freude daran gezeigt. Sie war der Sohn gewesen, nach dem Antonius Hambroek sich vergeblich gesehnt hatte.

Sophie wusste, dass sie ihm als echtes Mädchen eher ein Dorn im Auge gewesen war, seine Last, die Gott der Herr ihm aufgebürdet hatte. Sein grässlicher Tod hatte ihr Schmerz verursacht, aber kein dauerhaftes Gefühl von Verlust. Nun aber befand sie sich wieder in einer Lage, die ihre ältere Schwester viel besser gemeistert hätte.

Da es keinen Ausweg gab, ergriff Sophie ihre Steine und legte sie nach und nach auf das Brett. Dabei versuchte sie wenigstens vorzutäuschen, dass sie wusste, was sie tat. Fenzhi hingegen ordnete ihre schwarzen Steine mit viel Aufmerksamkeit und leuchtenden Augen. Sie würde dieses seltsame Spiel, Go genannt, mit Sicherheit gewinnen. Aber daran war nichts Schlimmes, denn selbst wenn Sophie die ganzen merkwürdigen Regeln begriffen hätte, wäre es unklug gewesen, die Schwester des Herrschers zu besiegen.

»Mein Bruder verhandelt gerade mit den Holländern«, erzählte Fenzhi, während sie einen weiteren schwarzen Stein platzierte. »Nun, da die Qing-Barbaren, deren Frauen so große Füße haben wie du, ihre Hilfe suchen, will er sie überzeugen, ihn zu unterstützen.«

Sie hob den Kopf und musterte Sophie nachdenklich.

»Glaubst du, sie werden uns verzeihen, dass wir ihnen diese Insel gestohlen haben?«

Ihr Gesicht drückte keinerlei Gefühl aus, aber das tat es fast nie. Sie schien einfach neugierig.

»Das weiß ich nicht«, gab Sophie zu. »Schon während der Belagerung verstand ich das Verhalten der Herren der Handelsgesellschaft nicht. Sie hätten uns helfen sollen, aber das taten sie nicht.«

»Vielleicht hielten sie uns Chinesen für zu schwach, um eine Gefahr zu sein?«, überlegte Fenzhi.

»Ja, so war es wohl«, gab Sophie zu und staunte über Fenzhis Scharfblick.

»Aber jetzt haben sie sicher dazugelernt«, fügte die Chinesin hinzu. »Die Frage ist, was sie gelernt haben. Uns zu fürchten, uns zu hassen oder uns zu achten? Was glaubst du?«

Fenzhi legte einen weiteren Stein auf das Brett.

»Das weiß ich nicht«, wiederholte Sophie.

»Ja, du verstehst diese Dinge nicht.«

Fenzhi blickte erneut auf.

»Du hast auch das Spiel nicht begriffen. Aber das ist nicht wichtig. Frauen sollen schön sein und Söhne gebären, nicht Politik und Krieg verstehen.«

Sophie wusste nicht, ob diese Bemerkung spöttisch oder ehrlich gemeint war. Ihr wurde unwohl.

»Könnt Ihr mir bitte sagen, wie der Stand der Verhandlungen ist?«, bat sie ergeben.

Fenzhi neigte den Kopf zur Seite.

»Das kann ich nicht, weil ich es nicht weiß. Auch mein Bruder weiß es nicht. Alles liegt nun an den Holländern. Die müsstest du besser kennen als ich.«

»Aber was sind denn die Bedingungen?«, fragte Sophie erschöpft. Fenzhi hing gern ihren komplexen Gedankengebilden nach, was Unterhaltungen mit ihr anstrengend machen konnte.

»Die Unterstützung bei dem Kampf um Xiamen, wo sich die letzten Anhänger der Ming in China versammelt haben. Also jene, die noch nicht hier sind, weil sie Angst vor den Wilden haben.«

Fenzhi lachte auf.

»Mein Vater hatte dort seinen Hauptstützpunkt, bevor er Taiwan einnahm. Nun wollen die Qing seine letzten Gefolgsmänner niederzwingen. Die Holländer sollen ihnen helfen. Mein Bruder hatte die Idee, dass sie es vielleicht lassen oder ihn gar unterstützen, wenn ihnen dafür Gefangene zurückgegeben werden.«

Sophies Herzschlag wurde zu einem Hämmern. Auf einmal schien die Rückkehr in eine ihr fremde Heimat greifbar nahe.

»Also auch ich?«, fragte sie leise.

»Vermutlich. Es gibt noch die Ehefrau des Gouverneurs von Fort Provintia, die ebenfalls in unserer Gewalt ist. Mein Bruder hat sie in einem eigenen Haus untergebracht, wo sie den Tod ihres Gatten beweint. Er starb übrigens an einem Fieber, wir können nichts dafür.«

Wieder legte sie einen Stein auf das Brett.

»Könntet Ihr … also könntet Ihr Euren Bruder bitten, mich zusammen mit ihr freizulassen?«

Fast schämte Sophie sich für den bettelnden Klang ihrer Stimme.

Zwischen Fenzhis Brauen wuchs eine Falte.

»Du willst unbedingt fort?«

Es klang fast vorwurfsvoll. Sophie senkte den Blick.

»Ich will wieder zu den Menschen, unter denen ich aufwuchs.«

»Aber du bist hier aufgewachsen, hast du gesagt. Auf Taiwan.«

Das stimmte allerdings. Verzweifelt suchte Sophie nach Worten.

»Ich bin Christin. Und Holländerin. Ich möchte wieder zu meinen Leuten.«

»Magst du uns nicht?«

Nun hatte sich wieder eine undurchschaubare Maske vor Fenzhis Gesicht geschoben.

Ich mag es nicht, eine Gefangene zu sein, wollte Sophie sagen, wagte es aber nicht. In diesem Palast waren alle Frauen Gefangene, nicht einmal Fenzhi war völlig frei. Daher hätte sie einen solchen Einwand nicht verstanden.

Sophie tat ein paar Atemzüge. Sie wollte diese merkwürdige, kluge Frau nicht anlügen.

»Ich möchte gern heiraten«, sagte sie. »Einen Mann, der Christ ist wie ich und … und Europäer. Mit einem solchen Mann könnte ich ein Leben führen, wie ich es kenne. Ich will ihn nicht mit anderen Frauen teilen, sondern eine Familie haben, die gemeinsam in einem Haus lebt.«

Zufrieden lehnte sie sich zurück. Sie hatte gesagt, was zu sagen war, und sah keinen Grund, warum Fenzhi deshalb verärgert sein sollte.

Doch die Chinesin fegte mit einer Handbewegung alle Steine vom Brett. Dann schloss sie für einen Moment die Augen, als müsse sie um innere Ruhe ringen.

»Du verstehst das Spiel nicht, warum also sollen wir damit fortfahren?«

Sophie brach der Schweiß aus. Dank Fenzhi war ihr Leben in diesem Palast erträglich geworden, doch soeben schien sie deren Gunst verloren zu haben. Sie verstand nicht, warum.

»Es tut mir sehr leid, wenn ich Euch missfallen habe. Wenn Ihr es wünscht, werde ich …«

»Geh einfach!«, herrschte Fenzhi sie an.

Verlegen wandte Sophie sich ab, um die Tränen in ihren Augen zu verbergen.

»Es tut mir leid«, stammelte sie erneut. »Furchtbar leid.«

Dann stand sie auf, um Fenzhis Befehl zu folgen.

»Ich werde mit meinem Bruder reden«, rief Fenzhi ihr hinterher, als sie schon im Begriff war, deren Haus zu verlassen. »Wenn du einen holländischen Mann willst, dann versuche ich dir zu helfen. Versprechen kann ich es dir nicht.«

Sophie wandte sich erneut um, murmelte Dankesworte und verneigte sich. Ihr fiel auf, dass Fenzhi traurig aussah.

»Wenn ich mit einem Holländer vermählt bin, dann bin ich nicht im Haus eingesperrt. Ich kann Besuche machen und Briefe schreiben und … und ich werde Eure Großzügigkeit niemals vergessen«, rief sie, auch wenn sie nicht ganz begriff, warum Fenzhi so viel an ihr zu liegen schien.

Die Chinesin blickte kurz auf und warf ihr einen kühlen Blick zu. Dann humpelte sie auf ihren kleinen Füßen in ein Nebenzimmer. Sophie fühlte sich, als hätte sie eine Ohrfeige erhalten, und schlich heimwärts wie ein hinausgeworfener Schoßhund.

Shu Ma hatte schon lange nicht mehr gewagt, sie anzugreifen, sondern begrüßte sie mit einem sehr künstlichen Lächeln.

Gushe wartete bereits mit einer Kanne Tee und zwei Schüsseln im Hof des Hauses.

»Ich habe die Diener gebeten, uns noch etwas aus der Küche zu bringen«, rief sie Sophie zu und lächelte stolz. Früher hatten Diener ihnen niemals besondere Wünsche erfüllt, doch seit Sophie Fenzhi kannte, war alles anders geworden.

Sie setzte sich neben Gushe auf einen Hocker. In den Schüsseln befanden sich Hühnerfleisch und Reis. Sie bediente sich daran.

»Wie verlief dein Besuch bei der Dame Fenzhi?«, fragte Gushe und musterte sie aufmerksam. Sie wagte nicht, offen zu sagen, worum es ihr wirklich ging.

Sophie zögerte einen Moment. Inzwischen war sie es leid, jedes Wort sorgfältig abzuwägen. Sie sehnte sich nach einer Vertrauten. Gushe konnte diese Rolle besser erfüllen als irgendeine andere Frau in diesem Palast.

»Ich glaube, ich habe Fenzhi verärgert«, sagte Sophie frei heraus. »Leider weiß ich nicht, warum. Aber sie schickte mich weg und sah dabei unglücklich aus.«

Gushe zog ein überraschtes Gesicht.

»Was hast du ihr denn gesagt? Jeder weiß, wie sehr sie dich schätzt. Sogar die Diener sehen dich als ihre Favoritin.«

»Ich begreife es nicht«, gestand Sophie. »Zunächst schien sie mehr über Europa erfahren zu wollen und daher redete sie gern mit mir. Aber nun schien sie empört, weil ich zugab, dass ich einen Mann aus meinem Volk heiraten möchte. Was kümmert es sie, welches Leben ich gern führen würde?« Sie konnte auch nicht verstehen, warum Gushe auf einmal völlig fassungslos aussah. Sogar die Essstäbchen fielen ihr aus der Hand.

»Du hast ihr gesagt, dass du einen Mann willst? Aber weißt du denn nicht, was sie sich von dir wünscht?«

Eine ungute Ahnung stieg in Sophie hoch, doch sie schien so abwegig, dass sie nicht ernst genommen werden konnte.

»Sie wollte mit mir reden und etwas über mein Volk erfahren«, erwiderte sie.

Kurz lachte Gushe auf, tarnte dies gleich darauf als Hustenanfall.

»Es gibt schon lange Gerüchte im Palast«, erzählte sie schließlich. »Aber du konntest es nicht wissen, weil du unsere Sprache nicht gut genug beherrscht hast, um alles mitzubekommen. Die Dame Fenzhi sehnt sich nicht nach dem Tag, da sie vermählt wird, weil sie Frauen den Männern vorzieht.«

Sophies Magen verkrampfte sich. In ihrem Kopf hörte sie ihren Vater laut über Sünde und Fegefeuer zetern.

»Aber das ist doch … nicht richtig«, stammelte sie.

»Es kommt aber vor«, beharrte Gushe mit unglaublicher Gelassenheit. »Manche Männer bevorzugen Männer und manche Frauen andere Frauen. Jeder weiß das. Natürlich wird die Dame Fenzhi heiraten müssen, wenn ihr Bruder das so bestimmt, aber bis dahin kann sie tun, was sie will. Der ganze Palast dachte, dass sie und du …«

»Nein!«

Sophie hatte aufgeschrien.

»Ich würde das niemals tun, denn mein Glaube verbietet es.«

Wieder erhielt sie einen verstörten Blick von Gushe.

»Dein Glaube scheint die Dinge ganz schön schwierig zu machen«, sagte die kleine, stämmige Chinesin. »Die Dame Fenzhi wusste es wohl nicht.«

Mit enttäuschter Miene wandte sie sich von Sophie ab.

»Ich fürchte, sie wird dir keine Bitten mehr erfüllen. Das ist schade. Ich bin jetzt müde, entschuldige mich.«

Sie ließ Sophie allein im Innenhof sitzen, bis die Diener kamen, um das Geschirr abzuräumen. Mit dem Gefühl, ein anderes, viel wichtigeres Spiel ebenfalls nicht verstanden zu haben, schlich Sophie in ihre Kammer, wo sie sich schluchzend die Decke über den Kopf zog.

Sie würde niemals wegen Verhandlungen freigelassen werden, denn Fenzhi würde es verhindern. Hinter ihrer klugen, eigenwilligen Fassade hatten sich widernatürliche, sündhafte Begierden verborgen! Sophie war dumm und blind gewesen, ihr zu vertrauen!

Unruhig wälzte sie sich herum. Zwar hatte Fenzhi keinerlei Verlangen gezeigt, sie weiter zu treffen, doch löste dies bei Sophie statt Erleichterung ein vages Gefühl von Verlust aus. Es würde keinen gemeinsamen Sprachunterricht mehr geben, kein ungewöhnliches, aber wohlschmeckendes Essen. Sie drohte, in jene völlige Unwichtigkeit zurückzufallen, die ihr Schicksal gewesen war, bevor die Schwester des Herrschers auf sie aufmerksam geworden war.

Schließlich würde sie enden wie Cornelia, eine unbedeutende Person in diesem chinesischen Haushalt, deren europäische Herkunft niemanden kümmerte.

Das Atmen fiel ihr plötzlich schwer. Sie wollte es nicht hinnehmen, sich allmählich in eine einsame, von niemandem beachtete alte Frau zu verwandeln. Es musste einen Weg geben, diesem Los zu entgehen.

Cornelia hatte davon gesprochen, dass chinesische Händler eine Überfahrt nach Batavia ermöglichten. Dafür bräuchte sie zunächst einmal die Möglichkeit, das Palastgelände zu verlassen, was ihr verboten war. Vielleicht konnte sie eine Dienerin losschicken. Cornelia konnte sich als einfache Bedienstete freier bewegen. Aber für die Überfahrt bräuchten sie auch Geld, denn sonst würde ihnen niemand einen solchen Gefallen tun.

Während Sophie mit weit aufgerissenen Augen im Dunkeln lag, begann in ihrem Kopf ein Plan Gestalt anzunehmen. Er war riskant, aber sie sah keinen anderen möglichen Weg mehr. Sie wollte fort aus diesem Palast, aus Formosa, zurück in die europäische Welt, aus der sie stammte.

Zwei Tage später suchte sie unaufgefordert Fenzhi auf, um ihre Vergebung zu erbitten. Sophie kniete sich nieder, wie sie es Chinesen hatte tun sehen, berührte mit der Stirn den Boden und trug anschließend ihr Bedauern vor, die edle Dame verärgert zu haben. Fenzhis Miene blieb unbewegt wie meistens, aber sie lud Sophie gleich darauf wieder an ihren Tisch und ließ ihr ein wohlschmeckendes Essen servieren.

Sophie wusste, dass sie sich gefällig zeigen musste, denn nur Fenzhi konnte ihr helfen, dem Palast zu entkommen. Alles musste wieder werden, wie es gewesen war, doch diesmal wäre sie wachsam. Sie durfte dieser merkwürdigen Chinesin nicht vertrauen.

Gleichzeitig zeigte Sophie sich nun von ihrer besten Seite. Sie bedankte sich für das Essen, bot bereitwillig an, wieder dieses Spiel namens Go zu beginnen.

»Ich denke, es langweilt dich«, erwiderte Fenzhi.

»Aber Euch unterhält es und deshalb …«

»… spiele ich es mit meinem Bruder, der auch Gefallen daran findet«, unterbrach Fenzhi. »Lass uns lieber zusammen das Schreiben üben. Das hat dir doch auch ein wenig Freude gemacht.«

Sophie staunte, wie schnell sie wieder in die alte Vertrautheit zurückglitten. Sie versuchte ihr Glück mit chinesischen Schriftzeichen, ließ Fenzhi dann ein paar holländische Sätze schreiben, was diese inzwischen hervorragend konnte.

»Vielleicht könntet Ihr Eurem Bruder bei den Verhandlungen mit den Holländern helfen«, schlug Sophie spontan vor.

Fenzhi runzelte die Stirn.

»Das habe ich bereits getan. Den Brief, den er nach Batavia schickte, habe ich für ihn geschrieben. Nun warten wir auf die Antwort.«

Sophie senkte den Blick, um ihre Aufregung zu verbergen.

»Das war sehr großmütig von Euch. Mir ist klar, dass ich

mich den Wünschen Eures Bruders fügen muss. Wenn er beschließt, mich hier zu behalten, dann …«

»Ich bat ihn bereits, dich gehen zu lassen.«

Fenzhi hatte ihren Blick gerade auf sie gerichtet.

»Du sollst deinen holländischen Mann bekommen, den du dir so sehr wünschst. Die wenigsten Frauen bekommen im Leben das, wovon sie träumen. Bei mir wird es sicher nicht so sein. Auch deiner Freundin Gushe kann ich nicht helfen, eine Familie zu gründen. Aber bei dir, da ist es vielleicht möglich.«

Auf einmal fiel es Sophie schwer, diese Chinesin zu verabscheuen, auch wenn sie unansehnlich war und sündhafte Begierden hatte. Ihr war selten ein derart großzügiger Mensch begegnet.

»Ich werde an Euch denken und Euch Briefe schreiben«, versprach sie und meinte es völlig ehrlich. »Aber was Gushe betrifft, ist es denn völlig unmöglich, dass …«

»Es ist unmöglich. Sie wird den Rest ihres Lebens im Palast verbringen, denn wegen einer unbedeutenden Frau ohne besondere Talente macht niemand eine Ausnahme. Sie wird stets einen vollen Magen haben. Das ist mehr, als den meisten Menschen vergönnt ist.«

Allmählich begann Sophie zu ahnen, dass es wohl stimmte. Wenn Fenzhi für Gushe etwas hätte ausrichten können, so hätte sie es getan.

»Ich werde versuchen, sie mit ihrem Los zu versöhnen«, versicherte Sophie. Zum ersten Mal war ihr klar, dass sie es wirklich tun musste. Sie wollte nicht, dass Gushe ständig mit ihrem Schicksal haderte. Wenn sie selbst diesen Palast verließ, sollten alle Menschen, die ihr nahestanden, ebenfalls zufrieden sein.

Cornelia würde sie vielleicht mitnehmen können, überlegte Sophie, als sie sich bereits von Fenzhi verabschiedet hatte und wieder zu ihrem eigenen Heim unterwegs war. Wenn sie darum bat, würde man eine ältere Holländerin vielleicht ebenfalls gehen lassen. Nur für Gushe konnte sie nichts tun.

Nun hatte sie die Aufgabe, es der jungen Frau verständlich zu machen, ohne sie in völlige Niedergeschlagenheit fallen zu lassen.

Sophie gab sich Mühe. Gushe war ihr gegenüber wieder freundlicher geworden, denn sie musste bereits von ihrer Versöhnung mit der Dame Fenzhi gehört haben. Sophie trank zusammen mit ihr Tee, lächelte sie häufig an und begann zu erzählen, wie angenehm das Leben hinter diesen Mauern letztendlich war.

»In diesem Dorf, wo ich vorher lebte, gab es nur Hütten aus Lehm und dazwischen lief das Vieh herum«, beschrieb sie zum ersten Mal ihre Jugend in Davilo. Sie erwähnte nicht, dass die Frauen sich hatten frei bewegen und Liebhaber wählen dürfen, denn das hätte Gushes Bitterkeit verstärken können.

Ihre Freundin lauschte zunächst geduldig, später verzog sie das Gesicht.

»Du hast dich mit der Dame Fenzhi versöhnt und brauchst mich nicht mehr. Willst du mir das sagen?«

Sophie versicherte schnell, dass es nicht stimmte.

»Ich möchte dir helfen«, versicherte sie.

»Dann nimm mich mit, wenn du fortgehst«, verlangte Gushe. »Nach Batavia, wo deine Leute sind. Dort finde ich schon einen Mann, denn es heißt, dass die Holländer wenig Frauen mitgenommen haben.«

Das stimmte. Sophie begann nachzudenken.

»Es ist vielleicht möglich«, sagte sie schließlich. »Wenn du wirklich unter Christen leben willst, dann …«

»Es ist mir egal, welchen Glauben mein Mann hat. Ich möchte eine Familie haben«, unterbrach Gushe und stand auf. »Also bitte, erfülle mir diesen Wunsch. Ich habe Shu Ma von dir ferngehalten. Du hast keine Ahnung, wie du dich benehmen musst, und ehrlich gesagt lernst du auch nicht besonders schnell. Ohne mich würdest du herumgeschubst werden wie eine gewöhnliche Magd. Da würde auch die Dame Fenzhi dir nicht helfen, denn die hat andere Dinge im Kopf.«

Widerwillig musste Sophie zugeben, dass diese Einschätzung ihrer Lage sehr treffend war. Gushe hatte ihr ein besseres Leben ermöglicht und als Gegenleistung nichts weiter erhalten als leere Versprechungen.

»Du hast recht«, gab sie zu. »Aber es ist nicht so einfach, wie du denkst, deine Wünsche zu erfüllen. Ich muss zunächst abwarten, ob ich überhaupt nach Batavia reisen kann. Wenn feststeht, dass ein paar Gefangene freigelassen werden, kann ich bitten, dich mitzunehmen. Ich verspreche, dass ich mich bemühen werde.«

Gushe warf ihr einen missmutigen Blick zu.

»Versprechen. Nur Versprechen. Aber ich will dir weiter vertrauen. Du bist nicht böse, nur ungeschickt. Vielleicht wird das jetzt besser.«

Mit diesen Worten rauschte Gushe davon. Früher war ihr Verhalten respektvoller gewesen, aber Sophie wusste inzwischen, dass sie selbst anders vorgehen musste, wenn sie irgendetwas durchsetzen wollte.

»Ich werde mich für dich einsetzen«, rief sie ihr hinterher und war erleichtert, als Gushe sich noch einmal umdrehte und ihr endlich wieder ein Lächeln schenkte.

9. Kapitel
Xiamen, China

Sie schlagen laut die Trommeln
Springen und tänzeln mit Waffen in der Hand
Wir allein marschieren nach Süden

Wir wurden von Sun Zi-zhong angeführt
Die Chen und Song zu unterwerfen
Er bringt uns nicht nach Hause
Mein Herz ist schwer.

Bi De mochte die Texte aus dem Buch der Lieder, daher trug Lanfang sie ihm gern vor. Nun lauschte er nachdenklich.

»Die Männer ziehen nicht gern in den Kampf«, stellte er fest. Lanfang fragte sich, warum sie sich gern niedermetzeln lassen sollten.

»Sie mussten mitkommen, denn sonst hätte man sie bestraft«, erklärte sie. »Die Frauen warteten und sangen Klagelieder. Gibt es das bei euch nicht? Ihr hattet doch auch Kriege.«

»Ja, natürlich. Aber in unseren Liedern und Geschichten ist stets von Helden die Rede, die voller Tatendrang in den Kampf aufbrachen.«

Auch das erschien Lanfang sehr merkwürdig. Sie hätte es entsetzlich gefunden, auf ein Schlachtfeld gejagt zu werden, und verstand nicht, warum Männer dies anders sehen sollten.

»Aus diesem Grund mochte ich von Anfang an das Leben in einem chinesischen Haushalt«, erklärte er ihr nun. »Mir hatte es immer gefallen, Bücher zu lesen und mir Wissen anzueignen. Erst hier bei euch werde ich dafür wirklich geachtet.«

Nun, er hatte Glück gehabt, überlegte Lanfang. Ihrem Vater war die Begeisterung für das Lernen nicht so gut bekommen.

Bi De war aufgrund seiner fremden Herkunft jemand, der vorteilhaft eingesetzt werden konnte. Nur begriff er das alles nicht oder wollte es vielleicht auch nicht begreifen, weil er lieber von seiner Begeisterung für die chinesische Lebensart schwärmte. Kurz kam Lanfang der Gedanke, dass er es vielleicht vor allem ihretwegen tat, aber sie verwarf ihn wieder.

»Nun könnt Ihr dazu beitragen, dass ein Krieg zu unseren Gunsten ausgeht«, erinnerte sie ihn und erkannte Zeichen der Anspannung auf seinem Gesicht. Er hatte Angst, bei der ihm bevorstehenden Aufgabe zu versagen, was sie gut verstehen konnte. Aber sie musste ihm Mut machen, wie sie es früher bei ihrem Vater getan hatte.

»Ihr müsst gute Gründe finden, warum eine Unterstützung der Seite der Ming vorteilhaft ist«, erklärte sie. »Es heißt, man soll den Feind kennen, um ihn besiegen zu können. Ihr kennt die Holländer und daher habt Ihr die besten Möglichkeiten, sie zu unseren Verbündeten zu machen.«

Sie ahnte selbst, dass es nicht so einfach wäre. Zheng Chenggong hatte den Holländern Taiwan geraubt, worüber sie verständlicherweise verärgert waren. Aber es gab Gefangene, einige von ihnen Menschen von Rang, wie Bi De erzählt hatte.

»Auch die Qing werden den Holländern Taiwan nicht zurückgeben«, überlegte sie laut. »Das müsst Ihr bei den Verhandlungen deutlich machen. Von der Ming-Seite bekommen sie ihre Leute wieder und günstige Handelsbedingungen auf der Insel.«

Sie ging davon aus, dass dem so wäre. Jedenfalls musste Bi De es erst einmal in Aussicht stellen. Die Kunst des Krieges bestand auch in der erfolgreichen Täuschung.

»Ich werde dich an meiner Seite haben und dann wird es schon irgendwie gehen«, versicherte er schließlich und hielt wieder ihre Hand fest. Lanfang schmiegte sich an ihn. Auf diese Weise verbrachten sie die meiste Zeit zusammen und inzwischen war sie froh darüber. Wie viele Mädchen hatte der Herr Kuo in dem Jahr, seitdem Lanfang im Haushalt der Qi lebte, schon benutzt und wieder weggeworfen? Sie hingegen war das Kissen, auf das Bi De gern seinen Kopf bettete, und als solches war sie bisher nicht ersetzt worden. Sie hatte Glück gehabt und war ehrlich dankbar dafür.

Nur irgendwann, eines Tages, da hätte sie gern mehr von ihm. Ein Kind vielleicht, das ihre Stellung im Haushalt festigen konnte. Vor allem aber sehnte sie sich nach einer innigeren Nähe, obwohl sie selbst nicht verstand, wieso es ihr danach verlangte.

Zwei Wochen später traf der von Zheng Jing ausgewählte Mandarin ein, der die Verhandlungen mit den Holländern führen sollte. Er war ein kleiner, rundlicher Mann namens Song Wenlian, der sein Missfallen, einen Europäer als Übersetzer zu bekommen, nur mit großer Mühe hinter der Maske chinesischen Gleichmuts verbarg. So sehr Bi De sich auch anstrengte, ihn durch sein inzwischen wirklich gutes Chinesisch zu beeindrucken, der Mann mochte ihn ganz offensichtlich nicht.

Lanfang beruhigte ihn, dass dies nicht wichtig war. Er musste lernen, mit diesen Widrigkeiten zurechtzukommen, und dennoch seine Aufgabe erfüllen. Song Wenlian würde es als seinen eigenen Verdienst hinstellen, doch Lanfang hielt den Herrn Qi für klug genug, dies zu durchschauen.

Am Tag des Aufbruchs versicherte Bi De ihr erneut, dass er sie zu seiner Frau machen würde, sobald er endgültig die Gunst des Hausherrn gewonnen hätte. Lanfang hielt diese Pläne weiterhin für aussichtslos und zudem gefährlich, denn er konnte durch eine solche Forderung den Herrn Qi gegen sich aufbringen.

Aber das würde sie mit ihm besprechen, wenn sie ihre Mission beendet hätten.

Eine Dschunke brachte sie zu einer kleinen Insel vor Taiwan, wo der holländische Admiral mit dem Namen Bort sein Lager aufgeschlagen hatte. Am Ufer wurden sie von einer Truppe holländischer Soldaten empfangen. Lanfang staunte, dass die meisten von ihnen noch größer und kräftiger waren als Bi De. Außerdem wucherten in ihren Gesichtern Bärte, die an wild wachsendes Gestrüpp erinnerten, anstatt sorgfältig gekämmt zu sein. Lanfang wusste von Bi De, dass in seiner Heimat allen Männern Bärte wuchsen, was in China nicht der Fall war. Doch staunte sie nun, wie zügellos dieses Wachstum war. Zudem stanken diese Männer noch stärker nach Schweiß als sämtliche Bettler auf den Straßen von China, was daran liegen musste, dass sie erdrückend schwere Kleidung trugen. Die chinesischen Soldaten, die man Song Wenlian als Begleitschutz mitgegeben hatte, wirkten im Vergleich zu ihnen klein, aber auch leichtfüßig. Wenn es zu einem Kampf kam, wären sie vielleicht wendiger.

Das Lager der Holländer befand sich in einer von Palmen umgebenen Holzhütte. Admiral Bort war ein rothaariger Riese, der ebenso schwitzte wie seine Männer. Mit seinem breitkrempigen Hut fächelte er sich Luft zu, während er die Abgesandten Zheng Jings ohne besondere Respektsbezeugung begrüßte. Eine Frau mit dunkler Haut schenkte ihnen allen ein gelbes Getränk ein.

»Bier«, flüsterte Bi De Lanfang zu. »Das ist in Europa sehr beliebt.«

Zu ihrem Erstaunen hatte sie auch einen Becher erhalten. Niemand hier schien es seltsam zu finden, dass eine Frau die Gesandtschaft begleitete. Einige der holländischen Männer warfen ihr neugierige Blicke zu, doch die Behandlung blieb respektvoll. Alle durften an dem großen Tisch des Admirals Platz nehmen. Lanfang bemerkte, dass der Mandarin verstört aussah, denn er hatte mit mehr Zeremonien gerechnet. Aber ihr gefiel diese Ungezwungenheit.

Song Wenlian nippte an seinem Bier, ohne zu schlucken.

Dann begann er eine lange Lobrede über die Errungenschaften holländischer Seefahrer, die es geschafft hatten, einen riesigen Ozean zu überqueren und sich in der Fremde niederzulassen. Ihre Schiffe konnten die Winde und Wellen bezwingen, ein Zeichen für die Größe ihrer Weisheit und ihren bewundernswerten Mut.

Noch während der Überfahrt hatte er von rothaarigen Barbaren gesprochen, ohne Rücksicht auf Bi Des Gegenwart zu nehmen. Würden die Holländer sich von ihm zum Narren halten lassen?

Bi De übersetzte, ohne eine Miene zu verziehen. Der Admiral lauschte, während Schweißperlen über seine Schläfen liefen.

»Habt Ihr die Reise nur unternommen, um uns zu schmeicheln?«, gab Bi De anschließend die Worte des Admirals wieder. Lanfang wurde unwohl. Zu viel Offenheit war wie ein starker Wind, der den kleinen Song Wenlian vom Weg abbringen könnte.

Sie hatte Bi De bereits eingebläut, dass er im Notfall nicht alles wortwörtlich wiedergeben, sondern seine eigenen Ideen einbringen sollte. Den Holländern musste die Hoffnung auf wirtschaftlichen Gewinn gemacht werden, schöne Worte allein würden nicht genügen.

Tatsächlich begann er nun zu reden, ohne auf Song Wenlian zu warten. Er zog den Brief hervor, den Zheng Jing aus Taiwan geschickt hatte. Es handelte sich um das Schreiben eines holländischen Gefangenen, der sich nach der Freiheit und der Rückkehr in die Heimat sehnte.

Dann wandte er sich an den Mandarin, der ihn verärgert ansah, und erklärte, dass er den Holländern die Wichtigkeit ihres Besuchs erklären musste. Ihre schlichten Gemüter machten es ihnen unmöglich, zu begreifen, welche Ehre Zheng Jing ihnen erwies, indem er eine Delegation schickte.

Song Wenlian neigte zufrieden den Kopf, was es Bi De ermöglichte, das Gespräch nach eigenem Ermessen fortzuführen.

Der Admiral überflog die Zeilen, seufzte und begann zu reden. Sein Tonfall gefiel Lanfang nicht, denn er klang nicht, als hätten ihn die Worte seines unglücklichen Landsmannes ehrlich berührt. Eine Weile ging das Gespräch weiter, Bi De bekam einen roten Kopf, redete aber gefasst und ruhig, was Lanfang gefiel. Song Wenlian murrte einmal unzufrieden, da auch er nichts verstand.

»Ich versuche, ihnen klarzumachen, welche Vorteile wir ihnen bieten können«, versicherte Bi De schnell. Der Mandarin hielt sich daraufhin zurück, musterte nur die schlichten Holzwände der Hütte, ohne sein Missfallen ganz verbergen zu können.

Die Sprache der Holländer kam Lanfang wie ein Knurren vor, sie lachten unnötig oft und benutzten ständig die Hände beim Reden. Eine hitzige Debatte schien im Gange. Sie bereute es, Bi De nicht um ein wenig Unterricht in seiner Sprache gebeten zu haben, damit sie etwas hätte verstehen können. Aber auch so ahnte sie, dass es nicht zum Besten verlief.

Die dunkelhäutige Frau an der Seite des Admirals lächelte ihr immer wieder freundlich zu, denn sie schien eine Art Gefährtin in ihr zu sehen. Sie sollten beide Männer aus einem fernen Land bei Laune halten. Lanfang hoffte, auf Dauer ein wenig mehr zu schaffen als das.

Noch bevor die Mittagssonne am Himmel stand, hatten sie bereits die Rückfahrt angetreten, da der holländische Admiral es nicht für nötig hielt, sie weiter zu bewirten. Kurz nach dem unhöflich schnellen Abschied rief er Bi De noch lachend etwas hinterher. Der blieb kurz stehen, wandte sich um, erwiderte aber nichts, sondern ergriff Lanfangs Hand, um sie auf die Dschunke zurückzuführen. Vor chinesischen Würdenträgern wäre so ein Benehmen unmöglich gewesen, doch hier störte sich niemand daran außer dem Mandarin, der die ganze Reise als Zumutung zu empfinden schien.

»Ich habe nichts erreicht«, teilte Bi De Lanfang mit, als sie sich an eine unbeobachtete Stelle der Dschunke zurückgezogen hatten. »Die Holländer wollen uns nicht unterstützen.«

»Trotz des Flehens der Gefangenen?«

Lanfang hatte gehofft, dass diese großen, blassen Barbaren vielleicht ein klein wenig rücksichtsvoller im Umgang miteinander wären, als sie es von ihren Landsleuten kannte. Bi De selbst war niemals unfreundlich gegenüber Untergebenen und hatte kürzlich sogar eine junge Katze aus dem Teich gezogen, um sie vor dem Ertrinken zu retten. Aber dieser Admiral hatte keinen derart gutmütigen Eindruck gemacht.

»Admiral Bort will Formosa zurückerobern«, sagte Bi De. »Er meinte, dann würde er auch alle dort gefangenen Holländer befreien. Dem Gefangenen, der den Brief verfasste, wollte er Schinken und Käse schicken, also europäisches Essen, das man in China nicht bekommt.«

Lanfang war neugierig, wie dieses schmecken mochte. Das Bier hatte sie gemocht. Aber im Moment gab es wichtigere Fragen.

»Meinst du, es könnte dem Admiral gelingen, Taiwan einzunehmen?«, wollte sie wissen. Ihr war nicht klar, welche Folgen das für sie alle hätte.

»Ich weiß es nicht«, gab Bi De zu. »Die holländische Handelsgesellschaft hat uns nicht wirklich unterstützt, als wir belagert wurden. Vielleicht hat sie aus ihren Fehlern gelernt. Jedenfalls habe ich erfahren, dass meine Stiefmutter noch lebt. Sie hat zusammen mit meiner kleinen Schwester Batavia erreicht und dort für Frederick Coyett, den letzten Gouverneur von Fort Zeelandia, ausgesagt. Ihm drohte die Hinrichtung, obwohl er alles tat, um uns zu retten!«

Bi De tat ein paar tiefe Atemzüge, griff dann wieder nach ihrer Hand.

»Meines Erachtens wäre es am besten, die Insel aufzuteilen«, sagte er leise. »Gerade der Norden, der noch nicht so gut erschlossen ist, könnte an die Holländer gehen. Dort gibt es viele Dörfer und auch größere Siedlungen von Ureinwohnern, die unsere Missionare aufsuchen könnten. Euch Chinesen geht es vor allem um wirtschaftlichen Gewinn, also könntet ihr im Süden weiter Reis anbauen und das Wild jagen. Ich war stets der Meinung, dass eine friedliche Einigung der beste Weg ist, aber weder Admiral Bort noch der Mandarin waren bereit, auch nur darüber nachzudenken.«

Er sah ernsthaft betrübt aus. Lanfang rückte näher an ihn heran, um ein bisschen Trost zu vermitteln. Ihr Vater hatte mit ähnlicher Unerschütterlichkeit daran geglaubt, dass die Welt irgendwann seinen Wünschen entsprechen würde. Sie selbst war weniger hoffnungsvoll, klammerte sich aber an die Überzeugung, dass Menschen, die stets den Frieden suchten, ihren Nutzen haben mussten. Schon deshalb verdienten sie Unterstützung.

»Warum lachte der Admiral, bevor er uns gehen ließ?«, fragte sie schließlich mit Unbehagen.

»Es war wegen meiner Kleidung. Er meinte, in den chinesischen Gewändern würde ich wie eine Frau aussehen.«

Lanfang verstand nicht, wie jemand auf einen solchen Gedanken kommen konnte. Die Kleidung der Holländer war ihr schäbig und zudem unbequem vorgekommen.

»Er bot mir an, bei ihm zu bleiben«, redete Bi De weiter. »Jemanden, der die chinesische Sprache fließend beherrscht, könnte die Handelsgesellschaft gebrauchen. Ich hätte meine Stiefmutter und Schwester wiedersehen können.«

Lanfang fröstelte. Sie wollte sich nicht ausmalen, welches Leben ihr im Haushalt der Qi ohne Bi De bevorgestanden hätte. Aber er musste sich nach seinen Verwandten sehnen, so wie sie nach ihrem toten Vater.

»Warum hast du abgelehnt?«, wollte sie daher wissen.

»Es schien mir schäbig«, erklärte er. »Der Herr Qi hat viel für mich getan und Vertrauen in mich gesetzt. Ich wollte ihn nicht derart verraten. Außerdem …«

Er drückte nochmals ihre Finger.

»Ich wollte dich nicht verlassen«, gestand er.

»Aber ich hätte doch auch bleiben können!«

Bi De musterte sie mit Erstaunen.

»Ich war mir nicht sicher, ob du die dir vertraute Welt so einfach verlassen willst. Eine solche Entscheidung sollte in Ruhe überlegt werden und wir hatten nicht die Möglichkeit dazu.«

»Du dachtest, ich möchte weiterhin eine Bedienstete im Hause Qi sein?«, fragte Lanfang ungläubig. Doch gleich darauf kamen ihr widersprüchliche Gedanken. Sie wäre auf jeden Fall bei Bi De geblieben, wenn er zu den Holländern übergelaufen wäre, aber wer konnte schon sagen, ob sie dort ihr Glück gefunden hätte? Den Admiral hatte sie nicht besonders gemocht. Vielleicht wäre Bi De befohlen worden, eine rothaarige Frau aus seinem Volk zu heiraten, und Konkubinen durften seine Landsleute angeblich nicht haben.

Am erstaunlichsten aber war die Vorstellung, dass er sich bei seinen Plänen auch nach ihren Bedürfnissen richtete. Die meisten Männer hätten erwartet, dass eine Konkubine ihnen folgte. Sogar Lanfangs Vater hatte stets getan, was er für richtig hielt, ohne die Meinung seiner Tochter einzuholen.

Dieser kluge, unbeholfene Mann war ein Geschenk des Himmels gewesen, dachte Lanfang und wandte sich verlegen ab, weil ihr die Tränen kamen.

10. Kapitel

Tayouan, Formosa

Ich bedauere es«, sagte Fenzhi und schob Sophie eine Schüssel mit Wachteleiern zu. »Die Holländer haben unser Angebot nicht angenommen. Daher wird es keinen Austausch von Gefangenen geben.«

Sophie gelang es, eine aufrechte Haltung zu wahren, was sie früher nicht vermocht hätte. Die Zeit im Herrscherpalast hatte sie zäher und umsichtiger werden lassen.

»Was bedeutet dies für meine Landsleute und mich?«, flüsterte sie in der vagen Hoffnung, dennoch eine beruhigende Botschaft zu hören. Vielleicht würde man sie alle auf eine Dschunke packen und aufs Meer hinausschicken, da sie hier keinen Nutzen mehr hatten. Dann bestand die Hoffnung, von einem europäischen Handelsschiff gefunden zu werden. Aber diese Vorstellung war märchenhaft.

»Ihr bleibt hier«, stellte Fenzhi unerbittlich fest. »Es ist besser, sich damit abzufinden.«

Ihre schmalen Augen musterten Sophie für einen Moment sehr aufmerksam.

Fenzhi hatte eine bemerkenswerte Gabe, die Dinge akkurat zu erfassen. Sophie verspürte den Wunsch, um sich zu schlagen, zu weinen und zu schreien. Als sie nach Abzug der holländischen Truppen auf Formosa zurückgeblieben war, hatte sie zunächst gehofft, ihre Schwester Emma eines Tages wiederzusehen zu können. Das würde niemals geschehen, wenn sie den Rest ihrer Tage hinter den Mauern dieses Palastes zubrachte. Sie würde sich langsam in eine bittere Frau wie Shu Ma verwandeln, die nur noch Freude empfand, wenn sie andere, jüngere, hilflose Geschlechtsgenossinnen demütigte.

»Wir werden weiter gemeinsam Sprachen lernen«, schlug

Fenzhi vor. »Jedenfalls sieht es nicht so aus, als ob mein Bruder mich demnächst verheiraten wird. Falls er es doch tut, kann ich darum bitten, dich als meine Gefolgsdame mitzunehmen. Ich werde dafür sorgen, dass du immer gutes Essen und schöne Gewänder bekommst.«

Zum ersten Mal vermeinte Sophie ein wenig Gefühl in ihrem Blick zu sehen. Die Dame hoffte, dass sie dieses Angebot mit Freude annahm. Sophie zwängte ein Lächeln auf ihr Gesicht, aber sie wusste, dass es nicht ehrlich wirkte.

»Warte ab«, sagte Fenzhi. »Wir werden gemeinsam Freude in unserem Leben finden. Nicht gleich, aber mit der Zeit. Ich verspreche, dass du auch niemals wieder Go spielen musst.«

Nun gelang Sophie ein ehrliches Schmunzeln.

»Ihr seid sehr gütig«, versicherte sie. Das stimmte, doch änderte es nichts an dem Abgrund der Verzweiflung, in den sie zu fallen glaubte.

Fenzhi setzte ihr noch weitere Leckereien vor und füllte ihren Becher immer wieder mit Reiswein. Ein wenig vermochte diese Fürsorge Sophies Schmerz zu lindern, aber als sie bei Einbruch der Dämmerung wieder in ihr Heim unterwegs war, stürzte die Schwermut wie eine dunkle Decke auf sie hinab.

Sie wünschte sich einen Mann und Kinder, so wie Gushe es tat. Sie wollte in ihrem Zuhause Holländisch reden und christliche Rituale zelebrieren. Diese chinesische Welt aus grellen Farben und feinen Schnitzereien hatte ihren Reiz, aber sie würde sich darin niemals heimisch fühlen können. Wie sollte sie sich damit abfinden, Gesellschafterin dieser netten, altjüngferlichen Chinesin zu bleiben, ohne Aussicht auf ein eigenes Leben?

In ihrer Kammer warf sie sich auf die Bettstatt und versank in einer Flut aus Tränen.

Am nächsten Morgen brachte Gushe ihr ein Tablett mit Tee und Nudeln, was Chinesen gern zum Frühstück aßen. Wieder fühlte Sophie sich verpflichtet, Freude zu zeigen, obwohl ihr nicht danach zumute war.

»Ich habe gehört, dass du bei uns bleiben wirst«, sagte Gushe, während sie ihre eigenen Nudeln schlürfte. »Die Dame Fenzhi freut sich sicher.«

»Ja, das tut sie wohl«, erwiderte Sophie schnell.

»Sie wird dir ein angenehmes Leben ermöglichen, glaub mir«, versicherte Gushe. »Ich hoffe, du vergisst mich dabei nicht.«

»Das werde ich nicht«, versprach Sophie, weil es erwartet wurde. Gleichzeitig begann sie nachzudenken. Es musste etwas geben, das sie tun konnte, um einem ihr verhassten Schicksal zu entkommen. Cornelia hatte etwas von Fluchtmöglichkeiten erzählt. Damals hatte es allzu gefährlich geklungen, doch nun fragte Sophie sich, ob es nicht unvermeidlich war, ein Risiko einzugehen.

Sie musste aus diesem goldenen Käfig fliehen, solange es eine Möglichkeit gab.

»Kannst du mich noch einmal zu den Holländern führen, die in der Küche arbeiten?«, fragte sie Gushe. »Ich werde auch die Dame Fenzhi bitten, dass wir hier regelmäßig Wachteleier bekommen. Die magst du doch.«

Sie hatte Gushe einmal diese Leckerei mitgebracht und sie war mit Begeisterung verschlungen worden.

»Natürlich kann ich das. Warte bis heute Abend, denn jetzt arbeiten die Leute in der Küche.«

Gushe lächelte und rief die Dienstmagd, um das Geschirr abräumen zu lassen.

»Ich gehe jetzt zu Shu Ma wegen eines Kartenspiels. Möchtest du dich beteiligen? Sie hat mich gebeten, dich einzuladen, weil sie ihr früheres Benehmen inzwischen bereut.«

»Ich mag keine Spiele«, erwiderte Sophie. Es stimmte, doch mochte sie die grobe Shu Ma noch weniger. Sie war auch nicht willens, sich um ein besseres Verhältnis zu ihr zu bemühen.

»Wir werden nach dem Abendessen losgehen«, versprach Gushe, bevor sie sich entfernte.

Sophie verbrachte den Rest des Tages mit Grübeleien. Manchmal erschrak sie vor ihrem eigenen Mut. War es nicht vernünftiger, zunächst einfach im Palast zu bleiben, wo sie dank Fenzhi ein erträgliches Leben führte? Doch der Drang, in die ihr vertraute Welt zurückzukehren, überwog. Sie würde sich hinausschleichen, ein Schiff nehmen und nach Batavia gelangen. Von dort aus musste sie versuchen, etwas über das Schicksal ihrer Schwester Emma zu erfahren. Ihr ursprünglicher Wunsch, auf Formosa nach ihr zu suchen, war zu gefährlich und wenig aussichtsreich. Es würde ihr niemals gelingen, unbehelligt bis nach Davilo zu kommen.

Gushe erschien, als bereits die Abenddämmerung aufgezogen war und das Zirpen der Grillen lauter schien als alle anderen Geräusche. Zusammen durchschritten sie wieder mehrere Höfe, bis sie ihr Ziel erreicht hatten. Cornelia wartete in dem kleinen Lagerraum des Tempels wie beim letzten Mal. Ihr Gesicht sah fahl aus. Trotz der schlechten Beleuchtung in dem fensterlosen Raum konnte Sophie eine Schwellung auf ihrer rechten Wange erkennen.

»Werdet ihr geschlagen?«, fragte sie entsetzt.

Cornelia lachte bitter auf.

»Ach Mädchen, das werden Bedienstete auch in christlichen Haushalten. Ich war ungeschickt und habe eine Schüssel fallen lassen. Sie enthielt die Lieblingssuppe der Ehefrau des Herrschers. Der Koch hatte viel Arbeit hineingesteckt, daher wurde er wütend.«

»Sie haben kein Recht, Christenmenschen so zu behandeln!«, empörte sich Sophie.

»Nun sind sie die Herren hier«, mahnte Cornelia. »Aber ich werde alt und mein Körper gehorcht mir nicht mehr so wie früher. In meiner Heimat würde meine Familie sich um mich kümmern, aber hier bin ich allein.«

Tröstend drückte Sophie ihre Hand. Wie hatte sie in Selbstmitleid versinken können, wenn es Landsleute gab, die viel mehr zu erleiden hatten!

»Du hast von Fluchtmöglichkeiten gesprochen«, erinnerte sie Cornelia.

»Aber ja, die gibt es.«

Die ältere Frau stieß einen Seufzer aus.

»Wir Holländer können kaum miteinander reden, da es uns verboten ist. Die Witwe von Valentyn, dem Gouverneur von Fort Provintia, befindet sich auch irgendwo in diesem Palast, aber ich bekam sie noch niemals zu Gesicht. Doch es gibt Gerüchte, dass ein paar unserer Männer, die als Soldaten eingesetzt waren, sich davonmachten. Ein alter Chinese, der ebenfalls in der Küche arbeitet, behauptet, dass er den Kontakt zu einem Händler herstellte, der die Überfahrt organisierte. Er verlangt Geld für seine Hilfe. Die Männer konnten es sich leisten, denn ihr Sold war wohl nicht schlecht. Ich habe eine solche Möglichkeit nicht.«

Sie senkte den Kopf, doch ihre Augen musterten Sophie aufmerksam.

»Ich könnte Wertgegenstände auftreiben«, sagte Sophie nach kurzem Überlegen. »Damit ließe sich dieser Mann vielleicht bestechen.«

Erneut drückte sie Cornelias Hand.

»Wir beide könnten in die Heimat fahren. Die Witwe Valentyn käme sicher auch gern mit, wir müssten nur herausfinden, wie wir ihr eine Nachricht zukommen lassen können. Ich werde mich darum kümmern, unsere Flucht zu bezahlen. Wirst du mit dem Chinesen reden, der das organisiert?«

Cornelia schwieg einen Moment und nagte an ihrer Unterlippe.

»Ich habe mir bei unserem ersten Treffen gewünscht, dass du dies vorschlägst«, gab sie zu. »Aber nun ... da habe ich Bedenken. Wir wissen nicht, ob diese holländischen Soldaten wirklich nach Batavia gelangten. Wenn unsere Flucht misslingt, wird man uns hart bestrafen. Ich habe nicht mehr viel zu verlieren, aber du bist jung und hast dein Leben vor dir.«

»Was nützt mir dies?«, fragte Sophie bitter. »Ich werde den Rest meiner Tage in einer Welt verbringen, die mir fremd ist. Einen passenden Ehemann finde ich hier niemals. Auch meine Schwester sehe ich nicht wieder. Lieber sterbe ich, als so ein Schicksal zu ertragen.«

Nun, wirklich sterben wollte sie nicht, aber sie musste Cornelia überzeugen, den Plan in die Tat umzusetzen. Die nötige Bezahlung für den chinesischen Schlepper würde Sophie von Fenzhi bekommen. Sie musste sich nur geschickt anstellen. Die Aussicht, irgendwann wieder unter europäischen Christenmenschen leben zu können, ließ ihr Herz schneller schlagen. Es war, als würde sie endlich frei atmen können.

Draußen hörte sie Gushe murren. Sie mussten bald schon zurückkehren, denn wenn sie im Dunkeln durch die Höfe liefen, würde es auffallen. Allzu bald würde sie Cornelia nicht mehr treffen können, auch dies war gefährlich.

»Versuche, unauffällig mit dem Chinesen zu reden, der uns befreien kann«, bat sie die ältere Frau. »Ich werde indessen Wertgegenstände anhäufen. In einem Monat treffen wir uns wieder hier. Vergiss nicht, die Tage zu zählen.«

Cornelia nickte. Selbst in dem Dämmerlicht des Lagerraums konnte Sophie sehen, wie das Gesicht der alten Frau strahlte.

»Ich bin sehr glücklich, die Tochter des tapferen Missionars Hambroek kennengelernt zu haben«, flüsterte sie. »Dein Vater wäre stolz auf dich.«

Sophie war sich dessen nicht sicher, denn ihr Vater hatte nie sehr viel von ihr gehalten. Aber nun fühlte sie sich erstmals in ihrem Leben stark. Sie hatte eine Entscheidung getroffen und würde ihren eigenen Weg gehen.

»Diese Vase ist wunderschön«, sagte Sophie, als sie wieder in Fenzhis Gemach geladen worden war. Es handelte sich um ein mit drei elegant gekleideten Frauen bemaltes Gefäß aus hauchdünnem, fast durchscheinendem Porzellan, die sie schon früher manchmal bewundert hatte.

»Mein Bruder schenkte sie mir beim letzten Frühlingsfest« erzählte Fenzhi. »Er brachte sie aus Xiamen mit. Es freut mich, dass dir unsere Kunst gefällt.«

Sophie hatte in ihrem Leben nicht besonders viel europäische Kunst zu sehen bekommen. In Fort Zeelandia hatte der Gouverneur Frederick Coyett einige holländische Gemälde in seinen Gemächern gehabt. Sie waren deutlich düsterer gewesen als die Malereien an den Wänden des Palastes. Wenn sie ehrlich war, so bevorzugte sie tatsächlich chinesische Kunst, aber nun brauchte sie die Vase aus anderen Gründen.

»Es macht Freude, schöne Dinge bewundern zu können«, meinte sie zu Fenzhi. »Die Welt wird dadurch ein angenehmerer Ort.«

Die Tochter des Herrschers runzelte die Stirn.

»Also ich sehe diese Vase tagtäglich und die Welt wird dadurch nicht anders, als sie schon immer war. Aber wenn du willst, kannst du sie haben und jeden Morgen bewundern. Vielleicht bist du dann zufriedener damit, weiter hier zu leben.«

Fenzhi sah nicht hübsch aus, wenn sie lächelte. Ihre Zähne

waren schief, ihr Gesicht wirkte wie in Eile aus Teilen zusammengesetzt, die nicht miteinander harmonierten. Doch ihr Lächeln schien so ehrlich, dass Sophie einen Stich von Reue verspürte, ihre Großzügigkeit derart auszunutzen.

Aber Fenzhi wollte ihr eine Freude machen und das gelang durch diese Gabe. Ob die Vase allein reichen würde, den Chinesen in der Küche zu bestechen? Sie sah teuer aus. Aber vielleicht wäre es besser, noch etwas Schmuck zu haben, der sich auch unauffälliger transportieren ließ. Fenzhi trug seit einiger Zeit bunte Ohrringe und Ketten um den Hals. Es waren immer dieselben, soweit Sophie es beurteilen konnte.

»Mir gefällt auch eure chinesische Kleidung«, tastete Sophie sich vorsichtig vorwärts. »Und der Schmuck, er ist so zart und kunstvoll gefertigt.«

Von ihrer Mutter hatte Sophie einen Ring geerbt, den sie immer noch trug. Er war silbern und mit einem Bernstein verziert. Sie wäre niemals in der Lage gewesen, sich von ihm zu trennen, daher staunte sie, wie bereitwillig Fenzhi ein Armband aus Jade von ihrem Arm zog und ihr hinschob.

»Nimm das erst einmal. Ich habe mehrere davon, die fast alle gleich aussehen.«

Sophie legte den Schmuck an und liebte ihn vom ersten Moment an. Ihre Finger streichelten verzückt die glatte, grüne Oberfläche.

Die Schwester des Herrschers hatte sich auf ihrem Stuhl zurückgelehnt.

»Ich werde dir meine Schneiderin vorbeischicken. Ein paar neue Kleider kannst du auf jeden Fall gebrauchen. Meinen restlichen Schmuck kann ich nicht hergeben, weil mein Bruder zornig wäre. Er hat ihn mir kürzlich geschenkt. Aber wir treiben schon etwas für dich auf. Eine so reizvolle Erscheinung wie deine sollte entsprechend herausgeputzt werden.«

Wieder dieses Lächeln, das sie nicht hübscher, aber liebenswerter machte. Sophie musste sich auf die Zunge beißen, um nicht offen zu sagen, worum es ihr wirklich ging. Ganz gleich, wie gern sie sich Fenzhi anvertraut hätte, sie durfte kein Risiko eingehen.

»Ihr seid eine sehr gütige Person«, sagte sie leise. »Ich habe Eure Gaben nicht verdient.«

»Natürlich hast du das. Ich werde durch schöne Kleider nicht weniger hässlich, dir stehen sie wenigstens.«

Fenzhi rief nach einer Dienstmagd, um den Tisch abräumen zu lassen.

»Ich muss jetzt mit meinen Tanten im Tempel die Ahnen ehren, also können wir uns erst morgen wiedersehen. Bis dahin werde ich versuchen, ein paar Geschenke für dich aufzutreiben. Du siehst so zauberhaft aus, wenn du dich freust.«

Obwohl Sophie wusste, dass sich hinter diesen Worten sündhafte Gedanken verbergen konnten, war sie gerührt. Sie streckte zaghaft die Hand aus, um über Fenzhis Arm zu streichen. Die Schwester des Herrschers hielt mit unbewegter Miene still, nur ihre Wangen bekamen ein wenig Farbe.

Gleich darauf machte Sophie sich auf den Heimweg. Sie war der Erfüllung ihres Planes deutlich nähergekommen und die Überlegung, wie sie weiter vorgehen sollte, beschäftigte sie genug, um von dem leisen Nagen ihres Gewissens abzulenken.

Cornelias Augen leuchteten, als sie die Gaben in Augenschein nahm. Die Vase hatte Sophie vorsichtshalber in ihrem Zimmer gelassen, denn es wäre aufgefallen, wenn sie mit ihr herumlief. Das Jadearmband hingegen konnte sie unter dem Ärmel ihres Gewandes verbergen, auch die Ringe an ihren Fingern bemerkte niemand beim Vorbeigehen. Sie hoffte, der Schmuck würde dem chinesischen Schlepper genügen.

»Das hat dir alles die Dame Fenzhi geschenkt?«, fragte Cornelia staunend. »Was musstest du dafür tun? Was auch immer es war, Gott der Herr wird dir vergeben, denn du hilfst Christenmenschen, in ihre Heimat zurückzukommen.«

»Ich musste nichts Sündhaftes tun«, gab Sophie zu und schämte sich dafür fast mehr, als wenn sie mit Fenzhi tatsächlich Unzucht hätte treiben müssen. Die Schwester des Herrschers war eine großzügige, gutherzige Person, selbst wenn sie von verbotenen Leidenschaften heimgesucht wurde.

»Mir wurden diese Dinge geschenkt, weil ich Gefallen an ihnen fand«, fügte sie hinzu und erhielt einen verwirrten Blick von Cornelia.

»Dieser Chinese mit drei Narben im Gesicht wird sicher froh sein über unser Angebot« erzählte Cornelia. »Ich habe ihn schon darauf angesprochen, dass noch ein paar Leute nach Batavia wollen.«

Sie legte ihren Arm um Sophie und zog sie an sich.

»Dich hat der Himmel geschickt, Mädchen. Die Tochter eines Helden, die ihres Vaters würdig ist. Dank dir kann ich zu meiner Familie in Holland zurück.«

Tränen schwammen in ihren Augen. Sophies Schuldgefühle schwanden, denn Cornelia brauchte ihre Treue viel mehr als Fenzhi. Die Chinesin würde im Palast bald eine neue junge Frau finden, die sie mit Gaben überschütten und dadurch für sich einnehmen konnte. Sophie wollte dieser unnatürlichen Lage so schnell wie möglich entkommen.

»Du meinst also, es wird alles gut gehen?«, fragte sie Cornelia hoffnungsvoll. »Was ist mit der Witwe von Valentyn? Hat jemand mit ihr gesprochen?«

Cornelia schüttelte den Kopf.

»Es ist nicht leicht, zu ihr vorzudringen. Sie lebt in einem Haus im hintersten Hof und darf keinen von uns Holländern sehen. Aber der Chinese aus der Küche hat versprochen, dass sie eine Nachricht erhält. Angeblich hat er viele Freunde unter den Bediensteten.«

»Dann wären wir also drei, die nach Batavia gebracht werden«, meinte Sophie. Sie verspürte freudige Aufregung, gemischt mit Furcht. Ihr war klar, dass sie sich völlig fremden Menschen anvertraute, sobald sie das Schiff bestieg. Aber wenn sie im Herrscherpalast blieb, würde sie ihr Leben wie jene Vögel fristen, die von den Chinesen in winzige Käfige gesperrt wurden. Sie starben nicht gleich, sondern harrten aus, bis der Tod sie von einem tristen Dasein erlöste.

»Wie erfahre ich, dass wir aufbrechen können?«, fragte Sophie, während Cornelia den Schmuck in einen mitgebrachten Beutel steckte. Der Verlust des Jadearmbands schmerzte Sophie mehr als erwartet, aber es gab jetzt wichtigere Dinge.

»Der Chinese wird alles organisieren«, versprach Cornelia.

Ihr müdes, graues Gesicht sah plötzlich jung aus. Sie umarmte Sophie erneut und schluchzte dabei auf.

»Ich danke dir, Mädchen. Ohne dich hätte ich bis ans Ende meiner Tage in der Küche stehen müssen, obwohl meine Beine mich kaum noch tragen können.«

Sophie drückte den zerbrechlichen Körper der alten Frau fest an sich. All ihre Zweifel waren verflogen. Ihr Vater wäre zum ersten Mal vielleicht stolz auf sie gewesen, weil sie Mut und Entschlossenheit gezeigt hatte wie einst Emma. Voller Tatendrang machte sie sich auf den Heimweg. Sie hatte Gushe einen der Ringe von Fenzhi gegeben, als Dank dafür, dass sie ihr immer wieder Treffen mit Cornelia ermöglicht hatte. Mehr konnte sie für die Chinesin nicht tun, ihr Traum von Mann und Kindern würde unerfüllt bleiben. Aber daran vermochte Sophie nichts zu ändern.

Eine Woche verging, ohne dass sie etwas von Cornelia hörte. Sophie vermochte nachts nicht gut zu schlafen, hatte kaum Appetit, doch strengte sie sich an, gegenüber Fenzhi einen möglichst normalen Eindruck zu machen. Sie übten weiter gemeinsam das Schreiben in beiden Sprachen. Inzwischen beherrschte die Schwester des Herrschers das lateinische Alphabet vollkommen und konnte auch einige Sätze auf Holländisch sagen. Sophie kämpfte mit den chinesischen Schriftzeichen, doch fiel es ihr schwer, aufmerksam zu bleiben. Bald schon würde sie all dies nicht mehr brauchen.

»Du musst dir Zeit nehmen«, mahnte Fenzhi, als Sophie wieder mal ein Zeichen völlig missglückt war. »Als Kind saß ich viele Stunden da und malte jeden einzelnen Strich eines Zeichens immer wieder, bis ich es mit geschlossenen Augen hätte schreiben können.«

»Ich weiß nicht, ob ich so viel Geduld aufbringen könnte«, erwiderte Sophie völlig ehrlich. »Unsere Schrift ist einfacher.«

»Das ist richtig«, gab Fenzhi zu. »Aber durch diese Einfachheit geht auch Vielfalt verloren. Ihr wollt allem nur eine einzige, klare Bedeutung geben. So wie ihr nur einen Gott duldet.«

Dieser Gedankengang schien Sophie allzu kompliziert, um darauf einzugehen. Emma hätte ein solches Gespräch vielleicht gefallen, sie selbst fühlte sich davon erschöpft.

»Wir dulden nur einen Gott, weil er für uns der einzig wahre ist. Das sagte mein Vater und dafür ist er gestorben. Ihr habt ihn getötet. Ist das Vielfalt?«

Gleich darauf biss sie sich auf die Lippen. Sie durfte gegenüber Fenzhi nicht derart die Kontrolle verlieren. Aber die Chinesin lächelte nur.

»Das war Politik. Dein Vater wollte nicht den Befehlen meines Vaters folgen und wurde deshalb bestraft. So verhalten sich Männer, die ihre Macht halten wollen. Ist das bei euch denn anders?«

»Ich weiß es nicht«, gab Sophie zu. »Ich habe nie über solche Dinge nachgedacht.«

»Das musst du auch nicht. Die meisten Männer mögen es,

wenn eine Frau es nicht tut«, erwiderte Fenzhi und schenkte ihr nochmals Tee ein.

»Ich will dich nicht ermüden. Ich habe noch ein Geschenk für dich, das dir hoffentlich gefallen wird.«

Sie rief nach den Dienstboten, die gleich darauf mit einer Kiste zurückkamen. Fenzhi öffnete sie vor Sophies Augen selbst. Ein winziges, weißes, wuscheliges Wesen sprang heraus und begann tapsend herumzulaufen.

»Einige vornehme Damen haben solche Hunde«, erklärte Fenzhi. »Ich dachte, er könnte dir gefallen.«

Sophie spürte, wie etwas in ihr weich zu werden begann. Sie hob den kleinen Hund auf und drückte ihn an sich. Er japste, zappelte und leckte ihr schließlich das Kinn ab. Sie lachte vor Glück.

»Überlege dir einen Namen für ihn. Es kann auch ein holländischer sein, denn der Kleine gehört dir.«

»Ihr seid sehr gütig«, wiederholte Sophie erneut, doch diesmal kamen die Worte unmittelbar aus ihrem Herzen. Dieses winzige Tier half mehr als alle teuren Schmuckstücke, um die Leere in ihrem Inneren zu füllen. Wie hatte Fenzhi das merken können? Sie hielt den kleinen Hund eng an sich gepresst, als sie wieder in ihr Gemach zurückging. Dort gab sie ihm etwas von ihrem Abendessen ab, das inzwischen immer sehr großzügig ausfiel. Sie spielte mit dem Welpen, bis es dunkel geworden war, hielt ihn im Arm, als sie einschlief. Diesmal wurde sie nicht von Unruhe oder bösen Träumen geplagt. Sie fühlte sich fast so zufrieden wie in ihrer Kindheit, als die Mutter noch gelebt und ihr jeden Abend vor dem Einschlafen einen Kuss auf die Wange gedrückt hatte.

Als jemand an ihrem Arm zupfte, öffnete Sophie widerwillig die Augen. Es dämmerte bereits. Der Welpe winselte unzufrieden, sie drückte ihn enger an sich, was ihn beruhigte.

Über ihr schwebte das breite Gesicht eines chinesischen Jungen, den sie noch nie zuvor gesehen hatte. Als sie erschrocken aufschreien wollte, drückte er seine Hand auf ihren Mund.

»Komm mit«, flüsterte er. »Noch schlafen alle. Wir haben nicht viel Zeit.«

Für einen Moment setzte Sophies Atem aus. Der lang herbeigesehnte Moment war gekommen, obwohl sie die ganze Nacht nicht mehr an ihre Flucht gedacht hatte. Rasch richtete sie sich auf und drückte den Welpen an sich.

»Ohne Hund«, erwiderte der Junge ungeduldig. »Das geht nicht. Er könnte bellen.«

Das leuchtete Sophie ein, obwohl ihr Herz schmerzte. Sie hatte dem Kleinen noch nicht einmal einen Namen gegeben, doch nun sollte sie ihn zurücklassen. Ihre Augen füllten sich mit Tränen, als sie seinen vertrauensvollen Blick auf sich ruhen sah.

»Schnell!«, drängte der Junge. Sophie riss sich zusammen. Der Welpe war sicher teuer gewesen und eine andere Frau in diesem Palast würde ihn gern für sich beanspruchen. Es war besser, gleich Abschied zu nehmen.

Sie drückte dem Hund einen Kuss auf den Kopf und legte ihn auf ihre Bettstatt, wo er sich zufrieden zusammenrollte. Dann schlüpfte sie in ihre Schuhe, warf sich einen Schal um die Schultern und folgte dem Jungen ins Freie.

Die Luft war frisch, die Hitze hatte sich noch nicht wie eine schwere Decke über die Gebäude des Palastes gelegt. Sophie hielt den Kopf gesenkt, als sie dem Chinesen hinterherlief. Ein paar Bedienstete waren schon auf den Beinen, schienen aber nichts Verdächtiges an ihrem Ausflug zu finden. Sie war im Palast inzwischen als Fenzhis Gefolgsdame bekannt, daher hätte kaum jemand gewagt, sie aufzuhalten.

Aber diese Leute würden sich an sie erinnern, sobald sie

gesucht wurde. Es konnte nicht lange dauern, bis ihr Verschwinden auffiel. Hatte der alte Chinese aus der Küche sich einen guten Plan überlegt? Angst ließ Sophies Knie weich werden, aber sie eilte weiter, ohne darauf zu achten. Wenn sie jetzt aufgab, würde sie diesen Palast wahrscheinlich niemals verlassen können.

Sie wurde ans hintere Ende der Anlage geführt, die dicht am Ufer lag. Der Junge lotste sie zu einer kleinen Tür hinter einer Hütte, die unbewacht schien. Fühlte Zheng Jing sich auf der Insel inzwischen so sicher? Es war davon auszugehen.

Sophie erkannte Cornelia, die bereits wartete. Dicht neben ihr stand eine andere ältere Europäerin, vermutlich die Witwe Valentyn. Auf den Chinesen aus der Küche war also Verlass gewesen.

»Ich bringe euch zum Schiff«, sagte der Junge. »Es muss schnell gehen, bevor sie anfangen, nach euch zu suchen.«

Sophies Herz schlug Kapriolen. Ihr größter Wunsch würde sich nun erfüllen und alles schien unglaublich einfach. Sie würde mit den zwei anderen Frauen auf ein Schiff laufen, lossegeln und nach Batavia kommen, um ein Leben zu führen, wie sie es sich wünschte. Kurz kehrte die Erinnerung an Fenzhi zurück, die trotz ihrer sündhaften Veranlagung immer freundlich gewesen war. Aber sie konnte nicht fliehen, ohne auch ein paar Menschen zu enttäuschen.

Der Junge öffnete die Tür, Cornelia und die Witwe Valentyn hasteten nach draußen. Sophie wollte folgen, als sie hinter sich laute Rufe vernahm.

»Da sind sie! Sie wollen fliehen!«

Mit einem Stechen im Magen drehte sie sich um und erblickte Gushe, gefolgt von ein paar Palastdienern. Die Augen der Chinesin funkelten vor Zorn. Sophie versuchte, den zwei anderen Frauen hinterherzueilen, wurde aber sofort zurückgerissen. Während sie um sich schlug, zwängte man sie zu Boden.

Gushe trat ihr mit voller Absicht auf die rechte Hand und schien Genugtuung zu empfinden, als Sophie vor Schmerz aufschrie.

»Ich habe dich unterstützt und du wolltest mich einfach zurücklassen?«, sagte sie leise. »Wie dumm du bist! Jeder Hund in diesem Palast hat mehr Verstand, denn er weiß, dass er jene, die gut zu ihm sind, nicht beißen soll.«

Sophie schossen Tränen in die Augen. Sie hatte Cornelia gefragt, ob auch eine chinesische Dienerin mitkommen konnte, aber das war entschieden abgelehnt worden.

Jetzt hoffte sie nur, dass Cornelia und die Witwe Valentyn es irgendwie auf das Schiff schaffen würden. Ihr eigenes Schicksal war besiegelt, denn Chinesen waren gnadenlos in der Bestrafung von Ungehorsam.

Der Ort, wohin man Sophie bald darauf schleppte, war so dunkel, dass sie zunächst nicht einmal die Umrisse der Wände sehen konnte. Schon als Kind hatte sie es gehasst, in völliger Dunkelheit zu schlafen. Nun zwang sie sich, ruhig zu atmen, damit das Beben ihres Körpers endlich nachließ. Sie spürte Nässe an den Oberschenkeln und ahnte, woher sie stammte. In dem Moment, da die Wachen sie fortgezerrt hatten, war sie überzeugt gewesen, gleich sterben zu müssen.

Stattdessen befand sie sich in einem Verlies. Es stank nach Fäulnis und die Stille verursachte allmählich ein Summen in ihren Ohren.

»Ist hier jemand?«, rief Sophie und richtete sich mühsam auf. Ein heftiger Husten schüttelte sie, dann wiederholte sie ihre Frage auf Chinesisch. Die Antwort blieb aus. Sie hatte mit nichts anderem gerechnet. Die Nähe anderer Gefangener hätte sie riechen können.

Allmählich konnte sie Umrisse wahrnehmen. Sie befand sich in einer Hütte ohne Fenster. Auf dem Boden lag dreckiges

Stroh. Sie konnte kein Ungeziefer ertasten, was ihr ein wenig Erleichterung verschaffte. Der unangenehme Geruch, den sie wahrnahm, ging vor allem von ihrem eigenen Körper aus, denn sie hatte vor Angst Schweiß vergossen und außerdem die Beherrschung über ihre Blase verloren.

Hätte man ihr vor der bevorstehenden Hinrichtung einen letzten Wunsch erfüllen wollen, so hätte sie nur um einen Eimer Wasser gebeten, mit dem sie allen Schmutz von ihrem Körper waschen konnte. Aber da war niemand, der fragte, wonach es ihr verlangte. Es kam auch niemand, um sie zu prügeln, zu treten oder ihr gar den Kopf abzuhacken, obwohl sie damit rechnete. Sie saß nur auf dem schmutzigen Boden und hörte die eigenen Atemzüge als einziges Geräusch in ihrem Gefängnis.

Der Durst begann als leises Verlangen und wuchs langsam zu einer quälenden Sehnsucht heran. Sophie träumte von dem glänzenden Bach in Davilo und der großen Karaffe mit frischem Wasser, die stets in ihren Gemächern im Herrscherpalast gestanden hatte. Ihr ganzes Dasein schien nur noch aus dem Wunsch zu bestehen, ein paar nasse Tropfen auf ihrer Zunge zu spüren. Würde man sie so sterben lassen? Eine langsame Qual ohne den Einsatz von Folterwerkzeugen? Unruhe erfasste sie, ihr Körper zuckte wie der von an Land geworfenen Fischen.

Sie hörte ihr eigenes Wimmern, das immer lauter und dringlicher wurde. Das Gesicht ihres Vaters schwebte über ihr, sie schrie ihn wütend an, weil er es gewesen war, der die ganze Familie in die asiatische Wildnis geschleppt hatte.

Der Welpe fiel ihr ein. Würde er ebenfalls sterben müssen, weil sie den Herrscher dieses Palastes gegen sich aufgebracht hatte? Sie sehnte sich nach der Wärme seines winzigen, vertrauensvollen Körpers. Manchmal glaubte sie, ihn spüren zu können, streichelte das weiche Fell und gab ihm zahlreiche

Namen, die sie gleich darauf wieder vergaß. Dann sah sie Emma und Frans in Davilo, trank mit ihnen frisches, kühles Wasser und ließ sich von der Dienstmagd gebratenes Fleisch servieren.

Manchmal glitt sie in die gnadenlose Wirklichkeit zurück, spürte das Brennen in ihrer Kehle und das unruhige Zucken ihres Körpers, doch bald darauf schoben sich neue Träume dazwischen. Tief in ihrem Bewusstsein war die Ahnung, dass sie hier sterben könnte. Umso williger ließ sie sich in Welten fallen, die in ihrem Geist entstanden. Es gab keinen Ausweg, nur ein Abwarten, was ihr noch bevorstand.

Irgendwann hörte sie das Knarren einer Tür, Licht stach erbarmungslos in ihre Augen und drohte, ihren Schädel zu zersprengen.

Stöhnend wandte sie sich ab.

»Ich glaube, du brauchst jetzt wirklich etwas zu trinken. Das hat sogar mein Bruder eingesehen«, hörte sie Fenzhis Stimme sagen. Obwohl ihr Verstand noch verwirrt war, reagierte ihr Körper sofort. Ihre Hände griffen nach der Karaffe, die ihr entgegengehalten wurde, und Feuchtigkeit glitt wie Silber über ihre Zunge. Immer wieder musste sie innehalten, weil sie von Husten geschüttelt wurde, aber irgendwann war die Karaffe leer. Sophie hockte sich auf den Boden. Jedes Glied ihres Körpers schmerzte, aber sie spürte endlich wieder Klarheit in ihrem Kopf.

Fenzhi rümpfte die Nase.

»Es stinkt fürchterlich hier. Jemand sollte saubermachen.«

Dann beugte sie sich zu Sophie. Aus ihren Augen schossen schwarze Blitze.

»Ich wusste von Anfang an, dass du zu vertrauensselig und ungeschickt bist, um in diesem Palast eine bedeutende Stellung zu erlangen. Aber eine solche Dummheit, wie du sie nun begangen hast, hätte ich dir nicht zugetraut.«

Sophie verspürte einen Stich von Ärger. Aber in ihrer Lage konnte sie es sich nicht erlauben, empfindlich zu sein.

»Ich wollte einfach nur wieder zu meinen Leuten«, murmelte sie. »An einen Ort, wohin ich gehöre.«

»Das ist dir hervorragend gelungen«, meinte Fenzhi und setzte sich nach kurzem Zögern auf das schmutzige Stroh. »Mein Bruder ist nicht so aufbrausend, wie mein Vater es manchmal sein konnte. Er hat eingesehen, dass er nicht unbesiegbar ist, was meinem Vater nie gelang. Aber du hast ihn so wütend gemacht, dass er gleich zwei Hinrichtungen anordnete und mehrere Bedienstete auspeitschen ließ. Wenn euch die Flucht gelungen wäre, hätten die Holländer ihn ausgelacht. Das bildet er sich wenigstens ein, denn in Wahrheit hätte niemand in Batavia von eurer Flucht erfahren.«

»Wenn wir dort angekommen wären, hätten Leute es gewusst«, erwiderte Sophie erschöpft.

Fenzhi beugte sich vor und ergriff ihre beiden Hände.

»Die Holländer haben uns bis heute nicht verziehen, dass wir ihnen Taiwan gestohlen haben. Deshalb gibt es keine Handelsbeziehungen. Es fahren keine Schiffe nach Batavia und ihr wäret dort auch nicht angekommen.«

Sie hatte langsam und übertrieben deutlich gesprochen, als rede sie mit einem Kind. Sophie schüttelte den Kopf, um Klarheit in ihre Gedanken zu bringen.

»Der Mann aus der Küche sagte, dass …«

»… er euch hilft, wenn er dafür bezahlt wird. Und? Was bedeutet das?«

Fenzhi sah sie abwartend an. Sophie verspürte Enge in ihrer Kehle. Sie waren auf Betrüger hereingefallen.

»Was geschah mit Cornelia und der Witwe Valentyn? Sie sind geflohen«, flüsterte sie.

»Die Witwe konnten wir einfangen, aber leider war mein Bruder zornig und ließ sie hinrichten«, erklärte Fenzhi. »Deine andere Freundin fanden wir tot am Hafen. Jemand hatte ihr die Kehle durchgeschnitten.«

Sophie schossen Tränen in die Augen. Cornelia war wie eine Verwandte für sie gewesen. Zu ihrem Erstaunen spürte sie, wie Fenzhi ihr tröstend über die Schulter strich.

»Der Chinese, der euch hereingelegt hat, musste ebenfalls sterben. Betrachte das als himmlische Gerechtigkeit. Wäre eure Flucht nicht verhindert worden, dann hätte man die zwei älteren Frauen getötet, weil sie niemandem von Nutzen sind. Dich hätten sie irgendwo an ein Bordell verkauft, denn du bist noch jung und deine Haarfarbe ist selten. Wäre das besser gewesen, als weiterhin meine Vertraute zu sein?«

Nun hatte Sophie einen Hauch von Schmerz in Fenzhis Stimme hören können. Beschämt senkte sie den Blick.

»Ich wollte Euch nicht enttäuschen. Ihr seid gütig zu mir gewesen. Aber die Sehnsucht nach meiner Heimat war stärker als alle Dankbarkeit.«

»Deine Heimat?«, fragte Fenzhi. »Wie alt warst du, als du Holland verlassen hast? Du hast mir gesagt, dass du dich nicht daran erinnern kannst.«

Das konnte Sophie tatsächlich nicht. Als kleines Kind war sie einige Monate in Batavia gewesen, danach hatte sie auf Formosa gelebt. Aber die meiste Zeit war sie von anderen Holländern umgeben gewesen. Diese fehlten jetzt.

»Ich wollte wieder zu meinen Leuten«, wiederholte sie. »Ich möchte heiraten und eine Familie gründen.«

Etwas zuckte in Fenzhis Gesicht. Ihre Augen wurden hart. Nun schien sie Zheng Chenggongs Tochter.

»Eben das wirst du jetzt tun können. Ich habe meinen Bruder überzeugt, dass es Verschwendung wäre, eine so hübsche junge Frau hinzurichten. Bei meinem Vater wäre es mir nicht gelungen, aber Jing ist einsichtiger. Du bekommst also einen Ehemann.«

Sophies Kopf drehte sich. Sie wusste nicht, was sie von Fenzhis Aussage halten sollte. Gab es Anlass zur Hoffnung?

»Werde ich mit einem Holländer vermählt, der in die Dienste des neuen Herrschers getreten ist?«, fragte sie zaghaft. Es würde keine Freiheit von chinesischer Herrschaft bedeuten, aber sie könnte sich weniger allein fühlen.

»Nein«, erwiderte Fenzhi gnadenlos. »Euch Holländern können wir nicht wirklich trauen, deshalb sollt ihr voneinander getrennt bleiben. Du wirst mit einem Chinesen vermählt, der ein treuer Gefolgsmann meines Bruders ist und dafür eine Belohnung verdient hat. Das wirst nun du sein.«

Während Sophie fassungslos dasaß, erhob Fenzhi sich wieder.

»Nimm es hin«, sagte sie nur. »Widerstand zu leisten, könnte schlecht für dich ausgehen, denn du bist nur sehr knapp einer Hinrichtung entkommen. Meine Dienstboten werden dir bald schon Essen bringen, danach kannst du dich waschen, aber eine Rückkehr in deine alten Gemächer ist dir nicht gestattet.«

Fenzhi stand schon im Türrahmen, dann wandte sie sich noch einmal um.

»Ich hoffe, du wirst lernen, dich fortan mit deinem Schicksal abzufinden. Eine andere Wahl haben wir Frauen nicht.«

Gleich darauf war sie verschwunden, die Tür fiel zu und es wurde wieder dunkel.

Sophie schloss erschöpft die Augen. Sie hätte gern wieder von Emma geträumt, aber es wollte ihr nicht mehr gelingen, denn die Wirklichkeit hielt sie mit unbarmherzigen Krallen fest.

Sie wollte keinen Chinesen heiraten. Ihr Wunsch war ein holländischer Mann und ein Leben in einer christlichen Umgebung. Wäre es besser gewesen zu sterben, so wie die Witwe Valentyn und Cornelia?

Sie spürte mit jeder Faser ihres Körpers, dass sie leben wollte, ganz gleich, was noch geschah.

11. Kapitel

Eingeborenendorf in den Bergen, Formosa

Hast du die Priesterin schon wegen der Schule angesprochen?«, fragte Emma, während sie zusammen mit Anna das geschlachtete Huhn rupfte. Ihr Alltag bestand nun hauptsächlich aus der Zubereitung von Essen, was auch hier eine Aufgabe der Frauen war. Sie hatte sich daran gewöhnt, unter primitiven Bedingungen zu kochen. Auch das Ungeziefer, mit dem alle Dorfbewohner ihre Hütten teilten, nahm sie inzwischen gefasst hin. Aber ihre alten Aufgaben fehlten ihr.

Anna wandte sich mit einem Seufzer ab.

»Die Leute hier verstehen nicht, warum sie eine Sprache lernen sollen, die außer uns hier niemand spricht. Auch das Lesen und Schreiben hat in ihrer Welt keinen Nutzen.«

Ähnlich redete Frans. Emma stampfte mit dem Fuß auf.

»Mein Mann und du, ihr gehörtet zu den überzeugtesten Christen in Davilo. Es muss doch Gründe gegeben haben, warum ihr den neuen Glauben so gern angenommen habt. Warum erzählt ihr den Leuten hier nicht davon?«

Die Selbstverständlichkeit, mit der Frans und Anna sich ohne Murren der Herrschaft der Priesterin und des Häuptlings unterwarfen, verstörte sie. Hatten alle Predigten ihres Vaters keinerlei Wirkung gehabt?

Anna wandte sich dem Topf zu, in dem eine Brühe aus Taro, einer Pflanze mit großen grünen Blättern, kochte. Neben Süßkartoffeln waren deren Knollen hier ein beliebtes Nahrungsmittel.

»Die Holländer brachten uns schönere Häuser, Kleidung aus bunten Stoffen und Frieden, weil sie die Kämpfe zwischen den Stämmen unterbanden. Wir wollten so sein wie ihr, deshalb nahmen wir euren Gott an. Aber nun.«

Sie hob ratlos die Hände.

»Ihr seid verjagt worden wie Hunde. Dabei hielten wir euch für unbesiegbar. Jetzt müssen wir uns den Chinesen unterwerfen, um ein besseres Leben zu haben, aber sie behandeln uns wie ihre Diener. Das habt ihr auch manchmal getan. Die Chinesen tun es offener. Oder aber wir leben hier in den Bergen weiter so wie unsere Ahnen. Wozu brauchen wir noch euren Gott oder euer Wissen?«

Ein bitterer Geschmack machte sich auf Emmas Zunge breit. Falls Annas Aussage stimmte, so war ihr Vater völlig umsonst gestorben.

»Es geht in unserer Religion um die Aussicht auf Erlösung und den Eintritt in das Reich Gottes«, begann sie voller Eifer, aber gleich darauf konnte sie selbst hören, wie seltsam all das hier in der Wildnis klang. Sie könnte ebenso gut auf Latein sprechen, denn die Dorfbewohner würden nichts verstehen. Sie musste andere Wege finden, sie zu überzeugen.

»Wenn die jungen Leute hier Schreiben und Lesen lernen, dann werden sie von den Chinesen mehr geachtet. Das hat sogar eure alte, sture Inib erkannt.«

Zufrieden stellte sie fest, dass Anna ein nachdenkliches Gesicht zog.

»Hier oben in den Bergen gibt es keine Chinesen«, wandte sie ein.

»Noch nicht«, erwiderte Emma. »Aber wenn sie diese Insel ganz unterwerfen wollen, dann sind sie irgendwann hier. Es wäre von Vorteil, wenn sie euch nicht für völlig dumme Barbaren halten.«

Im Grunde war sie sich nicht sicher, ob die Kenntnis der lateinischen Schrift helfen konnte, den Respekt der Chinesen zu gewinnen. Sie ging einfach davon aus, weil die Inib es gesagt hatte. Es tat ihr leid, in diesem Dorf Kinder heranwachsen zu sehen, die nicht in den Genuss irgendeiner Schulbildung kamen.

»Ob die Chinesen irgendwann hierherkommen, weiß keiner«, widersprach Anna. »Aber ich verstehe, worum es dir geht. Ich habe gern in der Schule deines Vaters gelernt. Vielleicht kann ich einige der Frauen davon überzeugen, dass sie ihren Nachwuchs zu dir schicken. Gib mir Zeit. Wir sind noch neu hier, sie müssen erst lernen, uns zu vertrauen.«

Emma nahm es hin, obwohl ihr die Zeit in diesem Bergdorf, das nicht einmal einen Namen hatte, wie eine Ewigkeit vorkam. Inzwischen war es etwas kälter geworden und die Tage schienen kürzer. Aber wirkliche Jahreszeiten gab es auf Formosa nicht. Das Leben lief in einer steten Monotonie ab, die Männer jagten, die Frauen kochten und immer wieder wurden ausgelassene Feste gefeiert. Sie musste zugeben, dass die Bewohner des Dorfes zufrieden aussahen.

Nur sie selbst war es nicht, da das Wissen um ihre eigentliche Aufgabe ihr keine Ruhe gönnte.

Bei Einbruch der Dämmerung kehrten die Männer von ihrem Jagdausflug zurück. Frans beteiligte sich eifrig an diesen Unternehmungen, was ihnen die Möglichkeit gegeben hatte, eine eigene Hütte zu bekommen. Sie teilten sie mit Anna, Dika und Talavan, sodass es meist eng war, aber wenigstens lebten sie unter vertrauten Menschen.

Heute brachten die Jäger drei Hirsche, die hier vor allem für ihr Fleisch geschätzt wurden. Niemand in dem Dorf schien zu wissen, welch hohe Preise man an der Küste für das wunderschöne Fell des Sika-Wilds erzielen konnte. Es wurde einfach genutzt, um sich in kalten Nächten zu wärmen.

Das erlegte Wild wurde den Frauen übergeben, um es zu häuten und zu zerlegen. Vor dieser Arbeit schreckte Emma immer noch zurück, weil sie ihr zu blutig war. Anna und Dika hingegen machten eifrig mit. Um nicht völlig nutzlos zu sein, wusch Emma einige Süßkartoffeln, die später gekocht werden sollten. Sie stand dabei etwas abseits von den anderen Frauen am Rande des Dorfes. Als sie einen Blick in ihrem Rücken spürte, fuhr sie mit Unbehagen herum.

Es war der Krieger, der sie immer wieder anstarrte, wenn Frans nicht in der Nähe war. Er hatte Tätowierungen auf den Wangen, die sie abschreckten, denn bei den Siraya hatte sie dies nie gesehen. Sein Blick schien nicht bedrohlich, nur hartnäckig. Sie wusste, dass man es bei Ureinwohnern mit ehelicher Treue nicht sehr genau nahm, doch hatten Frauen das Recht, Männer selbst auszuwählen und auch zurückzuweisen.

Ihr drohte also keine Gefahr. Das Starren des Mannes machte ihr trotzdem Angst und sie wandte sich ab, damit er fortging. Er blieb aber stehen, kam sogar ein paar Schritte näher und sagte etwas, das sie nicht verstand. Erst, als er es beharrlich wiederholte, hörte sie das Wort Kind, das in der Sprache der Siraya ähnlich klang.

»Von mir kannst du Kind haben«, sagte er langsam und deutlich, zeigte dann grinsend seine Zähne und verschwand. Emma blieb zunächst ratlos zurück, doch dann überkam sie eine Ahnung, wovon er gesprochen haben könnte.

Damit ein Mann Vater werden durfte, musste er sich als Krieger bewährt haben. Frans hatte es bisher nicht getan. Sie benutzte weiterhin die Kräuter der Priesterinnen, um nicht schwanger zu werden. Aber sie wünschte sich Kinder, ebenso, wie sie sich nach einer Schule für ihren Nachwuchs und den anderer Leute sehnte.

Irgendwann wäre all das möglich, sagte sie sich und wusch weiter die bereits sauberen Süßkartoffeln. Andernfalls konnte sie sich ein Leben an diesem Ort nicht vorstellen. Gott der Herr würde ihr helfen.

Nur schien er hier in der Wildnis fast so weit entfernt wie die ihr unbekannte, holländische Heimat.

»Es wird einen Kampf geben«, verkündete Talavan, als sie abends zusammen in ihrer Hütte saßen. »Der Häuptling und die anderen Krieger reden davon. Wir können uns dabei beweisen.«

Er klang stolz und zuversichtlich. Dika strahlte ihn wieder an.

»Wenn ich genug Feinde töte, werden wir bald eine Familie haben«, versprach er und ergriff ihre Hand. »Mir gefällt es hier in den Bergen. Wir haben Ruhe vor den chinesischen Hunden, die uns alles rauben wollen.«

»Gegen wen werdet ihr denn kämpfen?«, wollte Emma wissen. Sie hatte ihre Frage an Frans gerichtet, doch es war Talavan, der antwortete.

»Ein Stamm in der Nähe. Ihr Häuptling verlangt Abgaben von diesem Dorf, weil er Anspruch auf das Land erhebt, wo wir jagen. Er steht im Dienst eines anderen Herrschers, der weit entfernt lebt, aber stets Krieger losschickt, wenn man ihm den Gehorsam verweigert. Er ist wie die Chinesen. Alle sollen ihn als Herren anerkennen.«

»Der König von Middag«, meldete sich Frans nun zu Wort. »Ich habe von ihm gehört, als ich unterwegs war, um an der Küste unsere Waren zu verkaufen. Er ist der Einzige, der den Chinesen die Stirn bieten kann, weil er hier sein eigenes Reich geschaffen hat. Wenn alle Stämme sich ihm anschließen, dann …«

»Der Häuptling hier will sich niemandem anschließen«, unterbrach Talavan. »Unser Leben war immer frei. Wir knien nicht vor fremden Herrschern. Die Holländer traten zunächst freundlich auf, aber am Ende wollten sie uns unseren Glauben nehmen und vertrieben die Priesterinnen.«

Emma schluckte alle Widerworte, die ihr in den Sinn kamen, herunter. Sie hatte geahnt, dass auch in Davilo nicht alle Leute mit dem Wirken ihres Vaters einverstanden gewesen waren, aber noch niemals mitbekommen, dass jemand es so offen aussprach.

»Um uns fremden Herrschern entgegenzustellen, sollten wir aber eine Einheit bilden«, wandte Frans ein. »Solange wir damit beschäftigt sind, einander zu bekriegen, sind wir nicht in der Lage, uns zu verteidigen.«

Staunend sah Emma ihn an, denn sie hatte bisher nicht geahnt, dass er sich derart um die Unabhängigkeit seines Volkes sorgte.

Talavan stieß nur ein Murren aus und fuhr damit fort, eine Speerspitze zu schnitzen.

»Davon wirst du den Häuptling nicht überzeugen können«, sagte er dabei. »Er wird keinen Oberherrn anerkennen. Wir haben bei diesem Kampf die Gelegenheit, uns als Krieger zu bewähren. Dann können wir mit den Frauen unserer Wahl hier eine Familie gründen. Das genügt mir erst einmal.«

Er nahm einen tiefen Schluck Arak und wischte sich mit dem Handrücken den Mund ab.

»Die Chinesen sind zum Glück weit weg. Dieser König von Middag ist es auch. Also brauchen uns beide nicht zu kümmern«, meinte er schließlich.

Dika lächelte ihn an und er legte seinen Arm um ihre Schultern. Gemeinsam schlichen sie mit einem entschuldigenden Lächeln nach draußen, um sich irgendwo einen dunklen Winkel zu suchen, wo sie ungestört sein konnten.

Anna legte sich bald darauf in einem hinteren Raum der Hütte schlafen, sodass Emma und Frans zusammen zurückblieben. Eine Weile sahen sie einander schweigend an. Das Lagerfeuer schenkte ein wenig Licht. Emma erkannte die Sorgenfalten auf der Stirn ihres Mannes. Er hatte schon immer dazu geneigt, zu viel nachzudenken und Unheil vorauszusehen, bevor es eintraf. Für die Männer der Siraya war dies eher ungewöhnlich, weil sie dazu neigten, sich mit Begeisterung in jeden Kampf zu stürzen, angetrieben von den Jubelrufen ihrer Frauen und viel Arak.

Emma beschloss, endlich auszusprechen, was ihr schon seit Tagen durch den Kopf ging.

»Seit wir hier sind, ist meine monatliche Blutung ausgeblieben. Es könnte an der Umstellung liegen und der anstrengenden Arbeit. Aber falls ich ein Kind erwarte …«

Frans ergriff ihre Hände. Sein Strahlen kam ihr noch heller vor als die Flammen des Lagerfeuers.

»Ich wünsche es mir seit Jahren.«

Vor Erleichterung schossen Emma Tränen in die Augen. Sie hatte befürchtet, er würde ablehnend reagieren und ihr raten, eine der Priesterinnen aufzusuchen, die eine Schwangerschaft beenden konnte.

In der Nacht, als Frans endlich zu ihr zurückgekommen war, hatten sie zum ersten Mal keine Vorsicht mehr walten lassen. Die Sehnsucht, endlich wieder vereint zu sein, war wichtiger gewesen als alle Sorgen um die Zukunft.

Nun aber kamen sie angerannt wie hungrige Hunde.

»Hier gelten ähnliche Regeln wie in Davilo. Das haben Anna und auch Dika mir erzählt«, sagte Emma leise. »Um Vater werden zu dürfen, musst du die Gemeinschaft überzeugen, dass du ein fähiger Krieger bist. Sonst wird die Priesterin mir nicht gestatten, ein Kind von dir zu gebären.«

Sie konnte sich nicht erinnern, dass in Davilo jemals eine Frau gezwungen worden war, ihre Schwangerschaft zu beenden. Das hatte aber am Einfluss der Missionare gelegen, von deren bloßer Existenz hier niemand wusste. Emma fielen die Worte des Kriegers von vorhin ein. War es möglich, dass ihr Zustand sich im Dorf bereits herumgesprochen hatte, obwohl sie ihn niemandem außer Frans hatte anvertrauen wollen? Die Frauen der Ureinwohner hatten einen sehr klaren Blick für jene Dinge, die von Emmas Vater als Sünde bezeichnet worden waren.

Wahrscheinlich wurde ein solches Problem hier auf jene Weise gelöst, die der Krieger ihr vorgeschlagen hatte. Falls dem echten Vater des Kindes keine Familiengründung gestattet wurde, suchte die Frau sich einen anderen Mann, wenn sie ihr Kind zur Welt bringen wollte.

Nur kam das für Emma nicht infrage.

Frans' Gesicht hatte wieder einen nachdenklichen Ausdruck angenommen.

»Ich werde tun, was ich kann«, sagte er schließlich. »Talavan hat wohl recht. Wir müssen vor allem zusehen, hier Anerkennung zu finden. Das ist wichtiger als alle Überlegungen, was für unser gesamtes Volk von Vorteil wäre.«

Er nahm nun auch einen Schluck Arak, was er sonst selten tat.

»Ich werde kämpfen«, versprach er. »Bereits, als ich mein Dorf gegen die Chinesen verteidigte, merkte ich, dass ich dazu in der Lage bin, wenn es sein muss. Nun muss ich mich bewähren, damit wir gemeinsam eine Familie haben können.«

Er leerte schnell einen weiteren Becher Arak. Emma atmete erleichtert auf.

Sie wusste, wie wenig Gefallen er bereits als kleiner Junge an den Kampfübungen in Davilo gefunden hatte. Sein Vater hatte es ihm vorgeworfen, doch die Missionare hatten Frans eine andere Möglichkeit gezeigt, wie ein Mann Anerkennung finden konnte.

Hier hatte er sie nicht mehr. Emma wusste, wie schwer es ihm fiel, damit zurechtzukommen.

»Wenn du als guter Krieger giltst und ich ein paar Kinder von dir bekommen habe, können wir auch im Dorf mehr Einfluss nehmen«, überlegte sie laut. »Ich kann vielleicht meine Schule gründen und du ein Bündnis mit dem König von Middag anstreben. Wir dürfen nicht die Hoffnung verlieren.«

Als Frans sie in die Arme schloss und ebenfalls in eine dunkle Ecke am Rande des Dorfes zog, vermochte sie daran zu glauben.

Zwei Tage später wurden die Krieger mit einer Zeremonie vor den Götterstatuen und einer ausgelassenen Feier verabschiedet. Sie hatten sich die Gesichter bunt angemalt, um möglichst furchterregend zu wirken, schwenkten ihre Speere und stimmten lautes Gejohle an. Emma konnte sehen, wie verkrampft das Gesicht von Frans dabei wirkte, und verspürte einen Stich von Mitgefühl. Mit ihrem Hinweis, dass sie vielleicht ein Kind erwartete, hatte sie ihn unter Druck gesetzt. Vorher hätte er nur an dem Kampf teilnehmen müssen, weil die Dorfgemeinschaft es verlangte. Nun musste er sich als echter Held erweisen.

Sie vertraute darauf, dass er es konnte, zog sich mit Anna und Dika in die Hütte zurück, wo sie gemeinsam kochten, sangen, die Felle erlegter Tiere reinigten und zum Trocknen aufhängten. Draußen debattierten einige Frauen des Dorfes mit der Priesterin, Kinder sprangen herum und die ganze Gemeinschaft schien von freudiger Erwartung erfüllt.

Die Frage, welche Folgen eine Niederlage bei diesem Kampf hätte, wagte Emma niemandem zu stellen.

Noch vor Einbruch der Dämmerung kehrten die Krieger zurück. Sie schrien, lachten und stimmten schließlich einen lauten Gesang an, an dem sich bald schon die Frauen beteiligten.

»Ich glaube, wir haben den Kampf gewonnen«, rief Dika aufgeregt und sprang auf, um sich nach Talavan umzusehen. Emma folgte ihr ebenfalls aus der Hütte, doch gleich darauf blieb sie entsetzt stehen.

Fast alle der Männer hielten abgeschnittene Köpfe in den Händen, die sie mit sichtlichem Stolz hochhoben. Die Frauen kreischten begeistert. Sogar Dika stimmte ein, nachdem

Talavan ihr seine Beute, das Haupt eines einzigen Mannes, gezeigt hatte.

»So war es in Davilo auch, bevor die Holländer kamen«, hörte sie Anna in ihrem Rücken murmeln. »Auf Dauer konntet ihr nichts an unseren Sitten ändern.«

Emma wandte sich ab, damit niemand merkte, dass sie die eben gegessene Mahlzeit wieder erbrach. Es stank plötzlich überall nach Blut. Sie sehnte sich nach der ihr vertrauten Welt aus Predigten und Unterricht und großen, festen Bauten. Die Wildnis barg zu viele hässliche Überraschungen.

»Es tut mir leid«, hörte sie plötzlich Frans in ihrem Rücken sagen und drehte sich zu ihm um. Sein Hemd wies ein paar Blutspuren auf, doch er schien unverletzt, was ihr Tränen der Erleichterung in die Augen trieb.

Ohne Zögern fiel sie ihm um den Hals. Er drückte sie an sich und streichelte ihr Haar.

»Ich habe mich geschlagen, so gut ich konnte. Einen Mann habe ich getötet. Es musste sein, sonst wäre ich sein Opfer geworden. Aber ihm danach den Kopf abzuschneiden, das vermochte ich nicht, obwohl Talavan mich dazu drängte.«

»Ich bin froh darüber«, flüsterte Emma ihm ins Ohr. »Du bist kein Wilder.«

»Ich bin kein echter Krieger der Siraya«, erwiderte er. »Mit einem Kopf in der Hand hätte ich es zu Ruhm bringen können. So gelte ich als Versager.«

»Aber Talavan kann bezeugen, dass du einen Feind getötet hast!«

Sie sah sich nach dem jungen Krieger um. Er hielt Dika im Arm und sang munter mit all den anderen irgendein Lied. Er und seine Liebste hatten hier ein Zuhause gefunden, das ihnen zusagte. Aber Emma ahnte, dass Frans sich unter diesen kampfeslustigen Männern niemals Ansehen würde erkämpfen können. Sein Talent bestand darin, dass er weit vorausdachte und Pläne schmiedete. Eine solche Art, das Leben anzugehen, war den ansässigen Leuten eher fremd.

»Wenn ich eine Schule habe und die Kinder das Lesen lernen, dann wird es sie nachdenklicher machen«, teilte sie ihm zum Trost mit. »Es wird zum Wohle des Dorfes sein. Vielleicht kannst du in ein paar Jahren ein Bündnis mit dem König von Middag schließen.«

Zu ihrem Erstaunen schubste er sie nur wortlos in die Hütte zurück.

»Kannst du etwas Wasser holen, damit ich mich waschen kann?«

Sie gehorchte und lief zu dem kleinen Bach am Rande des Dorfes. Als sie mit dem Eimer zurückkam, ließ Frans das Nass mit einem Seufzer der Erleichterung über seinen Körper laufen.

»Ich habe mir mein Leben nicht so vorgestellt«, sagte er dann und setzte sich in eine Ecke der Hütte. »Ich will keine Köpfe abschneiden.«

»Aber sobald es hier eine Schule gibt, dann …«

»Wer in Gottes Namen braucht jetzt noch eine Schule?«, unterbrach Frans sie herrischer, als er jemals mit ihr geredet hatte. »Wach endlich aus deinen Träumen auf! Die Holländer wurden vertrieben, dein Vater ist tot und kaum jemand hier denkt noch an euren Christengott. Auch der König von Middag wird deine wunderbare Schule nicht wollen.«

Erschrocken von seinem heftigen Ausbruch verschränkte Emma die Arme vor der Brust.

»Es ist von Vorteil für dein Volk, wenn ihr lernt«, beharrte sie störrisch. Er seufzte.

»Das mag ja stimmen. Aber alles Wissen, das jetzt noch zählt, stammt von den Chinesen. Es wäre vielleicht klüger gewesen, sich ihnen zu unterwerfen.«

»Sie haben Davilo niedergebrannt!«, erwiderte Emma zornig. »Aus deinen Leuten machen sie Sklaven, das hast du selbst gesagt.«

»Das haben deine Leute auch getan.«

Sie hätte gern widersprochen, doch wusste sie, dass seine Worte den Tatsachen entsprachen.

»Wir kümmerten uns auch um euer Seelenheil. Außerdem bauten wir Schulen und …«

»… das werden die Chinesen wohl auch tun. Ich hörte Gerüchte, dass sie nach Schließung der holländischen Schulen ihre eigenen planen. Schon für die ganzen Siedler hier. Sie bestimmen jetzt über alles. Wer sich dem nicht anpasst, dem bleibt nur das Leben in den Bergen, ohne Schulen und Kirchen. Diese Zeit ist vorbei.«

Der Schmerz in seiner Stimme war so deutlich, dass Emma ihrer Empörung keine Luft machen konnte. Frans litt unter der Vertreibung der Holländer fast noch mehr als sie.

»Die Chinesen haben meinen Vater getötet, ebenso wie deinen und auch deine Großmutter, die Inib. Ich werde mich ihnen nicht unterwerfen«, beharrte sie.

Frans warf ihr einen erschöpften Blick zu.

»Manchmal glaube ich, du wärest die bessere Kriegerin. Wenn es darauf ankommt, dann schneidest du auch einen Kopf ab.«

Er lachte bitter auf. Emma verzog verärgert das Gesicht. Sie wollte nicht als blutrünstig bezeichnet werden, weil sie klare Überzeugungen hatte.

»Ich lebe lieber hier als bei den Chinesen. Ich glaube, wenn ich Geduld habe, kann ich bei diesen Leuten etwas bewirken.«

Frans senkte den Blick. Emma kam es allmählich vor, als müsse sie vor allem sich selbst überzeugen. Seit sie denken konnte, hatte sie Missionarin sein wollen wie ihr Vater. Doch wenn sie bei diesen Ureinwohnern blieben, dann war Frans unglücklich. Sollten sie noch eine Weile warten, bevor sie eine

Entscheidung trafen? Vielleicht würde Frans sich mit der Zeit eingewöhnen.

In Emmas Unterleib bewegte sich auf einmal etwas, das früher nicht Teil ihrer Selbst gewesen war. Sie spürte zunächst nur Verwirrung. Ihr Vater hatte sie nicht dazu erzogen, an ein Wesen zu denken, das sich in ihr einnisten konnte, ohne nach ihrem Einverständnis zu fragen. Sie mochte sich fühlen wie ein Missionar oder auch ein Krieger, doch sie war eine Frau. Ihr Leben wurde von Kräften beherrscht, von denen die Inib viel mehr verstanden hatte als Antonius Hambroek.

Wäre sie ein unabhängiger Mann wie ihr Vater, hätte sie es vielleicht schaffen können, in diesem Dorf eine Schule zu errichten. Aber sie wollte nicht zusehen, wie Frans weiter unglücklich war. Vor allem musste dieses Leben, das völlig ungefragt in ihr entstanden war, weiterwachsen und gedeihen. Die Priesterin würde es nicht zulassen, da Frans nicht in der Lage gewesen war, einem Toten den Kopf abzuschneiden.

»Vielleicht finden wir eine Möglichkeit, nach Batavia zu kommen«, flüsterte sie. Frans ergriff ihre Hand, was sie als Zeichen der Versöhnung sah. Sie legte den Kopf an seine Schulter, wie Dika es gern bei Talavan tat.

»Es wird nicht leicht sein«, sagte er. »Aber gegen deinen Sturkopf haben es sogar die Chinesen schwer.«

Dann lachte er, leise, traurig, aber nicht mehr so zornig wie noch vor einem Augenblick.

12. Kapitel

Xiamen, China

Jetzt also haben die rothaarigen Ozeanbarbaren sich den Mandschu-Barbaren aus dem Norden angeschlossen«, erzählte die Köchin, während sie Lanfang eine Schüssel Suppe übergab. »Es sieht aus, als hätten beide Seiten keinen Respekt vor unserem himmlischen Herrscher. Vielleicht liegt es daran, dass er von gewöhnlichen Piraten abstammt.«

Sie stieß ein fröhliches Lachen aus. Lanfang sah sich erschrocken um, doch konnte sie keine anderen Dienstboten entdecken. Dennoch fürchtete sie, dass die Köchin es mit ihrer losen Zunge eines Tages zu weit treiben würde.

»Die Holländer würden auch mit Piraten Bündnisse schließen, wenn es ihren Interessen dient«, belehrte sie die alte Frau. »Doch sie wollen Taiwan wiederbekommen. Die Qing haben ihnen versprochen, sie dabei zu unterstützen.«

So hatte Bi De es ihr erzählt, denn Admiral Bort musste bereits entsprechende Andeutungen gemacht haben. Nun stand ein Angriff auf Xiamen bevor und den meisten Anwohnern war klar, wie er ausgehen würde. Zheng Jing war kein unbesiegbarer Held wie sein Vater. Er hatte in Taiwan sein eigenes Königreich gegründet, weil er wusste, dass die Qing nicht mehr aus China zu vertreiben waren.

Ob die unerschütterlich fröhliche Köchin daran dachte, wie gewaltsame Eroberungen einer Stadt abliefen? Belagerungen, Hungersnöte, Gemetzel, an all dem hatte es in China seit dem Beginn des Bürgerkrieges nicht gemangelt. Doch das Leben in den Höfen der Familie Qi lief in völliger Ruhe weiter, da alle ahnten, dass sie ohnehin nichts würden bewirken können. Der Tod kam, wenn der Himmel es so wollte.

Als Lanfang die Suppe zu Bi De getragen hatte, sah sie ihn unruhig in seinen Gemächern herumlaufen.

»Ich habe eine neue Aufgabe«, teilte er ihr beim gemeinsamen Essen mit. »Wenn die Qing Xiamen eingenommen haben, soll ich wieder die Holländer aufsuchen, um günstige Bedingungen für die Familie Qi auszuhandeln.«

Er hatte die Stirn gerunzelt. Sein Gesicht war gerötet, wie immer, wenn er aufgeregt war.

»Darf ich dich wieder begleiten?«, fragte Lanfang sofort. Seit der letzten Reise zu den Penghu-Inseln fühlte sie sich im Haus der Qi wieder wie ein gefangener Vogel. Es gab auf der Welt so vieles zu sehen!

»Ich habe den Hausherrn bereits gefragt, aber diesmal geht es nicht«, gab Bi De mit betrübter Miene zu. »Hierzulande ist die Anwesenheit von Frauen bei Verhandlungen völlig unüblich. Der Herr Qi hat Angst, das Gesicht zu verlieren, wenn sein Abgesandter mit seiner Liebsten eintrifft. So hat er es wortwörtlich gesagt.«

Nun strahlte er Lanfang wieder an, als hätte diese Bezeichnung ihrer Person ihn über die Maßen glücklich gemacht.

»Ist es denn bei euch üblich, dass Männer ihre Gemahlinnen zu solchen Gesprächen mitnehmen?«, fragte Lanfang, stets neugierig, mehr über seine Welt zu erfahren.

»Für gewöhnlich nicht«, antwortete er. »Aber ich sagte dem Herrn Qi vor unserer ersten Reise, dass es bei Holländern so wäre, damit er dich mitfahren ließ. Ich wusste, wie sehr du es dir wünschst.«

Allmählich lernte er dazu, wusste, wie er mit Ranghöheren umgehen musste, und mehr noch, er hatte ein Gespür dafür entwickelt, wie er Lanfang eine Freude machen konnte. Seit dem Tod ihres Vaters hatte sich niemand darum bemüht. Tränen der Rührung stiegen ihr in die Augen, sie wandte sich verlegen ab, doch Bi De ergriff wieder ihre Hand.

»Diesmal wird meine Mission gelingen. Es ist jedenfalls nicht so aussichtslos. Was hat Admiral Bort davon, wenn er ein Haus zerstört? Ich werde ihm Geschenke überreichen und wieder einmal gute Handelsbeziehungen in Aussicht stellen. Die Familie Qi handelt mit Seide und Porzellan, beides Dinge, die in Europa begehrt sind.«

Nun hatte auch Lanfang die Hoffnung, dass es gut gehen würde. »Der Hausherr schätzt dich ohnehin«, erinnerte sie ihn. »Du wirst in seinem Ansehen noch steigen, wenn du ihm gute Beziehungen zu den Holländern verschaffst.«

Sie hatte ihm geschmeichelt, wie es Konkubinen allgemein geraten wurde, aber sie wusste, dass sie die Wahrheit sprach. Bi De hatte in diesem Haus eine sichere Zukunft und sie hätte diese ebenso, wenn sie ihm einen Sohn gebar.

Leider machte er immer noch keine Anstalten, mit ihr das Lager zu teilen. Manchmal überlegte Lanfang, die älteren Konkubinen im Haus um Rat zu fragen, wie ein Mann am schnellsten zu verführen wäre. Doch sie konnte sich nicht dazu überwinden, denn es fühlte sich an, als würde ihr Verhältnis zu Bi De dadurch zu der misslungenen Darbietung einer drittklassigen Theatertruppe werden.

Er drückte weiterhin ihre Finger.

»Es würde mir reichen, wenn er mir einen einzigen Wunsch erfüllt. Mit dir als meiner Ehefrau verbringe ich gern mein Leben als unbedeutendes Mitglied dieses Hauses.«

Damit wollte er nicht aufhören! Lanfang unterdrückte einen Seufzer der Ungeduld.

»Du bist nicht unbedeutend«, belehrte sie ihn auf eine Weise, die ihr nicht wirklich zustand, die er aber stets hinnahm. »Deine Stellung gleicht bereits der des Herrn Kuo. Selbst dem würde man nicht gestatten, ein einfaches Mädchen zu seiner Frau zu machen. Konkubinen hingegen hat er genug und niemand fragt, woher diese kommen.«

Solche Fragen wären auch unnötig gewesen, denn es war allgemein bekannt, dass sie aus Freudenhäusern stammten. Deshalb hätten sie niemals die Rolle der ersten Ehefrau einnehmen können. Lanfang konnte es ebenso wenig, schon wegen ihrer großen Füße. All diese Dinge hatte Bi De immer noch nicht begriffen, was weniger an mangelnder Einsicht denn an seiner unglaublichen Dickköpfigkeit lag.

»Aber wenn es doch mein sehnlichster Wunsch ist!«, fuhr er auch schon fort. »Seit ich dich kenne, fühle ich mich hier wirklich zu Hause. Andernfalls wäre ich vielleicht versucht gewesen, das Angebot des Admirals Bort anzunehmen. Ich vermisse meine Familie mehr, als ich erwartet habe.«

Dieses Haus war voll von Menschen, die jemanden vermissten. Hunger und Gewalt hatten dazu geführt, dass sie von ihren Vertrauten getrennt worden waren, und es gab keinerlei Aussichten auf ein Wiedersehen. Auch dem Herrn Kuo wurde nicht jeder Wunsch erfüllt und sogar der alte Herr Qi hatte als Kind lernen müssen, sich zu fügen und Regeln zu befolgen. Waren alle Holländer wie verwöhnte Kinder, die ihren Sehnsüchten nachjagten, anstatt sich nach Regeln zu richten und Notwendigkeiten einzusehen?

Sie behielt diese Gedanken für sich, um Bi De nicht zu kränken. Als er wieder seinen Arm um sie legte und ihr Kopf an seiner Schulter zur Ruhe kam, verspürte sie tiefes Wohlbehagen.

Ganz tief in ihrem Inneren erfüllte Bi Des Hartnäckigkeit sie mit Stolz, auch wenn sie sich selbst dafür schalt. Wie Jianshens Gesicht wohl aussehen würde, wenn sie erführe, dass die ungeschickte Dienerin mit den großen Füßen dem Adoptivsohn des Hausherrn so wichtig geworden war? Inzwischen behandelte sie Lanfang notwendigerweise mit mehr Respekt, doch machten ihre Blicke manchmal deutlich, was sie dachte. Eine Konkubine konnte schnell in Bedeutungslosigkeit versinken, vor allem, wenn sie nicht bald ein Kind bekam. Aber falls Bi De seine erste Ehefrau aus ihr machte, wäre ihre Stellung um einiges sicherer. Sie hätte die Macht, Jianshen wie einen Wurm zu zertreten. Nicht, dass sie die Absicht hätte, so rachsüchtig zu sein, doch Jianshen würde sich sicher vor ihrer Rache fürchten. Die Vorstellung, dass jemand freiwillig auf Grausamkeit verzichten könnte, wäre ihr fremd. Vielleicht würde sie das lehren, weitere ihr ausgelieferte Mädchen schon aus schlichter Vorsicht etwas netter zu behandeln.

Während Lanfang diesen Überlegungen nachhing, zog Bi De plötzlich einen Ring aus seinem Gewand und streifte ihn über ihren Finger.

»Das macht man bei uns so, wenn man einander versprochen ist«, flüsterte er ihr ins Ohr. »Ich hoffe, du nimmst mein Geschenk an.«

Inzwischen gefiel es Lanfang, dass er stets so tat, als ob sie eine Wahl hätte. Sie vermochte selbst daran zu glauben. Bi De würde sie sicher nicht strafen, wenn sie seinen Ring ablehnte, aber es gab keinen Grund, dies zu tun. Sie musterte die glatte, grüne Jade. Nur vornehme Damen besaßen solchen Schmuck, an ihren breiten Händen sah er seltsam aus, aber sie begann sich an den Anblick zu gewöhnen.

»Du wirst bald schon meine Frau werden, das verspreche ich«, wiederholte er und hielt weiter ihre Hand fest. »Bist du damit einverstanden?«

»Natürlich«, erwiderte Lanfang. Auf einmal schien ihr sein Drängen nicht mehr lächerlich. Sie beugte sich vor, damit er ihre Lippen mit den seinen berührte, was er bereits mehrfach getan hatte. Diesmal fiel der Kuss inniger aus, als würde tatsächlich ein Bund geschaffen.

Drei Tage später begann die Seeschlacht, von der sie im Hause Qi nicht viel mitbekamen. Die Flotte Zheng Jings schaffte es zunächst, zwei Schiffe der Qing zu kapern und den bedeutenden Admiral Ma Degong zu töten, wie einige Boten berichteten.

»Es heißt, dass die restlichen Schiffe der Qing gleich darauf bei den Holländern Zuflucht suchten«, erzählte Bi De Lanfang beim gemeinsamen Abendessen. »Es besteht Hoffnung, dass Admiral Borts Hilfe allein nicht ausreicht, damit sie siegen. Die Mandschu waren niemals Seefahrer, hat der Herr Qi mir erzählt. Daher schlagen sie sich bei Seeschlachten nicht besonders gut.«

»Sie haben schon so gut wie ganz China eingenommen«, wandte Lanfang ein. »Wenn sie diese Seeschlacht verlieren, werden sie auf dem Landweg vorrücken.«

Allerdings konnte es dauern. Vielleicht wäre es den Anhängern der Zheng-Familie möglich, Xiamen noch eine Weile zu halten. Lanfang wusste nicht, was sie sich wirklich wünschte. Auf ihre Wünsche kam es auch nicht an.

Bereits am zweiten Tag wendete sich das Schicksal zu Ungunsten der Zheng. Admiral Bort und die Qing konnten die feindlichen Dschunken verjagen und landen. Die Eroberung Xiamens ging schnell vonstatten, da der Gouverneur sich sofort ergab. Lanfang hörte niemanden im Haus auch nur ein Wort des Vorwurfs gegen ihn murmeln, denn die Menschen Chinas waren der endlosen Kämpfe und des Elends müde. Nun also hatte auch Xiamen die neuen Herren in Beijing anerkannt, die aus den Steppen der Mongolei eingedrungen waren, um sich das riesige, alte Reich anzueignen. Die Männer würden sich ihre Köpfe scheren müssen, ein Bruch mit der uralten Tradition, nichts am eigenen Körper zu verändern. Für Frauenfüße hatte diese ohnehin nicht gegolten.

Die erste Gemahlin des Herrn Qi, eine magere, grauhaarige Frau, versammelte sämtliche weibliche Familienmitglieder und Bediensteten des Hauses im größten Hof um sich, um ihnen Anweisungen bezüglich der neuen Lage zu geben.

Die Frauen der Mandschu seien wie Barbarinnen aufgewachsen, sagte sie mit erschreckender Ehrlichkeit. Sie ritten breitbeinig auf Pferden herum und liefen, wohin es ihnen gefiel. Natürlich hatten auch die Gemahlinnen und Töchter der Anführer Füße wie Bäuerinnen.

Lanfang vernahm Getuschel und Gekicher hinter ihrem Rücken, das sich mit Sicherheit gegen sie richtete. Es hatte bereits vorher einige bissige Anspielungen darauf gegeben, dass nur ein Barbar eine Frau wie sie zu seiner Konkubine machen könnte.

Nun prallten diese Giftpfeile an ihr ab, als trüge sie eine Rüstung. Die Hausherrin sorgte ohnehin sofort für Schweigen, indem sie einen prüfenden Blick in die Richtung warf, aus der die Unruhe gekommen war.

Lanfang staunte, wie rasch diese winzige, faltige Gestalt, die an eine verschrumpelte Pflaume erinnerte, sich Respekt verschaffen konnte.

»Aber es gibt bereits Zeichen der Besserung«, fuhr die alte Frau fort. »Die Barbaren haben von uns gelernt. In Beijing leben die Frauen des neuen Kaisers nun ebenfalls in ihren Gemächern und widmen sich den Aufgaben, die ihre wahre Bestimmung sind. Eben dies wird nun in Zukunft unsere Pflicht sein. Wir müssen ihnen ein makelloses Beispiel werden, damit unsere Heimat nicht ihre einzigartige, besondere Kultur verliert. Daher habt ihr euch alle weiter an die Traditionen zu halten, mit denen ihr erzogen wurdet. Für uns Frauen bleibt alles, wie es war, ja, ich werde mit noch größerer Strenge darüber wachen, dass kein Regelbruch ungestraft bleibt.«

Mit diesen Worten verabschiedete sie sich, stellte ihren Zuhörerinnen aber immerhin ein großzügiges Mahl in Aussicht.

»Wenn wir Glück haben, ist diese abgemagerte Hündin vor dem nächsten Neujahrsfest bei ihren Ahnen«, hörte Lanfang eine der Konkubinen hinter sich murmeln. Falls die alte Frau Qi auch das gehört hatte, ging sie nicht darauf ein. Solange sie lebte, würde niemand gegen ihre Autorität ankommen.

Lanfang saß bei dem Essen zwischen Jianshen und einem jener Mädchen, die der Herr Kuo ins Haus gebracht hatte. Obwohl sie einen leeren Magen hatte, verspürte sie kaum Appetit. Die Gerüchte über wild reitende Mandschu-Frauen hatten ihr einen Moment lang die Hoffnung geschenkt, es könnten sich auch für die Chinesinnen unter der neuen Herrschaft Türen in die Freiheit öffnen. Aber sie wachten selbst darüber, dass keine fremden Einflüsse in ihre verschlossene Welt eindrangen.

Nach dem Tod ihres Vaters hatte sie manchmal gefürchtet, an solch bitteren Gedanken zu ersticken. Aber nun wusste sie, dass sie darüber mit Bi De würde reden können, ohne Ablehnung oder gar Strafe zu befürchten. Die Erkenntnis, dem tiefsten Dunkel ihres Daseins entkommen zu sein, ließ sie schließlich doch nach der Reisschüssel greifen.

Schon am folgenden Tag wurde Bi De losgeschickt, beladen mit Geschenken für die Sieger und der Versicherung des Hausherrn, den neuen Herrschern der Stadt ein ergebener Diener sein zu wollen. Noch war unklar, ob es zu Enteignungen der treuen Anhänger der Zheng kommen würde.

Etliche andere Familien schickten in ähnlicher Sorge ebenfalls ihre Boten los, doch keiner davon stammte aus jenem Volk, das den Qing bei ihrem Sieg geholfen hatte. Der alte Herr Qi war schlau, wie Lanfang anerkennend feststellte. Sie ging davon aus, dass sich für seinen Haushalt nichts ändern würde. Dass Bi Des Wunsch, sie zu seiner ersten Gemahlin zu machen, erfüllt würde, schien unwahrscheinlich, aber sie störte sich nicht wirklich daran. Inzwischen fühlte sie eine Verbundenheit mit ihm, die ihr so verlässlich schien wie jene steinernen Gebäude, die Europäer angeblich gern errichteten. Selbst Stürme und Feuer vermochten sie nicht zu zerstören. Solange er seine Hand über sie hielt, hätte sie in diesem Haus ein annehmbares Leben, auch wenn sie eingesperrt war.

Nach seiner Rückkehr von dem Gespräch mit den Holländern suchte Bi De erst einmal den Hausherrn auf, wo er bis zur Doppelstunde des Hahns blieb. Lanfang wartete in seinem Haus. Zwar hatte Jianshen inzwischen andere Mädchen damit beauftragt, es sauber zu halten, aber Lanfang ordnete manchmal selbst seine Habseligkeiten, denn er neigte zur Unordnung. Inzwischen war dies auch ihr Zuhause. Dass sie auf einer Matte im Nebenzimmer schlief, schien im Grunde unwichtig, solange Bi De keine andere Frau auf sein Lager holte.

Sie hatte seine Bücher sortiert und die Kleidung in einer Truhe verstaut, als plötzlich Jianshen hereinspaziert kam. Sie neigte respektvoll den Kopf, wie sie es inzwischen immer tat, aber in ihren Augen lag ein verdächtiges Funkeln.

»Dein Herr hat uns allen einen großen Dienst erwiesen«, sagte sie. »Du in solltest ihn in Ehren empfangen.«

»Ich empfange ihn stets so, dass er mit mir zufrieden ist«, erwiderte Lanfang.

»Offenbar mehr als das. Viel mehr.«

Jianshen streichelte die Rute in ihrer Hand. Lanfang spürte ihr eigenes, angstvolles Zucken. Dabei gab es keinen Grund zur Furcht, denn niemand hatte sie zu züchtigen gewagt, seit sie unter Bi Des Schutz stand. Dennoch saß das Gefühl, dieser Frau auf Gedeih und Verderb ausgeliefert zu sein, ihr weiterhin in den Knochen.

»Die Unterhaltung zwischen deinem Herrn und dem Herrn des Hauses verlief sehr stürmisch«, erzählte Jianshen. »Die

Familie Qi wird keinen Besitz verlieren und kann Geschäfte mit den Barbaren machen. Das alles hat unser eigener Barbar für uns ausgehandelt. Aber dann stellte er eine unerhörte Forderung.«

Lanfang ahnte bereits, worum es ging. Sie schenkte Jianshen ein nachsichtiges Lächeln.

»Ich konnte ihn nicht überzeugen, dass unsere Sitten keine völlig freie Wahl der Ehefrau erlauben. Dort, wo er herkommt, ist es anders.«

Das stimmte zwar nicht ganz, aber Jianshen brauchte es nicht zu wissen.

»Erstaunlich, welche Wirkung du auf ihn hast. Du solltest vorsichtig sein, sonst sorgt der alte Herr Qi noch dafür, dass du fortgebracht wirst.«

Plötzlich schmerzte Lanfangs Magen. Diese Möglichkeit hatte sie noch nicht in Erwägung gezogen.

»Im Augenblick sieht aber alles gut für euch aus«, redete Jianshen weiter. »Der Herr Qi hat beschlossen, deinen Bi De zu seinem Nachfolger in Xiamen zu machen. Das hörte ich zufällig beim Vorbeigehen. Es ist erstaunlich. Man könnte fast meinen, du verfügst über Zauberkräfte.«

Jianshen lachte, doch ihr Blick blieb bohrend. Lanfang verzichtete darauf, den Vorwurf abzustreiten, denn es hätte nichts genützt.

»Bisher hat sich alles zum Vorteil der Familie Qi entwickelt. Der Himmel ist uns gewogen«, erwiderte sie nur und neigte ebenfalls den Kopf. Ihre Hoffnung, dass Jianshen nun gehen würde, erfüllte sich. Sie atmete tief durch, nachdem die Tür sich hinter der Aufseherin geschlossen hatte. Es gab keinen Grund für unnötige Sorgen, Jianshen war stets bösartig gewesen. Wenn Bi De eines Tages im Haus das Sagen hätte, würde sie ihn bitten, Jianshens Stelle einer umgänglicheren Person zu geben, doch bis dahin konnten noch viele Jahre vergehen.

Sie ordnete noch ein paar Gegenstände und wartete auf Bi Des Rückkehr. Offenbar dauerte sein Gespräch mit dem Hausherrn sehr lange. So beschloss sie, aus der Küche eine Flasche Reiswein zu holen, um seinen Erfolg angemessen feiern zu können. Vielleicht sollte sie auch versuchen, sich etwas vorteilhafter anzuziehen. Eine der alten Konkubinen des Herrn Qi hatte ihr kürzlich zwei ihrer abgelegten Gewänder geschenkt und gleichzeitig den Wunsch geäußert, in ein größeres Haus ziehen zu dürfen. Ob Lanfang ihren Barbaren nicht bitten könnte, dies dem Hausherrn vorzuschlagen?

Während Lanfang sich in Lagen von fließender Seide hüllte, beschloss sie, der Bitte heute Abend nachzukommen. Ansonsten hätte sie die Freundlichkeit der alten Frau nur ausgenutzt.

Das neue Gewand war länger als ihre bisherigen, reichte ihr bis zu den Knöcheln, was beim Gehen lästig sein konnte. Dennoch fühlte sie sich wie ein neuer Mensch darin, ein Zauberwesen, das mit weit flatternden Ärmeln in den Himmel aufsteigen könnte wie die Mondgöttin Chang'e. Ihre großen Füße störten dabei, denn sie wirkten plump, aber Bi De mochte es, dass sie ungehindert laufen konnte.

So machte sie sich auf den Weg in die Küche, wo die mitteilungsbedürftige Köchin ihr sicher den Reiswein und auch ein paar Leckereien überreichen würde. Zwei Dienstmädchen, die den Boden im Hof fegten, warfen ihr neidvolle Blicke zu. Obwohl Lanfang sich niemals um Kleidung gekümmert hatte, genoss sie in diesem Moment ihren Auftritt.

Der Weg in die Küche führte durch zwei andere Höfe und schließlich an einer Felsformation vorbei, hinter der sich eine Pagode verbarg. Lanfang hatte sie gerade durchschritten, als sich ihr plötzlich jemand in den Weg stellte.

»Die abgelegten Kleider der abgelegten Nebenfrau meines Vaters passen zu dir«, verkündete der Herr Kuo. Lanfang musterte ihn verwirrt und bereute sogleich ihre Entscheidung für das neue Gewand. Bisher hatte er sie kaum beachtet, da Frauen mit ausgewachsenen Füßen und in schlichter Dienstbotenkleidung für ihn noch unwichtiger waren als das Ungeziefer in den Vorratskammern.

»Ich danke Euch für Eure Worte«, sagte sie höflich und hoffte, er würde an ihr vorbeigehen. Doch er blieb stehen.

»Diese Frau, ich habe ihren Namen vergessen, wurde meinem Vater als Geschenk überreicht. Er verbrachte nur zwei Nächte mit ihr, denn sie gefiel ihm nicht besonders, aber sie wurde sofort schwanger. Zu ihrem Unglück gebar sie nur eine Tochter.«

All das hatte Lanfang nicht gewusst, doch es schien ihr auch nicht wichtig.

»Ich hoffe, das Mädchen ist wohlauf«, meinte sie höflich.

»Sie wurde kürzlich vermählt. Mit einem einfachen Beamten, denn sie ist nur das Kind einer unwichtigen Konkubine. Dieses Kleid bekam die Mutter geschenkt, als sie ihre Schwangerschaft verkündete. Genützt hat es ihr nicht viel.«

Er lachte böse. Lanfang fragte sich, warum er ihr all das überhaupt erzählte und seit wann ihn die Geschichten der Frauen seines Vaters kümmerten.

»Sie hatte sicher Freude an dem Kleid, doch war sie großzügig genug, es mir zu schenken«, meinte sie und sah sich nach einer Möglichkeit um, an der breiten Gestalt des Herrn Kuo so unauffällig wie möglich vorbeizukommen.

»Ein schönes Kleid allein reicht nicht, um eine Frau schön zu machen«, redete er unbeirrt weiter. »Aber es kann helfen. Lass mich sehen.«

Er packte Lanfangs Kinn und zwang sie, ihm in die Augen zu blicken, was ihr eigentlich nicht zustand. Sie bemühte sich um Fassung.

»Eine Schönheit bist du nicht, aber auch nicht ganz übel.«

Sein Atem stank nach zu viel Reiswein und Erbrochenem. Sie merkte es, weil er sein Gesicht zu dem ihren gebeugt hatte.

»Der Barbar weiß es wohl nicht besser. Er hat noch keine wirklich schöne Frau gesehen.«

Als Kuo zu lachen begann, streifte sein Speichel Lanfangs Wange. Sie schaffte es weiterhin, ruhig zu bleiben. Während ihrer ersten Monate im Hause Qi hatte sie schlimmere Demütigungen ertragen müssen.

»Vielleicht wird er demnächst auch andere Frauen sehen und sich dann entscheiden können«, erwiderte sie nur. »Falls er sich von mir abwendet, werde ich es natürlich hinnehmen, denn es ist sein Recht.«

So wäre es auch, aber sie merkte, dass diese Vorstellung ihr keine Angst machen konnte, weil sie unglaubwürdig war. Bi De hatte die zarten, mit Seide und Jade verzierten Frauen des Hauses sicher schon zu Gesicht bekommen. Dennoch hielt er seiner großfüßigen Dienerin unerschütterlich die Treue. Daran würde auch der betrunkene Herr Kuo nichts ändern können.

Leider machte er weiterhin keine Anstalten, Lanfang gehen zu lassen. Seine Finger bohrten sich so heftig in ihren Oberarm, dass es schmerzte.

»Ich würde ja zu gern wissen, was ihm an dir gefällt. Vielleicht hilft es, dich genauer anzusehen.«

Er drückte sie gegen die Wand der Pagode und begann, an dem Stoff des Gewandes zu reißen. Nun stieß Lanfang einen Laut des Protestes aus, denn sie hatte früh gelernt, jede Art der Verschwendung zu vermeiden.

Kuo schlug ihr so heftig ins Gesicht, dass es ihr in den Ohren pfiff.

»Ich kann machen, was ich will. Hast du das vergessen?«

Sie verneinte, wie es sich gehörte. Gleichzeitig suchte sie nach einer Möglichkeit, ihm Einhalt zu gebieten.

»Wenn Ihr Euch an der Konkubine Eures Bruders vergeht, wird der Hausherr das nicht hinnehmen«, rief sie ihm zu.

Seine Antwort war nur ein verächtliches Lachen.

»Als ob ich das vorhätte! Eine wie dich würde ich nicht anrühren, wenn ich mein bisheriges Leben als Mönch hätte verbringen müssen. Ich will nur verstehen, was dieser Barbar, den mein Vater uns ins Haus geholt an, an dir findet.«

Nun hatte er den Rock ihres Gewandes aufgerissen. Lanfang wickelte sich in ihre Bluse, die glücklicherweise bis zu ihren Oberschenkeln reichte. Obwohl sie sich nie viel aus schönen Kleidern gemacht hatte, tat es dennoch weh, dieses erste und einzige, das sie besaß, nun auf so völlig sinnlose Weise zerstört zu sehen.

Kuo musterte sie langsam und abfällig von oben nach unten. Besonders an ihren Füßen, die in seidenen Pantoffeln steckten, blieben seine Augen unnötig lange hängen.

»Diese Schuhe waren sicher eine besondere Anfertigung. Sonst hat keine wohlhabende Dame Füße in dieser Größe.«

»Das mag sein«, erwiderte Lanfang. Derartiger Spott hatte schon lange aufgehört, sie zu verletzen.

»Aber auch mit kleinen Füßen wärest du nicht reizvoller als eine lahme, zahnlose Stute«, beendete Kuo sein Urteil. Lanfang musste feststellen, dass diese Worte durch den Schutzpanzer an Gleichmut, den sie sich zugelegt hatte, dringen konnten.

»Der Herr Bi De schätzt dennoch meine Gegenwart«, gab sie trotzig zurück, um es gleich darauf zu bereuen. Schon bald nach ihrer Ankunft im Hause Qi hatte sie gelernt, wie gefährlich es sein konnte, sich provozieren zu lassen.

»Dann musst du gleich zu ihm laufen und ihm berichten, wie böse ich zu dir war!«, schlug der Herr Kuo vor, lachte nochmals auf und warf ihr die Fetzen ihres Rockes vor die Füße, um gleich auf diese zu spucken.

Als er mit langen Schritten davonging, fiel Lanfang das Atmen wieder leichter. Sie schluckte eine weitere Erniedrigung und straffte die Schultern.

Ich habe dich durchschaut, du kleiner Fiesling, dachte sie, während sie den noch verbliebenen, unbeschädigten Stoff um ihren Körper wickelte. Bi De von diesem Übergriff zu erzählen war eben, was sie nicht tun durfte. Der Herr Qi würde es nicht hinnehmen, dass einer seiner Söhne einen anderen wegen einer gewöhnlichen Konkubine angriff. Sie würde einfach nichts von dem Vorfall erwähnen. Jianshens Bestrafungen waren schlimmer gewesen als diese Kränkung durch den Herrn Kuo.

Es gelang ihr, den Rock so zu binden, dass die zerrissenen Stellen kaum auffielen. Dann machte sie sich auf den Weg in die Küche.

Bi De begrüßte sie mit einer stürmischen Umarmung, nachdem sie ihr Tablett mit Reiswein und Früchten abgestellt hatte.

»Diesmal lief es gut! Admiral Bort ist überzeugt, dass er mithilfe der Qing die Kolonie Formosa zurückerobert und dann wäre er ein gemachter Mann«, rief er. »Deshalb war er bester Laune. Der Herr Qi kann all seinen Besitz behalten, da ich mich für seine Loyalität verbürgte.«

Damit hatte Lanfang bereits gerechnet.

»Glaubst du, dass die Qing euch Holländer wirklich bei der Rückeroberung Taiwans unterstützen werden?«, fragte sie, als sie zusammen am Tisch saßen und die Kanne Reiswein leerten. »Nun, da sie Xiamen haben, brauchen sie eure Schiffe nicht mehr.«

Bi De unterdrückte ein Gähnen.

»Keine Ahnung. Wahrscheinlich nicht. Ich habe meine Zweifel, ob Admiral Bort gegen die Streitkräfte von Zheng Jing ankommt, denn besonders viele Schiffe hat man ihm nicht mitgegeben. Er ist zu sehr von sich eingenommen.«

Eben dies war auch Lanfangs Eindruck gewesen, aber es sollte nicht ihre Sorge sein, zudem es Bi De ebenso gleichgültig war. Sie trug die Bitte der alten Konkubine nach einem größeren Haus vor und Bi De versprach, den Herrn Qi danach zu fragen.

»Er will unsere Ehe leider nicht erlauben, wie du vorausgesehen hast. Also sollte er wenigstens das tun. Er bot mir an, dass ich dir so viele Geschenke machen kann, wie ich will. Gibt es sonst noch etwas, das du brauchst?«

Lanfang bat um zwei weitere Gewänder, in denen sie nicht mehr wie eine Dienstmagd aussah. Für die Zukunft könnte es wichtig sein. Insgesamt war sie erleichtert, wie gut alles ausgegangen war. Die Stadt wurde nicht geplündert, Bi Des Stellung im Haus war noch gefestigter als früher und sie galt weiterhin als seine einzige Geliebte, auch wenn sie wie Bruder und Schwester zusammenlebten. Zwar sehnte sie sich nach größerer Nähe, aber vielleicht hatte der Herr Kuo recht gehabt und sie war zu unansehnlich, um einen Mann verführen zu können.

Wir müssen dankbar sein für das, was die Götter uns schenken, anstatt sie mit Forderungen zu erdrücken, hatte ihr Vater immer gesagt. Sie beschloss, sich danach zu richten.

Zwei Wochen dauerte die Zeit des Friedens. Lanfang machte der alten Konkubine eine Freude, indem sie ihr tatsächlich ein größeres Heim verschaffte. Die neuen Gewänder wurden ihr von Jianshen persönlich übergeben, deren Gesicht dabei aussah, als litte sie an heftigen Zahnschmerzen.

»Offensichtlich warst du nicht so bescheiden, wie ich immer annahm«, fügte sie mit einem unnatürlichen Lächeln hinzu. »Nutze die Gunst der Stunde, denn die Leidenschaft eines Mannes kann schnell verglühen.«

Lanfang bedankte sich höflich für diese Auskunft. Zwar schmeckte sie das darin enthaltene Gift, doch schien es ihr ungefährlich. Bi De holte sie nicht auf sein Lager, aber seit sie ihn kannte, hatte er keine andere Frau auch nur länger als notwendig angesehen. Vielleicht gab es Dinge, die eine Jianshen einfach nicht verstand.

Sie lasen einander die Texte ihrer Völker vor, redeten darüber, tranken Reiswein und aßen leckere Speisen, mit denen die Köchin sie versorgte. Die Zeit, in der Lanfang zuletzt so sorglos und zufrieden gewesen war, lag weit zurück, war irgendwo in den Tiefen ihrer Erinnerungen an die Kindheit verborgen. Nun genoss sie jeden Augenblick, denn es schien ihr unwahrscheinlich, dass dieser Zustand von Dauer sein würde.

Der Herr Kuo beendete ihn eines Nachmittags, indem er mit zweien jener Gefährten, die meistens an seiner Seite waren, in den Hof vor Bi Des Haus stolzierte.

»Ich wollte sehen, wie es meinem Bruder geht, der uns dazu verholfen hat, ohne jeden Verlust Diener von Barbaren zu werden!«, rief er unnötig laut. Lanfang wurde unwohl, aber sie forderte Bi De auf, nach draußen zu gehen. Er musste ein Mitglied der Familie Qi angemessen begrüßen. Sie selbst wollte lieber unbemerkt bleiben.

Im Hof unterhielten die Männer sich kurz. Zum Glück war Bi Des Chinesisch inzwischen gut genug, um ein Gespräch ohne große Mühe zu meistern. Kuo verzichtete auf weitere Beleidigungen, sondern fragte nur, ob man ihm die Ehre gestatten würde, das Heim seines neuen Bruders zu betreten.

Eine Ablehnung war nicht möglich, was auch Bi De einsah. Lanfang richtete sich schnell zurecht. Sie trug nun eines ihrer besseren Gewänder, in der Karaffe war noch genug Reiswein, und der Umstand, dass sie mehr Essen aus der Küche holen müsste, wäre ein guter Vorwand, für eine Weile zu verschwinden. Zwar wollte sie Bi De ungern mit einem Bruder allein lassen, der ihn hasste, aber sie fürchtete, ihre Gegenwart würde ihm nur noch mehr Anlass zu abfälligen Anspielungen bieten.

Die drei Gäste spazierten herein und nahmen auf Kissen auf dem Boden Platz. Lanfang verbeugte sich und wich Kuos hartem Blick aus. Gleich darauf bot sie an, weitere Speisen zu besorgen.

»Das ist nicht nötig. Wir haben erst vor Kurzem unser Morgenmahl beendet«, erwiderte Kuo. »Aber gegen einen Becher Reiswein hätte ich nichts einzuwenden.«

Lanfang verstand den unausgesprochenen Befehl. Es standen noch ein paar ungenutzte Becher herum. So schnell wie möglich füllte sie drei davon, um sie den Gästen zu überreichen. Vielleicht würden sie dann wieder verschwinden.

Ihre Arme fühlten sich blutleer an, als sie die Freunde des Herrn Kuo bediente. Bi De sah stumm zu, sein Gesicht war angespannt. So schnell er auch die chinesische Sprache und Schrift gelernt hatte, gegen die Verschlagenheit von Menschen wie Kuo war er hilflos wie ein Säugling. Auch darin erinnerte er Lanfang an ihren Vater.

Nun trug sie einen Becher zu Kuo. Ihr fiel ein, dass sie ihn als Ersten hätte bedienen müssen, und sie schalt sich für diese Unachtsamkeit. Aber er schwieg, als sie mit einer ehrerbietigen Verbeugung ihre Aufgabe erfüllte.

»Falls Ihr noch Wünsche habt, so gebt mir Bescheid«, bot sie sich an.

Kuo schwieg weiterhin, sah ihr nur kurz in die Augen. Sein Schlag kam so unerwartet und heftig, dass Lanfang das Gleichgewicht verlor und stürzte.

»Wie behandelst du meine Frau?«, hörte sie Bi De empört rufen und in diesem Augenblick begann sie zu ahnen, dass ihnen beiden große Gefahr drohte.

»Es war mein Fehler«, murmelte sie, während sie schnell wieder aufsprang. »Ich hätte den Sohn des Hausherrn vor seinen Gefährten bedienen müssen. Er hat alles Recht, mir zu zürnen. Ich bitte um Vergebung.«

Sie verbeugte sich nochmals. Im Grunde war sie Bi De und ihrem Vater sehr ähnlich. Kaum einem anderen Mädchen in diesem Haus wäre es im entscheidenden Moment entfallen, wem zuerst eingeschenkt werden musste.

»Das ist kein Grund, jemanden zu schlagen!«, protestierte Bi De unbeirrt. Sie hätte ihm gern ein Zeichen gegeben, damit er schwieg, aber da sie unter Beobachtung aus mehreren Richtungen standen, war es kaum möglich.

»Bei euch mag es so sein, aber wir Chinesen legen großen Wert auf angemessenes Benehmen«, erwiderte Kuo. »Auch jetzt, da wir unter der Herrschaft von Barbaren stehen, sind wir nicht bereit, das zu ändern. Ich hoffe, du bist in der Lage, dies zu begreifen.«

»Bitte sag nichts«, flüsterte Lanfang so leise, dass es bei einer Bewegung ihrer Lippen blieb. »Lass ihn reden.«

»Ich halte es nicht für angemessenes Benehmen, eine wehrlose Frau zu schlagen«, konterte Bi De sogleich.

All das drohte sehr übel auszugehen.

»Wehrlos!«

Kuo stieß ein böses Lachen aus, dann beugte er sich vor.

»Vor einigen Wochen habe ich ihr das Gewand vom Leib gerissen, um sie mir näher anzusehen. Ich wollte verstehen, was einen Mann an dieser Kröte reizt. Es blieb mir ein Rätsel, aber ich glaube, ihr gefiel es, sich vor mir auszuziehen. Sonst hätte sie sich doch bei dir beschwert!«

Lanfang hatte das Gefühl, in einem reißenden Fluss gegen das Ertrinken anzukämpfen.

»Der Vorfall schien mir nicht wichtig«, rief sie schnell. »Herr Kuo kann mit einer Dienstmagd tun, was immer ihm beliebt.«

»Das kann er nicht, denn sie ist meine Frau!«, protestierte Bi De und sprang auf die Beine.

»Dann sorge dafür, dass sie sich nicht nackt vor andere

Männer stellt. Vielleicht hofft sie, von ihnen ein Kind zu bekommen, das nicht wie ein halber Barbar aussieht.«

»Ich wünsche mir für mein Kind keinen anderen Vater als meinen Herrn!«, warf Lanfang nun ein, denn Kuo hatte es geschafft, auch sie die Beherrschung verlieren zu lassen.

Wieder traf Kuos Faust ihre Wange, diesmal härter und gnadenloser. Sie prallte mit dem Kopf gegen die Wand. Der Schmerz blendete sie kurz, daher bemerkte sie erst nach einigen Atemzügen, dass Kuo und Bi De miteinander rangen.

»Du wirst meine Frau nicht schlagen, hörst du?«

Kuo grinste, während er Bi Des ungeübte Hiebe mühelos abwehrte. Eben dies war von Anfang an sein Ziel gewesen und er hatte es erreicht. Lanfang kroch in die hinterste Ecke des Zimmers. Der Schmerz in ihrem Kopf ließ langsam nach. Alles würde gut ausgehen, sagte sie sich. Kuo würde Bi De eine Tracht Prügel verpassen, was schon lange sein Wunsch gewesen sein musste. Später könnten sie sich darüber beim Herrn Qi beschweren. Kuo musste wissen, dass es Folgen hätte, wenn er zu weit ging.

Aber nun, da Bi De hilflos unter ihm lag, schien Kuo wie von einem bösen Geist besessen. Er drosch weiter auf ihn ein, als könne er nicht aufhören, seinem Zorn endlich Luft zu machen.

»Du feiger Nichtsnutz willst Herr der Familie werden? Du wirst immer ein Barbar bleiben und deine Frau ist ein ausgetretener Schuh, den schon etliche Männer vor dir hatten.«

Einer von Kuos Freunden murrte, sprang auf und wollte ihn von seinem Opfer wegziehen, aber es nützte nichts. Lanfang sah Blut aus Bi Des Nase und Mundwinkel fließen. Sie hatte bereits einmal erlebt, wie plötzlich ein geliebter Mensch sterben konnte.

Die tönerne Kanne glitt wie von selbst in ihre Hand und raste dann auf den Hinterkopf des Herrn Kuo, wo sie in

Scherben zersprang. Er ließ mit einem Schrei von seinem Opfer ab, um sich auf Lanfang zu stürzen. Sie schubste ihn, trat um sich und brüllte vor Wut. Auf einmal hatte der Zorn sie unverwundbar gemacht. Ganz gleich, wie Kuo ihr auch zusetzte, ihre Fäuste trafen unbeirrt auf sein Gesicht und seinen Oberkörper.

Dann sah sie ihn plötzlich fallen. Seine Stirn traf die Kante des Tisches, platzte auf und ließ einen roten Strom fließen. Er zuckte einige Male, als er schon auf dem Boden lag, und dann regte er sich nicht mehr.

Lanfang presste eine Hand vor ihren Mund, konnte den Entsetzensschrei aber nicht unterdrücken. Was eben geschehen war, stellte alles, wovor sie sich bisher gefürchtet hatte, in den Schatten.

»Er ist tot«, sagte einer von Kuos Freunden leise, nachdem er eine Hand an seine Halsschlagader gelegt hatte. Er wandte sich um und sah die anderen hilflos an, als hoffe er, sie könnten etwas an diesem Umstand ändern.

»Du hast ihn getötet«, kam es nun deutlich heftiger von dem zweiten Gefährten. »Wir haben es beide gesehen. Du bist keine Dienstmagd, sondern ein böser Geist, der vernichtet werden muss.«

Der Blick, den er Lanfang zuwarf, drückte eine Mischung aus Abscheu und echter Angst aus.

»Das ist Unsinn«, meldete sich plötzlich Bi De zu Wort. Er wirkte nicht so schwer verletzt, wie sie befürchtet hatte, wischte sich mit dem Ärmel das Blut vom Gesicht und nahm auf einem Stuhl Platz. »Kuo ist ausgerutscht«, begann er mit erstaunlicher Ruhe. »Er trat in den vergossenen Reiswein, verlor das Gleichgewicht und verletzte sich an der Schläfe. Das hat ihn leider umgebracht.«

Diese Beschreibung der Ereignisse entsprach vermutlich

den Tatsachen, denn Lanfang konnte selbst die Reste der Flüssigkeit neben Kuos reglosem Körper sehen.

Die Götter haben es so gewollt, ging es ihr durch den Kopf. Aber in diesem Fall wollten die Götter auch ihr Leben beenden.

»Ich werde dem Herrn Qi die traurige Nachricht überbringen, dass sein Sohn tot ist«, sagte einer von Kuos Freunden. Der zweite schloss sich ihm an.

»Versuche nicht zu fliehen«, riet er Lanfang beim Abschied. »Du kommst aus dem Heim der Qi nicht heraus. Niemand wird dich mehr retten können.«

Dann wandte er sich ab und trat ins Freie.

Lanfang tat ein paar Atemzüge. Der Himmel war ihr gewogen, denn Kuos zwei Gefährten hatten ihr ein paar Momente gegönnt, da sie handeln konnte. Die Dringlichkeit ihrer Lage ließ weder Zweifel noch Trauer zu.

»Du musst mir helfen«, rief sie Bi De zu, der immer noch auf seinem Stuhl saß. »Ich brauche einen Strick oder ein Messer.«

»Aber wozu?«

Er kämpfte sich auf sie Beine. Sein Gesicht zuckte vor Schmerz. Aus seiner Nase rieselten ein paar frische Blutstropfen.

»Es war ein Unfall. Ich kann es bezeugen«, sagte er. »Kuo hat uns beide beleidigt und angegriffen. Es war unser Recht, uns zu wehren, und getötet haben wir ihn nicht.«

»Dir wird man vergeben«, stellte Lanfang nach kurzem Überlegen fest. »Du bist wichtig. Aber ich bin es nicht. Es stand mir nicht zu, den Sohn des Hausherrn anzugreifen, und deshalb wird man mich für seinen Tod strafen. Es wird eine langsame, qualvolle Hinrichtung sein, um andere Diener von jeglicher Aufsässigkeit abzuschrecken.«

Ihre Kehle wurde eng. Die Angst drohte, ihren Verstand zu

benebeln, denn sie hatte plötzlich den Drang, nur noch zu schreien und sich die Haare zu raufen, bis man kam, um sie abzuführen.

Bi De hastete an ihre Seite und schloss sie in die Arme. Für einen Moment fühlte sie sich so sicher und geborgen wie noch vor ein paar Stunden. Aber nun hatte sich schlagartig alles geändert.

»Bitte, du musst mir helfen, mich selbst zu töten«, flüsterte sie ihm ins Ohr. »Nimm es hin. Vielleicht sehen wir uns in einem späteren Leben wieder.«

Der Druck von Bi Des Armen wurde stärker.

»Sag so etwas nicht. Ich werde dich schützen.«

»Das kannst du nicht!«

Sie stieß ihn von sich.

»Sie werden nicht auf dich hören, nicht in einer solchen Angelegenheit. Ich, eine unbedeutende Dienstmagd, habe den Sohn des Hausherrn auf dem Gewissen! Du wirst flehen und reden können, wie du willst, du kannst den Herrn Qi nicht überzeugen, ein solches Vergehen ungestraft zu lassen.«

»Doch, das werde ich«, beharrte er. »Falls es mir nicht gelingt, dann fliehen wir gemeinsam. Bitte wirf dein Leben nicht weg.«

Nun fürchtete sie, dass allein die Heftigkeit seiner Umarmung ihr die Luft zum Atmen nehmen könnte. Sie hörte ihn schluchzen.

»Ich brauche dich. Ohne dich hat mein Leben keinen Sinn«, klagte er. Lanfangs Verzweiflung wurde für einen Augenblick von Freude verdrängt.

Allein, um diese Worte noch einige Male hören zu können, wollte sie nicht auf der Stelle sterben.

13. Kapitel

Tayouan, Formosa

Manchmal träumte Sophie von Cornelia, die am Hafen von unbekannten Männern getötet worden war. Ob sie bis zum letzten Moment gehofft hatte, in die Heimat zu gelangen? Dann sah sie, wie Chinesen die Witwe Valentyn in die Knie zwängten und ihr mit einem Schwert der Kopf abgeschlagen wurde. Immer wieder wachte sie schreiend auf und stellte fest, dass sie in Schweiß gebadet war. Sie befand sich weiterhin in der Hütte, doch bekam sie genug Nahrung und auch einen Nachttopf, der regelmäßig geleert wurde.

Als eines Morgens eine Gruppe von Bediensteten mit einem Badezuber erschien, wurde ihr klar, dass der Tag ihrer Vermählung gekommen war. Sophie ließ sich waschen wie eine Puppe. Anschließend wurde ihr ein rotes Seidengewand angezogen und ihr Haar verbarg man unter einem Schleier.

Es würde keine christliche Trauung stattfinden, sagte sie sich. Daher wäre sie nicht auf ewig an diesen Mann gebunden. Sie musste nur eine Gelegenheit finden, ihm zu entkommen. Zwar wusste sie im Augenblick nicht, wann es möglich wäre, aber sie durfte die Hoffnung nicht verlieren. Die Holländer würden versuchen, Formosa erneut zu erobern. Sobald es ihnen gelungen war, hätte sie die Möglichkeit, einen Mann entsprechend ihren Vorstellungen zu finden.

Kurz bevor sie ins Heim ihres chinesischen Gemahles gebracht wurde, erhielt Sophie noch einen letzten Besuch von Fenzhi.

»Ich habe im Tempel für dich Räucherstäbchen angezündet«, sagte die Chinesin ohne jede Begrüßung. »Ich wünsche dir ein langes Leben und viele Kinder.«

Unter anderen Umständen hätte Sophie sich über diese

Glückwünsche gefreut, doch nun kamen sie ihr vor wie böser Hohn. Sie wollte keine Kinder, die wie halbe Chinesen aussahen! Falls ihr Leben so weitergehen sollte wie nach ihrer Gefangennahme, hätte sie eine schnelle Hinrichtung vielleicht vorgezogen. Aber all dies wagte sie Fenzhi nicht zu sagen.

»Hier noch ein Geschenk«, sagte die Chinesin gleich darauf und hielt ihr einen weiteren Armreif aus Jade hin.

»Den ersten hast du Betrügern in den Rachen geworfen. Aber ich habe gemerkt, wie viel Freude du an ihm hattest. Mir hingegen bedeutet er nichts. Also nimm dies als Erinnerung an mich, die hoffentlich nicht völlig schlecht ist.«

Nun verspürte Sophie einen Stich von Rührung, denn ihr wurde klar, dass sie Fenzhi wirklich etwas bedeuten musste. Sie bedankte sich leise, atmete einmal tief durch und schloss die magere, kleine Frau für einen Moment in die Arme.

»Wenn du hier herrschen würdest anstelle deines Bruders, wäre alles nicht so schlimm«, flüsterte sie ihr ins Ohr.

Zum ersten Mal sah Fenzhi verblüfft aus, aber sie fing sich schnell und nahm ihren Abschied. Nachdem die Tür hinter ihr zugefallen war, kamen Sophie die Tränen. So sehr sie auch versuchte, ihr zukünftiges Schicksal mit Gleichmut zu ertragen, vermochte sie dennoch nicht all ihre Empfindungen abzutöten. Ihr Vater war tot, von ihrer Schwester war sie getrennt und es gab wenig Hoffnung auf ein Wiedersehen. Die freundliche Cornelia, ihre einzige Verbindung zur holländischen Heimat, hatte man auf brutale Weise getötet. Mit Fenzhi war der letzte Mensch aus ihrem Leben verschwunden, den sie mochte.

Nun müsste sie völlig allein allen Widrigkeiten die Stirn bieten und sie fragte sich, woher sie die Kraft nehmen sollte.

Als sie aus ihrem Verlies geführt wurde, stand sie plötzlich Zheng Jing gegenüber, den sie bisher nur bei feierlichen Veranstaltungen aus der Ferne zu Gesicht bekommen hatte. Nun sah sie die buschigen Brauen, die breite Stirn und die Falten an seinen Mundwinkeln. Er wirkte wie ein häufig schlecht gelaunter Mann, dem das Schicksal einige herbe Schläge versetzt haben musste.

Die Dienstmädchen warfen sich vor ihm zu Boden. Sophie folgte ihrem Beispiel, denn ihr Lebenswille war noch nicht gebrochen.

»Meine Schwester sagte mir, dass du inzwischen unsere Sprache beherrschst«, redete er nun bewusst langsam und durchaus freundlich auf sie ein. Sophie wagte aufzublicken. Seine Robe war mit goldenen Drachen verziert. Chinesen hatten ein Gespür für schönes Handwerk.

»Ich habe dein Leben geschont, weil Fenzhi mich überzeugte, dass du schlechten Einflüssen erlegen warst. Durch diese Ehe gebe ich dir die Möglichkeit, eine ehrbare Frau zu werden. Ich hoffe, du erweist dich meines Großmuts würdig.«

Sophie schwieg und starrte weiterhin auf sein Gewand, was ihm offenbar missfiel, denn die Falten auf seiner Stirn vertieften sich.

»Dein zukünftiger Gemahl ist ein treuer Untertan des Königreichs Tungning. Er war bereit, dich trotz deiner Vergehen als seine Gemahlin anzunehmen. Erfülle deine Pflichten, bemühe dich, ihm eine gute Ehefrau zu sein und Söhne zu gebären. Ein Landsmann von dir ist gekommen, um dir ein paar Ermahnungen mit auf den Weg zu geben.«

Sophie, die mühsam ihren Zorn geschluckt hatte, sah, wie er auf einen anderen Mann wies, der hinter ihm stand. Sie erkannte ein europäisches Gesicht und verspürte für einen Moment Freude. Der Holländer in chinesischer Robe überragte den Herrscher um einen halben Kopf. Er verbeugte sich demütig vor Zheng Jing, bevor er auf Sophie zutrat.

Sie stand auf.

»Wer seid Ihr?«, fragte sie auf Holländisch. Hoffnung keimte auf. Er hatte ein freundliches Gesicht und würde ihr vielleicht helfen können, nach Batavia zu gelangen.

»Philip Meijs. Ich wurde gefangengenommen, als Fort Provintia fiel. Danach beschloss ich, den Sieger zu unterstützen, und das hat sich für mich zum Vorteil entwickelt.«

»Ihr habt Eure Heimat verraten!«, protestierte Sophie. Zum Glück konnte niemand außer ihm sie verstehen.

»Ich habe das Leben gewählt und nicht den Tod wie Euer Vater. Juffrouw, Ihr seid zu jung und zu schön, um zu sterben. Versucht, Euch zu fügen. Ihr werdet sehen, dass Ihr Zufriedenheit in Eurem neuen Dasein finden werdet, wenn Ihr es annehmt.«

Er hatte völlig ehrlich geklungen und die grauen Augen drückten Verständnis aus. Sophie fehlte die Kraft zum Widerstand.

»Ich danke Euch für Euren Rat«, erwiderte sie sanft, obwohl sie wusste, dass sowohl ihr Vater als auch Emma diesen Mann einen Verräter genannt hätten. »Ob ich ihn werde befolgen können, weiß ich nicht, aber ich schätze Eure Hilfsbereitschaft.«

Dann senkte sie den Kopf, um deutlich zu machen, dass das Gespräch beendet war. Zheng Jing entfernte sich mit seiner Gefolgschaft, zu der auch Philip Meijs gehörte. Sophie hatte den Eindruck, in ein tiefes Loch zu fallen, als die Dienstmädchen sie zu einem Tragestuhl führten, den sie betreten sollte. Hier, in diesem Palast, hatte sie sich ein klein wenig eingelebt, doch nun musste sie ihn wieder verlassen.

Der Welpe, den sie vor der Flucht in ihrem Zimmer zurückgelassen hatte, fiel ihr ein, und sie bereute es, Fenzhi nicht nach seinem Schicksal gefragt zu haben. Der Schmerz um Cornelia und die Angst, selbst sterben zu müssen, waren zu groß gewesen, um an einen Hund zu denken. Nun fühlte sie sich, als hätte sie ein Wesen im Stich gelassen, das ihr anvertraut worden war.

Wahrscheinlich hätte sie ohnehin nichts für ihn tun können.

Tayouan sah nun ganz und gar chinesisch aus. Menschenmengen schoben sich schreiend durch enge Gassen, doch wichen sie dem Tragestuhl, in dem Sophie saß, ehrfurchtsvoll aus. Von der einstigen Festung Zeelandia konnte Sophie noch Mauern erkennen und Erinnerungen überfluteten sie. Würde sie Emma jemals wiedersehen? Was war aus der störrischen Griet Maas und dem Bücherwurm Pieter geworden? Schließlich verließ Sophies Gefolge die Stadt, folgte eine Weile einer schmalen Straße und gelangte zu einem weiteren, eindeutig chinesischen Gebäude, vor dem der Tragestuhl auf dem Boden abgestellt wurde.

Ein Mann, der auf einem Pferd vorangeritten war, klopfte ans Eingangstor. Es öffnete sich. Die üblichen Verbeugungen folgten. Sophie dachte, dass man sie hineintragen würde, aber das war nicht der Fall. Stattdessen bellte ein Chinese sie an, dass sie aussteigen sollte.

Sie gehorchte, denn andernfalls wäre sie wohl gewaltsam hinausgezerrt worden. Zu Fuß, begleitet von ihrer Eskorte, betrat sie ihr zukünftiges Heim.

Alles hier sah kleiner und schlichter aus als im Palast. Es gab die üblichen, um einen Hof gruppierten Häuser, man hatte einen Teich angelegt, und im Hintergrund erblickte sie die spitzen, aufeinandergestapelten Dächer einer Pagode.

Ein paar Domestiken liefen herum. Sie verbeugten sich zunächst, um Sophie zu begrüßen, und starrten dann mit unverhohlener Neugier in ihre Richtung. Sie sortierte die Lagen ihres Gewandes, um nicht über eine davon zu stolpern. Die weiche Seide schmiegte sich sanft an ihren Körper und war bei der Hitze angenehm. Westliche Kleidung vermisste sie hier nicht, auch an das chinesische Essen hatte sie sich inzwischen gewöhnt, aber mit dem Dasein als Ehefrau eines Chinesen würde sie sich nicht so leicht arrangieren können. Stolz streckte sie den Rücken. Sie würde sich hier irgendwie durchschlagen und schließlich entkommen. Solange sie diese Hoffnung hatte, ging ihr Leben weiter.

Ein kleiner, kugelrunder Mann mit rotem Gesicht bewegte sich auf sie zu, während ihm der Schweiß über die Schläfen lief.

»Folgt mir in Euer neues Zuhause, Herrin«, forderte er sie nach einer tiefen Verbeugung auf. Sophie neigte ebenfalls den Kopf, um nicht unhöflich zu sein.

War dies alles? Sie wurde einfach an einen anderen Ort gebracht wie ein verkauftes Möbelstück? Im Grunde empfand sie das als Erleichterung, denn ohne jegliche Zeremonie konnte kein gültiger Bund der Ehe geschlossen werden.

Ich werde hier nicht bleiben, wiederholte sie im Geiste immer wieder wie einen Gebetsspruch, als sie dem Dicken folgte. Egal was hier auf sie zukam, es wäre nur ein vorübergehender Aufenthalt.

Sie wurde zu einem Holzhaus ein Stück neben der Pagode geleitet. Es war größer als jenes, das sie im Palast mit drei anderen Frauen geteilt hatte, und unerwartet schön eingerichtet. Sophie erblickte ein Bett mit Baldachin, mit Einlegearbeiten aus Elfenbein verzierte Truhen sowie einen runden Tisch und mehrere Stühle. Fenzhis Gemächer waren prunkvoller gewesen, doch sie selbst hatte noch niemals ein derart elegantes Zuhause ihr Eigen genannt.

Nur gehörte es nicht wirklich ihr, sondern einem ihr unbekannten Chinesen, dem sie wie ein Geschenk überreicht worden war.

Sie sah sich um. Ihre Eskorte war inzwischen verschwunden, es gab nur noch den Dicken und ein paar schmächtige, weibliche Wesen, die hier offenbar Dienstmädchen waren.

»Die Dame kann jetzt speisen, wenn sie es wünscht«, erklärte der Dicke. »Eure Bediensteten werden Euch Essen bringen. Danach könnt Ihr Euch weiter umsehen.«

Sein respektvoller Ton überraschte Sophie. Es klang, als wäre sie hier eine Person von Bedeutung.

»Werde ich beim Essen Gesellschaft haben?«, fragte sie frei heraus. Irgendwo in dieser Häuseranlage musste ein Mann sitzen, der sie nun als sein Eigen betrachtete. Sie wollte baldmöglichst sehen, was damit auf sie zukam.

»Zunächst ja. Auf jeden Fall heute«, erwiderte der Dicke verlegen. »Eure Dienerinnen können Euch unterhalten. Es gibt darunter Mädchen, die gut singen und Musik machen können.«

War er tatsächlich bemüht, es ihr recht zu machen? Für Sophie kam das so unerwartet, dass sie nicht wusste, wie sie mit dieser Lage umgehen sollte.

»Es ist schon gut, ich esse gern allein«, erwiderte sie schnell, denn die Gegenwart unbekannter Dienstmädchen wäre nur anstrengend gewesen.

Sie verspürte tatsächlich Hunger. Dieses Heim gefiel ihr allemal besser als die Hütte, in welcher sie tagelang eingesperrt gewesen war. Mit etwas Nahrung im Magen wäre sie allem, was auf sie zukam, besser gewachsen.

Es war dennoch ein merkwürdiges Gefühl, allein am Tisch sitzend bedient zu werden. Von Fenzhi hatte Sophie gelernt, dass Chinesen sich gemeinsam an allen aufgetischten Speisen bedienten. Nun waren sämtliche vor ihr aufgebauten Schüsseln nur für sie gedacht. Die Dienstmädchen waren beflissen, doch spürte sie stets ihre neugierigen Blicke wie Nadeln auf der Haut. Schließlich hob sie erschöpft die Hand, um sie hinauszuscheuchen. Zu ihrer Überraschung wurde dieser Aufforderung sofort Folge geleistet.

Sophie konnte sich kaum erinnern, eine Mahlzeit jemals derart genossen zu haben. In ihrem Elternhaus hatte die Gegenwart ihres Vaters wie ein drohender Schatten über ihr geschwebt, denn Antonius Hambroek tadelte seine Töchter für jedes kleine Fehlverhalten. Auch danach hatte sie stets vor irgendetwas Angst haben müssen. Selbst bei Fenzhi war die Sorge, ihre Wohltäterin zu verärgern, belastend gewesen.

Nun musste sie auf nichts anderes mehr achten als auf ihr Essen, das hervorragend schmeckte. Sophie lud sich unermüdlich neue Speisen in ihre Schüssel, bis sie einfach nichts mehr herunterbekam. Sie trank ein paar Tassen Tee, danach überfiel sie bleierne Müdigkeit. Nach all der Zeit von Entbehrungen und Todesangst wollte ihr Körper einfach nur ruhen.

Es war möglich. Im Nebenraum befand sich ein Bett, das nur auf sie wartete. Sie sah sich noch einmal um, konnte niemanden entdecken und lief dann in ihr Schlafgemach. Ihre Augen waren zugefallen, bevor sie einen klaren Gedanken fassen konnte.

In ihren Träumen kehrte ihr Vater zu ihr zurück und ermahnte sie, ihren Glauben niemals aufzugeben. Sie sah die Dorfgemeinschaft von Davilo, jene oft lachenden Ureinwohner, die stets an Kinder erinnert hatten, bevor sie über Nacht zu Verrätern geworden waren. Auch Cornelia erschien ihr und versicherte, nun wieder bei ihrem Gemahl und daher glücklich zu sein. Es wird alles gut werden, versprach sie, doch Sophie fiel es schwer, daran zu glauben. Anders als Cornelia lebte sie noch, und falls sie starb, würde nur ihr Vater auf sie warten. Sie rechnete mit keiner allzu freundlichen Begrüßung.

»Salve, Domina!«

Die Worte waren wie Hände, die an ihr rüttelten. Obwohl es keinerlei Sinn ergab, dass ein Chinese Latein mir ihr sprach, wusste Sophie, dass sie nun nicht mehr träumte. Voller Misstrauen schlug sie die Augen auf, rieb sie gleich darauf, um mögliche Spukbilder zu verscheuchen.

Der Mann hatte große, runde Augen, die dunkel waren wie die der Asiaten. Auf seinem Kinn wuchsen Bartstoppeln, das ebenfalls pechschwarze, dicht gelockte Haar lugte unter einem breitkrempigen Hut hervor.

Sein bodenlanges dunkles Gewand wirkte erdrückend schwer und für die Hitze Formosas wenig geeignet, was endgültig Sophies ersten Eindruck bestätigte, einem Europäer gegenüberzustehen.

Er verbeugte sich vor ihr.

»Versteht Ihr Latein?«, fragte er in eben jener Sprache. Sie bejahte nach kurzem Zögern. Ihr Vater hatte es ihr und Emma beigebracht, doch die ältere Schwester war wie üblich jene gewesen, die alles schneller begriff. Nun musste Sophie sich konzentrieren. Chinesisch zu verstehen wäre ihr inzwischen leichter gefallen.

Sie konnte nur Bruchstücke seiner Worte erfassen, die sie mühsam zusammenfügte. Er hieß Fra Bartolomeo und war Jesuitenpater, lebte schon seit sechs Jahren in Asien. Zheng Chenggong hatte Jesuiten um sich gehabt, auch einige seiner Gefolgsmänner waren getauft.

»Euer Gemahl, Domina, stammt aus einer sehr frommen Familie«, meinte der Jesuit schließlich. »Es war mir eine Ehre, ihn nach Formosa begleiten zu dürfen.«

Inzwischen hatte Sophie sich aufgerichtet und ihren Körper sorgfältig zugedeckt. Das Eindringen des Paters schien ihr ein wenig dreist. Ihr Vater hatte Katholiken fast noch mehr verabscheut als chinesische Götzenanbeter. Aber sie konnte nicht umhin, Erleichterung über die Gegenwart dieses Mannes zu verspüren. Er war Europäer und Christ, so wie sie auch. Vielleicht könnte er ihr helfen.

»Diese Ehe war nicht mein Wunsch«, sagte sie sogleich.

»Ich wurde zunächst zur Strafe für einen Fluchtversuch eingesperrt und anschließend gegen meinen Willen hierhergebracht.«

Der Pater nickte und sah kurz verlegen aus.

»Ich habe davon gehört und bedauere es. Aber bedenkt, dass Töchter sich dem Willen ihrer Väter und Brüder fügen müssen.«

Als ob ihr Vater sie jemals mit einem Chinesen vermählt hätte!

Aber gleich darauf begriff Sophie, was der Pater meinte. Sie wäre auch von ihrem Vater nicht nach ihrem Einverständnis gefragt worden.

»Vielleicht wollt Ihr Euch nun ankleiden«, meinte der Jesuit sanft. »Danach reden wir weiter. Ich warte selbstverständlich draußen. Bitte verzeiht mein Eindringen. Euren Bediensteten gelang es angeblich nicht, Euch zu wecken.«

Mit diesen Worten verließ er ihr Schlafgemach. Sophie sammelte ihre Kleidung vom Boden auf und schlüpfte in ihre Schuhe. Ihr Haar hatte sich aus den Spangen gelöst, aber ihr fehlte die Ruhe, sich selbst zu frisieren.

Fra Bartolomeo hatte von den Dienstmädchen eine frische Kanne Tee bekommen. Er neigte erneut den Kopf zur Begrüßung.

»Der Herr Bai Jun wird erfreut sein, wenn er Euch sieht, Domina.«

Sophie brauchte nicht zu fragen, warum er das sagte. Die einzige Eigenschaft, die sie der klugen, zupackenden Emma voraushatte, war ihr Aussehen. Bereits als junges Mädchen war sie als ausnehmend hübsch bezeichnet worden. Sogar der Vater hatte es knurrend anerkannt, sie daher häufig ermahnt, nicht der Sünde der Eitelkeit zu verfallen, allerdings auch manchmal erwähnt, dass es leicht sein würde, einen guten Ehemann für sie zu finden.

Auch diese Aussicht war ihr nun verwehrt.

»Wann soll ich … ihn denn treffen?«, brachte sie mühsam hervor.

»Er will Euch zunächst Zeit lassen, sich einzuleben. Ihm ist klar, dass es für Euch nicht leicht ist, sich an eine völlig fremde Umgebung zu gewöhnen. Daher schickte er mich zu Eurer Unterstützung.«

»Und wie wollt Ihr mich unterstützen?«

Sophie warf dem Jesuiten einen misstrauischen Blick zu. Ihr Vater hatte Katholiken als verkommene Sklaven ihres noch dekadenteren Papstes bezeichnet. Aber hier, allein in der Fremde, war ihr der Papist trotz allem lieber als ein Chinese.

»Zunächst einmal zeige ich Euch die Anlage«, erwiderte er. »Es gibt mehrere Höfe, wie in China üblich. Der Hausherr bewohnt den ersten, Euch wurde der zweite zugewiesen. Ansonsten lebt hier noch eine alte Tante des Herrn Bai Jun. Der Rest seiner Familie starb in China.«

»Woran?«

Zum allerersten Mal verspürte Sophie einen Hauch von Interesse an jenem Mann, in dessen Haus sie gebracht worden war.

»Der Bürgerkrieg zwischen Qing und Ming forderte viele Opfer«, erklärte der Jesuit. »Für ihre Treue zur alten Kaiserfamilie mussten manche Leute einen hohen Preis bezahlen. Aber Zheng Chenggong schätzte den Herrn Bai Jun eben wegen der Loyalität seiner Sippe. Daher dieses schöne Anwesen auf Formosa. Euer Gemahl hat gute Aussichten auf eine erfolgreiche Laufbahn im Dienst seines Herrschers.«

»Da es keine christliche Trauung gab, betrachtete ich diesen Mann nicht als meinen Gemahl«, widersprach Sophie störrisch.

Fra Bartolomeo verzog keine Miene.

»Diese Zeremonie könnte ich vollziehen. Aber der Herr Bai

Jun wollte Euch noch ein wenig Zeit geben. Würde es Euch Freude bereiten, mich nun nach draußen zu begleiten?«

Sophie stimmte zu. Er führte sie durch einen Garten mit Seerosenteich zu der kunstvollen Pagode. Die ganze Anlage strahlte Harmonie und Frieden aus, was Sophies aufgewühltes Gemüt ein wenig beruhigte. Als sie auf einer Bank Platz genommen hatten und sie sehen konnte, wie schillernde Libellen Juwelen gleich über das Wasser glitten, fühlte Sophie, wie die Anspannung der letzten Tage von ihr abfiel.

»Viele Frauen wären froh über ein solch prächtiges Zuhause«, sagte Fra Bartolomeo, wodurch er ihr die gute Laune wieder verdarb.

»Diese Anlage gehört nicht mir, sondern einem mir unbekannten Chinesen.«

Der Jesuit nickte.

»Ihr werdet ihn bald kennenlernen. Er ist ein kluger Mann, der ebenfalls die lateinische Sprache beherrscht.«

»Ich habe inzwischen einigermaßen Chinesisch gelernt. Doch das bedeutet nicht, dass ich mich unter Chinesen zu Hause fühle.«

Sophie bohrte ihre Füße in den Boden. Der Jesuit redete mit Engelszungen, aber er schien darauf erpicht, sie gefügig zu machen.

»Mit der Zeit wird sich das ändern«, sagte er auch schon. »Bitte bedenkt, dass es kaum eine andere Möglichkeit für Euch gibt. Wo könntet Ihr auf Formosa besser leben als hier? Der Herr Bai Jun hat keine anderen Ehefrauen, auch keine Mutter, die Euch das Leben schwer macht. Ihr seid die Herrin in diesem Haus, denn die alte Tante ist bereits bettlägerig. Vielleicht hat unser Herrgott Euch eine Aufgabe zugewiesen. Bereits zu der Zeit, da Europa noch heidnisch war, verbreiteten oft fromme Christinnen ihren Glauben, indem sie ihre Ehemänner beeinflussten.«

»Der Herr Bai Jun ist doch schon Christ«, wandte Sophie ein.

So leicht würde sie sich von dem Papisten nicht einwickeln lassen.

»Euer Vater, Domina, war ein bemerkenswerter Mann«, redete er unbeirrt weiter. »Er starb wie ein Märtyrer, deshalb wird Gott der Herr ihn in Seinem Reich willkommen heißen.«

Den Umstand, dass er als Katholik Protestanten für Ketzer halten musste, verschwieg er taktvoll.

»Lasst uns die Differenzen, die unsere Glaubensgenossen in Europa beschäftigen, einfach vergessen«, schlug er stattdessen vor. »Wir glauben beide an denselben Gott und müssen seine Botschaft des Heils auch in Asien verbreiten. Aus Japan wurden wir verjagt. Unsere Zukunft unter den neuen Herrschern Chinas ist ungewiss. Diese Insel wenigstens dürfen wir nicht aufgeben!«

Sophie konnte sich erinnern, dass japanische Christen nach Formosa geflohen waren, um der Verfolgung in ihrem Heimatland zu entgehen.

»Werden Christen denn auf Formosa oder Tungning, wie es jetzt heißt, nicht mehr geduldet?«, fragte sie erstaunt.

Sie war wegen ihres Aussehens verspottet worden. Ihr Glaube hatte so weit niemanden interessiert.

»Geduldet ja«, erwiderte der Jesuit. »So wie viele große und kleine Götter und Göttinnen in allen Ecken der Tempel geduldet werden. Was den Chinesen fehlt, ist das Verständnis für die Einzigartigkeit unseres Gottes. Sie glauben an Jesus, aber bringen immer noch den Ahnen und ihren heidnischen Göttern Opfer dar. Dagegen müssen wir einschreiten.«

Nun klang er wie ihr Vater, der für seine Überzeugung hatte sterben müssen. Sophie wusste inzwischen, dass sie diesem Beispiel nicht folgen wollte.

»Ich denke, der Herr Bai Jun weiß selbst, was zu tun ist«,

sagte sie. Ihr war nicht klar, welche Rolle sie dabei spielen sollte.

»Domina«, erklärte Fra Bartolomeo mit einem nachsichtigen Lächeln. »Ihr begreift nicht, welche Wirkung Ihr auf Männer haben könnt. Seid ein wenig nett zu Eurem Gemahl und er wird sich bemühen, Euch jeden Wunsch zu erfüllen.«

Sophie stieß ein bitteres Lachen aus. Sie hatte sich lange gewünscht, von ihrem Vater nicht mehr angeschrien und ausgeschimpft zu werden, was sich nicht erfüllt hatte. Auch Zheng Jing hatte andere Dinge im Kopf gehabt als ihre Sehnsüchte zu erfüllen. Für die meisten Männer waren Frauen nichts weiter als ein vorübergehender Zeitvertreib. Hatte Emma sich deshalb für Frans entschieden, anstatt eine ihrem Stand angemessene Verbindung einzugehen?

Dies musste sie aber nicht mit einem ihr völlig unbekannten Jesuitenpater besprechen, dessen Redefluss sie erschöpft hatte.

»Bisher hat der Herr Bai Jun mich nicht einmal gesehen. Wenn es so weit ist, wird sich zeigen, welche Wirkung ich auf ihn habe.«

Abwartend sah sie Fra Bartolomeo an. Er nickte.

»Ihr werdet Euren Gemahl bald treffen. Wartet ab. Lasst Euch nicht von Äußerlichkeiten beeinflussen, denn der Herr Bai Jun ist ein Mann mit tiefem Ehrgefühl.«

Wahrscheinlich war er hässlich, dumm und allgemein unausstehlich. Ansonsten hätte dieser Jesuit sich nicht so abgeplagt, ihn als Krone der Schöpfung hinzustellen.

Sophie drehte mit ihm noch eine Runde im Garten, dann ließen sie sich von einer Dienstmagd Mangos bringen und tranken erneut Tee. Schließlich entschuldigte sich der Jesuit, weil andere Aufgaben auf ihn warteten. Zu ihrem Erstaunen verspürte Sophie einen Stich von Enttäuschung, als sie allein zurückblieb. Es hatte trotz allem gutgetan, endlich wieder mit einem anderen Europäer reden zu können.

Den Rest des Tages verbrachte sie in ihrem neuen Haus, ließ ihre Finger über die kunstvollen Schnitzereien der Möbel gleiten und musterte die Zeichnungen von Vögeln und Landschaften an den Wänden, bis sie sich jedes Detail eingeprägt hatte. Vorsichtig stellte sie ein paar der Vasen an Stellen, wo sie ihr besser gefielen. In dieses Heim könnte sie sich verlieben, aber eben das machte ihr Angst. Sie würde einen Preis dafür zahlen müssen, es behalten zu können.

Schließlich nahm sie an dem runden Tisch Platz und wartete. Würde der Jesuit noch einmal kommen, um mit ihr zu speisen? Sie wünschte es sich, denn allmählich bekam sie von der Stille ein Summen in den Ohren wie während ihrer Gefangenschaft. Doch niemand ließ sich blicken, erst bei Einbruch der Dämmerung erschienen ihre Dienstmägde und brachten ihr ein Abendmahl, diesmal mit einer Karaffe Rotwein, den es bei Chinesen selten gab. Wieder aß Sophie mit Genuss, trank mehr, als sie lange getan hatte. Der Rausch in ihrem Körper tat wohl, sie fühlte sich frei, sorglos, hätte am liebsten in ihren zwei Gemächern einen Tanz aufgeführt. Niemals hatte sie so viel Raum für sich allein zur Verfügung gehabt. In ihrer Euphorie vergaß sie fast, dass dieses Haus nicht wirklich ihr gehörte. Erst, als eine Dienstmagd ihr ein weiteres Gewand aus dünner, hell schimmernder Seide brachte, das sie in der Nacht tragen sollte, ließ Sophies Euphorie schlagartig nach.

Sie sollte schön aussehen, um einem ihr unbekannten Chinesen zu gefallen. Zwar ließ sie zu, dass die Mädchen sie wuschen und umkleideten, aber gleichzeitig schrie ihr Körper stumm vor Widerwillen. Sie würde es nicht schaffen, einem fremden Mann zu Willen zu sein, ganz gleich, wie sehr alle sie von der Notwendigkeit überzeugen wollten.

Bevor sie sich niederlegte, bat sie eines der Dienstmädchen um ein Messer, mit dem sie noch ein paar Früchte zerschneiden könnte. Die junge Frau bot sich sogleich an, dies selbst zu tun, aber Sophie beharrte auf dem Messer. Schließlich erhielt sie ein kleines Werkzeug mit erfreulich scharfer Klinge.

Sie legte es unter die weiche Stoffrolle, die ihr als Kissen diente.

Falls der Herr Bai Jun beschloss, sie heute Nacht aufzusuchen, würde sie ihn damit empfangen, ganz gleich, welche Folgen dies haben würde.

Angespannt und bereit zum Angriff lag sie auf ihrer Matratze. Die Schönheit des neuen Heims wurde unwichtig, sie wartete nur noch auf den Moment, da sie all dies wieder verlieren würde, weil sie Widerstand leistete.

Aber er kam nicht. Sophie fiel in einen Dämmerschlaf, als schon der Morgen graute. Nach dem Aufwachen warteten bereits ihre Dienstmägde mit dem Morgenmahl und einem neuen, wunderschönen Gewand aus fließender Seide und kunstvollen Stickereien. Sophie glitt erfreut hinein, drehte sich und ließ Stoffbahnen fliegen. *Die Sünde der Eitelkeit*, mahnte die Stimme des Vaters in ihrem Kopf, und sie forderte ihn erneut auf, endlich zu schweigen, wie es sich für einen Toten gehörte.

Eine junge Frau begann, ihr auf einem Saiteninstrument vorzuspielen. Die Melodie schien wie ein Tanz auf Zehenspitzen, zart und behutsam. Sophie genoss ihren Morgentee, frische Früchte und Reis. Sie lebte wie die Prinzessin in einem Märchenland, doch war ihr stets bewusst, dass ein böses Erwachen drohte. Sie musste jeden Moment genießen, denn eine solche Zeit käme wahrscheinlich niemals wieder.

Nachdem die Mägde ihren Tisch abgeräumt hatten, tauchte plötzlich wieder der Jesuit auf. Er trug sein schweres, dunkles Gewand. Wenn er es nicht regelmäßig wusch, würde er irgendwann unangenehm riechen.

»Ich hoffe, Ihr hattet eine angenehme erste Nacht in Eurem neuen Zuhause.«

Er verbeugte sich. Sophie zwang ein Lächeln auf ihr Gesicht.

»Es verlief bisher alles angenehmer als erwartet«, gab sie wahrheitsgemäß zu.

»Nun, dann seid Ihr heute vielleicht bereit, den Herrn Bai Jun kennenzulernen. Er würde am Abend gern mit Euch zusammen speisen.«

Es überraschte Sophie, dass es wie eine Einladung formuliert wurde. Sie hatte keine Möglichkeit abzulehnen und sah auch keinen Sinn darin. Irgendwann würde sie den Mann kennenlernen müssen, der sie in diese kunstvoll verzierte Welt hatte bringen lassen, um mit ihr zu tun, was immer ihm gefiel.

»Ich werde kommen«, sagte Sophie leise. Dann schob sie das Tablett mit den Früchten von sich, weil ihr der Appetit vergangen war. Sogar die seidene Robe bereitete ihr keine Freude mehr, sondern kam ihr vor wie das billige, grelle Gewand eines Freudenmädchens.

Sie kam durch den Tag, indem sie im Garten spazieren ging und ihre Gedanken zu ordnen versuchte. Vielleicht wäre alles nicht so schlimm. Vielleicht täuschte dieser Jesuit sich und chinesische Männer hatten nicht viel für europäische Frauen übrig. Zheng Jing hatte ihr keinerlei Beachtung geschenkt, als sie in seinem Haus gelebt hatte. Wenn es hier genauso verlief, wäre Sophie nicht einmal unzufrieden damit. Sie hatte ein schönes Zuhause und gutes Essen. Ihr war klar geworden, dass sie nicht zu viel vom Leben verlangen durfte, denn dadurch entstand nur unnötiger Schmerz.

Am Nachmittag kehrte sie in ihr Haus zurück und bald darauf überfielen die Dienstmägde sie erneut mit einer diesmal noch prächtigeren Robe. Sophies Haar wurde mit Spangen in Form gebracht, sie erhielt baumelnde Jadeohrringe und einen goldenen Drachen als Anhänger. Fenzhis Geschenk, der Jadearmreif, passte zu dieser Aufmachung. Sophie verspürte trotz allem Freude, als sie ihr eigenes Spiegelbild bewundern konnte.

Für diese Sünde der Eitelkeit würde sie hart bestraft werden. Das wusste sie, ohne ihren Vater nach seiner Meinung fragen zu müssen. Ergeben folgte sie dem Jesuiten, als er sie abholte, denn es war besser, der Gefahr gleich ins Auge zu sehen.

Sie gelangten in einen Hof, wo es etwas belebter zuging. Dienstboten schleppten Lasten, der Boden wurde gefegt und zwei Hunde sprangen herum. Sophie verspürte einen Hauch von Sehnsucht, denn sie waren ähnlich winzig wie der Welpe, den sie im Stich gelassen hatte.

Fra Bartolomeo führte sie in ein großes Haus, wo er sich erst einmal verbeugte.

»Eure Gemahlin, edler Herr«, sagte er in erstaunlich fließendem Chinesisch. Sophies Magen wand sich. Am liebsten wäre sie auf der Stelle fortgelaufen.

»Ich bin erfreut, Euch kennenzulernen, Domina«, sagte der unbekannte Mann mit einer hellen, nicht unangenehmen Stimme. Sein Latein klang fehlerfrei, soweit sie es beurteilen konnte. Dennoch wagte Sophie nicht aufzublicken, denn sie hatte gelernt, dass es bei Asiaten als respektlos galt.

»Ich danke Euch für Eure Geschenke«, brachte sie mühsam ebenfalls auf Latein hervor. Sie wollte nicht gleich zeigen, dass sie auch Chinesisch reden konnte. Latein schien mehr Abstand zwischen ihnen zu schaffen.

»Wollt Ihr nicht Platz nehmen?«, forderte die sanfte Stimme Sophie auf. Nun sah sie sich um, denn auf andere Weise konnte sie der Aufforderung nicht nachkommen. An einem runden Tisch saß ein mittelgroßer Mann mit dichtem, langem Haar, das ihm über die Schultern fiel wie ein schwarzer Umhang. Sein Gesicht war gutmütig, breit und erinnerte Sophie an einen jungen Bären. Doch gab es diese Tiere auf Formosa nicht.

Ihr wurde leichter zumute. Er wirkte nicht bösartig. Daher setzte sie sich ihm gegenüber hin und sah, dass Fra Bartolomeo ebenfalls Platz nahm.

»Die Dienstmädchen erzählten mir, dass Ihr unser Essen schätzt«, sagte Bai Jun. Sophie fühlte sich plötzlich beschämt. Er hatte also gehört, wie gierig sie alles verschlungen hatte.

»Ich schätzte Eure Großzügigkeit«, wiederholte sie. »Mir wurden sehr gute Speisen gebracht.«

»Ich bin wirklich zufrieden mit meinem Koch«, erzählte Bai Jun. »Ich brachte ihn aus meiner Heimat mit. Auch er hat alles verloren, als sein Dorf niedergebrannt wurde.«

»Die Familie des Herrn Bai Jun wurde von den Qing niedergemetzelt«, setzte der Jesuit zu einer Erklärung an. Sophie versicherte, wie sehr sie das bedauerte.

»Aber Euch ist Ähnliches widerfahren«, wandte der Hausherr ein. »Euer Vater starb, weil er seinen Leuten die Treue halten wollte.«

Eine Treue, die ihm wichtiger gewesen war als seine Kinder, dachte Sophie bitter. Es hätte vielleicht eine Möglichkeit gegeben, ihnen allen eine sichere Überfahrt nach Batavia zu ermöglichen. Aber der große Missionar war nicht zu Zugeständnissen bereit gewesen.

»Mit der Vertreibung der Holländer ist der christliche Glaube nicht ganz aus Formosa verschwunden«, mischte der Jesuit sich nun ein, wurde aber nicht beachtet.

»Unser neuer Herr Zheng Jing will keine Feindschaft mit den europäischen Mächten«, erklärte Bai Jun. »Seine Feinde in China, die Qing, genügen ihm. Ich hoffe, dass er mit der Zeit eine gute Beziehung zu den Spaniern und auch zu den Holländern aufbauen kann.«

Dann wäre es hilfreich, alle holländischen Gefangenen ziehen zu lassen, dachte Sophie, wagte das aber nicht auszusprechen.

»Ich würde mich ebenfalls über solche Handelsbeziehungen freuen«, sagte sie nur brav. Durch Handelsbeziehungen kämen Schiffe. Eines davon könnte sie eines Tages nach Batavia bringen.

»Dann lasst uns gemeinsam daran arbeiten, dass sie zustande kommen«, stimmte Bai Jun zu. Gleich darauf erschienen Diener mit Schüsseln, die auf dem Tisch verteilt wurden. Sophies Magen war vor Nervosität zugeschnürt, ähnlich wie bei der ersten Einladung in Fenzhis Gemach. Sie durfte nichts Falsches sagen, keine Dummheit begehen und musste gleichzeitig den Eindruck erwecken, dass sie dankbar für diese gemeinsame Mahlzeit war. Ihr Appetit hielt sich in Grenzen, aber sie füllte ihre Schale, um nicht unhöflich zu sein.

»Möchte Eure Tante nicht mit uns speisen?«, fragte sie schließlich, als verlegenes Schweigen aufgekommen war. Sie hatte zwar gehört, dass die alte Frau krank war, hoffte aber, dass sie ihnen wenigstens manchmal Gesellschaft leisten könnte, denn so käme weniger selten verlegenes Schweigen auf. Im Palast des Herrschers hatten die Frauen für gewöhnlich allein gegessen, weil Zheng Jing sich mit seinen Beratern umgab. Bai Juns Bereitschaft, sie an seinen Tisch zu laden, war für Chinesen nicht selbstverständlich. Sie wäre lieber nicht die einzige Frau hier gewesen.

»Meine Tante ist leider sehr krank und braucht Hilfe, um Nahrung zu sich zu nehmen«, erwiderte der Hausherr. Sophie äußerte ihr Bedauern, kämpfte gleichzeitig mit hauchdünnen, fast durchsichtigen Nudeln, die ihr immer wieder von den Stäbchen glitten. Der Schweiß lief ihr in Strömen über den Rücken und sie sehnte sich nach der Sicherheit jener zwei Räume, die allein ihr gehörten.

»Die Bediensteten teilten mir mit, dass Ihr die chinesische Sprache erstaunlich gut beherrscht«, begann Bai Jun plötzlich.

Sophie ließ vor Schreck ihre Stäbchen fallen und spürte, wie ihre Wangen brannten. Wie dumm sie gewesen war, nicht zu ahnen, dass die Bediensteten ihm Bericht erstatten würden!

»Ich habe schon ein wenig gelernt.«

»Das freut mich.«

Sein Lächeln wirkte ehrlich, offen und ein wenig unsicher. Fast, als sei er bemüht, ihr zu gefallen. Sophie fühlte sich dadurch nur verwirrt, denn warum sollte ihm an ihrem Wohlwollen gelegen sein, wenn er frei über sie verfügen konnte?

»Antonius Hambroek war ein sehr kluger Mann, der auch seine Töchter ausbildete«, meldete sich wieder der Jesuit zu Wort. »Sie haben von ihm gelernt, sich schnell neues Wissen anzueignen. Das ist manchmal auch bei Frauen von Vorteil.«

Manchmal, aber sicher nicht immer, wenn es nach euch Männern geht, dachte Sophie spöttisch. Außerdem erzählte der Papist Unsinn.

»Meine ältere Schwester war die Kluge«, sagte sie auf Chinesisch. »Ich konnte niemals mithalten. Emma, also meine Schwester, war der Sohn, den sich mein Vater immer wünschte.«

Gleich darauf biss sie sich auf die Lippen. Hoffentlich würde man nicht nach Emmas Aufenthaltsort fragen. Falls ihre Schwester noch in Davilo war, sollte sie dort möglichst unbehelligt bleiben.

Fra Bartolomeo runzelte die Stirn, als hätten Sophies spontane Worte ihm missfallen. Doch Bai Juns Blick wurde aufmerksam.

»Ich hatte auch einen älteren Bruder, der viel klüger war«, erzählte er. »Mein Vater stellte ihn mir stets als Vorbild hin. Doch am Ende schlug mein Bruder sich auf die Seite der Qing und ließ die Familie im Stich. Dadurch rettete er sein Leben, daher kann ich es ihm nicht verübeln.«

Ein Schatten legte sich über sein Gesicht. Sophie verspürte erstmals den Wunsch, mehr über diesen Mann zu erfahren.

»Wie habt Ihr das Eure gerettet?«

Der Jesuit setzte zum Reden an, aber Bai Jun kam ihm zuvor.

»Meine Heimat lag im Lande Min, aus dem auch Zheng Chenggong stammt. Unsere Provinz hielt länger gegen die Qing stand als alle anderen in China. Aber schließlich wurden auch wir von ihnen überrannt. Ich hatte Glück, denn einige Diener halfen mir zu fliehen, als unsere Stadt eingenommen wurde. Meine Tante begleitete mich mit ihren zwei jungen Söhnen. Wir wollten uns zu Zheng Chenggong nach Xiamen durchschlagen, denn das war seine letzte Bastion, die er noch hatte halten können. Unterwegs gerieten wir in einen Hinterhalt von Räubern. Meine Vettern wurden von ihnen getötet.«

Er senkte den Blick. Sophie konnte seinen Schmerz spüren.

»Der Herr Bai Jun schaffte es zu überleben und rettete auch seine Tante«, mischte sich der Jesuit wieder ein. Bai Jun sah erleichtert aus, diese Dinge nicht selbst erzählen zu müssen.

»Ja, so war es. Ich brachte die alte Frau in Zheng Chenggongs Lager, wo sie versorgt wurde. Der Tod ihrer Söhne hatte ihr schwer zugesetzt. Zheng Chenggong empfing uns in Ehren, da mein Vater ein Freund seines Vaters gewesen war. Danach kämpfte ich an seiner Seite, bis dieses Königreich gegründet wurde.«

Es fiel Sophie schwer, sich diesen Mann als Krieger vorzustellen. Er wirkte zu gutmütig, zu friedlich und auch zu nachdenklich. Ihm fehlte die Bereitschaft zu Wutausbrüchen, die sie stets mit Männern in Verbindung gebracht hatte. Aber wahrscheinlich kannte sie ihn einfach zu wenig.

»Wann wurde Eure Tante ernsthaft krank?«, fragte sie.

»Es geschah erst, nachdem wir Xiamen erreicht hatten«, erzählte er, bevor der Jesuit etwas sagen konnte. »Sie hatte die Tötung ihrer Söhne mitansehen müssen. Danach hielt sie sich noch einige Tage aufrecht, aber auf einmal brach sie zusammen, vermochte sich kaum noch zu rühren und redete nur mühsam. Der Arzt konnte nicht helfen. Seitdem kümmere ich mich um ihr Wohlergehen.«

»Das ist sehr lobenswert!«, sagte Sophie. Hätte ihr Vater sich wegen einer alten, nutzlosen Frau besondere Mühe gegeben? Sie zweifelte daran.

»Werde ich Eure Tante kennenlernen?«, fragte sie. Bai Juns Augen leuchteten kurz auf, was sie sich nicht erklären konnte.

»Ich führe Euch gern zu ihr, wenn Ihr wollt. Die nächsten Tage verlangt der Herr Zheng Jing meine Gegenwart, aber danach kehre ich hierher zurück.«

Sophie fragte sich, ob nicht auch ihre Dienstmägde sie zu der Kranken bringen konnten. Aber der Herr Bai Jun schien sehr erpicht darauf, ihr diese Tante selbst zu zeigen. Sie verstand nicht, warum es ihm wichtig war, aber die Vorstellung, ihm bald wieder zu begegnen, flößte ihr keinen Widerwillen mehr ein.

Schließlich erschienen Dienstboten, um den Tisch abzuräumen. Bai Jun entfernte sich nach einer respektvollen Verbeugung, da Staatsgeschäfte ihn in Anspruch nahmen. Sophie blieb allein mit Fra Bartolomeo zurück.

»Ihr habt Eure Aufgabe hervorragend gemeistert«, sagte der Jesuit auf Latein. »Gerade Eure Anteilnahme, was diese alte Frau betrifft, gefiel dem Hausherrn, denn sie zeugte von einem mitfühlenden, fürsorglichen Herzen.«

»Ist es so ungewöhnlich, eine Kranke besuchen zu wollen?«, fragte Sophie erstaunt.

»Männer schätzen es überall auf der Welt, wenn ihre Frau sich um die pflegebedürftige Verwandtschaft kümmert.«

Diese Erklärung verärgerte Sophie, denn sie hatte nicht die Absicht, die Fürsorge für Bai Juns Tante zu übernehmen. Noch weniger sah sie sich als seine Ehefrau. Aber sie hatte keine Lust auf Diskussionen mit dem Jesuiten, daher ließ sie sich von ihm stillschweigend zu ihrem neuen Heim führen.

»Ich werde Euch morgen wieder aufsuchen, Domina«, versprach er zum Abschied. Es fiel ihm nicht ein, nach ihrem Einverständnis zu fragen, doch Sophie nahm es hin. Der Jesuit war ihr genehm, auch wenn seine Reden ihr nicht immer gefielen.

Dann betrat sie wieder ihre zwei Räume, bewunderte deren Einrichtung und ließ sich am Tisch nieder, wo ihr sogleich Tee und Früchte serviert wurden.

Zum ersten Mal seit ihrer Gefangennahme bewohnte sie Räume, in denen sie sich gänzlich wohlfühlte.

Bai Jun erschien wie versprochen nach vier Tagen, um sie zu dem Besuch bei seiner Tante abzuholen. Sophie war gerade im Garten spazieren gegangen und war auf diesen Besuch nicht vorbereitet, aber sie verspürte kein Unbehagen mehr. Ein Dienstmädchen brachte ihr einen Sonnenschirm, da es sehr heiß geworden war. Dann folgte sie dem Hausherrn in einen weiteren Hof.

»Meine Tante heißt Lianhua«, erzählte Bai Jun unterwegs. »Sie war der Liebling ihres Vaters, und auch ihr Ehemann schätzte sie für ihr Pflichtgefühl und ihre Aufrichtigkeit. Als die Qing unsere Stadt eroberten, starben beide. Lianhua war glücklich, ihre Söhne retten zu können.«

Aber die Banditen hatten ihnen den Garaus gemacht. Sophie zog es vor, nicht nach den genaueren Umständen zu fragen.

Lianhua bewohnte ebenfalls zwei Räume, deren Einrichtung aber spärlich ausfiel. Da sie ihre Tage im Bett verbrachte, störte sie sich wahrscheinlich nicht daran. Etliche Dienstmädchen, die sich ehrfürchtig verneigten, führten Bai Jun in das Schlafgemach. Sophie folgte mit einigem Abstand. Der Jesuit war heute nicht erschienen. Entweder hielt er diesen Besuch für unwichtig oder aber der Hausherr wünschte seine Anwesenheit nicht.

Auf einem Bett mit Baldachin lag eine zum Skelett abgemagerte Frau mit schlohweißem Haar. Ihre Hände waren so dünn, dass Sophie fürchtete, sie könnten bei einer Berührung brechen wie Zweige. Sie staunte, dass Bai Jun sich vor der Kranken verbeugte und sie respektvoll ansprach. Ein wenig bewegte Lianhua ihren Kopf, aber ihr Gesicht blieb ausdruckslos.

Ein Dienstmädchen brachte eine Schüssel Reissuppe. Sophie griff unaufgefordert danach, denn es erschien ihr angebracht, dass sie versuchen sollte, die Kranke zu füttern. Doch sobald sie ein paar Tropfen zwischen die schmalen, fast unsichtbaren Lippen schieben wollte, zuckte Lianhua widerwillig. Bai Jun nahm die Kelle nun selbst an sich. Ihm gelang es, der Kranken ein paar Tropfen einzuflößen.

»Sie hat Euch erkannt und vertraut Euch«, stellte Sophie fest. Sie selbst war für diese Frau eine völlige Fremde, die schon durch ihr ungewohntes Aussehen verstörte.

»Auch an Euch wird sie sich gewöhnen«, versicherte Bai Jun. »Ihr könnt sie besuchen, so oft Ihr wollt. Die Bediensteten sind froh, wenn ihnen ein paar Aufgaben abgenommen werden, und ich glaube, auch meine Tante mag ein wenig Abwechslung.«

Sie saßen eine Weile schweigend neben der Kranken, bis deren Augenlider zugefallen waren.

»Wir sollten sie nun schlafen lassen. Wollt Ihr mich noch eine Weile durch den Garten begleiten?«, fragte der Hausherr. Sophie stimmte zu, warf vor dem Hinausgehen noch einen letzten Blick auf Lianhua. Ob die Inib aus Davilo hätte helfen können? Sie zweifelte daran, denn etwas an dem Zustand dieser Kranken schien unabänderlich.

»Hat sie etwas gesehen, das sie den Lebensmut verlieren ließ?«, fragte sie Bai Jun, als sie eine Runde um den Seerosenteich drehten. Es hatte während der Belagerung von Fort Zeelandia einige solcher Fälle gegeben. Leute, die nach dem Verlust ihrer Angehörigen aufhörten, um ihre eigene Existenz zu kämpfen.

Bai Jun hielt seinen Blick auf den Boden geheftet.

»Als die Banditen uns gefangen nahmen, folterten sie ihre Söhne«, erzählte er. »Der Anführer hoffte, sich bei den Generälen der Qing beliebt zu machen, wenn er ihnen Geheimnisse über den Widerstand der Ming-Anhänger entlockte. Aber wir wussten nichts von dem, was Zheng Chenggong plante. Unsere Familie hatte lediglich versucht, das Eindringen der neuen Herrscher in unsere Heimat zu verhindern, und war damit gescheitert.«

Einige Fragen schwirrten Sophie durch den Kopf, obwohl der chinesische Bürgerkrieg sie bisher kaum beschäftigt hatte. Warum war Bai Jun nicht gefoltert worden, sondern nur seine Vettern? Wie waren sie den Banditen entkommen? Aber sie zögerte, all dies in Worte zu fassen, denn sie wäre vielleicht auf verbotenes Gelände eingedrungen.

»Wollt Ihr eine Weile den Enten zusehen?«, fragte der Hausherr und wies auf eine Bank. Sophie war einverstanden, nicht nur, weil sie nicht abzulehnen wagte. Sie wollte wissen, was er noch zu erzählen hatte.

»Ich wurde verschont«, sagte er frei heraus. »Ich war jung, aber das allein war nicht der Grund. Die Banditen dachten wie mein Vater. Sie hielten mich nicht für jemanden, der für den Krieg und politische Auseinandersetzungen taugte. Außerdem war ich nicht Lianhuas Sohn. Denn sie war eine sehr schöne Frau damals und alle wussten, dass ihr Gemahl, der Gouverneur unserer Stadt, sie mehr liebte als all seine anderen Konkubinen. Daher hätte er ihr auch mehr anvertraut.«

»Wusste Lianhua denn etwas, das sie ihnen hätte sagen können?«, fragte Sophie nun. Die Geschichte berührte sie mehr als erwartet. Auch während des Kampfes um Formosa hatten manche Leute versucht, sich zu retten, indem sie der Gegenseite Geheimnisse verrieten.

»Ja, es gab Dinge, die ihr bekannt waren.«

Bai Jun heftete seinen Blick auf das glatte, blaue Gewässer.

»Ihr Gemahl hatte Botschaften mit Zheng Chenggong ausgetauscht. Seine zukünftigen Pläne waren ihm wenigstens teilweise bekannt und er hatte Lianhua davon erzählt. Sie hätte ihre Söhne vielleicht retten können.«

»Und das tat sie nicht?«

Sophie schüttelte ungläubig den Kopf.

»Sie wusste, dass ihr Gemahl es nicht gewollt hätte«, murmelte Bai Jun. »Es wäre für ihn ein ehrloser Verrat gewesen. Daher schwieg sie und sah zu, wie ihre Söhne litten. Ich versuchte damals selbst, sie vom Gegenteil zu überzeugen. Was hätte es wirklich verändert, wenn ein unbedeutender Banditenführer ein paar Pläne des Herrn des kaiserlichen Namens erfahren hätte? Die Qing hätten ihn vielleicht nicht einmal ernst genommen. Aber Lianhua blieb unerschütterlich. Keiner ihrer Söhne überlebte die Tortur.«

»Ich wäre niemals in der Lage, mich so zu verhalten, wenn es um meine Familie geht«, meinte Sophie spontan.

»Ich auch nicht«, gestand Bai Jun, doch klang er dabei beschämt. »Es gelang mir, Lianhua und mir zur Flucht zu verhelfen, indem ich einige der Banditen mit unseren versteckten Juwelen bestach.«

»Hatte man euch denn nicht durchsucht, als ihr gefangen wurdet?«

Er lächelte.

»Ja, natürlich. Aber Lianhua war sehr geschickt beim Verstecken des Schmuckes an bestimmten Körperstellen. Ich überredete sie, mir ein paar Ringe zu geben, und versprach sie unseren Bewachern.«

»Sie hätten euch den Schmuck auch gewaltsam abnehmen können«, wandte Sophie ein.

»Das wäre dem Anführer aufgefallen, der erst einmal alles

für sich beansprucht hätte. Ich konnte zwei junge Männer für mich gewinnen und die ließen uns gehen. Gleichzeitig machten sie sich selbst mit der Belohnung davon. Der Anführer muss vor allem sie verfolgt haben, denn ich konnte Lianhua unbehelligt fortbringen. Sie lief bis Xiamen eisern und schweigend neben mir einher. Erst, als wir in Sicherheit waren, brach sie plötzlich zusammen.«

»Wahrscheinlich fühlte sie sich schuldig, ihre Söhne geopfert zu haben«, meinte Sophie.

»Sie grollte vor allem mir«, entgegnete er. »Ich lebte noch, während ihre Söhne tot waren. Lange behandelte sie mich, als sei ich ehrlos. Jetzt, da ihre Kraft sie endgültig verlassen hat, braucht sie mich.«

Es hatte bitter geklungen. Sophie staunte, wie gut sie ihn verstand. Auch sie hatte stets mit dem Gefühl gekämpft, Erwartungen nicht erfüllen zu können und im Vergleich zu anderen minderwertig zu sein.

»Vielleicht ahnt Lianhua, dass Ihr vernünftiger wart und dass sie auf Euch hören und ihre Söhne hätte retten sollen. Dieser Gedanke schmerzt sie so sehr, dass sie es nicht mehr schafft, ihr Bett zu verlassen. Ihr seid großmütig, weil Ihr Euch um sie kümmert, obwohl sie Euch schäbig behandelte.«

Sie hatte sich immer einen Menschen gewünscht, der so mit ihr redete, ihre Schwächen in Schutz nahm und auf jene Dinge hinwies, die sie mitunter richtig machte.

»Lianhua ist alles, was ich noch an Familie habe«, erwiderte er. »Abgesehen von meinem Bruder, der als Verräter gilt, obwohl er auf diese Weise seine Frauen und Kinder rettete. Ich erfülle nur meine Pflicht, indem ich meine Tante versorge. Um das zu ermöglich, musste ich mir große Mühe geben, das Ansehen von Zheng Chenggong zu gewinnen. Er war ein schwieriger Mensch. Wusstet Ihr, dass er nach dem Sieg über die Holländer auch den Spaniern drohte, ihnen Manila wegzunehmen?«

Davon wusste Sophie nichts. Niemand hatte es je für nötig befunden, mit ihr über politische Angelegenheiten zu reden. Doch nun, da es geschah, fand sie die Neuigkeit durchaus aufregend.

»Es klingt, als hätte er sich irgendwann übernommen. Wir hätten Formosa, also Taiwan, halten können, wenn unsere Handelsgesellschaft uns ausreichend unterstützt hätte. Diesen Fehler hätten die Spanier wahrscheinlich nicht gemacht, da sie gesehen hatten, wie es uns ergangen war.«

Sie war zufrieden mit sich. Diese Überlegungen klangen so komplex und schlüssig wie jene Worte, die Emma manchmal geäußert hatte.

»Ebenso sah ich es auch und versuchte, ihn vom Gegenteil zu überzeugen«, erzählte Bai Jun. »Da ich Christ bin und außerdem die lateinische Sprache beherrsche, ließ er mich seine Briefe an die Spanier verfassen. Ich gefährdete meine Stellung an seinem Hof, indem ich meine Meinung äußerte. Auch diesmal rettete mich der Umstand, dass er mich nicht wirklich ernst nahm.«

Er lachte kurz auf.

»Aber der Angriff auf Manila fand nicht statt«, stellte Sophie fest.

»Zheng Chenggong wurde immer verwirrter, hatte Wutanfälle und biss sich dabei in die Finger. Wir hatten alle Angst, wie es weitergehen würde. Dann war er plötzlich tot. Sein Sohn kam an die Macht. Er ist nicht so unbeherrscht und kennt die Grenzen seiner Möglichkeiten. Es gefiel ihm sogar, dass ich seinem Vater widersprochen hatte. Ihm verdanke ich dieses Heim, auch wenn Lianhua seine Schönheit nicht mehr schätzen kann. Vorher lebten wir in kleinen Räumen im Palast.«

»Dann hat Eure Umsicht zum Erfolg geführt«, stellte Sophie fest. Es gefiel ihr, dass es manchen Menschen so ergehen konnte. Sie war immer die ängstliche, vorsichtige Tochter gewesen. Offenbar konnten diese Eigenschaften manchmal von Vorteil sein.

»Es freut mich, dass Ihr von Erfolg sprecht. Ich wünsche mir vor allem, dass der Krieg in meiner Heimat endgültig aufhört. Er hat zu viele Opfer gefordert.«

»Das tun Kriege immer«, meinte Sophie. »Während der Belagerung von Fort Zeelandia sind viele Menschen gestorben. Am Ende verloren wir und mussten gehen. Mein Vater starb völlig umsonst.«

»Er gilt unter Euren Leuten sicher als Held.«

Sophie stampfte mit dem Fuß auf.

»War es heldenhaft von Lianhua, ihre Söhne zu opfern? Mein Vater ließ meine Schwester und mich im Stich, weil er das Christentum auf dieser Insel erhalten wollte. Nun ist er tot, die Holländer wurden vertrieben, aber es sind dennoch Christen hier. Vielleicht kann Gott sich selbst gut helfen und wir sollten erst einmal versuchen, jene zu retten, die wir lieben.«

Sie spürte, dass ihr Herzschlag schneller geworden war. Ihre Hände zitterten. Noch nie hatte sie so offen ausgesprochen, was sie bewegte.

Bai Jun wirkte immer noch wie ein junger tapsiger Bär, der nicht so recht wusste, wie er sich verhalten sollte. Er vermied es, ihr in die Augen zu sehen.

»Ihr habt sehr klare Vorstellungen. Euer Herz ist Euch wichtiger als Ehre und Pflicht«, murmelte er.

Sophie widersprach nicht, denn er hatte recht.

»Ich wurde anders erzogen, aber Euer Denken gefällt mir«, fügte er hinzu. »Nun muss ich aufbrechen. Gestattet mir, Euch in Euer Heim zu begleiten.«

Sophie nickte zustimmend. Nachdem sie ihr Ziel erreicht hatten, entfernte Bai Jun sich mit einer knappen Verbeugung, ohne einen weiteren Besuch vorzuschlagen. Zu ihrem Erstaunen verspürte Sophie einen Stich von Enttäuschung. Sie hätte gern weiter mit ihm in jener Mischung aus Chinesisch und Latein geredet, die eine erfolgreiche Verständigung möglich machte. Würde er am Abend wiederkommen? Oder in den nächsten Tagen?

Als sie sich abends schlafen legte, verlangte sie kein Messer mehr. Sie wusste nicht genau, wie sie Bai Jun empfangen würde, doch sah sie keine Notwendigkeit, sich seinetwegen zu bewaffnen. Sie lag wach und wartete auf das Geräusch von Schritten, lauschte dabei dem Zirpen der Zikaden. Es war lange her, dass sie sich an einem Ort so wohlgefühlt hatte. Zuletzt war es in Davilo gewesen, wo sie den Dorfbewohnern vertraut hatten. Bis sie alle eines Besseren belehrt worden waren.

Beging sie nun denselben Fehler, indem sie Bai Jun für harmlos und freundlich hielt?

Im Morgengrauen erwachte sie allein. Sie stand auf, wusch sich mit dem Krug Wasser, den ihre Bediensteten ihr am Abend hingestellt hatten, und hüllte sich in einen seidenen Morgenmantel. Gleich darauf erklangen Schritte. Sophie fuhr sich schnell mit den Fingern durchs Haar, um es ein wenig zu ordnen, und nahm auf einem Hocker Platz, damit sie einen entspannten Eindruck machte.

Aber es war nur eines ihrer Dienstmädchen, das mit einer neuen Robe erschien. Wieder bewunderte Sophie die feinen Stickereien und genoss die weiche Seide auf ihrer Haut. Europäische Kleidung war im Vergleich dazu wie ein Panzer gewesen, der den Körper zwar schützte, aber auch in der Hitze Formosas erbarmungslos schwitzen ließ.

Sie fühlte sich in chinesischen Gewändern freier und auch anziehender. Gerne hätte sie den Hausherrn in diesem hellen Blau begrüßt, das sie nun trug.

»Wird der Herr Bai Jun heute kommen?«, fragte sie das Dienstmädchen. Die junge Frau sah kurz überrascht aus, dann lächelte sie.

»Er ist bei dem Herrn Zheng Jing, der seine Dienste braucht. Niemand weiß, wann er wiederkommt«, erklärte sie.

Sophie nickte und ließ sich an den Tisch führen, wo man ihr ein Morgenmahl aus Früchten und Nudelgerichten aufgetischt hatte.

»Wir können Euch Musikerinnen schicken, wenn Ihr Unterhaltung braucht«, sagte die Dienstmagd.

Sophie bedankte sich für das Angebot, lehnte es aber ab.

»Ich würde gern wieder die Dame Lianhua besuchen«, meinte sie stattdessen. Das Mädchen versprach, sie hinzubringen, sobald sie es wünschte.

Das Essen schmeckte köstlich. Sie hatte Ausblick auf den Seerosenteich, wo Enten schwammen. Ihr neues Zuhause war paradiesisch.

Dennoch konnte Sophie keine echte Freude empfinden. Ein Stachel der Unzufriedenheit saß in ihrer Haut. Würde der Jesuit sie wieder besuchen? Es wäre allemal besser, als keine Gesellschaft zu haben, aber Bai Jun wäre ihr lieber gewesen. Er hatte sie weniger väterlich behandelt, sondern wie eine Vertraute.

Hatte sie ihm gestern so sehr missfallen, dass er ihre Gegenwart nicht mehr wünschte? War es am Ende so, dass er irgendwo eine chinesische Frau hatte, die ihr bisher nicht vorgestellt worden war? Eine jener grazilen, zerbrechlichen Schönheiten, die mehr an Porzellanfiguren erinnerten als an echte, schwitzende, manchmal stinkende Menschen? Für holländische Männer war Sophie vielleicht hübsch gewesen, aber fanden Chinesen sie nicht zu groß und breit?

Sie verspürte plötzlich den Wunsch, eine jener fast durchscheinend dünnen Porzellantassen gegen die Wand zu schleudern, um zu beweisen, dass derartiger Zierrat nicht viel aushielt, daher nutzlos war.

14. Kapitel
Xiamen, China

Lanfang schloss die Augen und versuchte, sich auf ihre Atmung zu konzentrieren. Ihr Rücken schmerzte von den Hieben, die sie erhalten hatte, bevor sie in ihr Verlies geworfen worden war. Einer der Wachmänner hatte so heftig zugepackt, dass ihr Handgelenk geschwollen war und pochte. Das ihr zur Verfügung gestellte Wasser schmeckte faul, aber es war allemal besser, als ständig Durst ertragen zu müssen.

Sie rief sich die Texte in Erinnerung, die sie mit ihrem Vater studiert hatte, sagte sie leise auf, um sich zu beschäftigen. Zu ihrem Erstaunen litt sie am meisten unter dem steten Alleinsein. Auch ein Dieb oder Mörder wäre ihr nun recht gewesen, um ein paar Worte mit ihm wechseln zu können. Die Wärter schoben ihr manchmal eine Mahlzeit durch eine Öffnung in der Tür zu, verweigerten aber jedes Gespräch. Sie wusste nicht einmal genau, wie viel Zeit seit ihrer Verhaftung vergangen war. Es drang zu wenig Tageslicht in ihr Verlies, als dass sie es hätte beurteilen können. Wahrscheinlich waren es schon einige Tage.

Da sie plötzlich einen heftigen Drang nach Bewegung verspürte, stand sie auf und tastete sich an den Wänden entlang, um eine Runde durch ihr Verlies zu drehen. Auch dies half ihr, nicht den Verstand zu verlieren. Bi De hatte versprochen, ihr zu helfen. Sie hatte von Anfang an gezweifelt, ob es ihm gelingen würde, aber allein das Wissen, wie viel sie ihm bedeutete, hatte es ihr unmöglich gemacht, sich selbst das Leben zu nehmen, als es noch eine Möglichkeit gegeben hatte. Nun blieb ihr nichts anderes übrig, als auf ihre Hinrichtung zu warten. Jianshen hatte breit gegrinst, als Lanfang in ihr Verlies geschleppt worden war. So unerwartet konnte ein schneller Aufstieg also enden, sich in einen tiefen Sturz verwandeln.

Vor vielen Jahren hatte Lanfang mit ihrem Vater in einer größeren Stadt zugesehen, wie ein Muttermörder den Tod der tausend Schnitte, Ling Chi genannt, gestorben war. Man hatte den offensichtlich schwachsinnigen Jungen an einem Pfahl gefesselt und ihm nacheinander Körperteile abgeschnitten. Drei Tage waren vergangen, bis er endlich gestorben war. Ihr hatte die Darbietung nicht gefallen, daher hatte sie sich schnell abgewandt, aber viele Zuschauer waren von der Hinrichtung fasziniert gewesen. Stück für Stück wurde ein menschlicher Körper vor aller Augen zerstört, bis nur noch ein blutendes, vor Schmerz heulendes Wesen zurückblieb, das um einen gnädigen Tod winselte.

Später hatte der Vater ihr von dem Dichter Lu You erzählt, der sich bereits vor vierhundert Jahren gegen diese brutale Art der Hinrichtung ausgesprochen hatte. Dies war stets die Art ihres Vaters gewesen. Er hatte ihr die gute Seite der Menschen zeigen wollen, um sie mit allem Hässlichen zu versöhnen, dessen Zeugin sie wurde. Nicht in seinen schlimmsten Träumen hätte er sich vorstellen können, dass seiner Tochter eines Tages ein ähnlich grausamer Tod bevorstand. Denn er hatte Lanfang auch erklärt, wann jemand auf diese Weise zu Tode gequält wurde. Hochverrat und Mord an Ranghöheren. Eine Dienstmagd, die den Sohn des Hausherrn getötet hatte, fiel in die zweite Kategorie.

Lanfang kämpfte mit aller Kraft um Selbstbeherrschung. Sie musste sich sammeln, um diesem Schicksal gelassen entgegenzutreten, da sie nichts daran ändern konnte. Nur ließen sie alle Versuche, sich durch Kontrolle ihrer Gedanken und Atmung zu beruhigen, im Stich. Sie wollte schreien, weinen, den Kopf gegen die Wände schlagen. Was hatte sie getan, um einen solchen Tod zu verdienen? Warum konnte sie nicht wenigstens im Schlaf sterben wie ihr Vater? All dies war mehr, als sie ertragen konnte.

Die Öffnung an der Tür bewegte sich. Sehnsüchtig wandte Lanfang sich dem hereinfließenden Licht zu. Ihre Finger umfingen eine Schüssel mit Reissuppe. Obwohl dies ihre letzte Mahlzeit sein konnte, verspürte sie Hunger.

»Morgen wirst du hingerichtet«, teilte eine tiefe Männerstimme ihr mit. »Deshalb bringe ich dir später noch eine Kanne Reiswein. Dein Herr bat mich darum.«

Bevor Lanfang etwas erwidern konnte, schloss sich die Öffnung wieder. Sie sank auf den Boden, als hätte ihr jemand bereits die Beine abgehackt. Wenigstens hatte sie dabei nichts von der Suppe verschüttet, denn ihr Körper gierte weiterhin nach Nahrung. Sie aß, um ihn am Leben zu halten, aber im Grunde war es unsinnig. Es wäre besser für sie, wenn sie auf der Stelle starb.

Bi De würde offenbar nicht kommen, um sich vorher von ihr zu verabschieden. Sie ahnte, dass ihm der Mut fehlte. Er hatte den Hausherrn nicht umstimmen können, sie zu begnadigen, womit Lanfang auch nicht ernsthaft gerechnet hatte. Natürlich konnte Bi De seine Stellung in diesem Haus nicht ihretwegen gefährden, auch das verstand sie. Dennoch hätte sie sich gewünscht, ihn noch einmal sehen zu können. Ob er zu ihrer Hinrichtung käme? Sie ging davon aus, dass auch der Herr Qi ihm abraten würde, denn es müsste für ihn schwer zu ertragen sein, seine Konkubine auf so qualvolle Weise sterben zu sehen.

Dennoch sehnte sie sich seine Gegenwart herbei. Er hatte sie von dem Gefühl befreit, nach dem Tod ihres Vaters völlig allein auf der Welt zu sein. Nun ließ er ihr eine Kanne Reiswein schicken, damit sie ihre letzten Stunden in berauschtem Zustand überstehen konnte. Ein gerissener Mann hätte Gift hineingemischt, um ihr die Qualen der Hinrichtung zu ersparen. Aber Bi De war ein Fremder in diesem Land. Er wusste nicht einmal, wo er ein wirksames Gift bekäme.

Tränen überwältigten sie. Sie rollte sich auf dem nackten Boden zusammen, zitterte, wimmerte und rief nach ihrem Vater. So sehr sie sich auch für diese Schwäche schalt, sie vermochte sich nicht mehr zu beherrschen, sondern heulte ihr ganzes Elend hinaus. Danach fiel sie in einen erlösenden Dämmerschlaf.

Als die Tür aufging, zuckte sie zusammen und kroch ängstlich in eine Ecke ihres Verlieses. War es schon so weit? Warum hatte sie ihre Kanne Reiswein nicht erhalten?

»Komm mit und sei leise«, flüsterte ihr die Stimme des Wärters zu. Diesmal öffnete er die ganze Tür und schob sein Gewicht hinein. Bevor sie reagieren konnte, wurde sie an den Schultern gepackt und in die Höhe gezogen. Der Mann schleppte sie nach draußen und Lanfang schwieg, da es ihr klüger schien. Auch außerhalb des Verlieses war es dunkel. Sie war in einem kleinen Hof im hinteren Teil der Wohnanlage untergebracht worden, denn gleich hinter ihr befand sich die Mauer. In der Ferne vernahm sie Stimmen und irgendwo leuchteten noch rote Laternen als kleine Flecken, aber über ihr war nur ein blanker, von Sternen erhellter Himmel.

»Jetzt schrei bloß nicht«, knurrte der Wärter, als er Lanfang in einen Sack steckte. Sie biss sich auf die Lippen, obwohl ihre Atmung kurz aussetzte. Sie wusste nicht, was ihr bevorstand, aber wie das Vorgehen bei einer Hinrichtung wirkte es nicht. Sie wurde wieder hochgehoben, getragen und schließlich auf eine harte Oberfläche geworfen. Danach landeten anderen Gewichte auf ihr.

»Wenn du am Leben bleiben willst, dann halte still«, wies der Mann sie an. Lanfang verspürte einen Hauch von Hoffnung, der sich wie ein Rausch in ihrem Körper verbreitete. Sie wollte nicht ernsthaft daran glauben, dass jemand ihr helfen würde, aber ihr ganzes Wesen sehnte sich nach dieser Aussicht.

So blieb sie ruhig liegen und konzentrierte sich erneut auf ihre Atmung. Weiche Gewichte drückten auf ihren ganzen Körper. Sie musste sich anstrengen, Luft zu holen, aber das konnte auch an ihrer Panik liegen. Irgendwann begann der Untergrund, auf dem sie lag, zu ruckeln. Schmerzen schossen durch ihren verwundeten Körper und sie biss sich die Lippen blutig, um nicht zu schreien.

Was wirklich geschah, vermochte sie kaum zu glauben, obwohl alles darauf hinwies. Sie lag auf einem Wagen, verborgen unter irgendwelchen Waren, und rollte aus der Häuseranlage der Familie Qi hinaus. Wohin sie gebracht werden sollte, wusste sie nicht, aber die Erleichterung ließ sie still weinen wie ein stummes Kind. Vielleicht würden ihr wenigstens ein paar mehr Tage Leben geschenkt. Bevor sie sich wieder ins Verlies zurückschleppen ließ, würde sie alles daransetzen, sich selbst zu töten, um der qualvollen Prozedur zu entgehen. Die Aussicht, vielleicht wieder eine solche Möglichkeit zu haben, schenkte ihr ein wenig Ruhe.

Der Karren wurde angehalten und sie hörte Stimmen bellen. Jemand wollte wissen, was da transportiert wurde. Ein junger Mann antwortete sehr gelassen, es handle sich um Getreide, das der Herr Qi den hungernden Bauern spenden wollte, um das Elend zu mildern. Diese Aussage schien den Wachmännern zu gefallen, denn sie ließen den Karren weiterrollen.

Wie lange würde es dauern, bis das Verschwinden einer Gefangenen bemerkt wurde, die den Sohn des Hausherrn getötet hatte? Gab es nicht mehr als einen Wärter, der das Verlies kontrollierte? Lanfang verstand nicht, was vor sich ging. Sie glaubte nicht wirklich, dass ihre Befreiung gelingen würde. Im besten Fall gewann sie ein wenig Zeit, die sie für sich nutzen konnte. Aber allein dafür musste sie dankbar sein.

Endlich ruckelte der Wagen weiter. Der Untergrund war

uneben, manchmal konnte Lanfang ein Stöhnen kaum unterdrücken, weil ihre Knochen zu brechen drohten. Wie lange sollte das noch so gehen? Sie wagte sich nicht zu rühren, weniger noch zu protestieren. Der Wagen rollte und rollte. Sie wartete angespannt auf Hufgetrappel oder laute Stimmen, die verkünden würden, dass die Flucht entdeckt worden war. Aber nichts geschah. Es wurde immer ruhiger. Sie hörte Grillen zirpen.

Schließlich blieb der Karren stehen. Lanfang rollte sich ängstlich zusammen, als die Säcke über ihr entfernt wurden. Falls Gefahr drohte, konnte sie versuchen, vom Wagen zu springen und zu laufen. Ihre großen, einsatzfähigen Füße waren ein unvorstellbar wertvolles Geschenk. Wenn es nicht anders ging, würde sie sich vielleicht in einen Abgrund stürzen können, bevor man sie einfing.

Sie wurde erneut gepackt und auf den Boden geworfen. Vor Schmerz stöhnte sie auf. Jemand zog den Sack von ihrem Gesicht. Sie sah ein breites, schweißnasses Männergesicht mit großen Poren, das missbilligend auf sie herabblickte.

»Ich sollte dich hierherbringen. Da hinten ist eine Hütte, in der du dich verstecken kannst.«

Ohne ihre Reaktion abzuwarten, trieb er den Esel, der den Karren zog, voran. Lanfang blieb auf dem Boden liegen, während das Gefährt vor ihren Augen immer kleiner wurde. So unauffällig wie möglich kroch sie in die Hütte, die er ihr gezeigt hatte. Sie war völlig leer, die Bambuswände wiesen Löcher auf und das Stroh auf dem Boden stank. Mit Sicherheit lebte hier so einiges Ungeziefer und sie selbst gehörte nun dazu. Besonders viel Schutz hatte sie hier nicht, es blieb allein zu hoffen, dass niemand auf die Idee käme, in dieses baufällige Gebäude einzudringen.

Spätestens, wenn nach ihr gesucht wurde, würde man aber überall nachsehen. Lanfang krabbelte nochmals zur Tür und blickte sich um. Sie befand sich auf freiem Gelände, weit und breit waren keine Ortschaften zu sehen. Sollte sie loslaufen? Mit welchem Ziel? Sie musste so schnell wie möglich von Xiamen wegkommen, um dem Zugriff der Familie Qi zu entgehen. Allein und völlig mittellos sahen ihre Aussichten auf Erfolg nicht gut aus, aber sie würde um jeden Tag Leben kämpfen. Bi De musste diese Flucht organisiert haben. Er wollte ihr eine Chance geben, davonzukommen. Sie dankte allen ihr bekannten Göttern für die Großzügigkeit dieses Mannes und wünschte ihm ein langes, glückliches Leben als zukünftiger Herr des Hauses Qi. Das Wissen, ihn niemals wiedersehen zu können, versetzte ihr einen Stich des Bedauerns, aber sie hatte früh gelernt, das Unausweichliche hinzunehmen.

Lanfang beschloss, dass sie schnell loslaufen musste, um möglichst viel Entfernung zwischen sich und das Haus Qi zu legen. Leider wusste sie nicht, wohin sie gehen sollte, aber irgendeine Möglichkeit, Geld zu verdienen, würde sich schon finden. Am liebsten hätte sie unterrichtet wie ihr Vater, doch das konnte sie als Frau nicht tun.

Aber über all das konnte sie nachdenken, wenn sie erst einmal in Sicherheit war. Im Augenblick hatte sie quälenden Durst und fühlte sich schwach. Sie brauchte wieder einen vollen Magen, um zu Kräften zu kommen. Vielleicht würde sie hier irgendwo Beeren oder Pilze finden, die sie essen konnte. Oder wenigstens einen Bach oder Teich, um ihren Durst zu stillen. Hoffnungsvoll kroch sie aus der Hütte hinaus. In der Nähe sah sie einen Wald, den sie möglichst schnell erreichen wollte. Dort wäre sie sicherer als in der Hütte. Sobald sie sich im Dickicht der Gewächse befand, wagte sie sich aufzurichten und begann zu laufen.

Mehrfach stolperte sie über Wurzeln und einmal fiel sie sogar der Länge nach hin, aber schließlich entdeckte sie eine Quelle, aus der Wasser sprudelte. Lanfang stillte ihren Durst, rollte sich dann unter einem großen Baum zusammen, um ein wenig zu ruhen.

Als sie Schritte hörte, verfiel sie in ein panisches Zittern. So schnell also war ihre Flucht entdeckt worden! Sie machte sich so klein wie möglich. Auch hier im Wald hatte sie keine Möglichkeit, sich schnell selbst zu töten. Sie würde den Häschern so viel Widerstand leisten müssen, dass sie ihr schließlich die Kehle durchschnitten, um Ruhe zu haben. Wieder atmete sie bewusst langsam und regelmäßig. Sie brauchte Kraft.

Als schließlich Hände nach ihr griffen, wand Lanfang sich, schlug um sich und biss zu. Sie hörte einen Mann in einer fremden Sprache aufschreien. Erst der Klang einer ihr vertrauten Stimme ließ sie innehalten.

»Zuerst rennst du aus der Hütte, obwohl du dort warten solltest, und dann beißt du mir fast die Hand ab!«, schimpfte Bi De. »Hast du völlig den Verstand verloren?«

Lanfang starrte ihn eine Weile stumm an. Sie hatte Angst, er könnte ein Geist sein, der sich plötzlich auflöste oder eine andere, böse Gestalt annahm. Als dies nicht geschah, sackte sie weinend auf dem Boden zusammen. Sie musste alle Angst abschütteln wie unnötigen Ballast. Bi De strich ihr sanft über den Rücken. Sie konnte seine Worte nicht verstehen, aber allein seine Gegenwart rückte die Welt wieder in eine erträgliche Ordnung.

»Ich tat, was ich konnte«, erzählte er bald darauf, als sie gemeinsam an der Quelle saßen und Lanfang ihren Kopf an seine Schulter gelehnt hatte. »Der Herr Qi war bereit, mir zuzuhören. Ich schilderte, wie Kuo ausrutschte und hinfiel. Dass sein Tod ein Unfall gewesen war, ausgelöst durch sein unbeherrschtes Naturell und wahrscheinlich auch zu viel Reiswein. Er schien mir Glauben zu schenken.«

Lanfang hob hoffnungsvoll den Kopf. War es möglich, dass sie beide nun in ihr altes Leben zurückkehrten? Sie ahnte, dass dem nicht so war, wollte aber für einen Moment daran glauben. Sie würden weiterhin gemeinsam über alte Texte reden können, ohne sich Sorgen um ihre nächste Mahlzeit machen zu müssen.

»Am Ende war er bereit, dir einen schnellen Tod zu gönnen«, fuhr Bi De fort. »Der Henker sollte dir beim ersten Schnitt die Kehle aufschneiden. Das wird bei dieser Hinrichtung angeblich manchmal gemacht, wenn der Verurteilte Hilfe bekommt.«

Lanfang fröstelte, denn ihr wurde wieder bewusst, wie knapp sie dem Tod entronnen war. Dennoch hätte sie dankbar sein müssen, schnell erlöst zu werden.

»Es machte mich wütend, dass er dich nicht begnadigen wollte, obwohl er selbst an deine Unschuld glaubte«, redete Bi De weiter. »Er meinte, es wäre unmöglich, eine Dienstmagd, die den Tod seines Sohnes verschuldet hatte, am Leben zu lassen.«

Mit einer anderen Entscheidung hätte Lanfang nicht wirklich gerechnet. Bi Des Empörung überraschte sie.

»Wäre es in deiner Heimat denn anders?«

Er schwieg einen Moment.

»Wahrscheinlich nicht«, gab er zu. »Aber ich hatte mich noch niemals mit solchen Fragen beschäftigen müssen. Doch ich habe von dir gelernt. Ich vermied eine Auseinandersetzung, versicherte, ich könnte sein Verhalten verstehen und sei dankbar, dass er sich dir gegenüber milde zeigen wollte.«

Lanfang atmete erleichtert aus. Hätte er ihretwegen einen Streit mit dem Hausherrn begonnen, wäre sie wahrscheinlich bereits tot.

»Er glaubte mir. Daher konnte ich dir zur Flucht verhelfen, indem ich den Wärter bestach. Deine Hinrichtung wurde schon vorbereitet, die Zuschauer hatten sich eingefunden, aber du wurdest einfach mit einem Karren fortgeschafft.«

»Das heißt, man sucht mich bereits?«

Sie vermochte ein neues Zittern nicht zu unterdrücken.

»Der Wärter ist ebenfalls geflohen«, erklärte Bi De. »Ich gab ihm alle Wertgegenstände, die ich besaß. Er machte Andeutungen, dass Freunde ihn verstecken würden, aber genau weiß ich es nicht. Seine Helfer hatte er losgeschickt, um beim Aufbau des Hinrichtungsortes zu helfen. Niemand rechnete damit, dass du fliehen könntest.«

»Wahrscheinlich suchen sie schon nach uns«, rief Lanfang mit aufsteigender Panik. »Wie bist du hierhergekommen?«

»Auf einem Pferd, das noch in der Hütte steht. Ich schlich mich noch im Dunkeln davon. Ein Stallbursche übergab mir ohne Widerrede ein Reittier.«

Ungeduldig sprang Lanfang auf.

»Wir müssen das Pferd holen und verschwinden. Hast du Geld dabei?«

Er öffnete seine Faust und zeigte ein paar Goldbarren.

»Ich sagte dem Herrn Qi, dass ich eine neue Konkubine erwerben wollte. Er war großzügig, als wolle er mich vertrösten.«

Wie gerissen ihr gutmütiger Barbar innerhalb kurzer Zeit geworden war! Vielleicht hätte er in einem chinesischen Haushalt dennoch überleben können, aber damit war es nun vorbei.

»Wohin wollen wir gehen?«, fragte sie ratlos.

»Nach Formosa. Dort habe ich Freunde«, erwiderte Bi De. »Sie werden uns helfen. Wir müssen ein Schiff finden, das uns hinbringt.«

Zunächst einmal bräuchten sie etwas zu essen.

»Ich werde Pilze suchen«, schlug sie vor. Auf diese Weise hatte sie sich mit ihrem Vater manchmal auch ernähren müssen. Im Notfall konnten Pilze auch roh verzehrt werden und waren einem knurrenden Magen allemal vorzuziehen.

Sie drehte nur eine kurze Runde im Wald und wurde fündig. An einem alten, morschen Baum wuchs der schwarze Mu-Err-

Pilz. Sie riss ihn ab und brachte ihren Fund zu Bi De, der allerdings zögerte, Pilze roh zu essen.

»Du hast noch nicht lange genug gehungert«, stellte sie fest und füllte gierig ihren eigenen Magen. Danach fühlte sie sich wieder in der Lage, die Widrigkeiten des Lebens zu meistern.

»Wir müssen zu dem Pferd«, mahnte Bi De und zog sie mit sich. »Je eher wir die Küste erreichen, desto besser. Wahrscheinlich wird schon nach uns gesucht.«

Lanfang fiel ein, dass die Küstenregion entvölkert war. Wenigstens hatte sie entsprechende Gerüchte gehört. Die Qing waren durch diese radikale Maßnahme gegen Zheng Chenggong vorgegangen, nachdem er Taiwan erobert hatte. Alle Bewohner waren vertrieben worden, auch wenn es sie ihr Leben gekostet hatte, damit die Zhengs keine Waren mehr aus China beziehen konnten. In diesem Fall waren Bi De und sie in eine ausgestorbene Gegend unterwegs, wo sie sich weiterhin von rohen Pilzen würden ernähren müssen.

Aber sie lebte noch, war einem grausamen Tod entkommen und hatte einen Mann gefunden, der ebenso verrückt und eigenartig wie ihr Vater war und sie ebenso bedingungslos liebte.

Sie musste jeden Tag, der ihr noch blieb, genießen, anstatt sich über die Zukunft den Kopf zu zerbrechen. Darüber hinaus wusste sie, wie das Leben in China verlief. Man vermied es, Gesetze zu brechen, da es sehr unangenehme Folgen haben konnte. Aber man bog sie auf die eine oder andere Weise zurecht, bis sich mit ihnen leben ließ.

Daher schien es ihr unwahrscheinlich, dass die Küste völlig menschenleer war. Ebenso hoffte sie, dass es immer noch vereinzelte Schiffe gab, die nach Taiwan übersetzten. Nur wäre es nicht leicht, diese zu finden, da sie sich vor den Kontrollen der Qing-Soldaten verstecken mussten. Aber mit diesem Problem würden sie sich auseinandersetzen, wenn sie ihr Ziel erreicht hatten.

So kämpfte sie sich hinter Bi De auf das Pferd. Sie war noch niemals zuvor geritten und auch er machte einen unsicheren Eindruck, aber zusammen fühlten sie sich in der Lage, das bevorstehende Abenteuer zu bestehen.

Sie lehnte sich an seinen Rücken. Er hätte ohne sie ein gutes, sicheres Leben haben können, hatte aber eine andere Entscheidung getroffen, von der sie ihn jetzt nicht mehr abbringen konnte. Sie waren wie Blätter, die in einen Fluss gefallen waren und nun vom Strom mitgerissen wurden.

Nun hatten sie keine andere Wahl, als abzuwarten, wohin er sie trieb.

Nach etwa zwei Tagen erreichten sie ein kleines Dorf, das noch teilweise bewohnt schien. Lanfang forderte Bi De auf, sich hinter ein paar Büschen zu verstecken. Das Pferd hatten sie in einem Wald in der Nähe angebunden, denn Lanfang fürchtete, die Dorfbewohner könnten es ihnen stehlen. Sobald der Hunger ausbrach, hatten Tiere schlechte Aussichten auf ein langes Leben.

Nun war Lanfang erleichtert über ihre verschmutzte Kleidung, denn in den seidenen Roben, die sie in letzter Zeit manchmal getragen hatte, hätte sie sofort Verdacht geweckt. Sie beschloss, sich als das auszugeben, was sie einmal gewesen war. Die Gefährtin eines Gelehrten, der herumreiste, da er eine neue Anstellung suchte. Je weniger sie log, desto geringer war die Gefahr, sich in Widersprüche zu verstricken.

Sie entdeckte ein paar Frauen, die auf einem kleinen Reisfeld arbeiteten, und grüßte sie freundlich. Eine von ihnen blickte auf. Obwohl sie noch keine grauen Strähnen im Haar hatte, war ihr Gesicht faltig wie eine verschrumpelte Frucht.

»Was willst du?«, murrte sie nicht gerade erfreut.

Lanfang verbeugte sich und erklärte, dass sie und ihr Gemahl auf der Durchreise waren.

»Mein Mann leidet an einer schweren Krankheit und möchte sich daher nicht zeigen«, erklärte sie. Falls die Frauen diese Aussage merkwürdig fanden, so sagten sie es nicht, sondern blickten weiterhin auf das überflutete Feld, in dem sie Setzlinge einpflanzten.

»Wir suchen eine Möglichkeit, nach Taiwan zu kommen«, wagte Lanfang schließlich fortzufahren. Allein deshalb würde man sie nicht gleich umbringen, im Gegenteil, diese Frauen sahen aus, als würden sie hoffen, den unerwünschten Besuch möglichst schnell wieder loszuwerden.

Die Frau mit dem verschrumpelten Gesicht streckte sich in eine aufrechte Haltung.

»Warum willst du dorthin?«

Nun klang ihre Stimme scharf wie die Klinge eines Messers. Lanfang begriff, dass sie vorsichtig sein musste, um nicht dem nächsten Qing-Beamten als mögliche Verräterin ausgehändigt zu werden. Schnell erzählte sie etwas von Verwandten, die ihnen helfen könnten.

»Dieser Krieg hat den meisten Leuten nichts als Elend gebracht«, fügte sie hinzu. Nun neigten die Frauen zustimmend den Kopf, was Lanfang ermutigte, fortzufahren. »Ich erkenne die neuen Herrscher Chinas natürlich an, aber mein Mann und ich müssen uns irgendwie am Leben halten. Er hat in Taiwan einen Bruder, der dort etwas Land besitzt. Deshalb wollen wir dorthin.«

Das schien keine der Frauen seltsam zu finden. Die Alte winkte Lanfang zu, ihr ins Dorf zu folgen. Zusammen gingen sie los, während die anderen Frauen mit der Arbeit fortfuhren.

»Es ist verboten, nach Taiwan zu fahren«, sagte die Alte unterwegs leise.

»Das weiß ich«, gab Lanfang zu. »Aber ich hoffe, dennoch jemanden zu finden, der uns hinbringt.«

Die Frau blieb einen Moment stehen und musterte sie von Kopf bis Fuß.

»Du siehst kräftig aus. Wir brauchen Hilfe beim Einpflanzen der Setzlinge, weil so viele unserer Kinder gestorben sind oder verschleppt wurden. Wenn du eine Weile für uns arbeitest, kann mein Mann dich nach Taiwan bringen.«

Ratlos blieb Lanfang stehen. Sie wusste nicht, ob sie der Frau vertrauen konnte. Vor allem würde sie Bi De längere Zeit verstecken müssen, denn sobald die Dorfleute einen Europäer sahen, würden sie ahnen, dass etwas an Lanfangs Geschichte nicht stimmte. Aber für all diese Probleme würde sich eine Lösung finden. Vor allem brauchten sie eine Reisemöglichkeit.

»Ich kann für euch arbeiten. Ich habe schon manchmal auf Feldern ausgeholfen.«

In Wahrheit war es nur einmal gewesen, als ihr Vater für einige Wochen krank geworden war und sie ihn irgendwie hatte ernähren müssen. Immerhin wusste sie in etwa, wie Reisanbau funktionierte. Männer pflügten die Felder mit Wasserbüffeln, dann wurden sie mit Wasser überflutet und schließlich setzten Frauen die Setzlinge ein. Es war harte Arbeit, die Rückenschmerzen verursachte, aber Lanfang wäre ihr gewachsen. Zudem fühlte sie sich als Reisbäuerin in einem kleinen Dorf sicher, denn sie würde kaum auffallen.

Die Alte zeigte lächelnd ihre Zahnlücken.

»Der Himmel hat dich geschickt. Was ist mit deinem Mann? Kann er auch arbeiten?«

Lanfang wiederholte, dass er krank war.

»Ich werde ihn selbst versorgen, denn er möchte lieber verborgen bleiben. Die Krankheit hat ihn sehr entstellt.«

»Ach Mädchen, wir haben hier schon viel gesehen«, erwiderte die Alte unbeirrt. »Mein Bruder starb an Lepra. Seine Gliedmaßen verfaulten und fielen schließlich ab. Er wurde aus dem Dorf vertrieben, aber ich brachte ihm manchmal Essen, weil er mir leidtat.«

Nun hatten sie eine Hütte erreicht, vor der drei struppige

Hühner herumliefen. Ansonsten war es hier auffallend still. Sehr viele Einwohner konnte dieses Dorf nicht haben.

Die Alte winkte Lanfang herein und gab ihr einen Becher warmen Wassers.

»Tee haben wir nicht. Es kommen keine Händler mehr hierher, weil es verboten ist.«

Sie seufzte und setzte sich neben die Feuerstelle.

»Früher, da war unser Dorf viel größer«, erzählte sie, während sie eine kleine Schüssel mit Reissuppe füllte. »Wir hatten gute Ernten und unsere Männer zogen regelmäßig los, um Waren zu kaufen. Dann kam der Krieg. Zuerst holten die vornehmen Herren all unsere kräftigen Männer für ihre Schlachten. Meine drei Söhne sind weg und ich weiß nicht, ob sie noch leben. Dann hieß es, wir sollten dieses Land verlassen, damit der Feind es nicht einnehmen kann. Aber hier haben meine Ahnen gelebt, sie sind in der Nähe begraben. Mein Mann und ich, wir versteckten uns mit ein paar anderen Leuten im Wald, um nicht vertrieben zu werden.«

Auch diese Leute fürchteten eine Entdeckung, dachte Lanfang erleichtert. Zudem schien diese Frau ein gutes Herz zu haben.

»Was ist denn nun mit deinem Mann?«, fragte die Alte. »Meiner liegt hinten in der Hütte und schläft. Er ist sehr schwach geworden in letzter Zeit.«

Lanfang wandte sich um und entdeckte ein Bündel von Decken, aus dem ein Kopf herausragte. Man hörte den Mann leise schnarchen. Ein unangenehmer Geruch ging von ihm aus.

»Auch mein Mann ist nicht gesund«, wiederholte sie. »Er hat einen schlimmen Ausschlag. Leider ist er sehr eitel und will nicht gesehen werden, damit niemand bei seinem Anblick erschrickt.«

Erschrecken würden die Leute hier tatsächlich, wenn sie Bi

De sahen. Wahrscheinlich war ihnen noch niemals ein Europäer über den Weg gelaufen.

Die Alte brach in herzliches Lachen aus und klopfte Lanfang auf den Rücken.

»Da hast du ja ein großartiges Exemplar erwischt! Ich hoffe, er schminkt sich nicht wie die Freudenmädchen in größeren Städten!«

»Dazu fehlt uns das Geld«, erwiderte Lanfang. »Aber mein Mann ist trotz all seiner Macken sehr klug. Ein Gelehrter. Ich hoffe, er kann irgendwann wieder eine Arbeit finden, die seinen Fähigkeiten entspricht.«

»Mädchen, heute kann man nur noch hoffen, nicht zu verhungern«, erwiderte die Alte seufzend. Lanfang fiel auf, wie knochig ihre Arme waren. Die Reissuppe war ein großzügigeres Geschenk gewesen, als sie zunächst erkannt hatte.

»Wir müssen daran glauben, dass unser Land wieder zur Ruhe kommt«, sagte sie zu der Frau und strich ihr zaghaft über den Arm. »Dann werden Wohlstand und Ordnung zurückkehren.«

»Vielleicht haben wir die Götter verärgert«, entgegnete die Alte leise. »Falls die Zeiten sich wieder zum Besseren wandeln, so bekomme ich das sicher nicht mehr mit.«

Dann rückte sie ein Stück näher an Lanfang heran.

»Ich hatte eine Tochter«, redete sie weiter. »So ein hübsches junges Mädchen! Ich wollte, dass sie den Sohn meiner besten Freundin heiratet und mir viele Enkel schenkt. Aber auch sie wurde mitgenommen, weil sie junge Frauen für das Heer brauchten, um die Soldaten zu erfreuen. Ich glaube nicht, dass ich sie jemals wiedersehe.«

Rasch wischte sie Tränen aus ihren Augen. Sie brauchte eine Weile, um sich zu sammeln. Dann schenkte sie Lanfang wieder ein herzliches Lächeln und fuhr fort:

»Ein Haus ohne Kinder ist wie ein kahler Baum, der bald

absterben wird. Vielleicht hat dich der Himmel geschickt, damit mein Mann und ich unsere letzte Zeit in dieser Welt nicht völlig ohne das Lachen der Jugend verbringen. Du kannst hier wohnen und mit uns arbeiten. Dein Mann muss sich nicht schämen, aber wenn er lieber allein bleibt, so kannst du ihm einfach jeden Tag Essen bringen.«

Lanfang verspürte echte, tiefe Dankbarkeit, denn hier konnte sie sich sicher fühlen.

»Ich werde mit ihm reden und alles erklären«, versprach sie. »Morgen fange ich mit der Arbeit an.«

Die nächsten Tage waren hart, doch sie hatte mit nichts anderem gerechnet. Die erste Zeit im Hause Qi hatte sie schlimmer gefunden, denn hier gab es keine Jianshen, die sie wegen jeder Ungeschicklichkeit beleidigte oder gar schlug. Die Alte, Li genannt, war geduldig, wenn sie Lanfang alle Arbeiten zeigte, lächelte und lobte sie oft. Ihre Kinder hatten Glück mit einer solchen Mutter gehabt, bis der Krieg sie ihr entrissen hatte.

Abends brach Lanfang auf, um Bi De Reissuppe und etwas heißes Wasser zu bringen. Er lebte im Wald, wo sie ihm aus Ästen eine Art Unterstand gebaut hatten. Das Pferd war in der Nähe angebunden. Tagsüber führte Bi De es spazieren, damit es Gras fand, um seinen Magen zu füllen. Sie wussten beide, dass es auf Dauer so nicht gehen würde, denn irgendwann würden die Dorfbewohner neugierig werden. Außerdem war Bi De in steter Gefahr, von wilden Tieren angegriffen zu werden. Lanfang bestand darauf, ihm Gesellschaft zu leisten, obwohl Li und auch ihr Ehemann sie ermahnten, für eine junge Frau sei eine Nacht im Freien viel gefährlicher. Sie hätte Bi De und er hätte sie, das war die beste Sicherheit für sie beide.

Bereits in der zweiten Nacht geschah, worum Lanfang sich im Hause Qi krampfhaft bemüht hatte, ohne irgendeinen Erfolg zu haben. Bi De und sie wurden zu dem, was sie beide sein wollten. Ein Paar, das in Geist und Körper zusammengehörte, so wie die prachtvollen Enten auf den Teichen des Herrenhauses, die stets nebeneinander über den See glitten. Diesmal hatte sie kein Seidengewand anziehen können. Nach der Arbeit auf dem Reisfeld schmerzte ihr Rücken und sie hatte sich nur notdürftig im Dorfteich den Schweiß vom Körper gewaschen. Aber all das war plötzlich nicht mehr wichtig. Sie waren beide froh, noch zusammen und am Leben zu sein, sodass Bi De sie schließlich an sich zog, ihren Hals mit Küssen bedeckte und sie auf den harten Boden drückte. Er murmelte immer wieder Fragen, ob sie damit einverstanden war, bis Lanfang ihn schließlich anherrschte, einfach weiterzumachen.

Sie staunte, wie einfach und selbstverständlich diese Sache sein konnte. Ihre ganzen Sorgen und Ängste waren unnötig gewesen. Bi De störte sich weder an ihren großen Füßen noch an der verdreckten Kleidung. Ihr Körper reichte, um ihn glücklich zu machen, obwohl sie nicht so zart war wie die meisten Konkubinen und auch nicht nach Salben duftete. Am meisten aber überraschte es Lanfang, wie viel Vergnügen dieser Akt der Vereinigung auch ihr bereitete. Bisher war sie davon ausgegangen, dass nur Männer an Wolken und Regen Gefallen fanden und Frauen es taten, um versorgt zu sein. Jetzt war sie es, die Bi De versorgte, und seine Nähe hatte sie von aller Erschöpfung nach der harten Arbeit befreit. Der Schmerz in ihrem Rücken war verschwunden. Sie fühlte sich jung und frisch, als sie in Bi Des Umarmung einschlief.

Leider wurde es nach einigen Stunden sehr kühl, denn der Winter war angebrochen. Sie zogen ihre Kleidung wieder an und nahmen die Decken, die Lanfang von Li erhalten hatte.

»Auf Dauer können wir nicht hier draußen schlafen«, stellte Lanfang fest, als ihre Zähne zu klappern begannen. »Du musst mit in die Hütte ziehen. Das alte Ehepaar ist sehr freundlich.«

»Werden sie es auch sein, wenn sie mein Gesicht gesehen haben?«, flüsterte Bi De erschöpft.

Lanfang schmiegte sich an seine Schulter.

»Ich weiß es nicht«, gab sie zu. »Vielleicht werden sie erschrecken, vielleicht wütend werden oder auch nichts von beidem. Vor allem dein Haar musst du verbergen, denn es fällt zu sehr auf.«

»Ich könnte mir mein Haar abschneiden und einen Hut aufsetzen. Aber man wird dennoch sehen, dass ich kein Chinese bin.«

Bi De grinste verlegen. Lanfang kam ins Grübeln. Um ihn als Europäer zu erkennen, musste man wissen, wie Europäer aussahen. Niemand im Dorf verfügte über eine solche Erfahrung.

»Ich werde mir eine Erklärung einfallen lassen. Du musst sagen, dass deine Krankheit dich blass gemacht hat und du auch deshalb nicht sprichst wie ein echter Chinese. Deine Zunge hat ebenfalls gelitten.«

Wahrscheinlich würden die Leute es glauben, da sie keine andere Erklärung wussten. Falls nicht, bestand Hoffnung, dass sie dennoch schweigen würden. Welchen Schaden konnte ein Ausländer ihnen zufügen?

So gingen sie am übernächsten Morgen zusammen ins Dorf. Vorher hatte Lanfang sein Haar mit einem Messer gekürzt. Die bestickte Kopfbedeckung, die er mitgebracht hatte, half, den Rest zu verbergen. Bi De sah wie ein Gelehrter aus, aber nicht wie ein Chinese. Lanfang hielt den Atem an, als die wenigen Bewohner des Dorfes ihre Blicke auf ihren Mann richteten. Vielleicht würden sie jetzt davongejagt werden und müssten sich einen neuen Wohnort suchen.

»Der Ausschlag ist schnell verheilt«, meinte Li nur. »Ich hatte schon ein paar Kräuter gesammelt, aber die braucht es jetzt nicht mehr. Dein Mann sieht aus wie ein Riese und er braucht gutes Essen, damit sein Gesicht wieder etwas mehr Farbe bekommt.«

Die anderen Frauen, meist in Lis Alter, lachten und stimmten zu. Die wenigen verbliebenen Männer starrten zwar misstrauisch, schwiegen aber. Bi De wurde in Lis Hütte geführt, wo er sich am Lagerfeuer niederließ. Li brachte ihm eine Schüssel Reissuppe.

»Wir Frauen gehen jetzt aufs Feld. Der junge Herr kann meinem Gemahl Gesellschaft leisten. Am Abend gibt es die nächste Mahlzeit.«

Bi Des zaghaftes Angebot, bei der Feldarbeit mitzuhelfen, wurde entschieden abgelehnt. Das war keine Arbeit für einen Gelehrten, meinte Li, zog dann los und Lanfang folgte ihr, nachdem sie Bi De beruhigend angelächelt hatte.

Am Abend aßen sie wieder alle zusammen. Bi De bot sich nun an, die Kinder im Dorf zu unterrichten. Es gab genau drei, zwei davon Mädchen, aber niemand störte sich daran, dass sie eine höhere Bildung erhalten sollen.

»Selbst zu den guten Zeiten hatten wir niemals einen eigenen Schullehrer«, meinte Li stolz und erhielt viel Zustimmung für diese Aussage. Lanfang atmete erleichtert auf. Sie hatten einen Ort gefunden, an dem sie sicher waren.

In den nächsten Wochen begann sie in Li jene Mutter zu sehen, die sie niemals hatte kennenlernen dürfen.

»Unser Dorf braucht Nachwuchs«, sagte die alte Frau immer wieder. »Dein Mann kann dafür sorgen, dass aus euren Kindern sehr kluge Leute werden.«

Zum ersten Mal dachte Lanfang daran, dass sie selbst ebenso unterrichten konnte, denn ihr Wissen hätte dafür ausgereicht. Stattdessen schuftete sie jeden Tag auf dem kleinen Feld, bis jeder Muskel ihres Körpers schmerzte. Aber der Reisanbau war notwendig, um sie alle zu ernähren. Ein paar

Männer des Dorfes gingen regelmäßig fischen, doch ihre Ausbeute war mager. Sie waren alle in Lis Alter, wahrscheinlich konnten sie nicht mehr besonders scharf sehen. Man hatte hier eben jene Leute fortgeschleppt, die in der Lage waren, das Dorf am Leben zu halten. Die Kinder konnten es noch nicht, von den Alten waren nur noch wenige so rüstig wie Li. Lanfang wusste inzwischen, dass sie nicht fortgejagt worden wäre, selbst wenn sie einen Mann mit zwei Köpfen oder einem Hundegesicht vorgestellt hätte. Dazu brauchten die Leute hier sie zu dringend.

Verstörend war allein der Umstand, dass ihr Pferd verschwunden war, nachdem Bi De in Lis Hütte gezogen war. Lanfang hatte sich am nächsten Abend an die Stelle im Wald geschlichen, wo sie es festgebunden hatten, ohne eine Spur von ihm zu entdecken. Hatten wilde Tiere es in der Zwischenzeit gerissen? In diesem Fall wären wohl wenigstens ein paar Knochen zurückgeblieben. Es schien wahrscheinlicher, dass es sich losgerissen hatte und davongerannt war, vielleicht durch irgendetwas aufgeschreckt. Lanfang hatte einen Stich des Bedauerns verspürt, denn sie hatte das stämmige, pechschwarze Wesen liebgewonnen. Allein würde es in der Wildnis nicht zurechtkommen. Daher kehrte Lanfang einige Male an die Stelle zurück, wo das Pferd angebunden gewesen war, denn sie hoffte, es würde freiwillig wiederkommen.

Aber es kam nicht, ganz gleich, wie oft Lanfang es durch ein Schnalzen der Zunge herbeilocken wollte. Darauf hatte es früher immer reagiert. Sie fand sich damit ab, dass es wohl in sein Unglück gerannt war. Irgendwo hatten Raubtiere sich auf das wehrlose Wesen gestürzt. Es blieb nur zu hoffen, dass der Tod schnell und ohne große Schmerzen gekommen war.

Sie gab es schließlich auf, nach dem Pferd zu suchen. Nur ein Umstand verstörte sie. Es war mit einem Strick an den Baumstamm gebunden gewesen. Wenn es sich losgerissen hatte, warum waren dann nicht wenigstens Teile des Strickes am Baum geblieben?

Jemand musste es losgebunden haben. Diese Vorstellung beunruhigte Lanfang, denn wohin war das Pferd gebracht worden? Falls jemand es geschlachtet hatte, um das Dorf mit Fleisch zu versorgen, hätte sie etwas davon mitbekommen.

Aber als sie abends wieder mit Bi De und Li in der Hütte saß und nun tatsächlich einmal gebratenen Fisch zu essen bekam, versickerten ihre Sorgen wie Wasser in der Erde. Sie hatte mehr, als sie sich jemals erhofft hatte, einen Mann, der sie liebte, und ein Zuhause.

Das Pferd war nicht wichtig. Wahrscheinlich hatten Räuber es gestohlen.

15. Kapitel

Tayouan, Formosa

Lianhua schluckte inzwischen brav alle Suppen, die Sophie ihr brachte. Die schmalen Augen der alten Frau blieben dabei meistens geschlossen, doch manchmal öffneten sie sich und musterten Sophie mit einem sehr klaren, misstrauischen Blick. Der Körper dieser Frau war unter der Last ihrer Schuld zusammengebrochen, aber ihr Geist schien sehr klar, wenn sie bereit war, sich mit ihrer Umwelt auseinanderzusetzen. Allerdings konnte sie nicht sprechen, nur manchmal stieß sie ein heiseres Krächzen aus, als sei sie wütend über ihre eigene Hilflosigkeit.

Zwar war Sophie sich nicht sicher, ob sie diese harte Frau mochte, doch tat es wohl, eine Aufgabe zu haben. Sie suchte Bai Juns Tante täglich auf, achtete darauf, dass sie stets drei Mahlzeiten erhielt, die ihr auch eingeflößt wurden. Da die alte Frau auch nicht mehr in der Lage war, einen Nachttopf zu benutzen, trug sie Windeln, die mehrmals täglich gewechselt werden mussten. Sophie überwand sich, den Dienstmädchen auch dabei zur Hand zu gehen. Sie wollte nicht noch einmal denselben Fehler begehen wie im Herrscherpalast, indem sie andere Leute zu ihren Feinden machte.

Tatsächlich wurde sie inzwischen sehr freundlich behandelt. Die Dienstmädchen, teils Chinesinnen, aber auch die größeren, dunkleren Frauen der Ureinwohner, lächelten bei ihrem Anblick auf eine offene, ehrliche Weise, die sie selbst im Haus ihres Vaters in Davilo nicht erlebt hatte. Jeden Morgen erhielt sie elegante Gewänder, die für die heißen Temperaturen der Insel geeignet waren. Die Mahlzeiten schmeckten immer hervorragend. Sie wurde gefragt, ob sie die Unterhaltung von Musikerinnen wollte, was Sophie meist ablehnte. Jeder Tag gehörte ihr allein, sie konnte ihn nach Gutdünken gestalten, und wenn sie Pflichten erfüllte, dann nur, weil es ihre Entscheidung gewesen war.

Niemals in ihrem Leben hatte sie sich so wohlgefühlt. Eben diese Erkenntnis machte ihr aber auch Angst, denn sie wusste nicht, wie lange dieser Zustand anhalten konnte. Wenn es etwas gab, dass sie mit ihren siebzehn Jahren schon gelernt hatte, dann eben die Erkenntnis, dass niemand immer tun konnte, was ihm gefiel, und dass jedes Glück zerbrechlich war wie die feinen Tassen der Chinesen.

Dennoch konnte sie nicht anders, als jeden Moment zu genießen. Manchmal fragte sie sich, wie es Emma erging, doch sah sie keine Möglichkeit, etwas über ihre Schwester herauszufinden. Zudem kam Bai Jun sie nicht mehr besuchen. Das war der einzige Schatten in dieser Zeit des Sonnenscheins. Sie grübelte manchmal, ob sie ihn irgendwie verärgert hatte. Aber warum ließ er sie dann weiter auf so angenehme Weise in seinem Haus leben?

Schließlich wagte sie eines der Dienstmädchen namens Rougui zu fragen, wo der Hausherr sich aufhielt. Der Blick, der ihr zugeworfen wurde, schien mitleidig.

»Männer haben viele Aufgaben. Krieg. Politik. Er kommt sicher bald zurück.«

Gleich darauf erhielt Sophie einen Teller mit Granatäpfeln und anderen süßen Früchten. Sie bediente sich zufrieden daran. Ihr Glück hing nicht davon ab, ob Bai Jun ihre Gegenwart wünschte.

Manchmal fühlte sie sich einsam. Abends trank sie ein paar Gläser Reiswein und ertappte sich dann dabei, wie sie später laut mit Emma oder auch ihrem toten Vater redete. Aber da war es bereits dunkel, nicht einmal die Dienstboten bekamen es mit. Sie fand nichts Schlimmes daran.

Sic war glücklich. Fast vollkommen.

Als Bai Jun eines Tages in ihrem Haus auftauchte und respektvoll den Kopf zur Begrüßung neigte, fiel Sophie ihre Stickerei vor Schreck aus der Hand. Sie hatte wieder begonnen, kleine Wandbilder anzufertigen, die auch Lianhuas Haus zieren sollten. Nun griff sie verlegen nach dem Rahmen.

»Ich wollte Euch keine Angst machen«, sagte er leise auf Latein.

»Das habt Ihr nicht. Es kam nur sehr unerwartet. Ihr wart lange fort.«

Sie wusste nicht, wie viel Zeit vergangen war. Sie hatte das Gefühl dafür verloren. Aber es mussten mehrere Wochen gewesen sein.

»Es gab einige unerwartete Ereignisse«, sagte er und setzte sich an ihren Tisch. Drei Dienstmädchen hasteten herbei, um ihm Tee einzuschenken.

»Die letzte Bastion von Zheng Chenggong auf dem chinesischen Festland, Xiamen, wurde von einer Allianz der Qing und Holländer angegriffen. Wir hatten gehofft, selbst die Unterstützung der Holländer zu gewinnen.«

»Daraus wurde nichts. Das habe ich mitbekommen«, erwiderte Sophie und verspürte wieder einen Stich vergessen geglaubter Bitterkeit. Wie viele Gefangene hatten vergeblich darauf gehofft, ihre Freiheit zurückzugewinnen! Aber am Ende hatte die Handelsgesellschaft sie für unwichtig gehalten.

Bai Jun senkte betrübt den Kopf.

»Ich hätte es mir auch anders gewünscht. Die Holländer haben großartige Kriegsschiffe. Die Qing hingegen sind auf See leicht zu schlagen, denn ihre Heimat ist bergiges Festland. Wir hätten Xiamen halten können, wenn der holländische Admiral nicht unsere Gegner unterstützt hätte.«

Sophie beugte sich vor.

»Hätte Zheng Chenggong uns nicht unsere Kolonie geraubt, dann hätten wir seine Seite vielleicht unterstützt.«

»Glaubt Ihr das wirklich?«

Bai Jun sah sie abwartend an. Sophie schluckte. Sie war es nicht gewohnt, nach ihrer Meinung gefragt zu werden. Ihr Vater hatte ihr stets vorgegeben, wie sie zu denken hatte.

Der chinesische Bürgerkrieg war den Holländern völlig egal gewesen. Ihr Vater hatte Chinesen misstraut und mit dieser Haltung war er nicht allein gewesen.

»Vielleicht hätte Zheng Chenggong uns mit Versprechungen gewinnen können«, überlegte sie laut. »Aber er griff uns an. Warum sollten meine Landsleute ihm nun helfen?«

»Weil wir ihnen Handelsstützpunkte gewährt hätten«, sagte Bai Jun, während er an seinem Tee schlurfte. »Die Gefangenen hätten wir auch freigelassen. Es muss bitter für Euch gewesen sein, dass Ihr im Stich gelassen wurdet.«

Erstaunt sah Sophie ihn an. Nicht einmal Fenzhi hatte ein solches Verständnis für ihre Lage gezeigt!

»Wir wurden bereits während der Belagerung nicht ausreichend unterstützt. Die Handelsgesellschaft nahm die Bedrohung nicht ernst. Sonst wäre mein Vater nicht tot, ich könnte bei meiner Schwester sein und so leben, wie ich es immer gewohnt war.«

Bai Jun lächelte sanft.

»Ja, manchmal habe ich auch solche Gedanken. Wenn der letzte Kaiser der Ming seine Aufgabe als Sohn des Himmels erfüllt hätte, gegen die Korruption am Hof vorgegangen wäre und seine Soldaten daher ihren Sold erhalten hätten, wäre meinem Land vielleicht ein langer Krieg erspart worden. Ich könnte noch in meinem ersten Zuhause leben, meine älteren Brüder würden um die Nachfolge als Hausherr wetteifern und ich dürfte mich dem Studium alter Texte und der Gartenarbeit widmen, was mir immer gefiel. Stattdessen musste ich alles daransetzen, die Gunst eines launischen Herrschers zu gewinnen, um mir und meiner kranken Tante ein angemessenes

Leben zu ermöglichen. Früher mochte ich Lianhua nicht besonders. Jetzt ist sie die einzige Verwandte, die ich noch habe.«

Er neigte leicht den Kopf zur Seite.

»Aber im Grunde, Domina, wird unser Leben von Kräften bestimmt, die wir nicht beherrschen. Religionen versuchen, uns eine Erklärung dafür zu geben, damit wir glauben, dass unser Leiden einen Sinn hat. Doch manchmal, da frage ich mich, ob das nicht alles ein Versuch ist, uns mit schönen Geschichten zu vertrösten. Niemand weiß, warum wir herumgeweht werden wie Blätter im Sturm. Wir können nur hoffen, irgendwo zu landen, wo die Erde weich und fruchtbar ist.«

Sophie verspürte plötzlich Tränen in den Augen, denn er hatte ihre Lage sehr treffend beschrieben.

»Ich fühlte mich oft so verloren und einsam«, murmelte sie. »Mein Vater machte mir Angst, als er noch lebte, doch nach seinem Tod hatte ich niemanden mehr, der für mich sorgte. Meine Schwester sehe ich vielleicht niemals wieder. Ich weiß nicht, wie es ihr geht. Es gibt niemanden mehr, der mir nahesteht.«

Ganz stimmte das nicht, wie sie plötzlich erkannte. Seit sie sich tagtäglich um Lianhua kümmerte, fühlte sie sich dieser Frau nahe, die einen hohen Preis für ihre eigene Härte hatte zahlen müssen.

»Ich glaube, es gibt jemanden, der Euch nahesteht. Ich habe ihn mitgebracht«, sagte Bai Jun und winkte einen Diener heran. Bevor Sophie hatte fragen können, was er damit meinte, wurde ein Korb geöffnet. Sie stieß einen Freudenruf aus und nahm das Tier, das ihr entgegensprang, sofort in die Arme.

Der Welpe war zu einem jungen Hund herangewachsen, hatte immer noch sehr dichtes, langes Haar, Knopfaugen und eine feuchte Zunge, mit der er ihr das Gesicht ableckte.

»Ich dachte, er wäre einer anderen Frau im Palast geschenkt worden«, rief Sophie und stieß vor Glück ein Schluchzen aus. »Ich machte mir Sorgen, ob er gut behandelt wird.«

»Die Dame Fenzhi nahm ihn wieder an sich«, erklärte Bai Jun. »Sie kümmerte sich gut um ihn. Sie vermisst Euch, denke ich. Deshalb war sie willens, mir den Hund zu geben, damit er wieder zu Euch gelangt.«

»Ich vermisse die Dame Fenzhi ebenfalls«, erkannte Sophie. Es freute sie, dass der Hund ihretwegen versorgt worden war. Er musste nun endlich einen Namen bekommen.

»Wie hieß Euer ältester Bruder?«, fragte sie Bai Jun. Der Hund sollte nach ihm benannt werden, damit auch Bai Jun eine Beziehung zu ihm aufbauen konnte.

So erhielt das Tier den Namen Zhongli, den Sophie inzwischen problemlos aussprechen konnte. Bai Jun kraulte das dichte Fell und sie hatte das Gefühl, ihm durch diese Namensgebung eine Freude gemacht zu haben.

»Meine Mutter hatte mehrere Hunde, die sie sehr liebte«, erzählte er. »Manchmal schien es mir, sie liebte sie mehr als ihre Söhne.«

In seinem Lachen meinte Sophie einen bitteren Klang zu hören.

»Meine Mutter starb, als ich noch ein Kind war, daher kann ich mich nicht an sie erinnern. Aber wenn sie mir ein Haustier vorgezogen hätte, so wäre ich verletzt gewesen.«

Sie richtete ihren Blick auf sein weiches, gutmütiges Gesicht. Früher hätte sie sich niemals vorstellen können, mit einem Mann über ihre Empfindungen zu reden. Männer waren laut und zornig. Aber Bai Jun hatte eine leise Stimme, deren Klang ihr gefiel.

»Die Hunde musste meine Mutter niemals weggeben und sie konnten ihr auch keine Befehle erteilen. Ein Sohn hingegen soll seine Mutter lenken, wenn er erwachsen und sie alt geworden ist. So beschloss es Konfuzius. Meine Mutter riet meinem Bruder, sich den Qing gleich zu ergeben, als sie auf unsere Stadt zumarschierten. Sie hatten schon den größten Teil

Chinas erobert. Aber er gehorchte ihr nicht, nannte sie eine alte, ängstliche Frau. Am Ende blieb ihm nichts anderes übrig, als sich dem Feind zu unterwerfen, weil er seinen Besitz behalten wollte. Aber vorher sind viele Menschen im Kampf gestorben, was meine Mutter hatte verhindern wollen.«

Er kraulte noch einmal den Kopf des Hundes.

»All das wäre nicht nötig gewesen, Zhongli. Unsere Mutter hatte mehr Verstand, als man ihr zutraute.«

»Lebt sie noch?«, fragte Sophie leise.

»Nein. Sie starb, kurz nachdem ich mit Lianhua und ihren Söhnen geflohen war. Das erfuhr ich durch Gerüchte.«

»Ihr wolltet Euch damals also nicht ergeben?«, stellte Sophie fest. Er hatte ihr diese Geschichte schon einmal kurz erzählt, aber je mehr Details sie erfuhr, desto neugieriger wurde sie.

Bai Jun seufzte.

»Ich war noch sturer als mein Bruder. Vielleicht wollte ich mich endlich einmal bewähren, nachdem es immer geheißen hatte, dass ich zum Soldaten nicht taugte. Meine Mutter mochte mich nicht besonders. Ich glaube, sie mochte keines ihrer Kinder wirklich, obwohl sie stolz war, Söhne zu haben. Den Hunden galt ihre wahre Liebe. Aber wie ich schon sagte, ich verstehe das. Wir nahmen sie niemals ernst, taten, was wir wollten, und bevormundeten sie. Jetzt ist mir klar, dass sie recht hatte. Man sollte sein Leben nicht achtlos wegwerfen, nur weil man nicht bereit ist, nachzugeben.«

Er hatte mehr zu sich selbst gesprochen als mit Sophie. Erst nach einer Weile schien er sich wieder an ihre Gegenwart zu erinnern, ließ von dem Hund ab und sah sie an.

»Fühlt Ihr Euch wohl in meinem Haus, Domina? Denn es war mein Wunsch, Euch ein angenehmes Leben zu schenken, nachdem ich schon so viel Leid und Tod gesehen habe.«

Sophie bejahte und musterte ihn verwirrt. Sie hatte Männer

gekannt, die um Macht kämpften oder um die Verbreitung ihrer Religion. Dass einer von ihnen nur an sie denken konnte, war für sie kaum vorstellbar.

»Ich bin sehr glücklich in diesem Haus«, bestätigte sie nochmals. Dann holte sie Luft. Sie wollte feststellen, wie weit seine Großzügigkeit ging.

»Manchmal würde ich das Haus aber auch verlassen wollen. In Europa ist es nicht unüblich, dass vornehme Damen einander manchmal Besuche abstatten oder Spaziergänge tun.«

Bai Jun musterte sie nachdenklich.

»Ihr könntet nach draußen gehen, wenn ich Euch Wachmänner mitgebe. Ansonsten ist es zu gefährlich. Eine Frau wie Ihr könntet entführt werden.«

Für wie wichtig er sie hielt! Seine Sorge machte ihr Freude.

»Wäre es möglich, dass ich die Dame Fenzhi besuche?«, fragte Sophie. »Ich würde mich gern dafür bedanken, dass sie mir den Hund überließ.«

»Das lässt sich einrichten«, bestätigte er. »Ich werde der Dame einen Boten mit Eurem Wunsch schicken. Natürlich müssen wir abwarten, ob sie Euch empfangen will.«

Das leuchtete Sophie ein. Sie bedankte sich, und als Bai Jun anschließend Abschied von ihr nahm, weil er Aufgaben zu erledigen hatte, verspürte sie wieder ein Gefühl von Verlust.

Sie wartete auf ihn, als der Abend anbrach und die Dienstmädchen ihr wieder ein wohlschmeckendes Mahl aufgetischt hatten. Der Hund saß auf ihrem Schoß, als sie aß, und sie gab ihm immer wieder Fleischstücke. Zum ersten Mal fühlte sie sich nicht völlig allein und unterhielt sich mit dem Hund auf Holländisch, auch wenn es ein sehr einseitiges Gespräch blieb.

Die Dienstmädchen fragten wie üblich, ob sie Unterhaltung durch Musik oder Gesang wollte. Sophie hatte sich inzwischen an die quietschigen Stimmen und schrillen Melodien gewöhnt.

Sie konnte ihnen Freude abgewinnen, aber heute wollte sie nur Zeit mit ihrem Hund verbringen.

»Ich mache noch einen Spaziergang am Teich«, teilte sie den Mädchen mit. Die boten sich sogleich an, ihr eine warme Decke zu besorgen, aber sie winkte ab. Der Abend war mild.

Sie genoss die Ruhe am Wasser, während ihr Hund irgendwelche kleinen Tiere jagte. Das Zirpen der Grillen war so aufdringlich wie die musikalischen Darbietungen ihrer Dienstmädchen. Dennoch genoss Sophie das Gefühl, diese Welt allein für sich zu haben, ohne beobachtet zu werden und sich bemühen zu müssen, die Erwartungen anderer Menschen zu erfüllen.

»Ihr mögt den Seerosenteich, Domina?«

Bai Jun war so plötzlich aufgetaucht, dass sie erschrak.

»Ja, er ist sehr malerisch. Ich hatte früher niemals so viel Platz für mich allein«, erwiderte sie. Dann fiel ihr ein, dass dieses Haus nicht wirklich ihr gehörte. Aber der wahre Hausherr störte sich nicht daran, sondern nahm neben ihr auf der Bank Platz.

»Ich habe eine Antwort der Dame Fenzhi erhalten. Sie wäre sehr erfreut über Euren Besuch.«

Sophie verspürte Glück. Fenzhi hatte ihr den Verrat vergeben.

»Ich werde Euch in drei Tagen einen Tragestuhl bereitstellen und eine Eskorte. Ihr braucht Euch um nichts zu kümmern«, fuhr er fort.

Sophie bedankte sich.

»Wenn Ihr anschließend die Stadt sehen wollt, so steht es Euch natürlich frei.«

»Ja. Vielleicht. Es wäre schön«, stammelte Sophie, denn mit so viel Großzügigkeit hatte sie nicht gerechnet.

Sie musterte die Züge seines Gesichts in der Dunkelheit. Wolken zogen am Mond vorbei, ließen die Landschaft manchmal silbern aufleuchten, dann wieder zu schwarzen Schatten werden.

»Ihr seid ein sehr großmütiger Mensch. Ich bin froh, in Euer Haus gekommen zu sein«, flüsterte Sophie auf Latein, denn das schien ihr nun eine vertrautere Sprache, in der sie lieber über persönliche Dinge sprach.

Bai Jun blickte nicht auf. Sie saßen noch eine Weile nebeneinander im Dunkeln, ohne zu reden. Sophie empfand dieses Zusammensein als selbstverständlich, ohne einen Grund für dieses Gefühl finden zu können. Es tat wohl, seinen Atem dicht an ihrem zu spüren.

Kurz schien seine Hand die ihre zu streifen, dann stand er wieder auf.

»Ich muss nun gehen und wünsche Euch einen angenehmen Schlaf. Seid bitte vorsichtig bei Euren Ausflügen.«

Sophie versprach es, sah ihn dann langsam fortgehen. Sie rief den Hund und vergrub ihr Gesicht in seinem Fell, um Trost für eine Enttäuschung zu finden, deren Grund sie sich nicht eingestehen wollte.

In der Nacht schlief sie unruhig, erwachte aber voller Tatendrang. Wenn sie das Haus verlassen durfte, konnte sie vielleicht auch etwas über das Schicksal ihrer Schwester herausfinden.

Sie durfte nicht vergessen, zu wem sie wirklich gehörte.

16. Kapitel

Dorf nahe Xiamen, China

Die eingepflanzten Setzlinge waren zu grünen, frischen Gewächsen geworden, an denen die begehrten Körner hingen. Wieder arbeitete Lanfang mit den anderen Dorfbewohnern von Sonnenaufgang bis Sonnenuntergang, um das Feld zu entwässern und später den Reis zu ernten, der dann gedroschen und gemahlen werden musste. Die Reissuppe war selten geworden, da sie eine neue Ernte brauchten. Manchmal schafften die Männer es, in den Wäldern Wiesel oder Eichhörnchen in Fallen zu fangen. Aber Fleisch war selten. In einigen Momenten dachte Lanfang sehnsüchtig an all die Mahlzeiten, die sie im Hause Qi bekommen hatte. Selbst als einfache Dienstmagd hatte sie nicht so oft hungern müssen wie jetzt. Aber hier gab es niemanden, der sie schlug oder ständig beschimpfte, sodass sie sich trotz aller Entbehrungen wohler fühlte.

An einem Abend, als sie die geernteten Reispflanzen in Bündeln ins Dorf geschleppt hatten, fühlte Lanfang sich auf einmal erschöpfter als jemals zuvor. Sie konnte nur noch in die Hütte kriechen und sich in der Ecke zusammenrollen, wo auch Lis Ehemann saß. Er war zu schwach, um noch irgendeine Arbeit zu verrichten, und könnte sie niemals nach Taiwan bringen. Li musste das gesagt haben, um sie zum Bleiben zu ermuntern. Eine Lüge, die inzwischen unwichtig geworden war, da Lanfang an keinem anderen Ort sein wollte.

»Ich bringe dir Essen«, bot Bi De sich an. Lanfang murmelte ihre Zustimmung. Sie wusste, dass sie Nahrung brauchte, obwohl sie am liebsten auf der Stelle eingeschlafen wäre.

Bi De brachte ihr zwei gebratene Eier. Hühner gehörten zu den wenigen Tieren, die dem Dorf noch geblieben waren.

Sie aß gierig, verspürte dann leichte Übelkeit und Schwindel, was ihr seit der Ankunft im Dorf nicht mehr widerfahren war. Verlegen kroch sie nach draußen, um sich hinter der Hütte zu erbrechen. Es tat ihr leid um das kostbare Essen. Bevor sie den Reis eingebracht hatten, mussten sie mit allen Vorräten sparsam sein. In den letzten Monaten waren manchmal Bettler vorbeigekommen, Opfer der Vertreibung aus der Küstenregion. Meist hatte es sich um hilflose, alte Menschen gehandelt, die zu Lanfangs Entsetzen verjagt worden waren. Man konnte niemanden mehr mit durchfüttern. Junge, kräftige Leute wären willkommen gewesen, aber sie kamen nicht.

Erschöpft schleppte Lanfang sich zum Dorfteich, um sich den Schweiß und Schmutz abzuwaschen. Sie bemerkte ein Ziehen in ihren Brüsten. Obwohl sie wieder nur noch aus Haut und Knochen bestand, schienen diese Teile ihres Körpers gewachsen zu sein.

»Fühlst du dich nicht gut?«, fragte Li in ihrem Rücken. Lanfang fuhr erschrocken herum. Auf dem Land war es stockdunkel, sobald die Sonne untergegangen war. Die alte Frau kam ihr wie ein dunkler Geist vor, allein der vertraute Klang der Stimme hatte sie daran gehindert, die Flucht zu ergreifen.

»Ich bin müde von der Arbeit«, gab sie zu. »Aber wenn ich geschlafen habe, geht es wieder.«

Li sollte keine Angst haben, dass sie als Arbeitskraft ausfallen würde. Aber die alte Frau sah weiterhin in ihre Richtung, als wolle sie die Antwort auf eine wichtige Frage erhalten.

»Du erbrichst dich und deine Brüste werden größer. Wann hast du das letzte Mal geblutet?«, kam es schließlich.

»Ich weiß es nicht«, erwiderte Lanfang, denn darauf hatte sie nicht geachtet. »Ich glaube, es ist schon länger her. Ich bin immer so erschöpft.«

Es war auch früher manchmal vorgekommen, dass ihre monatliche Blutung ausgeblieben war. Hunger und körperliche

Anstrengung hatten dazu geführt. Sie maß dem keine besondere Bedeutung bei.

»Ich glaube, unser Dorf bekommt bald einen neuen Einwohner!«, rief Li und drückte Lanfang an sich. »Ich bin so froh, kleine Tochter. Du und dein großer, bleicher Mann, ihr sichert unser Überleben.«

Ihre Umarmung wurde so eng, dass Lanfang fürchtete, ihre Knochen könnten brechen.

»Es ist möglich«, gab sie zu. Bi De und sie hatten das Spiel von Wolken und Regen oft genug getrieben, nur hatte sie andere Sorgen gehabt, als an die möglichen Folgen zu denken. Aber ihr wurde klar, dass sie tatsächlich schwanger sein konnte. Gleich darauf rollte eine Welle des Glücks durch ihren Körper. Sie musste nun keinen Sohn gebären, um ihre Zukunft zu sichern. Jedes Kind war willkommen und sie wünschte sich eine Tochter, der sie alles beibringen konnte, was ihr Vater sie gelehrt hatte.

»Du musst dich ein bisschen schonen«, befahl Li. »Hilf deinem Mann beim Unterricht. Er hat doch selbst immer wieder gesagt, dass auch du eine gute Lehrerin wärest.«

Bi Des Idee war nur auf Befremden gestoßen, denn niemand hatte je von einer Frau gehört, die Unterricht gab. Lanfang wusste, dass eine solche Aufgabe ihr gefallen würde. Aber es gab andere Notwendigkeiten.

»Auf Dauer können wir nicht von Reissuppe und Eiern leben«, stellte sie fest. Vor allem ein Kind würde gute Nahrung brauchen.

»Gibt es irgendwo eine Möglichkeit, Handel zu treiben?«, fragte sie vorsichtig.

Li seufzte.

»Manchmal kommen fahrende Händler vorbei, aber nicht mehr so oft wie früher. Zum letzten Mal konnten wir kurz vor eurer Ankunft Tauschgeschäfte machen. Wir bekamen einen

Hahn für unsere Hennen, für mehr reichte es nicht, weil die Reisernte mager war. Aber ich glaube, nun könnte sie besser ausfallen, denn du hast wirklich mit angepackt.«

Sie klopfte Lanfang kurz auf die Schulter.

»Dich schickten die Götter zu uns, um unser Dorf vor dem Untergang zu retten.«

Zusammen gingen sie zu den Hütten zurück. Lanfang genoss das für sie völlig neue Gefühl, einer ganzen Gemeinschaft wichtig zu sein.

Zuallererst aber musste sie mit Bi De reden.

»Ich werde jetzt an deiner Stelle auf den Feldern arbeiten, auch wenn die anderen Männer das hier nicht machen«, flüsterte er ihr zu, als sie eng umschlungen in einer Ecke der Hütte lagen. »Du musst dich schonen.«

»Das geht nicht«, erwiderte sie wie schon viele Male zuvor. »Du fällst zu sehr auf. Wir wissen nicht, ob die Suche nach uns schon eingestellt wurde. Deshalb solltest du nicht zu oft nach draußen gehen.«

Die Bedrohung war immer mehr von anderen Sorgen verdrängt worden, aber es wäre gefährlich, sie völlig zu vergessen.

»Ich kann nicht ständig nur in einer Hütte sitzen und ab und an ein paar Kinder unterrichten«, widersprach er. »Wir wollten nach Formosa.«

Lanfang antwortete nicht. Die Reise auf eine unbekannte Insel schien ihr gefährlich. Hier in diesem Dorf hatten sie ein Heim gefunden, wurden geschätzt und waren wichtig für die Gemeinschaft. Ihre Tochter hätte ein Zuhause und könnte außerdem Bildung erhalten. Wie es ihr in Taiwan ergehen würde, war ungewiss.

Aber sie wusste, dass es Bi De zu jenen Leuten zog, die Teil seines früheren Lebens waren. Sie hatte kein Recht, ihn gegen seinen Willen hier festzuhalten. Doch wenn sie lange genug blieben, würde er sich vielleicht an das Dorf gewöhnen und ebenfalls nicht mehr wegwollen.

»Ich würde mit der Weiterreise gern warten, bis das Kind auf der Welt ist«, sagte sie nur. »Li kann mir bei der Geburt helfen. Wenn wir weiterziehen, weiß ich nicht, ob ich wieder eine Frau finde, die sich damit auskennt.«

Er drückte kurz ihre Hand.

»Das verstehe ich. Wir bleiben erst einmal hier. Wenn es dir wieder gut geht und unser Kind kräftig genug ist, suchen wir einen Weg nach Formosa.«

Lanfang nahm es hin, denn sie rechnete damit, dass bis zur Weiterreise noch viel Zeit vergehen würde.

Sie bestand darauf, beim Dreschen der Reiskörner mitzuhelfen, und Li widersprach nicht, denn sie konnten jede zupackende Hand gebrauchen. Dafür wurde Lanfang mit Ratschlägen oder Warnungen überhäuft. Fast alle der im Dorf verbliebenen sieben Frauen hatten einmal Kinder geboren und die Neuigkeit von Lanfangs Zustand versetzte sie in helle Aufregung. Sie erhielt Amulette, die ihr Kind vor dem Einfluss böser Geister schützen sollten, wurde aufgefordert, ihren Blick auf die Schönheit in ihrer Umgebung zu richten, weil sie so auch ein schönes Kind bekäme.

»Wenn du einen Sohn erwartest, wirst du dich nicht verändern, aber eine Tochter macht ihre Mutter hässlicher, weil sie ihr die Schönheit aus dem Körper saugt«, erzählte eine von Lis Freundinnen, während sie gemeinsam die Reiskörner von den Pflanzen lösten. »So erzählte es meine Mutter und gab mir die Schuld daran, dass ihr Mann sie nach meiner Geburt verließ.«

Lanfang verspürte einen Stich von Ärger.

»Ich werde eine Tochter ebenso lieben wie einen Sohn«, beharrte sie. Die Frau stieß einen Seufzer aus.

»Du hast recht. Ich habe drei Töchter geboren, die alle starben. Vielleicht straften mich die Götter, weil ich ihre Gaben nicht genug schätzte.«

»Es lag wohl am Krieg und am Hunger«, widersprach Lanfang, die plötzlich Mitleid mit der Frau verspürte. Rasch fuhr sie mit der Hand über ihren Bauch, als könne sie das ungeborene Leben dadurch vor allem Unbill schützen.

Sie brauchten dringend Vorräte, vor allem Vieh. Ihr Kind sollte Fleisch bekommen, um gesund und kräftig zu werden. Außerdem wollte sie Stoffe haben, um ihm Kleidung zu nähen. Wie lange würde es wohl dauern, bis irgendein Händler sich hierher verirrte? Die Männer des Dorfes waren zu alt, um auf Reisen zu gehen. Bi De konnte sie nicht losschicken, weil er zu sehr auffiel. Also blieb ihr nichts anderes übrig, als zu warten. Der Bann der neuen Regierung hing immer noch über der Küstenregion und es war nicht ungefährlich, hier herumzureisen, da man Soldaten in die Arme laufen konnte.

Zwei Tage später wollte sie sich gerade mit von der Arbeit schmerzendem Rücken in die Hütte zurückziehen, als sie den von einem Esel gezogenen Karren bemerkte, der einen Hügel in der Nähe heruntergerollt kam. Vor Schreck blieb ihr fast das Herz stehen. Als sie in dem Dorf angekommen waren, hatte noch brütende Hitze geherrscht, inzwischen war es deutlich kühler geworden. Monate mussten vergangen sein, in denen sie niemanden gesehen hatte außer die Dorfbewohner und Bi De. Die nahende Ankunft von Fremden versetzte sie in einen Zustand der Panik, doch als der Karren näher rollte, sah sie Säcke darauf und vermeinte, Schweine quieken zu hören. Die Götter meinten es gut mit ihnen, denn sie hatten einen Händler geschickt, der in dieser verlassenen Gegend auf Geschäfte hoffte. Aufgeregt rief sie rasch nach Li und den anderen Frauen. Der Neuankömmling musste angemessen empfangen werden. Zum Glück hatten die Männer gestern ein paar Fische gefangen, die gebraten werden konnten, sodass sie mehr anbieten konnten als heißes Wasser und Reis. Ob der Händler vielleicht auch ein paar Teeblätter mit sich führte?

Der Karren erreichte das Dorf, wo sich schon alle Anwohner versammelt hatten, die aufrecht stehen konnten. Ein etwa fünfzehnjähriger Junge mit breitem Gesicht stieg ab und half gleich darauf einem alten Mann mit Spitzbart vom Karren. Lanfang warf einen begierigen Blick auf die drei Schweine, die sie mit sich führten. Wenn es nur irgendwie gelänge, sie ihnen abzukaufen!

Einer der drei Dorfmänner, die noch bei Kräften waren, verbeugte sich, während die Frauen in respektvollem Abstand hinter ihm stehen blieben, um den Eindruck einer klaren Ordnung zu geben.

»Es freut mich, hier auf Menschen zu stoßen«, sagte der Alte und stellte sich als Oh Wan vor. »Die Leute sagen, dass an der Küste niemand mehr lebt, aber mein Sohn riet mir, unser Glück zu versuchen.«

»Wir haben Reis!«, rief Li, ohne auf die übliche Rangordnung zu achten. »Viel Reis, der sich sicher an anderen Orten gut verkaufen lässt. Aber bevor wir Geschäfte machen, esst mit uns zu Abend. Ihr könnt hier auch übernachten.«

Die anderen Dorfbewohner murrten zustimmend. Oh Wan und sein Sohn tauschten Blicke.

»Wir fühlen uns geehrt und nehmen euer Angebot mit Freuden an«, willigte der alte Mann schließlich ein. Die Frauen hasteten davon, um das Essen vorzubereiten. Die drei Männer bemühten sich indessen, ihre Gäste in ein Gespräch zu verwickeln. Bi De war in der Hütte geblieben, wie Lanfang ihm immer eingeschärft hatte. Bevor er sich den Händlern zeigte, musste sie sich erst sicher sein, dass ihnen zu trauen war.

Nachdem sie auf die Schnelle ein Gericht aus Reis und Fisch zubereitet hatten, wurden die Händler in Lis Hütte geladen, da es die größte war. Bi De hatte ein Tuch um den Kopf geschlungen und sich neben Lis Ehemann gelegt, um ebenfalls den Eindruck eines kranken, schwachen Mannes zu machen. So wurden die Händler vor allem von Frauen bewirtet, die um sie herumsaßen. Lanfang war die einzige jüngere unter ihnen. Sie spürte den Blick des Sohnes von Oh Wan immer wieder auf sich ruhen. Sein Ausdruck gefiel ihr nicht, er war bohrend und lauernd.

Oh Wan erzählte, wie verlassen diese Region weitgehend war, wie sie lange an den Überresten ausgestorbener Dörfer vorbeigefahren waren und sich von erlegtem Wild hatten ernähren müssen. Aber sein Sohn hatte ihm immer wieder versichert, dass sie irgendwann auf Menschen stoßen mussten, mit denen Geschäfte zu machen waren.

»Er ist ein sehr kluger Junge und meinte, dass die Qing früher oder später die Küstenregion wieder besiedeln werden, daher tun wir nur unsere Pflicht gegenüber dem Vaterland, indem wir Waren hierherbringen«, fügte er hinzu. Die Frauen bestätigten diese Vermutung, um sich gefällig zu zeigen.

Der junge Mann starrte weiterhin in Lanfangs Richtung. Sie überlegte, ob er eine Gefährtin suchte und den Vater bitten würde, sie ihm zu kaufen.

Lanfang wusste, dass sie mit ihren großen Füßen keine Schönheit war, doch konnten arme Männer nicht wählerisch sein. Vielleicht hofften die Händler in dieser verlassenen Gegend auf ein besonders günstiges Geschäft. Ein Ferkel gegen eine Frau. Diese Vorstellung war nicht völlig unrealistisch. Bi De würde natürlich protestieren, aber was könnte er allein schon ausrichten? Lanfangs einzige Hoffnung bestand darin, dass es außer ihr hier keine andere Frau mehr gab, die noch Nachkommen gebären und so das Dorf am Leben halten konnte. Doch die Erinnerung daran, dass sie bereits einmal wie Schlachtvieh verkauft worden war, trieb ihr den Schweiß aus den Poren. Sie hatte inzwischen gelernt, dass Armut es Menschen schlichtweg unmöglich machte, immer gutherzig zu sein. Das Dorf würde sie opfern, wenn ein verlockender Preis geboten wurde. Zum Glück schienen die Händler nicht reich.

Nach dem Essen wurden den Gästen zerschlissene Matten angeboten. Decken hatten sie selbst mitgebracht. Lanfang warf einen neugierigen Blick darauf, denn es war lange her, dass sie bunt gewebte Muster gesehen hatte. Hier lagen sie alle unter zusammengenähten Tierfellen.

Danach schlich sie zu Bi De und atmete erleichtert auf, als er seinen Arm um sie legte.

»Können wir mit ihnen Geschäfte machen?«, fragte er leise auf Holländisch. Sie erwiderte, dass sie es noch nicht sagen konnte.

Dann hatte sie wieder das Gefühl, angestarrt zu werden, obwohl schon alle Fackeln gelöscht worden waren.

Je eher dieses seltsame Paar abreiste, desto besser. Sogar ihre Ferkel konnten sie mitnehmen, wenn es nach Lanfang ging. Sie würde stattdessen versuchen, im Wald Fallen aufzustellen, damit ihr Kind Fleisch bekam.

Am nächsten Morgen wurde den Händlern Reissuppe gebracht. Lanfang erhielt den Auftrag, sie zu dem Bach zu führen, wo alle Dorfbewohner sich wuschen. Sie wagte nicht zu protestieren, lief daher vor den beiden einher.

»Bist du hier geboren?«, fragte der Junge unterwegs. Sie hätte lieber kein Gespräch mit ihm begonnen, aber wusste, dass sie nicht unhöflich sein durfte.

»Nein«, gestand sie, denn es war möglich, dass er sich schon bei den Frauen im Dorf umgehört hatte. »Mein Mann und ich flohen, als Soldaten unser Dorf niederbrannten. Wir stammen aus dem Land Min.«

»Von dort stammt auch der Rebell Zheng Chenggong«, stellte der Junge fest.

»Alle Rebellen sind nun vertrieben«, wandte Lanfang ein. »Leider ließen die neuen Machthaber ihren Zorn auch an uns aus, obwohl wir uns aus allem herausgehalten hatten.«

Eben diese Geschichte hatte sie auch Li erzählt und war als weitere Leidtragende von Machtmissbrauch tröstend umarmt worden. Der Junge gaffte nur weiter in ihre Richtung, obwohl sie bereits den Bach erreicht hatten. Sein Vater streckte die Füße hinein, der Sohn blieb neben Lanfang stehen.

»Wieso kann dein Mann die Kinder im Dorf unterrichten, wenn er ein gewöhnlicher Bauer ist?«, bohrte er nach.

»Er hatte Glück, weil er eine Dorfschule besuchen durfte. Man erkannte dort seine Begabung. Für die Feldarbeit hingegen taugt er nicht, aufgrund seiner Krankheit.«

Auch diese Geschichte war von Li und den Dorfbewohnern ohne Widerspruch geschluckt worden. Der Junge schien nachzudenken, während er mit einem Ast im Boden herumstocherte.

»Was für eine Krankheit hat er denn?«, fragte er, benetzte dann im Bach seine Hände, um sein Gesicht zu waschen.

»Das weiß niemand. Er sah schon seltsam aus, als er geboren wurde. Mit den Jahren wurde es schlimmer. Seine Haut ist sehr blass und seine Nase zu lang. Er ist größer als andere Menschen, aber ungelenk. Wahrscheinlich hat seine Mutter die Götter verärgert, bevor er geboren wurde, und wurde deshalb mit einem so seltsamen Kind bestraft. Ich musste ihn heiraten, weil meine Eltern es so wollten, und tue seitdem mein Bestes, ihn zu unterstützen.«

Es klang wie die Geschichte eines gewöhnlichen Dorfmädchens. Sie hoffte daher, dass der Junge damit zufrieden wäre, aber er musterte sie weiter eindringlich aus den Augenwinkeln.

»Gestern Nacht hast du mit deinem Mann in einer merkwürdigen Sprache geredet.«

Nun brach Lanfang der Schweiß aus. Sie hatte nicht damit gerechnet, dass jemand auf ihr Geflüster achten würde.

»In unserem Dorf wurde so geredet«, erklärte sie, da ihr auf die Schnelle keine bessere Ausrede einfiel. »Du weißt, in unserer Heimat werden alle möglichen Sprachen gesprochen.«

Diese Erfahrung hatte sie während der Reisen mit ihrem Vater gemacht. Nicht selten waren sie Leuten begegnet, die auf völlig unverständliche Weise redeten.

Der Junge sagte nichts, starrte nur unnötig lang auf ihre Füße, musterte dann auf fast aufdringliche Weise ihr Gesicht.

»Du siehst wie eine gewöhnliche Bäuerin aus«, stellte er fest. Lanfang wusste nicht, was sie darauf erwidern sollte, doch war sie erleichtert, keiner der zerbrechlichen Schönheiten aus dem Hause Qi zu gleichen. Wahrscheinlich hatte der Junge herausfinden wollen, wie gut die Aussichten waren, sie ihrem Ehemann abzukaufen. Es bestand Hoffnung, dass er einfach das Interesse verloren hatte oder nicht davon ausging, dass Bi De Lanfang aufgeben würde, weil er froh sein musste, überhaupt eine Frau zu haben. Auf jeden Fall konnte er auf kein lohnendes Geschäft hoffen. Die Art, wie er Lanfang ansah, hatte auch niemals irgendein Verlangen ausgedrückt, nur Neugier. Und ein Misstrauen, das sie sich nicht erklären konnte.

Der alte Mann kam wieder herbeigestapft.

»Lass uns zurückgehen«, forderte er den Jungen auf. »Wir nehmen noch eine Mahlzeit hier ein, dann ziehen wir weiter.«

Lanfang unterdrückte mühsam einen Seufzer der Erleichterung.

Mittags erhielten die Händler wieder gebratenen Fisch. Danach wurden mehrere Säcke Reis gegen zwei Ferkel eingetauscht, die heranwachsen und zusammen Nachwuchs zeugen sollten. Die Dorfbewohner verabschiedeten das Händlerpaar mit guten Wünschen und forderten sie auf, bald wiederzukommen. Lanfang war nun bester Laune. Es würde genug Fleisch geben, Gemüse konnte angebaut werden und ihrem Kind würde es nicht an Nahrung mangeln. Sie nahm ihre üblichen Tätigkeiten wieder auf, Bi De wagte sich ebenfalls aus der Hütte, um den Unterricht fortzusetzen. Nur hatte sie manchmal das Gefühl, dass auch die anderen Leute sie jetzt neugierig musterten, als wollten sie neue, bisher übersehene Merkmale an ihr entdecken. Lanfang führte das auf ihre fortschreitende Schwangerschaft zurück. Das jüngste Kind in diesem Dorf war etwa sieben Jahre alt; danach hatte es laut Lis Aussage keine Geburten mehr gegeben, weil alle jüngeren Leute entweder verschleppt wurden oder gestorben waren. Es musste den Leuten wie ein Wunder erscheinen, eine werdende Mutter in ihrer Gemeinschaft zu haben.

So ließ Lanfangs Unruhe allmählich nach. Sie fühlte sich in ihrem neuen Zuhause geborgener als an irgendeinem anderen Ort zuvor. Als Li sie eines Abends aufforderte, mit ihr einen Ausflug an den Waldrand zu machen, folgte sie ihr ohne irgendwelche Bedenken.

»Dort wachsen Kräuter, die gut für schwangere Frauen sind«, erzählte die alte Frau unterwegs.

Ein Stück neben den Bach blieb Li plötzlich stehen und sah sich mehrfach um, bevor sie mit leiser Stimme zu reden begann.

»Ich habe dich ins Herz geschlossen wie meine Tochter. Deshalb bin ich bereit, deinetwegen mein Dorf zu verraten.«

Lanfangs Knie wurden weich. Irgendetwas hier stimmte nicht.

»Was meinst du damit?«, flüsterte sie.

»Du hast uns alle belogen«, begann Li erbarmungslos. »Du bist keine gewöhnliche Bauerntochter und dein Mann hat keine Missbildung, sondern stammt aus einem anderen Land.«

Lanfang schluckte betreten. Es hatte keinen Sinn, sich in weitere Lügen zu flüchten.

»Ich hatte Angst, auf zu viel Misstrauen zu stoßen, wenn ich die Wahrheit sage«, gestand sie.

Li murrte zustimmend.

»Natürlich. Du konntest schlecht erzählen, dass du eine flüchtige Mörderin bist.«

Mit einem leisen Schrei sackte Lanfang zu Boden. Es war, als hätte sie einen Schlag gegen die Kniekehlen erhalten. Sie musste sich eine Hand vor den Mund pressen, da sie plötzlich würgte.

»Es stimmt also.«

Mit einem Seufzer ließ Li sich an ihrer Seite nieder.

»Ich kann verstehen, dass man die Hand gegen einen Menschen höheren Ranges erheben will«, flüsterte sie. »Mein Leben lang habe ich von Leuten, die über uns herrschen, nur Willkür erfahren. Vielleicht warst du einfach mutiger als ich.«

»Ich wollte niemanden töten«, erwiderte Lanfang, nachdem sie endlich wieder Luft bekam. »Es war ein Unfall. Ich wurde zu Unrecht verurteilt.«

Li nahm diese Aussage ohne jedes Zeichen von Zweifel hin.

»Die Leute im Dorf wollen dich ausliefern«, sagte sie nur. »Der junge Händler hat von der Belohnung erzählt, die auf dich ausgesetzt ist. Er redete nur mit den Männern, die wir hier noch haben, denn Frauen zählen ja nicht. Wenn die Händler mit den Soldaten wiederkommen, dann sollst du ihnen übergeben werden. Die Händler haben versprochen, die Belohnung mit uns zu teilen. Das werden sie natürlich nicht tun. Unsere Männer waren schon immer leichtgläubige Idioten.«

Sie stieß ein bitteres Lachen aus.

»Dein Kind sollst du vorher noch zur Welt bringen. Das

bleibt dann bei uns. Als ob ein einziges Kind uns vor dem Aussterben rettet!«

Lanfang krümmte sich und erbrach die spärliche Mahlzeit, die sie nach dem Aufstehen gegessen hatte. Dann reinigte sie mit dem Wasser des Baches schnell ihr Gesicht.

»Woher wusste der Händler es?«, fragte sie tonlos.

»Ihr seid mit einem Pferd gekommen, nicht wahr?«

Lanfang bejahte.

»Der Junge hat es gefunden«, erklärte Li. »Damals war er mit seinem Vater bereits in der Gegend unterwegs. Er sah ein Pferd, das im Wald an einen Baum gebunden war. Niemand bewachte es. Diese Tiere sind sehr wertvoll, nur reiche Leute besitzen sie. Daher nahm der Junge es mit, um es zu verkaufen. Unser Dorf suchten sie danach nicht mehr auf, denn mit dem Pferd hatten sie Aussichten auf mehr Gewinn als jemals erhofft.«

Nun also gab es eine Erklärung für das plötzliche Verschwinden des Pferdes! Lanfang wurde bewusst, dass sie dem zu wenig Bedeutung beigemessen hatte. Sie hätte auf der Hut sein müssen.

»Aber wie kamen sie auf mich?«, bohrte sie ratlos nach.

»Sie boten das Pferd an einem Marktplatz in einer größeren Stadt feil. Da schöpfte jemand Verdacht und fragte, woher sie es hätten. Die Götter waren dir nicht gewogen, Mädchen. Alles hätte gut gehen können, aber leider trafen die falschen Leute zusammen.«

Verlegen wischte Lanfang sich die Tränen aus den Augen. Allmählich bekam sie das Gefühl, mit einem Fluch belegt zu sein. An wie vielen Orten hätte ein Pferd einfach verkauft werden können, ohne dass sich jemand deshalb Gedanken machte! Doch die Händler mussten ausgerechnet auf Schergen des Hauses Qi stoßen! Vielleicht hatte jemand das Pferd wiedererkannt. Wahrscheinlicher war, dass man sich einfach gewundert hatte, warum gewöhnliche Leute ein solch kostbares Tier feilboten, und Nachforschungen angestellt.

»Der junge Händler befand sich zunächst in großen Schwierigkeiten. Angeblich drohte man ihm mit der Folter«, erzählte Li weiter. »Er versprach, selbst nach der flüchtigen Konkubine zu suchen. Sie musste irgendwo in der Nähe des Ortes sein, wo er das Pferd gefunden hatte, denn sonst wäre das Reittier nicht im Wald angebunden worden. Er hatte Glück und konnte die Schergen überzeugen, ihn gehen zu lassen. Man stellte ihm eine Belohnung in Aussicht, wenn er ihnen das Versteck der Mörderin verriet.«

»Warum sind nicht gleich Soldaten hierhergekommen?«

Lanfangs Kopf drehte sich. Sie hoffte immer noch, dass die Gefahr nicht so groß war wie befürchtet. Der junge Händler konnte sich einen Teil der Geschichte einfach ausgedacht haben, um kostenlos an eine Frau zu kommen.

»Wahrscheinlich dachten sie, dass die Händler weniger auffallen würden. Vor anrückenden Soldaten hätten wir uns alle versteckt, denn wir wissen, was von ihnen zu erwarten ist.«

Li seufzte.

»Der Junge überredete seinen Vater, wieder in diese Gegend zu kommen und sich nach einer jungen Frau umzusehen, die hier untergetaucht ist«, redete Li weiter. »Allein du kamst infrage. Deine großen Füße hätten dich retten können, denn so sieht keine Konkubine aus. Aber dein Mann, dem merkt man zu schnell an, dass er nicht aus unserem Land stammt. Auch davon müssen die Häscher ihm erzählt haben.«

Wenigstens klang es nicht so, als ob auch Bi De eine harte Strafe drohte. Vielleicht wäre der alte Herr Qi sogar bereit, ihm seinen Verrat zu vergeben, nachdem er schon einen Sohn verloren hatte und der zweite sich in Taiwan befand.

»Und was nun?«, fragte Lanfang. »Soll ich mein Kind gebären und dann sterben?«

Wenn Bi De leben durfte, hätte es wenigstens einen Vater.

»Nun müsst ihr fort!«, sagte Li aufgebracht und versetzte ihr einen Schubs. »Ich will nicht, dass du stirbst, ganz gleich, was du getan hast. Lauf voraus. Ich werde deinen Mann nachschicken, denn er wird weniger bewacht. Ihr müsst euch bis zur Küste durchschlagen und dort ein Schiff finden. Ich kann nicht mehr für euch tun, als euch die Flucht zu ermöglichen.«

Erneut stieß sie Lanfang an, diesmal noch heftiger.

»Weine nicht und lauf! Nur so bleibst du am Leben. Versteck dich im Wald und warte auf deinen Mann.«

Lanfang zögerte einen Moment, schloss Li dann in die Arme und drückte sie mit aller Kraft an sich.

»Du warst die Mutter, die ich nie hatte!«, schluchzte sie. Ihre Hoffnung, ihr Kind unter der Obhut dieser Frau gebären zu können, würde sich nicht erfüllen. Sie rannte los, stolperte über Wurzeln, sprang wieder auf und kämpfte sich vorwärts.

Nun wusste sie nicht mehr, wovon sie würde leben können, wo sie die nächste Nacht zubringen sollte und ob ihr Kind irgendwo ein Zuhause haben würde. Vielleicht könnte Bi De ihr nicht einmal nachkommen, weil die Dorfbewohner ihn festhielten. Aber der Wunsch, dass ihr Kind nicht ohne Mutter aufwachsen sollte, trieb sie unerbittlich vorwärts. Sie wusste, dass die Küste nicht allzu weit weg war. Li hatte sie einmal auf einen Hügel in der Nähe geführt und von dort aus hatte man in der Ferne das blaugraue Gewässer erblicken können. Nun hastete sie zu eben jenem Hügel, erklomm ihn und richtete ihren Blick auf den Horizont.

Der Anblick des Wassers tat wohl. Es versprach die Aussicht auf einen Weg in die Freiheit. Lanfang rollte sich im Dickicht der Bäume zusammen. Sie musste auf Bi De warten. Falls er nicht kam, würde sie ins Dorf zurücklaufen und sich ergeben. Ihr Kind konnte in der Dorfgemeinschaft aufwachsen, sie selbst war ohnehin verloren.

Sie harrte bis zum Abend in ihrem Versteck aus. Ihr Magen knurrte manchmal gequält, aber sie wagte nicht, sich nach Früchten umzusehen. Einmal hatte sie Bi De von dem Hügel erzählt, der Ausblick auf das Meer bot. Sie konnte nur hoffen, dass er sich daran erinnerte.

Leichter Regen setzte ein und es wurde kühler. Lanfang hörte ihre Zähne klappern und kämpfte gegen das Gefühl völliger Verlorenheit an. Bald schon würde sie erbärmlich frieren, da sie nicht einmal eine Decke hatte. Ihre Augen begannen dennoch zuzufallen, denn sie war völlig erschöpft.

Als sie hörte, wie jemand ihren Namen rief, duckte sie sich erschrocken. Hatte ein Geist des Waldes sie entdeckt? Schritte kamen näher. Inzwischen war es so dunkel, dass sie nur die Umrisse der Bäume erkennen konnte. Ihre Schultern wurden gepackt. Sie schrie auf, doch jemand hielt ihr eine Hand vor den Mund. Mit letzter Kraft versuchte sie sich zu wehren.

»Sei doch still!«, drängte Bi De auf Holländisch. »Sie verdächtigen dich schon, weggelaufen zu sein. Ich habe beteuert, dass ich dich zur Rückkehr überrede, und deshalb ließen sie mich losziehen. Zum Glück haben sie keine Ahnung, wo du hingelaufen bist, und hatten zu große Angst vor Geistern, um im Dunkeln loszuziehen.«

Lanfang klammerte sich weinend an ihn. Lange hatte sie versucht, stark zu bleiben, aber nun fühlte sie sich nicht mehr in der Lage dazu.

»Wo sollen wir denn jetzt noch hin?«, wimmerte sie.

»Es gibt Möglichkeiten«, erwiderte er und strich ihr beruhigend über den Rücken. »Manche Seeleute wagen den Weg nach Formosa, obwohl es verboten ist. Die Küstenregion ist kaum noch besiedelt, also gibt es kaum Kontrollen. Wir werden es schaffen.«

»Warum sollten sie uns mitnehmen?«, widersprach Lanfang. »Wir haben nichts. Wir werden hier nur elendig verhungern.«

Er zog einen Sack unter seinem Kittel hervor, der ein paar Eier und Litschis enthielt.

»Das konnte ich heimlich mitnehmen. Wenn es verbraucht ist, werden wir weitere Früchte finden. Einen Schiffsbesitzer kann ich auch bezahlen. Ich habe noch zwei Ringe, die der Herr Qi mir schenkte. Im Dorf habe ich sie vor den Leuten versteckt, weil ich ahnte, dass wir sie irgendwann brauchen werden.«

Er hatte sie auch vor Lanfang verborgen, denn sie hätte ihn sonst gedrängt, alle Schätze Li zu übergeben. Das Dorf war für sie jenes Zuhause gewesen, nach dem sie sich immer gesehnt hatte, und deshalb hatte sie schnell begonnen, seinen Einwohnern blind zu vertrauen. Es überraschte sie, dass ihr oft verträumter, weltfremder Mann sich nun vernünftiger verhalten hatte.

»Wir verstecken uns, bis es hell wird. Im Morgengrauen schleichen wir uns zur Küste«, schlug er vor. »Dort müssen wir ein Schiff suchen und verschwinden, bevor die Leute aus dem Dorf uns finden können. Es gibt Schmuggler, das hat auch Li immer wieder erzählt. Wenn wir Glück haben, finden wir schnell einen davon.«

Ein noch größeres Glück wäre, wenn er sie tatsächlich nach Taiwan brächte, anstatt einfach den Schmuck an sich zu reißen und sie umzubringen. Er konnte sie auch beide in die Sklaverei verkaufen. Lanfang beschloss, nicht an alle Übel zu denken, die ihnen noch drohten.

Bis jetzt war sie noch am Leben geblieben, trotz aller Widrigkeiten. Sie musste dankbar sein für jeden Tag, den sie noch hatte.

17. Kapitel

Irgendwo in der Nähe von Fort Zeelandia, Formosa

»Da vorne ist Fort Zeelandia!«, rief Frans und wies auf die Umrisse einer Festung am Horizont. Emma blickte erfreut auf. Es tat so wohl, wieder einige Spuren der holländischen Besiedelung Formosas zu sehen! Solide steinerne Bauten, ganz anders als die grell bemalten Hütten der Ureinwohner und die mit feinen Schnitzereien verzierten Holzhäuser der Chinesen. Sie verspürte einen Stich von Sehnsucht nach einer Heimat, die sie nie wirklich gekannt hatte.

»Wahrscheinlich ist es inzwischen unbewohnt«, meinte Emma seufzend und wischte sich den Schweiß aus dem Gesicht. Anders als Frans war sie niemals im Haus des Gouverneurs gewesen. Mit ihrem Vater hatte sie zunächst in Mattau, später in Davilo gelebt. Frans und sie hatten sich vor einigen Tagen kurz in Mattau umgesehen, um gleich darauf zu verschwinden, denn der Ort wurde nun fast ausschließlich von Chinesen bewohnt. Die Siraya arbeiteten für sie als Diener. Emma hatte nicht gewusst, wohin sie sich dort wenden sollten. Der Dschungel war ihr inzwischen vertrauter. Frans konnte jagen, während sie mit Anna nach Früchten und Pilzen suchte. Auf diese Weise hatten sie es geschafft zu überleben.

Emma wollte sich nicht ausmalen, was ihr Vater gesagt hätte, wenn er sie jetzt hätte sehen können. Ihr Haar war seit Wochen nicht gekämmt worden und fiel ihr bis zu den Hüften. Es unter einer Haube zu verbergen, wie es sich für eine anständige holländische Frau gehörte, wäre Emma nun in der Hitze unerträglich vorgekommen. Sie trug nichts weiter als eine inzwischen zerschlissene Bluse und einen Wickelrock, der ihre Knie bedeckte. Die Chinesen hielten sie für eine der Ureinwohner und machten sich daher nicht die Mühe, sie genauer anzusehen. So hatte Emma ihre wahre Herkunft verbergen können. In der neuen Gesellschaft auf Formosa gehörte sie nun zur Unterschicht, ebenso wie Frans und Anna.

Obwohl sie sich an diesen Zustand gewöhnt hatte, war sie nicht bereit, ihn auf Dauer hinzunehmen. Ihr Kind sollte in einem sicheren Zuhause aufwachsen, lesen und schreiben lernen und an den Gott seiner Mutter glauben. Nur waren all diese Wünsche schwer zu verwirklichen. Die holländischen Schulen waren nun alle geschlossen worden. Es gab keine Kirchen mehr und keine christlichen Priester.

»Vielleicht fahren von Fort Zeelandia aus noch Schiffe nach Batavia«, sagte Emma hoffnungsvoll zu Frans, der ein skeptisches Gesicht zog.

»Die Handelsgesellschaft und der Sohn von Zheng Chenggong sind sicher keine guten Freunde. Ich glaube, die Insel ist im Moment völlig isoliert, denn auch die neuen Herrscher Chinas erkennen unsere Regierung nicht an. Ich sagte doch schon, dass der König von Middag …«

»Ein wunderbar tapferer Rebell ist«, unterbrach Emma ungeduldig. »Aber sein Aufstand wird niedergeschlagen werden, weil die Familie Zheng bessere Waffen hat. Bevor wir dort Zuflucht suchen, hätten wir auch in den Bergen bleiben können.«

Wenn sie ihr Kind als Ehefrau von Frans hätte zur Welt bringen dürfen, wäre sie vielleicht geblieben. Aber die Sitten der Siraya hatten ihr keine andere Wahl gelassen, als ins Ungewisse aufzubrechen.

»Wir können versuchen, Arbeit zu finden, so wie andere Siraya«, schlug Anna vor. »Tayouan, die Siedlung beim Fort, ist sicher noch bewohnt. Dann hören wir uns um, ob noch Schiffe fahren, die uns nach Batavia bringen können.«

Sie richtete einen hoffnungsvollen Blick auf die einzige Holländerin unter ihnen. Emma wurde bewusst, wie viel von ihr abhing. Sie allein konnte Frans und auch Anna die Aussicht auf ein Leben bieten, das ihr Vater ihnen einst versprochen hatte. Zwei Siraya würde kein Kapitän nach Batavia bringen.

»Wir gehen zu dem alten Fort und sehen, was wir dort vorfinden«, beschloss sie. »Es muss noch einige Holländer geben, die zurückgeblieben sind und uns helfen könnten.«

Ihre zwei Begleiter nickten zustimmend. Emma atmete erleichtert auf. Sie sehnte sich nach einem sicheren Haus und einem weichen Bett, denn sie waren lange schutzlos durch die Wildnis geirrt. Rasch fuhr sie sich mit den Fingern durchs Haar. Wenigstens hatte sie immer wieder Möglichkeiten gefunden, sich zu waschen, doch müsste ihr Anblick aufrechte Christen erst einmal entsetzen.

Die Zeiten waren hart. Vielleicht hätte sogar ihr Vater ein wenig Verständnis aufgebracht.

»Wir brauchen ein Boot, um nach Tayouan zu kommen«, sagte Frans. »Früher gab es genug Siraya, die sich auf diese Weise etwas verdienen wollten. Hoffentlich hat es sich nicht geändert.«

Das hatte es zum Glück nicht. Frans verhandelte mit einigen Männern in Lendenschurzen, dann wurden sie im Austausch für drei Kokosnüsse auf einem Boot transportiert. Tayouan, das Emma zum ersten Mal besuchte, erinnerte an Mattau, da nur noch chinesische Bauwerke zu sehen waren. Sie schlichen durch enge Gassen, wo sie von Chinesen abfällig gemustert wurden wie Dschungeltiere. Aus den Tempeln drang der beißende Geruch von Räucherstäbchen, Straßenhändler boten Gerichte feil und auf dem Marktplatz wurde laut gefeilscht. Man sah auch die Ureinwohner der Insel. Manche bettelten, andere schleppten Lasten oder fegten Böden, während vornehme Chinesen in Tragestühlen unterwegs waren. Das Getümmel einer größeren Stadt schien gleichzeitig erschreckend und doch voller Versprechen. Endlich müssten sie keine Angst mehr vor wilden Tieren oder plötzlichen Überfällen feindlicher Stämme haben. Emma blickte zu Frans, der ebenfalls zufrieden aussah. Auch er wollte sein Leben nicht in einer Hütte im Dschungel verbringen.

Schließlich entdeckte Anna eine Gaststätte, die von Siraya betrieben wurde. Sie befand sich in einer baufälligen Hütte, vor der ein paar Bänke standen. Eine Frau mit dichtem Kraushaar briet Fleisch auf einem Kohlenbecken, um sie herum saßen drei Männer auf den Boden, die angetrunken wirkten. Alles sah sehr schmutzig aus.

»Wir könnten fragen, ob sie unsere Hilfe brauchen«, schlug Anna zaghaft vor. »Ich möchte ehrlich gesagt nicht für Chinesen arbeiten.«

»Sie behandelten einfache Leute noch schlechter als Hunde«, stimmte Frans zu.

Emma konnte sich nicht überwinden, in dieser heruntergekommenen Wirtschaft um Arbeit zu bitten. Ratlos richtete sie ihren Blick auf Vorbeigehende. Als sie einen hochgewachsenen Mann erblickte, der zwar chinesische Kleidung trug, aber rotblondes Haar hatte, tat ihr Herz einen Sprung.

»Seid gegrüßt!«, rief sie auf Holländisch und hastete auf ihn zu. Er blieb verwirrt stehen, blickte sich um und musterte Emma schließlich völlig ratlos.

»Mein Name ist Emma Hambroek«, begann sie in ihrer Muttersprache. »Ich bin …«

»Die Tochter des toten Missionars?«, fragte der Mann verblüfft. Als Emma bejahte, packte er ihr Handgelenk und zog sie in eine kleine Seitengasse, um sie genauer zu mustern. Frans und Anna waren klug genug, sich nicht einzumischen.

»Ihr seht tatsächlich wie eine Europäerin aus«, stellte der Mann fest. »Haben die Wilden Euch entführt?«

Emma erklärte, dass sie bei ihnen aufgewachsen war.

»Mein Mann ist ein Siraya, aber er ist getauft und wurde von meinem Vater erzogen«, erklärte sie. »Wir möchten zusammen nach Batavia übersetzen.«

»Dorthin fährt kein Schiff, das könnt ihr vergessen«, erwiderte der Mann. »Ich bin nun Soldat im Dienst der Familie Zheng. Meine Frau ist Chinesin. Wenn Ihr wollt, könnt Ihr eine Weile bei mir wohnen.«

Eine Last rutschte von Emmas Schultern. Manchmal war das Schicksal unerwartet großzügig. Ihr Vater hätte gesagt, dass Gott ihr beistand, aber sie vertraute nicht mehr ganz auf die Aussagen ihres Vaters.

»Ihr seid sehr großzügig«, wandte sie sich an den Holländer.

»Es ist schon gut. Ihr seid in einer Notlage und Euer Vater war ein bedeutender Mann«, versicherte er. »Ich diente einst unter dem Gouverneur Çoyett und weiß, welch tapferen Tod der Missionar Hambroek starb.«

Wenn sie die Tochter eines unwichtigen Mannes gewesen wäre, hätte dieser Holländer sie wohl ihrem Schicksal überlassen. Emma beschloss, nicht darüber nachzudenken. Sie hatte dringlichere Sorgen.

»Mein Mann und meine Freundin, die mir hierher folgten, werden Euch ebenfalls sehr dankbar sein«, sagte sie zu dem Landsmann, der sich ihr als Thomas de Vries vorstellte.

Für einen Moment runzelte er die Stirn.

»Beides sind Siraya, habt Ihr gesagt?«

Emma bejahte. Falls dies dazu führte, dass er sein Angebot zurückzog, würde sie damit leben müssen.

Er räusperte sich nur.

»Meine Frau hat keine gute Meinung von den Ureinwohnern, aber sie wird es hinnehmen«, meinte er schließlich. »Bitte holt Eure Begleiter und folgt mir.«

Emma bedankte sich erneut, lief dann los, um Frans und Anna zu benachrichtigen.

Thomas de Vries bewohnte ein kleines Haus in der Nähe

des Königspalastes. Seine Aufgabe bestand darin, den Soldaten des neuen Herrschers den Umgang mit westlichen Schusswaffen beizubringen, wie er Emma unterwegs erklärte. Zheng Chenggong hatte eine Leibgarde aus afrikanischen Kriegern besessen, die über solche Waffen verfügte. Sein Sohn hatte sie nun geerbt, doch sollten diese Soldaten seinem persönlichen Schutz dienen, daher waren sie unabkömmlich. Niedere Aufgaben wie die Ausbildung neuer Rekruten waren daher den Holländern überlassen worden, die nun in den Diensten des neuen Herrschers standen.

»Für mich hat der Herrschaftswechsel kein echtes Unglück bedeutet«, sagte Thomas de Vries unterwegs. »Doch ist der Verlust unserer christlichen Missionare natürlich ein Nachteil für die Insel.«

Er wandte sich schnell um und blickte zu Frans und Anna, die ihnen hinterherliefen.

»Die Wilden zu zivilisieren ist eine wichtige Aufgabe, die Euer Vater meisterhaft erfüllte«, sagte er zu Emma. Obwohl sie auf dieses Lob hätte stolz sein sollen, kam es ihr plötzlich vor, als hätte er gleichzeitig jene Leute, bei denen sie fast ihr ganzes Leben verbracht hatte, beleidigt.

Sie betraten nun den Innenhof seines Heims. Er wies eine jener Steinformationen auf, die Chinesen liebten, und ein Brunnen ließ Wasser daran herabfließen. In einem Teich schwammen rot glänzende Fische. Wer so lebte, war nicht arm. Thomas de Vries hatte tatsächlich keinen Grund, den Machtwechsel in Formosa zu bedauern.

Seine Ehefrau kam ihnen auf Lotusfüßen entgegen und konnte ihr Missfallen über das Auftauchen der unerwarteten Gäste nur schlecht verbergen. Dennoch nahm sie die Entscheidung ihres Mannes hin. Emma und ihre Gefährten erhielten ein kleines Zimmer im oberen Stockwerk, bekamen frisches Wasser, um sich zu waschen, und eine Mahlzeit aus

Reis und Gemüse. Emma fühlte sich wie im Paradies. Auch Annas Augen leuchteten.

»Vielleicht können wir uns mit den Chinesen arrangieren, wie auch dieser Thomas de Vries es getan hat«, meinte sie hoffnungsvoll.

Nur Frans zog ein skeptisches Gesicht.

»Für einen holländischen Soldaten mag es möglich sein, einen höheren Rang einzunehmen und entsprechend entlohnt zu werden. Für uns Siraya ist es nicht so leicht.«

»Wir müssen nur die richtige Gelegenheit abwarten«, beharrte Anna.

Anschließend rollten sie sich alle auf ihren Matratzen zusammen, da sie völlig erschöpft waren.

Emma staunte, weil ihr die Geräusche des Dschungels, der niemals wirklich zur Ruhe kam, plötzlich fehlten. Sie drückte die Hand ihres Mannes, der stets Teil ihres Lebens gewesen war. Er gab ihr auch hier ein Gefühl der Sicherheit.

Das Morgenmahl nahmen sie mit der Gemahlin von Thomas de Vries ein. Der Hausherr war aufgebrochen, um seine Pflichten im Dienst des neuen Herrschers zu erfüllen. Die Chinesin war mit ihrem breiten Gesicht und wulstigen Lippen keine Schönheit, doch legte sie großen Wert auf ein tadellos eingerichtetes Haus und elegante Kleidung.

Emma gegenüber verhielt sie sich freundlich, Anna und Frans wurden weitestmöglichst ignoriert. Das war ärgerlich, ließ sich aber nicht ändern.

»Mein Gemahl sagte, Ihr seid die Tochter eines Gelehrten, der während der Belagerung starb«, meinte die Chinesin, als sie zusammen ihren Reis aßen.

Emma bejahte, zog es vor, nicht auf die Frage der Religion einzugehen.

»Dann ist Eure Schwester jene junge Holländerin, die zunächst im Palast des Herrschers lebte«, sagte Mevrouw de Vries mit völliger Gelassenheit. Emma ließ kurz ihre Stäbchen fallen.

»Ist sie nicht mehr dort?«

Sie war davon ausgegangen, dass Sophie sich hinter den Mauern des Königspalastes befand. Ihre Aussichten, dorthin zu gelangen, waren schlecht, aber vielleicht könnte Thomas de Vries ihr helfen.

»Eine Freundin, die im Palast arbeitet, erzählte mir, unser Herrscher hätte eine junge Holländerin mit einem seiner Vertrauten vermählt«, erklärte Mevrouw de Vries. »Sie lebt nun etwas außerhalb der Stadt.«

Tränen schossen Emma in die Augen. Wie kam Sophie mit alldem zurecht? Ihre Schwester war immer sehr zart und empfindsam gewesen.

»Ich verstehe Euren Kummer«, meinte Mevrouw de Vries mit einem sanften Lächeln. »Auch ich musste meine Familie zurücklassen, um dem großen Zheng Chenggong zu dienen. Ich arbeitete in der Küche. Meine Eltern werde ich wahrscheinlich niemals wiedersehen.«

Dafür hatte sie nun einen Ehemann und ein schönes Zuhause. Auch mit Mevrouw de Vries hatte das Schicksal es im Grunde gut gemeint.

»Gibt es denn keine Möglichkeit, dass ich diese Holländerin, die vermählt wurde, eines Tages sehen kann? Damit ich wenigstens weiß, ob es wirklich meine Schwester ist?«, fragte Emma aufgeregt.

»Ich werde mit meinem Gemahl reden«, meinte die Chinesin ausweichend. Emma begriff, dass sie keinen Ärger verursachen durfte, aber ihr Herzschlag hatte sich beschleunigt.

Sie war ihrer Schwester so nahe! Falls Sophie todunglücklich war, müssten sie einen Weg finden, die Insel gemeinsam zu verlassen.

Lanfang atmete feuchtschwüle Luft ein. Das Klima auf Taiwan war ähnlich wie im Lande Min, doch schien diese Insel so wenig besiedelt wie die Küstenregion, nachdem die Leute von dort vertrieben worden waren. Einmal waren die Götter Bi De und ihr gewogen gewesen, denn er hatte mit seinen zwei Goldringen tatsächlich eine sichere Überfahrt für sie beide erkaufen können. Nun standen sie an einem Ufer unter Palmen, wo der Schiffskapitän seine Ware abladen ließ. Große, dunkelhäutige, halbnackte Männer schleppten Kisten in das Dickicht des Dschungels. Dies mussten die Ureinwohner der Insel sein, die in irgendein Dorf unterwegs waren. Lanfang ging nicht davon aus, dass Bi De und sie dort willkommen wären. Der Kapitän hatte sie zusammen mit all seinen anderen Gütern abgeladen, jetzt hatte er keine Verwendung mehr für sie.

»Wir müssen uns bis nach Fort Zeelandia durchschlagen«, meinte Bi De, als der Dschungel alle Lastenträger zusammen mit dem Kapitän verschluckt hatte. Ein paar Leute waren zurückgeblieben, um die Dschunke zu bewachen, aber von ihnen konnten sie keine Hilfe erwarten.

»Die Leute auf dem Schiff haben gesagt, wir müssen südwärts laufen«, fügte er hinzu und wies in die Richtung. Lanfang nickte zustimmend. Sie wusste nicht, wie weit dieser Weg wäre, aber wenigstens war sie nun sicher vor der Familie Qi.

Bis auf diesen Qi Yuen, der in Taiwan lebte und Bi De zu seinem Vater geschickt hatte. Aber Bi De hatte ihr versichert, dass sie nur seinem Heim fernbleiben müssten.

»Ich glaube nicht, dass irgendjemand ahnt, dass wir hier sind«, meinte er nochmals und strich ihr beruhigend über die Schulter. »Wir müssen einfach die Küste entlanglaufen. Es gibt überall Dörfer der Ureinwohner. Manche sind feindselig, aber viele auch freundlich. Wir müssen nur vorsichtig sein.«

Wie genau sie das anstellen sollten, wenn sie allein unterwegs waren, verstand Lanfang nicht ganz. Aber sie fügte sich seinen Vorschlägen, denn im Gegensatz zu ihr kannte er Taiwan.

Die Natur war wunderschön und half Lanfang zunächst, ihre allmählich schmerzenden Beine zu vergessen. Palmen säumten den Strand, im Hintergrund wuchsen Berge in einen wolkenbedeckten Himmel und Vögel flatterten durch die Luft. Ein Hauch von zauberhafter Leichtigkeit schwebte über dieser Insel. Vielleicht würden sie hier endlich ihr Glück finden.

Als es dunkel geworden war und sie am Rand des Dschungels unter ein paar Bäumen kauerten, da Regen das Land zu überschwemmen drohte, kamen Lanfang wieder Zweifel daran. Es war plötzlich so kalt geworden, dass ihre Zähne klapperten. Bi De hielt sie fest umklammert und flüsterte ihr zu, dass sie keine Angst haben sollte. Aber hinter ihr krächzte und fauchte eine unbekannte Wildnis. Lanfang verspürte eine so starke Sehnsucht nach ihrer Heimat, dass ihr Tränen in die Augen schossen. Sie schämte sich für dieses Zeichen der Schwäche und war dankbar für den Regen, der es verbarg.

Am nächsten Morgen brannte wieder die Sonne von einem strahlend blauen Himmel. Lanfang entdeckte ein paar Kokosnüsse, die Bi De mit einem Stein aufschlug. Taiwan zeigte sein freundliches Gesicht, sodass sie gemeinsam weiterzogen. Lanfangs Füße begannen bald zu bluten, da ihre Sandalen zerschlissen waren und sie auf scharfe Muscheln getreten war. Sie riss ein paar Streifen von ihrem Kittel, um daraus Verbände zu machen. Die Zeit, da sie kostbare Seidengewänder getragen hatte, kam ihr nun vor wie ein früheres Leben.

Sie schafften es, die nächste Nacht zu überstehen und auch den folgenden Tag. Manchmal vermeinte Lanfang Gestalten im Dickicht des Dschungels huschen zu sehen, aber sie wurden nicht angegriffen, wenn auch wahrscheinlich beobachtet. Die Insel bot ihnen Früchte, von denen sie leben konnten. Fast begann dieser Zustand der Verlorenheit ihr zu gefallen. Sie lebte in einer verzauberten Welt, die ungefährlich wirkte. Vielleicht konnten Bi De und sie irgendwo eine kleine Hütte bauen und warten, bis das Kind geboren wurde.

Nach drei Tagen erblickten sie plötzlich die Umrisse von steinernen Gebäuden am Horizont, das erste Zeichen, dass es hier noch andere Menschen außer ihnen gab.

»Fort Zeelandia«, murmelte Bi De. »Vor drei Jahren war ich mit meiner Familie im Dschungel unterwegs. Als wir diese Festung erblickten, hofften wir, endlich in Sicherheit zu sein.«

Lanfang wusste nicht besonders viel von dieser Zeit seines Lebens. Er hatte ihr von einer Schwester und einer Stiefmutter erzählt, um die er sich sorgte. Aber die waren sicher nicht mehr in der Festung, nachdem Zheng Chenggong sie erobert hatte.

»Wollen wir dorthin?«, fragte sie ihn. »Was erhoffst du zu finden?«

Er seufzte leise.

»Spuren meiner Vergangenheit. Leute, die ich einmal kannte. Sie könnten uns helfen.«

Was wäre, wenn sie alle fort waren? Oder nicht helfen wollten?

Lanfang beschloss, ihm diese Frage nicht zu stellen. Sie hatten es zusammen bis hierhergeschafft und sie musste darauf vertrauen, dass es irgendwie weitergehen würde.

Vor den Überresten der holländischen Festung gab es eine kleine Stadt, die hauptsächlich von Chinesen bewohnt wurde. Bi De schien betrübt, wie sehr sich alles verändert hatte, aber Lanfang war erleichtert. Hier fühlte sie sich zu Hause und würde zurechtkommen. Schon am ersten Tag konnte sie ihnen beiden ein Abendessen verdienen, indem sie in einer Garküche aushalf. Anschließend schliefen sie in einer Hütte mit fünf anderen Leuten. Ungeziefer huschte auf dem Boden herum, es stank nach Exkrementen, doch sie hatten ein Dach über dem Kopf. Niemand hier zeigte sich erstaunt über Bi Des Aussehen, denn die Leute in Taiwan mussten an Holländer gewöhnt sein. Außerdem gab es hier die Ureinwohner, ähnlich groß wie Europäer, aber wesentlich dunkler und muskulöser. Sie waren in der Stadt oft zu sehen, verrichteten vor allem niedere Arbeiten. Lanfang war zuversichtlich, dass ihr Mann und sie hier zurechtkämen. Am dritten Tag ging sie in einen Tempel der Göttin Mazu, Beschützerin von Seefahrern und Fischern. Laut den Leuten aus der Garküche war sie hier eine der wichtigsten Gottheiten. Lanfang zündete Räucherstäbchen an und verneigte sich mehrfach vor ihrer Statue, denn hier auf Taiwan hoffte sie endlich ein Zuhause zu finden.

Als sie zu der Garküche zurückkehrte, erzählte die zahnlose Alte, die sie betrieb, dass Bi De mit ein paar Leuten fortgegangen war.

»Das waren Japaner. Die leben weiter unten bei der Ruine, denn sie waren vorher schon hier. Sie beten diesen fremden Gott an, den auch die Holländer verehren. In Japan ist das nicht erlaubt. Hier schon, denn die Zhengs sind froh über jeden Untertan, der nicht zu den Wilden gehört!« Sie kicherte laut, wandte sich dann ein paar Leuten zu, die ihren Eierreis kaufen wollten.

Lanfang half ihr, die Schüsseln zu füllen.

»Hat er gesagt, wann er zurückkommt?«

»Nein. Das sagen Männer nie, denn sie wollen doch tun, was ihnen gefällt«, plapperte die Alte weiter. Lanfang wollte nicht darauf hinweisen, dass Bi De nicht so war.

»Dein Mann ist ja Holländer. Die haben auch jetzt Aussichten auf eine gut bezahlte Arbeit, wenn sie unsere neue Regierung akzeptieren. Ich bin nur froh, dass der Krieg vorbei ist. Mein jüngster Sohn wurde von den Holländern erschossen, aber ich bin ihnen nicht böse, es wurde überall gemordet.«

Sie wischte sich die Hände an ihrem Kittel ab.

»Jetzt habe ich keine Kinder mehr. Du bist tüchtig. Du kannst auf jeden Fall bleiben, auch wenn dein Mann nicht wiederkommt.«

Sie klopfte Lanfang beruhigend auf die Schulter. Offenbar war eine schwangere Frau überall willkommen, wo es an Nachkommen mangelte.

»Mein Mann kommt sicher bald wieder«, versicherte sie. »Aber ich danke dir für dein Angebot. Bitte lass meinen Mann auch weiter mitessen. Ich werde für zwei arbeiten, bis er ein Auskommen gefunden hat.«

Die Alte nickte mit einem verlegenen Lächeln.

»Mädchen, Männer ziehen weiter, wenn sie bessere Möglichkeiten haben. Einen jungen Holländer wollen viele Leute in ihre Dienste nehmen. Unser Herrscher hat alle holländischen Soldaten übernommen und auch die Frauen sind in seinem Palast, obwohl sie noch größere Füße haben als du und ich.«

»Mein Mann ist kein Soldat«, entgegnete Lanfang. Sie konnte sich Bi De nicht mit einer Waffe in der Hand vorstellen. Im Grunde wusste sie nicht, was er anderes machen sollte als zu unterrichten. Aber gab es in Taiwan einen Mangel an Lehrern? Wenn es um die Vermittlung von Gelehrsamkeit ging, würden Chinesen sicher bevorzugt werden, da man alle Fremden für Barbaren hielt.

»Ich danke dir für deine Großzügigkeit und werde gern mit meiner Familie weiter bei dir wohnen«, versicherte sie, machte sich dann daran, weiteren Reis zu kochen. Wenn es nicht anders ging, würde sie selbst Bi De und auch das Kind ernähren.

Es dämmerte bereits, als Bi De endlich zurückkehrte. Lanfang fiel ihm um den Hals und schämte sich, weil sie in Tränen ausbrach. Die Schwangerschaft schien sie weicher und verletzlicher zu machen, als ihr lieb war.

»Ich hatte Angst, du kommst nicht mehr!«, sagte sie nach Luft japsend. Die Warnung der Alten hatte sie trotz allem verunsichert.

»Warum sollte ich denn nicht?«

Er lachte und legte seinen Arm um sie.

»Ich habe Freunde wiedergefunden, wie ich es erhoffte. Im Fort gab es einen alten Japaner, der mir als Erster eure Schriftzeichen zeigte. Akira. Er lebt immer noch hier mit seiner Familie und ein paar anderen japanischen Christen.«

Lanfang wischte sich verlegen die Nase mit dem Ärmel ab.

»Das freut mich für dich. Wissen sie etwas über deine Familie?«

Er verneinte.

»Aber sie wollen, dass wir zu ihnen ziehen. Ihre Kinder sollen christlich erzogen werden. Nun, da alle Missionare weg sind, kann ich ihnen etwas über die Religion meiner Vorfahren erzählen.«

Strahlend sah er sie an.

»Wir können morgen schon aufbrechen. Akira lässt uns bei seiner Familie wohnen. Er verkauft japanischen Reiswein und andere Waren aus seiner Heimat. Sein Geschäft ist beliebt, daher hat er ein großes Haus, in dem wir unterkommen können.«

Lanfang dachte an die magere Alte, die ihr ebenfalls eine Unterkunft angeboten hatte. Aber sie musste die Aussicht auf eine Verbesserung ihrer Lage nutzen. Bei den Japanern würde sie sicher eine neue Möglichkeit finden, sich nützlich zu machen.

Sie hatte einen Mann, der sie nicht im Stich ließ. Ein größeres Geschenk konnte das Leben ihr nicht machen.

Am nächsten Morgen verabschiedete sie sich von der Besitzerin der Garküche, die ihren Missmut nur schlecht verbergen konnte.

»Vergiss nicht, wie wankelmütig Männer sind. Du kannst immer zu mir zurückkommen«, meinte sie nur und wandte Lanfang dann den Rücken zu, ohne irgendwelche Abschiedsworte zu sprechen. Das war enttäuschend, doch Lanfang vergaß den Vorfall schnell, nachdem sie der japanischen Familie vorgestellt worden war.

Sie wurden herzlich empfangen, erhielten ihr eigenes Zimmer, das völlig frei von Ungeziefer war, und die Ehefrau des Herrn Akira überschüttete Lanfang mit Ratschlägen, worauf eine junge Frau während ihrer ersten Schwangerschaft achten sollte.

Dieser Ort war besser als alle, an denen sie jemals zuvor gelebt hatte. Sie beschloss, baldmöglichst weitere Räucherstäbchen im Mazu-Tempel anzuzünden, denn die Göttin dieser Insel schien eine jener netten, alten Frauen zu sein, die einer zukünftigen Mutter gewogen waren.

18. Kapitel

Tayouan, Formosa

Angesichts ihres ersten Ausflugs in die Stadt verspürte Sophie unerwartete Nervosität. Es kam ihr vor, als hätte sie die meiste Zeit ihres Lebens hinter Mauern verbracht. Zunächst in Fort Zeelandia, dann im Herrscherpalast und jetzt im Haus von Bai Jun. Die Welt jenseits dieser abgeschirmten Schutzräume kam ihr plötzlich bedrohlich vor, lockte aber auch mit dem Geruch von Freiheit. Sophie sollte zunächst einmal im Tragestuhl Tayouan durchqueren. Wenn sie darauf bestand, würden die Träger sie absetzen, damit sie ein wenig herumlaufen konnte, immer mit ihrer Eskorte im Rücken. Sie hatte auch einen Beutel mit Käschmünzen und Silberbarren erhalten, falls sie irgendwelche Einkäufe tätigen wollte. Zhongli hatte sie unter ihren Arm geklemmt, denn die Wärme des kleinen Hundekörpers gab ihr ein Gefühl der Sicherheit.

Sie wurde eine Straße entlanggetragen und geriet schnell ins Getümmel der Stadt. Das Kreischen chinesischer Händler drang an ihr Ohr, es roch nach starken Gewürzen und manchmal atmete sie auch Gestank ein, dessen genauere Ursache sie lieber nicht wissen wollte. Als sie einen Marktplatz erreichten, ließ Sophie sich absetzen. Schon in Davilo hatte sie gern Stoffe und Schmuck begutachtet, die zum Verkauf angeboten worden waren. Hier war die Auswahl viel größer.

Sophie spannte den Sonnenschirm auf, der ihr mitgegeben worden war, drückte Zhongli noch fester an sich, da sie fürchtete, er könnte in dem Getümmel einfach irgendwo verschwinden. Zu ihrer Erleichterung wurde sie kaum angestarrt. In dieser Gegend Formosas waren Holländer immer noch selbstverständlich, und man begegnete ihr mit dem Respekt, der einer vornehmen Dame gebührte.

Sie entdeckte einen Verkaufsstand mit Emailschmuck und überlegte, ein paar Ohrringe zu erwerben. Bereits Fenzhi hatte ihr ermöglicht, sich die Ohrläppchen durchstechen zu lassen, was nicht einmal so schmerzhaft gewesen war wie befürchtet. Sie entschied sich für ein Paar roter Stecker und einen dazu passenden Armreif. Eifrig begann sie zu handeln, denn Fenzhi hatte ihr eingeschärft, dass dies bei Chinesen immer notwendig war.

Sollte sie nicht auch noch ein Geschenk für Fenzhi kaufen? Sie besuchte die Schwester des Herrschers nun wieder regelmäßig, wenn auch nicht so oft wie früher. Dennoch konnte es als Beleidigung gesehen werden, wenn sie mit einem billigen Schmuckstück bei ihr auftauchte. Die vielen Fallstricke chinesischer Etikette hatte Sophie immer noch nicht zu vermeiden gelernt.

Bai Jun hätte ihr sicher Rat geben können, doch hatte er wichtigere Dinge zu tun als einen Ausflug zum Markt.

Sophie merkte, dass sie ihn wieder einmal vermisste.

Nachdem sie mit dem Verkäufer handelseinig geworden war, steckte sie ihre Einkäufe in einen Beutel. Fenzhi sollte einen kleinen Ring mit Drachenmuster bekommen. Er mochte für ein Mitglied der Zheng-Familie zu gewöhnlich sein, aber Sophie ging davon aus, dass er ihr gefallen würde. Da er klein und schlicht war, lief sie nicht Gefahr, mit ihm an ihren Gewändern hängen zu bleiben, worüber sie bei ihrem anderen Schmuck häufig klagte.

Bei einem anderen Händler erwarb sie eine Schüssel Reis mit Fleischstücken, die sie an Zhongli verfütterte. Den Reis aß sie selbst mit einem Porzellanlöffel, der ihr großzügigerweise überlassen worden war. Überall wurde sie mit ausgesuchter Höflichkeit behandelt. Durch diese neue Erfahrung bestärkt, beschloss sie, sich noch ein wenig die Beine zu vertreten. Der Tragestuhl war ihr unangenehm eng.

Ihre Eskorte begann unruhig zu werden, als Sophie in eine Seitengasse abbog, aber sie scherte sich nicht darum. Sie hatte nicht geahnt, wie aufregend eine ganz und gar chinesische Stadt sein konnte! Ein wenig würden die Träger der Sänfte noch Geduld mit ihr haben müssen. Sie wagten es jedenfalls nicht, sie offen zur Rückkehr aufzufordern.

Vor einem grellbunten Lokal entdeckte Sophie einen Mann, der europäisch aussah, obwohl er chinesische Kleidung trug. Auf seiner Robe waren Stickereien mit Phönixen zu sehen, und er hatte einen schwarzen Hut mit Quasten, alles Zeichen eines höheren Ranges. Fenzhi hatte ihr erzählt, dass schon Zheng Chenggong holländische Soldaten bereitwillig in sein Heer aufgenommen hatte und sie schnell aufsteigen konnten, wenn sie sich loyal zeigten.

Der übliche Vorteil von Männern in dieser Welt, hatte sie mit ihrem schiefen Grinsen hinzugefügt.

Sophie verspürte darüber keine Bitterkeit. Sie hätte kein Mann sein wollen, der andere Männer töten musste, um zu Ansehen zu gelangen. Aber nun machte der unbekannte Holländer sie neugierig. Sie hätte gern erfahren, wie er im Dienst chinesischer Generäle zurechtkam. Dennoch unterdrückte sie den Impuls, ihn einfach anzusprechen, denn auch ihr Vater hätte ein solches Verhalten bei einer Frau nicht gutgeheißen. Sie konnte aber nicht umhin, ihn neugierig anzustarren.

Er schien ebenfalls auf sie aufmerksam zu werden, verbeugte sich nach chinesischer Art und wandte sich dann um, als wolle er nach jemandem rufen. Mehrere Leute kamen herbeigeeilt. Eine Chinesin auf Lotusfüßen, ein Ureinwohner und hinter ihm eine Frau in zerlumpter Kleidung. Wie ungepflegt das Haar der Siraya-Frauen sein konnte! Sophie hatte diesen Anblick schon fast vergessen.

Die Chinesin warf ihr einen misstrauischen Blick zu, dann verbeugte sie sich ebenfalls, da sie Sophies edle Kleidung zur

Kenntnis genommen haben musste. Ihre Augen blieben dennoch kalt.

Sophie neigte den Kopf zur Begrüßung. Ihre Bedenken schwanden. Sie galt als Frau eines angesehenen Mannes, war mit ihrer Eskorte unterwegs. Was hatte sie zu befürchten? Entschlossen trat sie ein paar Schritte auf den Mann zu, blieb dann völlig verdattert stehen, als sie den Siraya hinter ihm genauer mustern konnte.

Sie kannte dieses breite, gutmütige Gesicht, die dicht gelockten, schwarzen Haare und die breite Stirn. Niemals hätte sie damit gerechnet, hier einen Einwohner von Davilo zu treffen.

»Frans«, murmelte sie fassungslos.

Plötzlich rief eine Frau ihren Namen. Sophies Knie wurden weich. Sie hätte Emmas Stimme unter Tausenden erkannt, starrte die vermeintliche Siraya eindringlicher an. Emmas braunes, lockiges Haar war unfrisiert und reichte ihr bis zur Taille. Wie entsetzt der Vater gewesen wäre, wenn sie so das Haus verlassen hätte! Ihre Kleidung war zum Glück etwas züchtiger, denn sie trug einen schlichten chinesischen Kittel, der immerhin ihre Knöchel bedeckte. Nun tat sie zwei Schritte in Sophies Richtung, blieb dann stehen, als sie die Eskorte bemerkt hatte.

Auch Sophie versteinerte. Ihr wurde wieder bewusst, dass die Männer in ihrem Rücken sie nicht nur beschützen, sondern auch kontrollieren konnten. Alle holländischen Frauen waren in die Häuser chinesischer Männer gebracht worden, wo sie zu irgendeinem Zweck eingesetzt werden sollten. Hatte Emma diesen Holländer geheiratet, der nun in den Diensten der Zheng-Familie stand? Dann hätte sie nicht deutlich schäbigere Kleidung getragen als die Chinesin an seiner Seite. Außerdem war die Schwester in ihrer Entscheidung für Frans bemerkenswert hartnäckig gewesen, deshalb waren sie wohl auch immer noch zusammen. Emma hatte es wieder einmal geschafft, ihren eigenen Weg zu gehen, indem sie sich als Siraya ausgab. War es klug, hier in aller Öffentlichkeit zu verkünden, dass der berühmte Missionar Hambroek noch eine weitere Tochter auf Formosa zurückgelassen hatte?

Sophie kämpfte ihre Tränen nieder und wahrte die Fassung. Sie konnte an Emmas Gesicht lesen, dass auch ihre Schwester bemüht war, sich nicht durch Gefühlsbezeugungen zu verraten. Frans wandte sich an den chinesisch gekleideten Holländer und flüsterte ihm etwas ins Ohr. Mit weiteren Verbeugungen begann die ganze Truppe sich zu entfernen. Emma warf Sophie noch einen letzten Blick zu. Ihre Lippen bewegten sich, doch konnte Sophie nicht verstehen, was die Schwester ihr sagen wollte.

Dann war Emma aus ihrem Blickfeld verschwunden. Sophie wandte sich ihrer Eskorte zu und äußerte den Wunsch, nach Hause gebracht zu werden. Die Männer sahen zufrieden aus, doch als Sophie wieder die Sänfte bestiegen hatte, vermeinte sie plötzlich, in einem Verlies zu sitzen. Wie gern wäre sie stattdessen Emma hinterhergerannt, hätte sie umarmt und mit ihr gemeinsam um den toten Vater geweint. Stattdessen war sie in das Zuhause eines Mannes unterwegs, der sie als Geschenk erhalten hatte und mit ihr tun konnte, was auch immer ihm gefiel.

Sie hatte sich daran gewöhnt, Bai Jun zu vertrauen, aber wie viel durfte sie ihm wirklich erzählen, ohne Emma in Schwierigkeiten zu bringen? Plötzlich war aus dem netten Chinesen mit dem breiten Gesicht eines tapsigen Bären wieder jemand geworden, um den sie vorsichtig herumschleichen musste.

Emma trabte neben Frans einher. Thomas de Vries eilte ihnen voraus. Seine Frau hatte Mühe, auf ihren kleinen Füßen mit ihm Schritt zu halten, doch schaffte sie es mit der ihr eigenen Hartnäckigkeit. Ihr Name war Kleiner Mond, Xiao Yue. Wie

Emma inzwischen wusste, stammte sie aus einer durch den Krieg verarmten Familie und war sehr froh gewesen, mit einem holländischen Soldaten vermählt zu werden, der es zu bescheidenem Wohlstand gebracht hatte. Sie bewachte Thomas de Vries wie einen kostbaren Schatz, der ihr jederzeit geraubt werden konnte.

Emma hatte mitbekommen, dass sie eine des möglichen Diebstahls Verdächtige war. Im Augenblick sogar die Hauptverdächtige, da Thomas sich oft und gern mit ihr unterhielt. Er genoss das Gefühl, in seiner Muttersprache reden zu können, wie er ihr mehrfach versichert hatte. Doch manchmal schien er ihr allzu vertraulich, berührte bei Gesprächen wie zufällig ihren Arm und fragte immer wieder, ob er irgendetwas tun konnte, um ihr hartes Los zu erleichtern. Aus Rücksicht auf Xiao Yue hatte Emma alle Angebote abgelehnt. Sie wollte auch keine schönen Gewänder haben, denn aus Kleidern hatte sie sich niemals viel gemacht. In ärmlichen Kitteln und unfrisiertem Haar wurde sie für eine Siraya gehalten, was sie vor unnötiger Aufmerksamkeit bewahrte. Holländer waren auf Formosa immer noch Kriegsgefangene, auch wenn einige von ihnen bevorzugt behandelt wurden wie Thomas.

Doch nun brauchte sie seine Unterstützung.

»Das war meine Schwester!«, sagte sie aufgeregt. »Sie sieht wie eine vornehme Chinesin aus.«

»Man hat sie mit einem von Zheng Jings Gefolgsmännern vermählt. Er erlaubt ihr, allein das Haus zu verlassen, was nicht selbstverständlich ist«, erklärte Thomas. Sie hatten inzwischen sein Haus erreicht, wo Diener ihnen ein Abendessen servierten. Xiao Yue sah nicht sehr erfreut aus, mit Emma und Frans an einem Tisch im Innenhof zu sitzen, aber sie fügte sich wie immer den Wünschen ihres Gemahls.

Emma bediente sich an den zahlreichen Schüsseln, doch war ihr vor Aufregung der Appetit vergangen.

»Gibt es eine Möglichkeit, dass ich meine Schwester besuche?«, drängte sie.

Thomas räusperte sich.

»Es ist schwierig. Man müsste eine Nachricht an den Haushalt ihres Gemahls schicken. Dann müsstet Ihr auch erklären, wer Ihr seid.«

»Wäre das gefährlich?«, fragte Emma. Er diente den Chinesen lang genug, um die Lage beurteilen zu können.

»Unter Umständen. Viele Chinesen haben sich holländische Frauen ins Haus geholt, da es ihnen reizvoll schien. Vielleicht würde unser neuer Herrscher auch Euch verschenken wollen. Eure Bindung an einen der Ureinwohner hätte für ihn keine Bedeutung.«

In dieser Hinsicht hätte Zheng Jing also dieselbe Meinung wie ihr Vater!

»Aber ich könnte doch vorgeben, jemand anderer zu sein. Nicht Sophies Schwester, sondern … sondern …«

»Meine Frau«, unterbrach Thomas und schenkte ihr Reiswein ein. Es war Emma unangenehm, dass er Xiao Yue dabei übergangen hatte.

»Ihr seid bereits vermählt«, ermahnte sie ihn. Sie redeten auf Holländisch, sodass Xiao Yue nichts verstehen konnte. Ihr Blick war dennoch giftig.

»Meine Frau könnte eine Einladung an Eure Schwester schicken, mit der Bitte, von ihr mehr über holländische Sitten zu erfahren. Damit sie mir hilft, sich besser in chinesischen Diensten einzuleben, da sie die Unterschiede kennt«, schlug Thomas vor, ohne auf ihren Einwand einzugehen. Er redete kurz auf Chinesisch mit Xiao Yue. Sie lächelte und neigte zustimmend den Kopf, doch ihre Augen blieben kalt.

»Was ist, wenn Sophies … also der Mann, in dessen Haus sie lebt, nicht will, dass sie Besuche macht?«, wandte Emma ein.

»Dann haben wir Pech«, gab Thomas zu. »Aber er hat ihr gestattet, allein einen Markt aufzusuchen. Was sollte er dagegen haben, dass sie sich mit anderen Frauen trifft? Das ist auch unter Chinesen nicht unüblich, vornehme Damen besuchen einander. Eure Schwester steht im Rang über meiner Gemahlin, doch wenn sie großmütig ist, nimmt sie die Einladung an.«

Das würde sie auf jeden Fall tun, dachte Emma. Ihr Herz hämmerte vor Aufregung. Wenn alles gut ging, würde sie bald mit Sophie reden können. Ob ihre Schwester wohl glücklich oder wenigstens zufrieden war? In der Seidenrobe und dem kunstvoll frisierten Haar hatte sie wunderschön ausgesehen. Sophie hatte solchen Tand immer geliebt. Aber war es möglich, dass ihre empfindsame Schwester einen Chinesen als Ehemann hinnahm? Emma konnte sich das nicht vorstellen. Sophie hatte sich stets einen vornehmen Holländer gewünscht, der sie in die Heimat mitnahm.

»Ich danke Euch für Eure Hilfe«, sagte sie zu Thomas, der zufrieden lächelte und ihr nochmals Reiswein anbot. Nun sah Xiao Yue endgültig aus, als hätte sie in eine Zitrone gebissen. Auch Frans machte ein unzufriedenes Gesicht. Daher lehnte Emma dankend ab.

»Ich danke Euch, aber ich bin erschöpft und würde mich gern zurückziehen.«

Thomas nahm es hin, redete wieder mit seiner Frau.

Frans stieg zusammen mit Emma in ihr Gemach hoch, wo vermutlich Anna wartete.

»Dieser Holländer wird dich bald bitten, seine Gemahlin zu werden«, sagte er leise.

Emma fuhr empört herum.

»Er ist doch schon vermählt!«

»Er lebt jetzt nach chinesischer Tradition. Da kann er mehrere Frauen haben. Xiao Yue weiß das, deshalb würde sie dich am liebsten vergiften.«

»Aber er weiß doch, dass wir ein Paar sind«, beharrte Emma und ergriff Frans' Hand. Sie betraten einen leeren Raum. Anna musste bei den Dienstboten sein. Sie half gern aus, um sich nützlich zu machen.

»Was kann ich dir noch bieten?«, fragte Frans niedergeschlagen und hockte sich auf einen Schemel. »Die Chinesen rauben unser Land noch gründlicher aus, als die Holländer es taten. Wir Ureinwohner sind die Verlierer, außer der König von Middag.«

»Wirst du niemals aufhören, von diesem König zu reden? Wir wissen nichts über ihn, außer, dass er Zheng Chenggong bekämpfte.«

Emma seufzte tief. In Davilo war Frans von Kindertagen an ihr engster Vertrauter gewesen, aber in letzter Zeit gab es zwischen ihnen immer mehr Spannungen.

»Er besiegte Zheng Chenggong und vertrieb ihn aus seinen Ländereien. In dieser Hinsicht war er erfolgreicher als ihr Holländer«, gab Frans auch schon zurück. »Ich glaubte, ihr würdet uns den wahren Glauben und neues Wissen bringen. Aber ihr wolltet euch vor allem bereichern. Am Ende waren wir euch nicht einmal einen richtigen Verteidigungskrieg wert. Ihr habt unsere Insel den Chinesen in den Rachen geworfen und uns zu deren Sklaven gemacht.«

»Es gab sicher Gründe für das Verhalten der Handelsgesellschaft«, erwiderte Emma, obwohl sie diese selbst nicht kannte. »Wir müssten nach Batavia gelangen, um mehr darüber zu erfahren.«

»Dazu gibt es keine Möglichkeit«, kam es von Frans. »Ich habe mich hier umgehört. Es fahren wirklich keine Schiffe mehr. Selbst wenn wir eine Überfahrt bezahlen könnten, wäre es nicht möglich.«

Er beugte sich vor und ergriff Emmas Hände.

»Das Beste für dich wäre, die zweite Ehefrau von Thomas

de Vries zu werden«, sagte er mit belegter Stimme. »Er liebt diese Chinesin nicht. Du wärest ihm wichtiger und hättest in seinem Haus ein angenehmes Leben. So wie deine Schwester, die nun einen vornehmen Chinesen zum Mann hat. Ich bin ein Niemand hier, ein Wilder, der gerade einmal dazu taugt, Lasten zu schleppen. Wenn du also lieber den Holländer willst, dann …«

»Ich will ihn nicht!«

Emma stampfte mit dem Fuß auf.

»Ich bin aus den Bergen geflohen, weil ich deine Frau bleiben wollte. So ist es auch jetzt. Du bist derjenige, zu dem ich gehöre. Thomas soll seine kleine Mondfrau mit mehr Wertschätzung behandeln, anstatt sich nach Ersatz umzusehen. Wir finden einen Weg nach Batavia. Wir müssen nur geduldig sein.«

Frans' Gesicht entspannte sich. Er legte seinen Arm um ihre Schultern und sie schmiegten sich aneinander, wie sie es bereits als Kinder getan hatten. Emma glaubte daran, dass sich nichts ändern würde. Bald könnte sie Sophie sehen, dann würden sie weitere Pläne schmieden.

»Die Ehefrau eines Holländers möchte dich in ihr Haus einladen«, erklärte Fenzhi, der Sophie das Schreiben übergeben hatte. Sie selbst war immer noch nicht in der Lage, chinesische Schriftzeichen zu entziffern.

»Aber was will sie von mir? Ich kenne sie nicht!«

Sophie wusste, dass sie sich ahnungslos stellen musste. Von ihrem Wiedersehen mit Emma hatte sie niemandem erzählt, denn nun waren alle Chinesen wieder zu möglichen Feinden geworden.

»Sie schreibt, dass sie von dir etwas über die Sitten der Holländer erfahren möchte«, sagte Fenzhi. »Wahrscheinlich hat sie Angst, dass ihr Mann sich von ihr abwendet und sie zu einem nutzlosen Möbelstück in seinem Haushalt wird. Um das zu verhindern, würden viele Frauen sich freiwillig in eine Ziege verwandeln. Eine Holländerin zu werden ist also noch vergleichsmäßig harmlos. Nur nützt es meistens nichts.«

Sie stieß ihr vertrautes, spöttisches Lachen aus. In der Zeit, während Sophie Fenzhi nicht gesehen hatte, hatte sie es vermisst.

Der Umstand, dass sie inzwischen einige Chinesen mochte, machte ihre Lage nicht leichter, aber sie musste in diesem Dickicht zurechtkommen.

»Also werde ich hingehen und hoffe, ihr irgendwie helfen zu können«, beschloss sie laut. Bai Jun würde es hinnehmen, wenn sogar Fenzhi diesen Besuch als harmlos ansah. Sophie wurde vor Aufregung fast schwindelig. Sie ahnte, dass sie in diesem Haus auf Emma treffen würde. Falls dem nicht so war, würde sie sich allein auf die Suche nach der Schwester machen müssen. Allein das Wissen, dass sie in unmittelbarer Nähe sein musste, hatte Sophies Leben völlig auf den Kopf gestellt.

Fast trauerte sie um den Frieden, den sie in Bai Juns Haus gefunden hatte. Nicht einmal in Davilo hatte sie sich derart wohl gefühlt, da sie ständig Wutausbrüche ihres Vaters hatte befürchten müssen. Was auch immer geschah, Zhongli würde sie nicht noch einmal zurücklassen. Um diesen Entschluss zu bestätigen, steckte sie ihm ein Stück Fleisch ins Mäulchen.

»Du solltest Kinder haben«, meinte Fenzhi spöttisch. »So, wie du den Hund mit Liebe überhäufst! Ich hätte mir das als Kind von meiner Mutter gewünscht, aber sie hatte wichtigere Aufgaben.«

Um Kinder zu bekommen, bräuchte sie einen Mann, mit dem sie ein richtiges Eheleben führte. Zwischen Bai Jun und ihr bestand keine solche Beziehung. Fenzhis Aussage bestätigte Sophies Gefühl, dass sie fortmusste, ganz gleich, wie wohl sie sich in ihrer gegenwärtigen Lage fühlte. Sie wollte nicht eine einsame alte Jungfer mit Schoßhund werden.

»Eines Tages hätte ich gerne Kinder«, bestätigte sie.

Fenzhi biss in eine Mango, wischte sich dann das Kinn ab, weil Saft darüber lief.

»Wie vorbildlich!«, spöttelte sie. »Ich stelle es mir schrecklich vor, Kinder zu gebären. Drei Konkubinen meines Vaters sind dabei gestorben. Eine davon schrie drei Tage lang, bis es endlich vorbei war. Aber das Kind war ein Sohn, also freuten sich alle. Außer der Mutter natürlich, denn die war ja tot.«

Fenzhi wandte sich um und spuckte aus, was sie bisher noch nie getan hatte.

»Es muss nicht immer so ausgehen«, wandte Sophie ein. »In Davilo, wo mein Vater Missionar war, halfen erfahrene Frauen bei Geburten und viele Mütter hielten glücklich ihre Säuglinge im Arm.«

Langsam zerbiss Fenzhi einen Melonenkern.

»Falls ich eines Tages gebären muss, hätte ich dich gern dabei. Du hast ein so sonniges Gemüt. Vielleicht könntest du mir helfen, die Aufgabe mit ein wenig mehr Zuversicht anzugehen. Für mich klingt es wie der Tod der tausend Stiche, Lingchi, eine besonders grausame Art der Hinrichtung.«

Zu ihrem Erstaunen fühlte Sophie sich geschmeichelt, dass Fenzhi ihr offenbar zutraute, hilfreich zu sein.

»Ich werde Euch sehr gerne beistehen«, versprach sie. Dann fiel ihr wieder ein, dass sie diese Insel verlassen wollte, um wie eine Holländerin leben zu können.

Die Lage war kompliziert. Sie musste einfach abwarten, was geschah.

»Ich wünsche dir viel Freude bei dem bevorstehenden Besuch«, sagte Fenzhi schließlich. »Hoffentlich begeht die arme Frau nicht Selbstmord, weil sie niemals so hübsch werden kann wie du.«

Das bewundernde Lächeln von Fenzhi wirkte völlig ehrlich. Sophie lief vor Verlegenheit rot an. Sie hatte Fenzhis Verehrung stets aufgesaugt wie süßen Fruchtsaft. In ihrer Familie hatte sie niemals derartige Wertschätzung erfahren.

»Ich denke nicht, dass es dazu kommen wird«, versicherte sie und verneigte sich respektvoll, bevor sie ihren Besuch beendete. Fenzhis letzter Blick kam ihr misstrauisch vor. Ahnte die Schwester des Herrschers, dass sie sich heimlich mit Emma treffen wollte? Würde sie Zheng Jing oder Bai Jun darüber in Kenntnis setzen?

Ihr Vater hatte Sophie einmal beschrieben, wie es war, über Eis zu laufen. Man konnte jederzeit ausrutschen, stürzen und in eisiges Gewässer fallen. Ähnlich fühlte sie sich jetzt, aber es gab niemanden, dem sie sich anvertrauen konnte.

Emma lief aufgeregt im Hof herum, während sie auf Sophies Ankunft wartete. Thomas musste seine Pflicht als Ausbilder chinesischer Soldaten erfüllen und Frans hatte beschlossen, ihr erstes Wiedersehen mit der Schwester nicht zu stören. Xiao Yue sollte Sophie als Erste entgegengehen, damit nicht gleich Verdacht aufkam. Anschließend würde sie sich zurückziehen, wie sie versprochen hatte.

Der Türklopfer erklang. Diener öffneten das Tor. Emma sah, wie ein Tragestuhl in den Hof gebracht wurde. Die Träger entfernten sich respektvoll, nachdem sie ihn abgestellt hatten. Heraus stieg ihre Schwester in einer prächtigen, hellblauen Robe aus Seide. Die Ärmel reichten fast bis zum Boden, das Haar war in kunstvolle Knoten geschlungen, festgehalten von Spangen mit Glitzersteinen.

Schöner hatte Sophie niemals ausgesehen. Sie schritt über den Hof, setzte ihren kleinen Hund auf dem Boden ab.

Xiao Yue kam ihr entgegen, verbeugte sich und sprach ein paar Worte der Begrüßung. Zu Emmas Erstaunen antwortete Sophie in fließendem Chinesisch.

Ihre kleine Schwester hatte früher für alles, was geistige Anstrengung erforderten, wenig Begeisterung gezeigt. Sie musste sich in einigen Dingen verändert haben.

Sophie wurde ins Innere des Hauses geführt, danach in einen weiteren Hof. Ihre Sänftenträger lud man nicht ein, zu folgen. Sie erhielten stattdessen Speisen und Getränke, um sie bei Laune zu halten. Erst, als Sophie unbeobachtet war, entfernte sich Xiao Yue mit einer weiteren Verbeugung.

Nun konnte Emma endlich zu ihr laufen und die Schwester in ihre Arme schließen. Sophie erwiderte die Umarmung schluchzend.

»Ich habe lange gezweifelt, ob ich dich jemals wiedersehe!«, rief sie. »Ich wünschte dir ein glückliches Leben in Davilo, weil du dort zufrieden warst, aber ebenso hättest du tot sein können!«

»Frans hat mich beschützt«, erzählte Emma und strich der Schwester über den Rücken. »Ich hoffe, auch dir geht es gut. Du bist eine richtige Dame geworden. Du hast einen chinesischen Ehemann?«

Sophie nickte.

»Er ist kein schlechter Mensch. Sogar Christ, wenn auch Katholik.«

Emma versuchte, das Gesicht ihrer Schwester zu lesen. Früher hatte sie daran jede Gefühlsregung erkennen können, doch die Dame, in die Sophie sich verwandelt hatte, war nicht mehr so einfach zu durchschauen.

Gemeinsam setzten sie sich an einen Tisch, wo Tee und Früchte vorbereitet worden waren.

»Wie verstehst du dich mit diesem Mann?«, bohrte Emma weiter nach. Die körperliche Nähe zwischen Frans und ihr hatte sich ohne jeden Zwang entwickelt. Ihrer kleinen Schwester hätte sie eine ähnliche Freiheit bei der Wahl ihres Ehemannes gewünscht.

Sophie senkte den Blick, als sie eine Papaya aufschnitt.

»Er ist mehr wie ein guter Freund für mich«, sagte sie schließlich. »Ich möchte eines Tages als Holländerin leben, nicht als Chinesin.«

Den letzten Satz hatte sie sehr leise gesprochen und sich vorher umgesehen, ob nicht jemand zuhörte.

»Mach dir keine Sorgen, die Frau von Thomas de Vries wäre froh, mich los zu sein«, erklärte Emma ihr, ebenfalls mit vorsichtig gedämpfter Stimme.

»Ich bin schwanger«, sagte sie dann. Sophies Augen begannen erfreut zu leuchten.

»Ich freue mich so für dich! Ich würde auch gern Mutter werden, doch bräuchte ich dafür einen richtigen Ehemann!«

Emma nickte verständnisvoll. Sophies Bedürfnisse wurden nicht erfüllt. Bei den Siraya waren die Wünsche von Frauen wichtig gewesen, und Emma wurde zunehmend bewusst, dass sie in etlichen Dingen die Denkweise der Ureinwohner übernommen hatte. Aber eine Zukunft gab es für sie unter ihnen nicht mehr.

»Mir wäre es am liebsten, wenn mein Kind in Batavia aufwachsen kann. Oder in Holland«, sagte sie. »Die Chinesen achten uns Holländer, wenn wir uns ihnen unterwerfen. Siraya und andere Ureinwohner sind nur Wilde für sie. Leider gilt das auch für Frans.«

»Wie willst du nach Batavia oder gar nach Europa kommen?«, fragte Sophie.

Emma staunte, wie praktisch ihre Schwester inzwischen dachte.

»Ich bin mir sicher, dass es einen Weg gibt. Wir müssen abwarten«, versicherte sie.

Sophie zog ein unzufriedenes Gesicht.

»Die Handelsgesellschaft hat es abgelehnt, Zheng Jing im Krieg gegen die Qing zu unterstützen, obwohl sie dadurch alle gefangenen Holländer hätte freikaufen können«, erzählte sie. »Wir wurden im Stich gelassen, wie schon während der Belagerung. Wie sollen wir jemals in die Heimat gelangen, wenn uns dort niemand will?«

»Sie wollen uns!«, widersprach Emma. »Nur waren andere Ziele wichtiger als unsere Freilassung.«

»So dachte auch unser Vater, als er uns beide im Stich ließ«, fügte Sophie bitter hinzu. Wieder musste Emma staunen, wie sehr ihre gutgläubige, fügsame Schwester sich verändert hatte.

»Deshalb waren wir ihm nicht gleichgültig. Er war losgezogen, um den Gouverneur zu warnen, dass unter den Chinesen und Siraya Unruhe aufgekommen war. Er dachte, in Davilo wären wir in Sicherheit«, versuchte Emma, Sophie zu beruhigen. Ihre Gefühle für den toten Vater waren eine Mischung aus Schmerz, Bitterkeit, aber auch Sehnsucht. Sie hätte sich gewünscht, dass die kleine Schwester vor allem gute Erinnerungen an ihn hatte.

Sophie musterte nachdenklich die Ringe an ihren Händen.

»Du warst der Sohn für ihn, den er nicht hatte. Er nahm dich ernst. Ich war das dumme Mädchen, das nichts lernen wollte. Erst jetzt mit Bai Jun, also meinem chinesischen Gemahl, habe ich gemerkt, wie offen ein Mann mit einer Frau reden kann. Selbst mit einem hübschen Dummchen wie mir!«

Sie lachte auf.

»Vater hielt dich nicht für dumm!«, widersprach Emma, doch gleich darauf kamen ihr Zweifel. Der Vater hatte Sophie gern als Beispiel angeführt, wenn er von dem beschränkten Verstand der meisten Frauen gesprochen hatte. Damals war Emma stolz gewesen, dass er sie selbst für eine Ausnahme hielt. Jetzt schämte sie sich dafür, dieses Gefühl der Überlegenheit genossen zu haben.

»Wir werden zusammen nach Batavia fahren«, versprach sie der Schwester und drückte ihre Hände. »Dort werde ich mit

Frans Vaters Werk fortsetzen. Für dich finden wir einen Ehemann, einen echten Holländer, in dessen Haus du leben kannst wie eine Dame!«

Für ein solches Leben war ihre hübsche Schwester geschaffen. Das war Emma bewusst geworden, weil sie Sophie nun in dieser Rolle sehen konnte. Nur der Mann an ihrer Seite passte nicht. Dieses Problem musste gelöst werden.

Sie saßen noch zusammen, bis es zu dämmern begann. Die Diener brachten ihnen ein Reisgericht und Wein, den sie gemeinsam tranken. Emma versank mit ihrer Schwester in Kindheitserinnerungen. Sie spürte wieder, wie tiefe Wurzeln sie in dieser Insel geschlagen hatte, sah aber auch die Notwendigkeit, sie herauszureißen.

»Wenn es Neuigkeiten gibt, lasse ich dir eine neue Einladung durch die Frau von Thomas zukommen«, sagte sie schließlich. Sophie erhob sich seufzend.

»Ich muss wohl langsam gehen. Willst du mich in meinem neuen Heim besuchen?«

Emma winkte schweren Herzens ab.

»Je weniger Leute wissen, dass ich deine Schwester bin, desto besser. Wir dürfen uns nicht zu oft treffen. Ich schicke dir eine Nachricht, wenn es eine Fluchtmöglichkeit gibt.«

Sie sah, wie Sophies Augen sich mit Tränen füllten, und schluckte den eigenen Schmerz.

»Du bist vernünftig wie immer«, sagte Sophie mit ihrer neuen Gefasstheit, ergriff ihren kleinen Hund und den Sonnenschirm. Dann gingen sie zusammen in den Hof, wo der Tragestuhl stand.

Als Emma Sophie einsteigen sah, hätte sie am liebsten ihren Arm gepackt, um sie zurückzuhalten. Sie wollte ihre kleine Schwester nicht in dieser fremden, chinesischen Welt wissen.

Dann fiel ihr wieder ein, dass Sophie über ihren Ehemann gesprochen hatte. Ein guter Freund, ein Vertrauter. Würde ein solcher Mann ihr Schaden zufügen? Wäre die gutherzige kleine Schwester in der Lage, drohende Gefahren rechtzeitig zu erkennen?

Emma wandte sich Xiao Yue zu, die ihr mit einem künstlichen Lächeln entgegenkam und wissen wollte, wie die Begegnung mit der Schwester verlaufen war.

»Es geht ihr gut«, versicherte Emma. Dann wurde ihr bewusst, dass es eine Möglichkeit gab, die Chinesin zu ihrer Verbündeten zu machen.

»Wenn wir herausbekämen, ob es eine Reisemöglichkeit nach Batavia gibt oder zu anderen holländischen Siedlungen, würden wir baldmöglichst diese Insel verlassen«, flüsterte sie Xiao Yue zu.

Die Chinesin sah kurz verdattert aus, dann erhellte sich ihre Miene.

»So eine Möglichkeit gibt es sicher. Niemand hält sich an alle Regeln. Ich werde mich umhören«, flüsterte sie Emma zu, entfernte sich dann so schnell wie möglich auf ihren winzigen Füßen.

19. Kapitel

Lanfang stand mit zwei Japanerinnen auf dem Marktplatz, um Waren anzupreisen. Akiras Ehefrau, eine sehr grazile Erscheinung mit einem vornehm blassen Gesicht, hätte besser in ein Haus wie das der Familie Qi gepasst. Ihr fehlte die Bereitschaft, gegen alle anderen Händler anzubrüllen oder Vorbeigehende gar am Ärmel zu zupfen, um auf sich aufmerksam zu machen. Beides hatte Lanfang bereits früh lernen müssen, um jene Zeiten, da ihr Vater keine Anstellung finden konnte, irgendwie zu überbrücken.

Sie hatte in den Wäldern Beeren und Früchte gesammelt, diese anschließend laut zum Verkauf angeboten, damit sie sich ab und an eine Schüssel Reis leisten konnten. Die von ihrem Vater geschriebenen Gedichte hatte sie öffentlich vorgetragen und dafür ein paar gnädig hingeworfene Käschmünzen erhalten. Wenn der Hunger zu einem gierig knurrenden Dämon im Magen wurde, durfte man sich keine schamvolle Zurückhaltung erlauben.

Nun verkaufte sie kunstvoll bemalte Seidenfächer. Chiyoko, Akiras älteste Tochter, fertigte sie an und hatte den Wunsch geäußert, damit etwas Geld zu verdienen. Dieses Verhalten war für eine anständige junge Frau ungebührlich, aber Lanfang verstand ihr Bedürfnis nach ein wenig Unabhängigkeit. Sie hatte daher vorgeschlagen, sie zu begleiten, und die Mutter hatte darauf bestanden, ebenfalls mitzukommen.

Ob der Hausherr diesen Ausflug genehmigt hatte, wusste Lanfang nicht. Chiyoko gab dem Vater niemals offen Widerworte, verfolgte aber im Stillen ihre eigenen Ziele.

Lanfang hatte ihr geholfen, zwei Fächer an einen jungen Herrn zu verkaufen, der damit wahrscheinlich die Gunst irgendwelcher Frauen gewinnen wollte. Chiyoko strahlte, als sie ihr erstes selbst verdientes Geld in den Händen hielt. Leider gab es auch bei Fächern viel Konkurrenz, ein Stück hinter ihnen wurden sie ebenfalls angeboten, mit weniger schönen Motiven, aber farbenfroher. Gerade die Ureinwohner schienen diese grellen Farben zu lieben. Einige von deren Frauen hatten chinesische Liebhaber, die ihnen Geschenke machen wollten.

Als sie einen holländischen Mann in chinesischer Kleidung erblickte, der mit einer Ureinwohnerin unterwegs war, ergriff Lanfang ein besonders schönes Werk von Chiyoko und sprang damit vor.

»Meneer!«, rief sie, stolz auf das inzwischen von Bi De gelernte Holländisch. Es wirkte. Der Mann blieb stehen und blickte neugierig in ihre Richtung.

»Ein wunderschönes Geschenk für die zauberhafte Dame an Eurer Seite!«, redete Lanfang weiter und hielt ihm den Fächer hin. »Für Euch mache ich einen günstigen Preis, denn mein Gemahl ist ebenfalls Holländer.«

Die zwei Japanerinnen hatten schamvoll ihre Blicke gesenkt, als der Holländer sich ihnen allen zuwandte.

»Der Fächer ist in der Tat sehr hübsch«, sagte er. Sein Chinesisch klang ähnlich fremd wie das von Bi De, er traf manche Töne nicht richtig, doch schien er mit der Sprache vertraut. Die Frau kam ebenfalls näher. Wegen der offen über die Schulter wallenden, gelockten Haarpracht hatte Lanfang sie für eine der Ureinwohnerinnen gehalten, doch jetzt fiel ihr auf, dass ihr Haar einen ungewöhnlich hellen Farbton hatte. Nicht schwarz, sondern eher braun wie … Jianshen hatte damals von Exkrementen gesprochen, um Europäer zu beleidigen. Auch die graublaue Farbe der Augen wies auf eine fremde Herkunft hin. Lanfang hatte noch niemals eine europäische Frau zu Gesicht bekommen, starrte daher verwirrt.

»Ihr seid keine Ureinwohnerin?«, sprudelte es aus ihr heraus. Dann wurde ihr bewusst, dass sie vielleicht unhöflich gewesen war.

»Mein Gemahl stammt aus dem Volk der Siraya«, sagte die Holländerin in einem recht holprigen Chinesisch. »Der Fächer ist wirklich wunderschön und ich wünsche ihm eine Besitzerin, die ihn zu würdigen weiß, aber ich habe leider keine Verwendung für ihn. Die Hitze dieser Insel macht mir nicht viel aus. Ich bin sie gewöhnt.«

»Ihr seid hier aufgewachsen?«, bohrte Lanfang weiter nach, denn die Frau schien redselig. Der Mann an ihrer Seite, nach ihrer Aussage nicht ihr Gemahl, wartete geduldig, auch wenn er unruhig mit dem Fuß scharrte.

»In einem kleinen Ort im Dschungel. Mein Vater war dort Missionar.«

Die Holländerin hatte sich vorgebeugt, um die weiteren Fächer zu mustern.

»Eine sehr kunstvolle Malerei«, lobte sie. »Wer auch immer das geschaffen hat, verfügt über bemerkenswertes Talent.«

Chiyoko hielt den Blick gesenkt, aber auf ihren Wangen war ein wenig Farbe erschienen.

»Wenn ich es mir überlege … ich könnte meiner Schwester einen dieser Fächer schenken. Sie hätte sicher Freude daran«, meinte die Holländerin. Sie inspizierte die Fächer noch eine Weile, entschied sich schließlich für einen, auf dem eine vornehme Dame mit Schoßhund zu sehen war.

»Es stellt eine Japanerin dar«, erklärte Lanfang. »Die Kleidung ist etwas anders als bei chinesischen Damen. Ebenso die Frisur.«

»Ach, das wäre mir gar nicht aufgefallen. Aber ich habe keinen Blick für diesen Zierrat.«

Die Holländerin lachte. Ihre ungezwungene Art gefiel Lanfang. Als sie sich ihrem Begleiter zugewandt hatte, bemerkte Lanfang eine Rundung an ihrem Leib, die ihr sehr vertraut war.

»Ihr bekommt ein Kind? Die Götter waren euch gewogen!«, redete sie spontan los, denn die Holländerin hatte ihr Vertrauen geweckt. Tatsächlich war der Blick, den sie gleich darauf erhielt, weder streng noch empört.

»Ja, ich bin schwanger. Es macht mich sehr glücklich. Du bist es auch, nicht wahr? Ich dachte es mir schon die ganze Zeit.«

Auf einmal waren sie einander sehr nahe, obwohl sie verschiedenen Völkern entstammten und fast nichts voneinander wussten. Das berauschende Gefühl, werdendes Leben in sich zu tragen, musste für alle Frauen der Welt ähnlich sein.

»Falls du Beschwerden hast, so kann ich dir einige Mittel geben, die die Frauen der Ureinwohner verwenden«, bot die Holländerin an. »Sie helfen sehr gut.«

Lanfang bedankte sich und versicherte, dass es ihr gut ging. Der holländische Mann bezahlte den Preis für den Fächer, ohne zu feilschen, was Chiyoko zum Strahlen brachte.

»Dient dein Gatte auch in der Armee?«, fragte die Holländerin, während sie den Fächer in Empfang nahm. Lanfang verneinte.

»Er unterrichtet Kinder.«

Nun wurde die Holländerin hellhörig.

»Ich dachte, alle holländischen Schulen seien geschlossen worden.«

Ihr Begleiter drängte zum Aufbruch, aber das ignorierte sie. Lanfang hatte plötzlich das Gefühl, zu nah an einen Abgrund getreten zu sein. Was, wenn chinesische Autoritäten es nicht guthießen, dass hier christliche Lehren und europäische Sprachen verbreitet wurden? Bi De liebte seine Arbeit so sehr, dass es ihm das Herz brechen könnte, sie zu verlieren!

»Mein Gemahl bringt japanischen Kindern die chinesische Sprache bei. Da er sie selbst erst als Erwachsener lernte, kann er ihre Eigenheiten besser erklären«, sagte sie schnell in der

Hoffnung, dass es einigermaßen glaubhaft klang. Die Holländerin stierte weiterhin in ihre Richtung, als könne sie sich nicht von ihr losreißen.

»Vielleicht wollt ihr uns in den nächsten Tagen besuchen«, schlug sie plötzlich vor. »Die Gattin meines Begleiters würde sich über eure Fächer freuen. Bringt sie einfach mit, ihr könnt einige verkaufen.«

Sie wandte sich an den holländischen Mann und wechselte ein paar Worte mit ihm, die Lanfang nicht verstehen konnte. Er schien nicht wirklich erfreut über ihren Vorschlag, nahm es aber hin.

»Kommt in zwei Tagen mit euren Waren vorbei«, teilte die Holländerin mit. »Wir leben in einer Gasse beim Mazu-Tempel, gleich neben dem Haus eines Apothekers.«

Sie neigte den Kopf zum Abschied und verschwand im Getümmel des Marktes.

»Gehen wir dort hin?«, fragte Chiyoko leise und sah sich nach ihrer Mutter um. »Ich würde diese Frau gern näher kennenlernen. Sie wirkte so freundlich.«

Akiras Frau hatte eine undurchdringliche Miene aufgesetzt.

»Ich denke, wir sollten hingehen, da es eine Möglichkeit ist, weitere Fächer zu verkaufen«, meinte Lanfang leise, damit nur ihre zwei Begleiterinnen es mitbekamen. »Außerdem schadet es nicht, Kontakt zu weiteren Holländern zu haben, damit der christliche Glaube hier nicht ausstirbt.«

Sie warf Akiras Frau einen eindringlichen Blick zu. Würde die japanische Dame die Erlaubnis ihres Gemahls einholen wollen? Das hätte ihrem allgemeinen Verhalten entsprochen, nur bei dem Ausflug auf den Markt hatte sie um der Tochter willen eine Ausnahme gemacht. Hätte der Japaner etwas dagegen, wenn sie ohne ihn Besuche unternahmen? Lanfang vermochte ihn nicht einzuschätzen, er verhielt sich höflich, aber unnahbar.

Sie beschloss, mit Bi De zu reden, der eine sehr enge Beziehung zu Akira hatte. Auch hier war er wie ein Adoptivsohn aufgenommen worden.

»Eine Holländerin, die Tochter eines Missionars war und in einem Dorf im Dschungel aufwuchs?«, fragte Bi De aufgeregt, sobald sie ihm die Begegnung geschildert hatte. »Haare ähnlich wie meine, die Kleidung einer Siraya?«

Als Lanfang beides bejahte, sprang er auf und schloss sie in die Arme.

»Du hast mich vielleicht zu einer jener alten Bekannten geführt, nach denen ich vergeblich suche, seit wir hier angekommen sind.«

Sein Gesicht strahlte vor Freude. Lanfang hatte nicht damit gerechnet, mit einem Ausflug auf den Markt so viel zu erreichen.

»Chiyoko würde ja gern ein paar von ihren Fächern zum Verkauf mitnehmen«, kam sie auf ihr eigentliches Anliegen zu sprechen, während sie ihnen beiden Tee einschenkte. »Es bereitet ihr große Freude, doch ich weiß nicht, ob ihr Vater einverstanden ist. In China könnte die Tochter eines vornehmen Mannes nicht ohne sein Einverständnis einen Besuch machen. Ich glaube nicht, dass Japaner in dieser Hinsicht anders sind.«

Sie setzte sich auf ein weiches Kissen. Japaner mochten Stühle nicht besonders.

»Das ist auch in Europa ähnlich«, stimmte Bi De zu. »Aber ich werde euch begleiten, daher dürfte es keine Schwierigkeiten geben. Lass mich mit Akira reden.«

Er leerte seine Tasse in einem Zug und brach zu seinem alten Freund auf. Lanfang konnte kaum glauben, wie einfach alles gewesen war. Chiyoko wäre überglücklich, dass ihrem Ausflug nichts mehr im Wege stand. Lanfang konnte es kaum erwarten, ihr die Neuigkeit mitzuteilen, doch wollte sie zunächst auf Bi Des Rückkehr warten. Nachdenklich nippte sie an ihrer Tasse, ließ die letzten Ereignisse noch einmal durch ihren Kopf kreisen.

Diese Holländerin hatte angeblich einen Ehemann aus dem Volk der Siraya, war aber mit einem anderen Holländer unterwegs gewesen. Sie hatte großes Interesse an Bi Des Unterricht gezeigt. Waren sie auf eine Gruppe heimlicher Verschwörer gestoßen, die einen Umsturz plante?

Das Letzte, was Lanfang brauchen konnte, waren Schwierigkeiten mit den chinesischen Autoritäten.

Sie würde den Besuch machen, denn etwas anderes blieb ihr kaum noch übrig. Aber sie müsste auf der Hut sein, dürfte der freundlichen Art dieser ebenfalls schwangeren Holländerin nicht zu sehr vertrauen.

»In China gilt es als sehr unschicklich, wenn eine verheiratete Frau mit einem Mann ausgeht, der weder ihr Gemahl noch ein Verwandter ist«, sagte Xiao Yue sanft, nachdem sie im Hof neben Emma Platz genommen hatte.

»In Europa ist das auch so«, gab Emma zu. »Aber ich bin bei den Siraya aufgewachsen. Dort haben Frauen viel mehr Freiheiten und ich habe mich daran gewöhnt.«

Sie ergriff eine auf dem Tisch liegende Mango und begann, sie zu schälen. Xiao Yue beobachtete aufmerksam jede ihrer Bewegungen.

»Die Siraya gelten als unzivilisierte Wilde. Europäer haben eine gewisse Kultur. Daher wohl die unterschiedlichen Sitten.«

Seufzend legte Emma ihr Messer nieder. Sie hatte mit dieser Feindschaft nicht gerechnet, hielt sie für unnötig. Die Ablehnung der Inib hatte sie besser nachvollziehen können.

»Mein Gemahl entstammt dem Volk der Siraya. Ich respektiere daher ihre Sitten, die durchaus nicht so primitiv sind wie häufig angenommen. Zudem hat dein Ehemann sich angeboten, mich in der Stadt herumzuführen. Als Hausherr darf er seine eigenen Entscheidungen treffen.«

Sie warf Xiao Yue ein süßes Lächeln zu. Triumph tat trotz allem wohl.

»Es ist allgemein bekannt, dass die Frauen der Siraya schamlos sind und sich bereitwillig jedem Mann hingeben!«, rief die Chinesin empört und sprang so schnell auf, dass sie dabei eine Kanne mit Sojamilch umstieß, die ein beflissener Diener ihnen gebracht hatte. Sie tat einen wütenden Schrei, bevor sie auf ihren winzigen Füßen davontrippelte.

Für einen Moment verspürte Emma Mitleid. Wenn das Schicksal einer Frau völlig von männlicher Gunst abhing, so war es kein Wunder, dass sie in jeder Geschlechtsgenossin eine Rivalin sah. Dennoch waren nicht alle Chinesinnen wie Xiao Yue. Diese Schwangere vom Marktplatz hatte wie eine zupackende, kluge Frau gewirkt, die sich ihrer Talente bewusst war. Ob sie wirklich kommen würde, um weitere Fächer zu verkaufen? Was hatte es mit diesem Ehemann auf sich, der japanische Kinder unterrichtete?

Sie erhob sich, um die Sache mit Frans und Anna zu besprechen, ihren einzigen wahren Vertrauten.

War sie noch Holländerin oder im Grunde eine Siraya, wie Xiao Yue ihr vorgeworfen hatte? Sie wusste es nicht. Chinesischer Lebensart würde sie sich schwer anpassen können, denn sie war nie so sanftmütig und zurückhaltend gewesen wie Sophie.

»Wir müssen weg«, sagte sie leise, als sie das Gemach betreten hatte, in dem sie alle wohnten. »Bevor Thomas de Vries mich zu sehr bedrängt und seine Frau mir deshalb Gift ins Essen mischt.«

Das Lachen, das sie ausstoßen wollte, blieb ihr wegen unangenehmer Vorahnungen im Halse stecken.

Zwei Tage später, als der Gong die Stunde des Schafes verkündet hatte, zogen Lanfang, Bi De und Chiyoko los. Ein Diener trug eine Kiste mit den Fächern, die zum Verkauf angeboten werden sollten. Akiras Ehefrau hatte sich niedergelegt, da sie die Hitze Taiwans schlecht vertrug. Es war ein großes Zeichen des Vertrauens, dass sie ihre Tochter Lanfangs Obhut überließ.

Sie überquerten den Marktplatz, erreichten den Mazu-Tempel und machten sich auf die Suche nach einer Apotheke. Lanfang fragte ein paar Straßenhändler, sodass sie schnell an ihr Ziel gelangten.

Der Holländer lebte nicht schlecht in chinesischen Diensten. Sein Haus war größer als die meisten in der Nachbarschaft und hatte ein schön bemaltes Eingangstor mit Löwenstatuen und roten Laternen. Bi De betätigte den Türklopfer. Chiyoko sah nervös aus, sodass Lanfang ihr kurz über den Arm strich.

Das Tor öffnete sich, ein kleiner Mann mit Glatzkopf musterte sie misstrauisch.

»Wir wurden eingeladen, hier Fächer zu zeigen. Es handelt sich um japanische Arbeiten, die auf dem Marktplatz die Aufmerksamkeit einer Dame des Hauses weckten«, sagte Lanfang schnell und sie verneigten sich alle.

Der Mann forderte sie barsch auf, zu warten. Das Tor fiel wieder zu.

»Vielleicht sollten wir gehen«, flüsterte Chiyoko.

»Ich muss die Holländerin treffen, mit der ihr gesprochen habt«, widersprach Bi De mit ungewohnter Hartnäckigkeit. Chiyoko war es gewohnt, sich männlicher Autorität zu fügen, daher blieb sie stehen.

Eine Weile später ging die Tür wieder auf.

»Die Hausherrin sagt, dass sie euch nicht kennt und auch keine neuen Fächer braucht«, murrte der Glatzkopf. Dann wollte er das Tor zufallen lassen.

»Es war eine holländische Dame, die wie eine Siraya geklei

det war!«, rief Lanfang laut. »Sie war in Begleitung des Hausherrn, der der Einladung zustimmte.«

Auf einmal sah der Glatzkopf verwirrt aus, ließ die Tür nach einigem Zögern wieder aufgehen.

»Kommt rein und wartet!«

Sie wurden in einen Innenhof geführt, wo sie sich alle drei folgsam in eine Ecke stellten. Auch Bi De nahm eine demütige Haltung an, worüber Lanfang erleichtert war.

Nach einer Weile erschien eine chinesische Frau mit Lotusfüßen, die ihnen einen abfälligen Blick zuwarf.

»Ihr wurdet von einer Frau eingeladen, die in diesem Haus nur ein Gast ist«, stellte sie fest. »Aber nun, da ihr da seid, könnt ihr mir eure Waren zeigen. Vielleicht gefällt mir ja etwas davon.«

Mit gelangweilter Miene ließ sie sich auf einem Stuhl nieder, ohne den Gästen eine Sitzmöglichkeit anzubieten.

Für diese Frau waren sie kaum besser als Gesindel. Lanfang störte sich nicht daran, denn sie kannte diese Art der Behandlung.

Als sie ihre Fächer auf einem Tisch ausgebreitet hatten, erhellte das Gesicht der Hausherrin sich schlagartig. Sie wählte gleich mehrere davon aus und fragte nach dem Preis.

Chiyoko konnte ihr Strahlen kaum verbergen, während Lanfang zu verhandeln begann. Diesmal verlangte sie mehr als auf dem Marktplatz, denn wer so hochmütig war wie die Hausherrin, sollte auch zahlen können. Es überraschte sie, dass ihr Vorschlag sofort angenommen wurde. Wahrscheinlich hätte sie noch mehr fordern können. Die Hausherrin zahlte, bewunderte dann mit einem zufriedenen Lächeln ihren neuen Erwerb. Mit einem der Fächer begann sie sich Luft zuzufächeln, ohne den Leuten, die ihn gebracht hatten, noch irgendeine Beachtung zu schenken.

Offenbar konnten sie jetzt gehen. Lanfang bedauerte es, die

Holländerin vom Marktplatz nicht treffen zu können, aber daran ließ sich nichts ändern.

»Könnten wir die Dame treffen, die uns hier einlud?«, fragte Bi De plötzlich, als sie schon beschlossen hatte, sich mit einer Verbeugung zu verabschieden. »Ich stamme ebenfalls aus Holland und es könnte sein, dass ich sie von früher kenne.«

Die Hausherrin lachte kurz auf.

»Sie lebt wie eine der Wilden. Ich glaube nicht, dass sie Euch vertraut ist. Ihr habt das Gesicht eines gelehrten Mannes.«

Zum ersten Mal klang sie ein wenig respektvoll. Wahrscheinlich hätte Bi De von Anfang an das Gespräch führen sollen.

»Es könnte durchaus sein, denn ich wohnte ebenfalls in einem Dorf der Ureinwohner«, erwiderte er auch schon. »Ein Teil meiner Familie befindet sich in Batavia. Ich glaube, diese Frau würde es gern erfahren.«

Die Hausherrin zog nachdenklich ihre Brauen zusammen.

»Batavia, ja, dort sind viele Holländer«, murmelte sie mehr zu sich selbst als zu ihren Gästen.

»Wartet eine Weile«, beschloss sie. »Ich werde diese Frau holen.«

Emma war völlig verdattert, als Xiao Yue an ihre Tür klopfte. Für gewöhnlich betrat die Hausherrin diesen Teil ihres Heims nicht, da er vor allem den Dienern vorbehalten war.

»Da sind ein paar Leute, die schöne Fächer verkaufen«, sagte sie ohne jede Begrüßung. »Du hattest kein Recht, sie einzuladen, denn das ist nicht dein Haus. Dennoch bin ich zufrieden, denn sie führten schöne Waren mit sich. Nun wollen sie dich sehen. Es geht um Mitglieder deiner Familie in Batavia.«

Sie sah sich kurz um, ob jemand in der Nähe stand.

»Da möchtest du doch auch gern hin, nicht wahr? Dort, wo viele Holländer leben. Oder hat der Dschungel auf dieser Insel dir gar besser gefallen?«

Sie lachte abfällig und böse. Emma kämpfte darum, die Fassung zu wahren. Immerhin waren sie über den Besuch informiert worden, was Xiao Yue auch hätte unterlassen können.

»Es fahren keine Schiffe nach Batavia, also bleibe ich hier. Den Dschungel haben wir freiwillig verlassen«, erwiderte sie knapp, neigte dann höflich den Kopf und forderte Frans auf, ihr zu folgen.

»Ich glaube, diese Leute willst du auch kennenlernen«, sagte sie auf Holländisch. Dann schritten sie an einer griesgrämigen Xiao Yue vorbei, ohne weiter auf sie zu achten.

Die schwangere Frau vom Marktplatz erkannte sie sofort wieder, ebenso wie das japanische Mädchen. Neben ihnen stand ein hochgewachsener Mann, der ebenso wie Thomas de Vries auch in chinesischer Kleidung mühelos als Europäer zu erkennen war. Sein schmales Gesicht mit feinen, nachdenklichen Zügen kam ihr vertraut vor, doch konnte es daran liegen, dass sie seit etwa zwei Jahren keine weißen Männer mehr gesehen hatte außer Thomas de Vries.

Die zwei Frauen verneigten sich zur Begrüßung. Emma tat es ebenfalls, denn ein paar chinesische Sitten hatte sie übernommen. Frans hingegen lief den Dreien einfach nur aufgeregt entgegen, als hätte er eine großartige Entdeckung gemacht. Er packte den Holländer an den Schultern, um ihn näher an sich heranzuziehen. Emma verstand nicht, wie ihr Gatte sich so ungebührlich benehmen konnte, da rief der unbekannte Mann plötzlich ihren Namen. Emma Hambroek. Verdattert starrte sie ihn an.

»Ich bin es! Pieter Verhoeven, der Sohn des letzten Politieken aus Davilo«, sagte er, schloss Frans kurz in die Arme und hastete gleich darauf ihr entgegen.

»Ich hatte Angst, Ihr wäret tot wie Euer Vater!«

Er stieß ein glückliches Lachen aus und drückte auch Emma an sich. Verdattert starrte sie in sein Gesicht und schämte sich fast, dass sie ihn anders als Frans nicht gleich erkannt hatte.

Wie schnell ein Mensch erwachsen wurde! Sie hatte Pieter als blassen, halbwüchsigen Jungen in Erinnerung, doch zwei Jahre hatten einen jungen Mann aus ihm gemacht. Er sah immer noch sehr ernsthaft aus, nur größer und selbstbewusster. In Davilo hatte er manchmal verloren gewirkt, jetzt schien er seinen Platz in der Welt gefunden zu haben.

»Das ist meine Frau«, sagte er und wies auf die schwangere Chinesin.

»Du hast eine gute Wahl getroffen«, antwortete Emma. »Aber was wurde aus deinen Schwestern und der Stiefmutter?«

Sie erfuhr, dass Griet Verhoeven und die kleine Lies in Batavia waren, das Mädchen Mia wahrscheinlich schon in Holland. Tränen der Erleichterung schossen ihr in die Augen.

»Ich hatte euch ebenfalls für tot gehalten«, stammelte sie. »Kommt in mein Gemach. Wir haben noch etwas Tee übrig!«

Sie sah sich nach Frans um, der zustimmend nickte. Niemand hier hätte etwas dagegen einzuwenden, wenn sie diese Gäste zu sich einlud. Am allerwenigsten Thomas de Vries.

Bald darauf saßen sie alle auf dem Boden ihrer kleinen Kammer und erzählten einander, was in der Zwischenzeit vorgefallen war. Pieters Frau und die Japanerin wahrten vorsichtigen Abstand. Frans hingegen beteiligte sich angeregt.

»Wie hast du von deiner Stiefmutter erfahren?«, wollte er von Pieter wissen. »Es gibt keine Kontakte nach Batavia.«

»Von Admiral Bort, der loszog, die Qing zu unterstützen, damit sie ihm bei der Rückeroberung Formosas helfen. Ich habe ihn einmal getroffen«, sagte Pieter. Er musste in der Zwischenzeit ein nicht unwichtiger Mann geworden sein.

Emma beugte sich vor und flüsterte:

»Hatte er irgendwelche Erfolge?«

Die Hoffnung, Formosa könnte wieder unter holländische Herrschaft geraten, regte sich wie ein Körperteil, das lange abgestorben gewesen war.

»Er konnte ein klein wenig Land im Norden Formosas zurückerobern. Dort, wo früher das spanische Fort war. Es war das Letzte, was ich erfuhr«, erwiderte Pieter ebenfalls sehr leise. »Es ist schon etliche Monate her. Ich weiß nicht, ob er noch dort ist. Der neue Herrscher Zheng Jing scheint sich vorzugsweise hier im Süden aufzuhalten. Deshalb kam es noch zu keinem größeren Kampf.«

»Aber wenn wir uns zu ihm durchschlagen, bringt er uns vielleicht nach Batavia«, wagte Emma vorzuschlagen. Solange sie Holländisch sprach, musste sie nicht befürchten, von Dienern belauscht zu werden.

»Aber wie sollen wir in den Norden kommen?«, wandte Frans ein. »Wir müssten durch die Ländereien etlicher Stämme. Es gibt keine Sicherheit, dass sie flüchtige Holländer unterstützen würden.«

»So sehr vertraust du dem König von Middag also doch nicht«, murmelte Emma und erhielt einen vorwurfsvollen Blick.

»Ich glaube, er würde Gegner der Chinesen unterstützen. Aber ihm gehört nicht die ganze Insel. Es gibt Stämme, die ich nicht kenne und daher nicht einschätzen kann.«

Frans richtete seinen Blick auf alle Anwesenden, denn ihm schien klar zu werden, dass nun er als einer der Ureinwohner das entscheidende Urteil fällen konnte.

»Eine Reise in den Norden wäre sehr gefährlich, wenn wir keinen bewaffneten Begleitschutz haben. Die Aussichten, ans

Ziel zu kommen, sind gering. Wir würden entweder geköpft werden oder blieben Gefangene eines Stammes.«

In diesem Moment wandte Pieter sich an seine Chinesin und tuschelte mit ihr.

»Mein japanischer Freund bekommt regelmäßig Waren aus seiner Heimat. Die Schiffe gehören ihm nicht, er könnte sie nicht nach Gutdünken nach Batavia schicken. Aber vielleicht kann er einen Kapitän zu einem kurzen Ausflug in den Norden überreden, wenn er ihm ein paar Geschenke macht«, sagte Pieter gleich darauf.

Emma hätte ihn am liebsten wieder umarmt. Die erträumte Reise nach Batavia begann sich in eine Möglichkeit zu verwandeln, die ihnen vielleicht offenstand.

»Und wer garantiert, dass dieser Admiral uns alle nach Batavia schafft? Falls er nicht selbst schon längst dort ist«, wandte Frans ein. »Er kennt uns nicht. Bisher hat die Handelsgesellschaft wenig Bereitschaft gezeigt, sich für die Gefangenen auf Formosa einzusetzen.«

»Mein Vater war ein angesehener Mann«, protestierte Emma, doch ihr Mann musterte sie nur nachsichtig.

»Das kannst du nicht einmal beweisen. Du bist hier zurückgeblieben wie etliche andere Holländer. Es wurden kaum Anstrengungen unternommen, euch zu helfen.«

Das stimmte, auch wenn die Wahrheit bitter schmeckte.

»Aber dich kennt dieser Admiral. Das hast du uns erzählt«, sagte Frans nun an Pieter gewandt, der nickte.

»Er bot mir sogar an, mich nach Batavia zu bringen. Ich blieb wegen meiner Frau.«

Nun richteten sich alle Augen auf die schwangere Chinesin, die verlegen lächelte. Ein wenig Holländisch schien sie zu verstehen.

»Lanfang fühlt sich hier wohl, denn es ist ähnlich wie in China«, redete Pieter weiter. »Ich mag meine Arbeit als Lehrer, die ich hier gefunden habe. Es tut mir leid, aber ich kann nicht so einfach entscheiden, zu Admiral Bort aufzubrechen. Es wäre nicht ungefährlich, die Sicherheit, die wir hier gefunden haben, aufzugeben.«

Er blickte abwartend in die Runde, drückte gleichzeitig die Hand seiner Frau. Emma begriff, dass seine Bindung an diese Chinesin ähnlich stark sein musste wie ihre an Frans. Er würde diese Frau niemals zurücklassen, um allein weiterzuziehen. Solange sie ihm nicht nach Batavia folgen wollte, bliebe er hier.

»Im Augenblick können wir hier alle leben«, sagte sie schließlich, um einen Konflikt zu vermeiden. »Warten wir ab, wie die Lage sich entwickelt. Ich hoffe, wir können einander regelmäßig besuchen.«

Dies bestätigte Pieter sogleich und auch seine Chinesin stimmte zu, nachdem sie miteinander geflüstert hatten.

Als die Gäste wieder gegangen waren, fühlte Emma sich trotz allem besser. Sie war weniger allein in dieser Stadt als bisher gedacht. Nun würde sie den Fächer an Sophie schicken und eine kleine Nachricht beilegen, die ihre Schwester hoffentlich erhalten würde. Sie hatte immer noch Angst um Sophie, die nicht das Glück gehabt hatte, einen Ehemann ihrer Wahl finden zu können. Ob sie blieben oder sich in das gewagte Abenteuer einer Flucht stürzten, sollte vor allem von Sophie abhängen.

20. Kapitel

»Ich verstehe, dass du deine Familie wiedersehen möchtest«, sagte Lanfang, als sie wieder in ihrem Zuhause angekommen waren. Chiyoko war davongeeilt, um nach ihrer Mutter zu sehen. Sie hatten das japanische Mädchen nicht in den wirklich wichtigen Inhalt ihres Gesprächs eingeweiht. Bevor sie einen endgültigen Entschluss gefasst hatten, war es besser, wenn niemand von ihren möglichen Fluchtplänen erfuhr.

»Ich würde vor allem gern wissen, dass sie wirklich in Sicherheit sind«, erwiderte Bi De. Er setzte sich auf die Matte, die ihnen als Bett diente, und rieb sich die Schläfen.

»Mir gefällt es hier«, fuhr er fort. »Dieses Haus wäre auch ein schönes Heim für unser Kind. Was uns in Batavia erwartet, wissen wir nicht. Ich wäre zunächst auf meine Stiefmutter angewiesen und ich habe keine Ahnung, ob sie in der Lage ist, uns durchzufüttern. Vielleicht hat sie Batavia auch schon verlassen.«

»Wir würden irgendwie zurechtkommen«, versicherte Lanfang und nahm an seiner Seite Platz. »Bisher ist es immer gegangen.«

»Aber hier haben wir ein schönes Leben. Chiyoko sieht eine ältere Schwester in dir, die sie bewundert. Wenn unser Kind geboren ist, kannst du mir vielleicht beim Unterricht helfen. Vor allem bei den Mädchen. Ich werde Akira überzeugen, es zu erlauben.«

Es klang wie das Leben, von dem sie immer geträumt hatte. Lanfang fühlte sich, als hielte sie eine kostbare Vase in der Hand. Eine winzige Unachtsamkeit könnte genügen, sie in hundert Scherben zerspringen zu lassen.

»Vielleicht kannst du bald schon eine Nachricht nach Batavia schicken«, flüsterte sie, um Bi De aufzumuntern. »Dann erfährst du mehr über deine Familie.«

Früher oder später würden die Handelsbeziehungen mit den Holländern wieder aufgenommen werden, da es für beide Seiten wichtig war.

»Das hoffe ich auch«, sagte ihr Mann, doch sah er weiterhin bedrückt aus.

»Ich fühle mich schuldig«, fügte er kurz darauf hinzu. »Wenn Emma Hambroek fliehen möchte und ich sie im Stich lasse, dann verrate ich meine Leute und meine Religion.«

»Emma will aber nicht wirklich fliehen«, versuchte Lanfang, ihn zu beruhigen. »Sie hat kein schlechtes Leben im Haus dieses Holländers. Dessen Frau schien etwas unangenehm, aber damit wird sie schon fertig werden, denn sie ist klug.«

Das zumindest war ihr Eindruck gewesen. Sie freute sich, diese Holländerin kennengelernt zu haben, und hoffte, dass auch ihre beiden Kinder gemeinsam aufwachsen könnten.

»Hier in Taiwan ist unsere Zukunft«, sagte sie, denn sie fühlte sich dessen sicher.

Bi De widersprach nicht.

»Nun sollten wir uns langsam für das Abendessen vorbereiten«, schlug er vor. »Du weißt, wie viel Wert Akiras Frau auf die Einhaltung von Regeln legt.«

Lanfang nickte zustimmend. Sie durften die Hausherrin nicht verärgern.

Eine Weile später hatten sie frische Kleidung angezogen, ihr Haar gekämmt und es zu Knoten auf ihren Köpfen gebunden, wie bei Japanern üblich. Gemeinsam gingen sie in den Raum, wo Mahlzeiten serviert wurden. Akiras Familie war bereits versammelt. Lanfang nahm neben Chiyoko auf dem Boden Platz.

»Ich danke dir für deine Hilfe«, flüsterte die Japanerin ihr ins Ohr, während sie ihre Essstäbchen ergriff. »Eines Tages werde ich meinem Vater von dem Handel mit den Fächern erzählen. Aber noch wage ich es nicht.«

Dinge wurden nicht besser, indem man sie aufschob, überlegte Lanfang.

»Es könnte ihm gefallen, dass du so viel Talent als Malerin und zudem Geschäftssinn hast«, erwiderte Lanfang leise.

»Aber Töchter sollten sich unauffällig verhalten. Es klingt, als würde ich mich wichtigmachen wollen.«

Chiyoko starrte unglücklich in ihre Reisschüssel. Lanfang wurde wieder einmal bewusst, welches Glück sie mit ihrem eigenen Vater gehabt hatte, der stets bereit gewesen war, ihre Fähigkeiten zu fördern.

Akira wirkte umgänglich und sanftmütig, aber sie hatte ihn bisher vor allem bei den gemeinsamen Mahlzeiten zu Gesicht bekommen. Wie er mit einer eigenwilligen Tochter umgehen würde, konnte sie nicht einschätzen. Sie überlegte, ob sie Bi De darauf ansprechen sollte, als plötzlich ein Diener mit mehreren Verbeugungen eintrat.

»Vergebt mir, Herr, aber da draußen wartet ein Staatsdiener, der mit Euch reden möchte. Angeblich ist es dringend.«

Akira verzog keine Miene und erhob sich.

»Ich empfange ihn im Nebenraum«, sagte er und trat durch die Schiebetür nach draußen.

Niemand schien dem Vorfall besondere Bedeutung beizumessen, nur Lanfang und Bi De tauschten besorgte Blicke. Hatte ihr Besuch bei Emma Hambroek irgendjemanden aus dem Umfeld des neuen Herrschers misstrauisch gestimmt?

Es blieb ihnen nichts anderes übrig als abzuwarten.

Akiras Frau erklärte die Mahlzeit für beendet, indem sie sich erhob und das Dienstmädchen alle Essschüsseln abtragen ließ.

Lanfang musste den Impuls unterdrücken, dabei mitzuhelfen. Sie galt nun als Ehefrau eines gelehrten Mannes, der ein gewisses Ansehen genoss. Daher wurde keine körperliche Arbeit mehr von ihr erwartet. Trotzdem tat es ihr leid, die zwei Diener, die Akira sich leisten konnte, alle anstrengenden Tätigkeiten ausführen zu sehen, ohne sie zu unterstützen.

Aber sie hätte den Rang ihres Mannes untergraben, wenn sie mit angepackt hätte.

So stand sie auf und folgte Chiyoko in einen kleinen Nebenraum, wo sie ihr half, die Tuschesteine für weitere Zeichnungen zu zerreiben. Akira versorgte seine Tochter bereitwillig damit, da er ihre Begeisterung fürs Zeichnen schätzte. Nur von dem Verkauf der Fächer wusste er bisher nichts.

Die Konzentration auf ihre Arbeit half Lanfang, ihre dringlichsten Sorgen zu vergessen. Bi De wartete auf Akira und würde ihr sicher bald schon mitteilen, dass der unerwartete Besuch eines Abgesandten aus dem Yamen, wo diese Stadt verwaltet wurde, nichts mit ihnen zu tun hatte.

Taiwan war ihr neues Zuhause. Sie wollte es nicht schon wieder verlieren.

Als Chiyoko sich wieder über einen bisher unbemalten Seidenfächer gebeugt hatte, den Lanfang in ihrem Auftrag gekauft hatte, war es an der Zeit, sie allein zu lassen. Sie malte am liebsten ungestört. Lanfang schlich sich nach draußen, wollte eine kleine Runde im Innenhof des Hauses drehen, um sich zu beruhigen.

Die Ahnung einer Gefahr lag in ihrem Magen wie eine schwer verdauliche Mahlzeit. Sie lief um den kleinen Teich herum, beneidete die Fische um ihr scheinbar sorgloses Dasein.

Viel Zeit verging. Sie lenkte sich durch diverse Überlegungen ab. Heute war der Tag des Qingming-Festes, da traditionell der Toten gedacht wurde und Gräber gereinigt wurden. In Taiwan betraf es weniger Leute als in China, weil viele Familien noch nicht lange genug hier lebten, um viele begrabene Verwandte zu haben. Diese Insel war ein Ort des Neubeginns, außer für die Ureinwohner. Bi Des Auftauchen riss sie aus diesen Überlegungen.

Sein todernster Gesichtsausdruck ließ ihre Magenverstimmung schlimmer werden.

»Man hat uns beobachtet, als wir Emma Hambroek besuchten?«, flüsterte sie, sobald er vor ihr stand.

»Nein«, erwiderte Bi De ebenfalls sehr leise, setzte sich neben sie und ergriff ihre Hand.

»Es geht nicht um Holländer«, fuhr er fort. »Jemand sucht nach dir.«

Lanfang fröstelte in der schwülen Hitze.

»Wegen des Todes des Herrn Kuo?«

»Das ist vermutlich der Grund.«

Bi De seufzte.

»Die Familie Qi muss erfahren haben, dass wir China verlassen haben. Formosa war das wahrscheinlichste Ziel. Vielleicht haben sie Qi Yuen benachrichtigt. Jedenfalls wurde jemand beim Mandarin im Yamen vorstellig, wo diese Stadt im Auftrag von Zheng Jing verwaltet wird, und bat ihn um Hilfe bei der Suche nach einer flüchtigen Mörderin.«

Lanfang legte eine schützende Hand auf ihren Bauch. Würde sie ihrem Kind jemals ein sicheres Heim schenken können?

»Du hast den Herrn Qi tief gekränkt, indem du mit mir geflohen bist. Deshalb lässt er uns keinen Frieden«, erklärte sie und begann gleichzeitig, das neue Wissen in ihrem Kopf auseinanderzupflücken.

»Wie sind sie auf Akiras Haus gekommen?«, fragte sie heiser. Sie war selten nach draußen gegangen und hatte dabei meist die schlichten Kimonos angelegt, die sie von Akiras Frau erhalten hatte. Als Japanerin getarnt hatte sie sich sicher gefühlt.

»Ich weiß nicht, wie sie uns fanden«, antwortete Bi De niedergeschlagen. »Sie suchten nach einer Chinesin, die mit einem holländischen Mann zusammenlebt, der sich mit chinesischer Literatur auskennt. Jemand machte sie auf uns aufmerksam.«

Verzweifelt zerwühlte Lanfang ihr Haar.

»Die Alte!«, rief sie. »Die Frau mit der Garküche, bei der wir am Anfang lebten. Sie hoffte, dass wir bleiben, und als wir fortgingen, war sie enttäuscht. Falls jemand ihr eine Belohnung anbot, hätte sie ihm bereitwillig von uns erzählt.«

Es war nur eine Vermutung, die ihr aber am wahrscheinlichsten schien.

»Am Ende ist immer alles gegen uns«, murmelte sie. »Vielleicht sollte ich mich stellen. Man wird mich das Kind gebären lassen und dir vergeben.«

»Nein, das wirst du nicht tun!«

Bi De flehte und drängte nicht mehr. Er schien einfach wütend.

»Hör auf, ständig so zu reden, als ob du eine Last für alle wärest. Wir haben es bisher geschafft, zu fliehen, und werden es auch weiterhin tun.«

Nochmals drückte er ihre Hand, so fest, als wolle er ihre Knochen brechen.

»Akira hat den Gesandten des Mandarins erst einmal abgewimmelt, indem er vorgab, mich schon seit Jahren zu kennen. Er ist loyaler, als ich zu hoffen wagte. Aber wir dürfen ihn nicht in Gefahr bringen. Deshalb hat sich jetzt alles geklärt.«

Er zog Lanfang an sich.

»Du wirst meine Verwandten kennenlernen und bei ihnen können wir den Rest unseres Lebens verbringen«, versicherte Bi De. »In Batavia.«

Für einen Moment vermochte er Lanfang mit seiner Zuversicht anzustecken. Sie würden also zu diesem großen, ungehobelten, bärtigen Admiral aufbrechen, der sie nach Batavia bringen sollte. Vorher galt es ganz Taiwan zu durchqueren, wo etliche wilde Stämme hausten. Sollten sie es bis zum nördlichen Ende schaffen, wussten sie nicht einmal, ob der Admiral sich noch dort aufhielt und bereit wäre, ihnen tatsächlich zu helfen. Vielleicht würde ihr Kind niemals das Licht der Welt erblicken, weil seine Mutter schon vor der Geburt verstarb.

Sie mussten mit offenen Augen in einen Abgrund springen. Aber sie hatten keine Wahl.

Zhongli jagte eine Maus quer durch den Garten, zertrampelte ein paar Rosensträucher und warf eine Kiste um, in der der Gärtner sein Werkzeug aufbewahrte. Sophie hastete ihm hinterher, stets bemüht, das Ausmaß der Zerstörung so weit wie möglich einzudämmen. Es war erstaunlich, was ein kleiner Hund so alles anrichten konnte. Sie rief seinen Namen, doch wie immer, wenn seine Aufmerksamkeit anderweitig beansprucht wurde, hörte er nicht auf sie. In ihrem Rücken folgten ihre drei Dienstmädchen. Wahrscheinlich verstanden sie nicht, warum sie den Hund derart verwöhnte, aber Sophie wollte vor allem, dass Zhongli das bestmögliche Leben bekam.

Es war so einfach, die Bedürfnisse eines Tieres zu erfüllen. Es brauchte nur genug Nahrung, Zuneigung und einen sicheren Ort, wo es herumtoben konnte. Menschen waren schwieriger, widersprüchlicher und schwer zu durchschauen. Daher war der kleine Hund nun ein sicherer Mittelpunkt von Sophies Dasein geworden. Außerdem besuchte sie regelmäßig Lianhua, die sie mittlerweile zu erkennen schien und sich von ihr füttern ließ. Sie redete weiterhin nicht, aber bei Sophies Anblick wurde ihr Atem ruhiger, als habe jemand eine Last von ihrer Brust entfernt.

In Davilo hatte sie sich klein und unwichtig gefühlt. Hier war sie zur wichtigsten Frau des Hauses geworden, und niemand versuchte, ihr diese Stellung streitig zu machen.

»Jemand hat etwas für Euch abgegeben, Herrin«, verkündete plötzlich ein Diener in ihrem Rücken. Sophie wandte sich um und wurde mit einer tiefen Verbeugung geehrt.

»Ein Geschenk, heißt es. Von einem Offizier unseres Herrschers, dessen Gemahlin Euch ihren Respekt erweisen will.«

Er überreichte ihr eine kleine Kiste. Sophies Herz begann vor Aufregung zu hämmern. Es musste eine Nachricht von Emma sein! Sonst gab es keinen Grund, warum die Ehefrau eines Offiziers ihr irgendetwas schicken sollte.

Zum Glück hatte Zhongli die Maus inzwischen gefressen und kam nach Lob heischend bei ihr angelaufen. Sophie hob ihn hoch.

»Ich gehe jetzt wieder in mein Haus. Die Hitze macht mir zu schaffen«, teilte sie ihren Dienstmädchen mit.

Alle drei trotteten ihr folgsam hinterher. Sophie überlegte kurz, wies sie dann an, ihr einen Zuber Badewasser zu bringen und außerdem frische Früchte aus der Küche.

So hätte sie ein wenig Zeit, ihr Geschenk unbeobachtet zu inspizieren.

Die zarte Schönheit des Fächers bezauberte sie. Emma hatte sich nie viel aus solchen Dingen gemacht, daher war es umso rührender, dass sie an die Bedürfnisse ihrer Schwester gedacht hatte. Nachdem Sophie eine Weile die Zeichnung bewundert hatte, bemerkte sie das kleine Stück Reispapier, das zusammengeknüllt in einer Ecke der Kiste lag.

»Warte auf mich in zwei Tagen zur Stunde des Pferdes vor dem Mazu-Tempel«, wies die Schwester sie auf Holländisch an. Sophie wurde vor Aufregung fast schwindelig. Als sie die Schritte ihrer Dienstmädchen vernahm, warf sie das Papier sofort in eine Blumenvase, wo die Tinte hoffentlich schnell unleserlich werden würde.

Fortan musste sie bei jedem ihrer Schritte achtsam sein. Die Zeit der Sorglosigkeit, die sie im Hause von Bai Jun gefunden hatte, war vorüber.

Am Abend wartete sie auf einen Besuch von Bai Jun, der gerne mit ihr zusammen aß. Doch er kam nicht, stattdessen erschien der Jesuitenpater, der in seiner dunklen Kleidung an eine Krähe erinnerte.

»Ich wollte nachsehen, wie gut Ihr Euch eingelebt habt«, sagte er nach einem respektvollen Neigen des Kopfes. »Ihr versorgt die Tante des Hausherrn, was ein sehr nobler Zug ist. Die Dienstboten achten Euch dafür.«

Sophie bot Fra Bartolomeo einen Stuhl an. Für gewöhnlich freute sie sich über Gesellschaft, nur heute wäre sie lieber allein mit ihren Gedanken gewesen. Aber sie konnte den Jesuiten nicht abweisen.

»Auch der Hausherr schätzt Eure Gesellschaft«, fuhr er fort. »Er wirkt zufriedener, seitdem Ihr seine Gemahlin geworden seid. All das könnte dazu beitragen, den Einfluss des Christentums auf dieser Insel nicht völlig verschwinden zu lassen.«

Sophie nickte brav, obwohl sie nicht ganz begriff, worauf er hinauswollte. Was konnte sie gegen die Schließung der Missionarsschulen und das Niederbrennen der Kirchen ausrichten? Auch Bai Jun, der sich selbst als Christ bezeichnete, unternahm nichts, um seinen Glauben weiter zu verbreiten. Er schien einfach froh, dass niemand ihm verbot, mit Fra Bartolomeo zu beten, was sie regelmäßig taten. Sophie hatte bisher nicht teilgenommen, da sie die katholische Liturgie nicht kannte. Zu ihrer Erleichterung war sie nie dazu aufgefordert worden.

»Der Herr Bai Jun hat einen nicht unerheblichen Einfluss

auf den Herrscher dieser Insel«, teilte Fra Bartolomeo ihr nun mit, während er seine Schüssel füllte. »Zheng Jing schätzt seine Friedfertigkeit und Weisheit. So hat Euer Gemahl vorgeschlagen, den holländischen Admiral im Norden Taiwans erst einmal unbehelligt zu lassen, anstatt einen neuen Konflikt heraufzubeschwören.«

»Ein holländischer Admiral ist auf Formosa gelandet?«, fragte Sophie überrascht, denn davon hatte sie bisher nichts gehört.

»Er hat nur einen kleinen Stützpunkt an einem Ort, wo vor allem wilde Stämme leben. Viel kann er dort nicht ausrichten, daher vermeidet Zheng Jing einen Angriff. Den Holländern wurden bereits Handelsrechte angeboten, die sie bisher nicht angenommen haben.«

Weil man uns gewaltsam vertrieben hat, dachte Sophie, schwieg aber. Der Jesuit war ein weniger unterhaltsamer Gesprächspartner als Bai Jun, doch sie musste nun mit ihm auskommen.

»Auch hier könntet Ihr einen guten Einfluss ausüben«, redete Fra Bartolomeo weiter und balancierte ein Stück Fleisch auf seinen Essstäbchen. »Gute Handelsbeziehungen zu europäischen Mächten würden der Familie Zheng helfen, sich gegen die Qing in China zu behaupten.«

Fenzhi hatte gesagt, dass ihre Familie in China sämtliche Territorien verloren hatte. Alles, was den letzten Anhängern der alten Ming-Dynastie noch blieb, war diese Insel, Taiwan oder Formosa genannt. Nur würde der neue chinesische Kaiser sicher versuchen, auch diese irgendwann einzunehmen. Sophie kannte mittlerweile in etwa alle Zusammenhänge, nur die Vorstellung, sie könne bei diesen Machtspielen irgendetwas bewirken, schien ihr völlig absurd.

»Ich glaube, die Handelsgesellschaft möchte die neue Regierung in ihrer einstigen Kolonie nicht anerkennen«, sagte sie nach einigem Überlegen. »Trotz aller großzügigen Angebote, die man ihr macht. Wir Holländer, die hier zurückgeblieben sind, werden unserem Schicksal überlassen.«

»Aber so muss es nicht sein«, beharrte der Jesuit. »Domina, Ihr unterschätzt die Macht Eures Geschlechts. Eine schöne Frau kann Männer nach ihrem Willen lenken. Das ist spätestens seit dem Sündenfall allgemein bekannt.«

Er lachte, wodurch er Sophie erstaunte, denn sie hatte ihn stets als sehr ernsthaften Mann erlebt. Ihr war nicht ganz klar, ob sie einstimmen sollte. Ihr Vater hätte es nicht gutgeheißen, wenn über biblische Geschichten gelacht wurde.

»Ich wüsste nicht, wie ich die Handelsgesellschaft beeinflussen soll«, erwiderte sie nur. »Andernfalls hätte ich sie schon während der Belagerung dazu gebracht, uns besser zu unterstützen.«

Sie warf ihm einen abwartenden Blick zu. Inzwischen war sie es leid, von Männern belehrt zu werden.

»Nun, das war damals schwer möglich«, stimmte Fra Bartolomeo zu ihrer Überraschung zu. »Aber nun … Ihr könntet Euren Gemahl ermuntern, Kontakt zu Admiral Bort aufzunehmen. Ich würde nicht ausschließen, dass man Euch persönlich mit dem holländischen Herrn reden lässt. Dann gäbe es Möglichkeiten, ihn zu beeinflussen. Vielleicht würde auch er es gutheißen, wenn hier weiter das Christentum praktiziert wird.«

Vielleicht wäre es ihm aber auch nicht so wichtig, doch das wollte der Jesuit sicher nicht hören.

»Wollt Ihr den Katholizismus oder den protestantischen Glauben fördern?«, fragte Sophie stattdessen. Ihrem Vater wären sogar die heidnischen Inibs letztendlich lieber gewesen als jesuitische Papisten. Heiden konnte man wenigstens bekehren, sie waren wie ahnungslose Kinder.

Fra Bartolomeo schien ernsthaft über ihre Frage nachzudenken.

»Ich will vor allem den europäischen Einfluss fördern«, sagte er schließlich. »Bei den Ureinwohnern haben holländische Missionare bereits hervorragende Arbeit geleistet. Wir dürfen diese schlichten Seelen nicht wieder an halbnackte Hexen verlieren, die sie mit Zauberei Satan in die Arme treiben. Chinesen hingegen schätzen Pracht und Reichtum. Das beeindruckt sie, und wir Katholiken bieten mehr davon als alle verbissenen Puritaner. Die Botschaft des Herrn darf auf dieser Insel nicht in Vergessenheit geraten. Um das zu verhindern, würde ich mich mit dem Teufel selbst verbünden. Ich hoffe, eines Tages hier das Oberhaupt einer christlichen Gemeinde zu sein, die auch chinesische Traditionen respektiert.«

Nun hatte er seine Essstäbchen niedergelegt und sich zurückgelehnt, um seine Worte wirken zu lassen. Sophie begann langsam zu ahnen, worum es ihm ging. Dieser schwarzgewandete Mann sah sich als Oberhaupt einer Kirche gemäß seinen eigenen Vorstellungen.

Aus irgendeinem Grund schien er zu glauben, sie könne ihm dabei von Nutzen sein. Sie fühlte sich nicht in der Lage, etwas für ihn zu tun, aber vielleicht kam es nicht einmal darauf an. Fenzhi hatte ihr beigebracht, wie wichtig taktisches Vorgehen sein konnte. Er wollte sie zu dem holländischen Admiral schicken und das könnte für sie selbst von Vorteil sein.

»Ich bewundere den Eifer, mit dem Ihr unserem himmlischen Herrn dienen wollt«, sagte sie daher und staunte, wie ernst er ihre Worte nahm. »Wenn es mir irgendwie möglich ist, so werde ich mich als Eure ergebene Dienerin erweisen.«

Sophie hatte sich niemals für eine geschickte Lügnerin gehalten, aber nun glitten die Worte geschmeidig von ihrer Zunge. Fra Bartolomeo nickte anerkennend.

»Ihr seid einsichtiger als die meisten Frauen. Euer Vater muss in der Tat ein herausragender Mann gewesen sein, der Euch Mäßigung und Gehorsam lehrte.«

Nun musste Sophie mühsam ein Kichern unterdrücken, das ihr in der Kehle stecken blieb und sie husten ließ.

»Euren Gemahl konntet Ihr bereits bezaubern«, versicherte der Jesuit, bevor er die letzten Reste seines Essens mit den Stäbchen aufsammelte. »Beizeiten wird es Euch auch bei dem Admiral gelingen. Ihr erfüllt alle nötigen Voraussetzungen. Es ist bewundernswert, wenn eine Frau bereit ist, ihre Reize für einen heiligen Zweck einzusetzen, anstatt der Versuchung Satans zu erliegen.«

Mit diesen Worten richtete er sich auf und neigte respektvoll den Kopf. Sophie starrte ihn verwirrt an. Sie fürchtete immer noch, er könnte jeden Moment in Gelächter ausbrechen oder wütend werden, weil sie ihn zum Narren halten wollte.

War es wirklich so einfach, Männer zu beeinflussen? Bei einigen schien es wenigstens so. Der Jesuit entfernte sich zufrieden. Sie zweifelte nicht mehr, dass er sie zu dem holländischen Admiral schicken würde, wenn es irgendwie möglich war. Aber was hatte sie dadurch gewonnen? Sie wusste nicht, ob ihr dies eine Reise nach Batavia ermöglichen würde. Ohne Emma wollte sie dort auch gar nicht hin.

Als Fra Bartolomeo verschwunden war, blieb Sophie ratlos vor den noch weitgehend vollen Schüsseln sitzen. Dem Jesuiten schien sie wichtiger zu sein, als sie ihrem Vater jemals gewesen war. Er wollte sie wie eine Schachfigur nutzen, doch war das wirklich ein Grund, stolz zu sein?

Dennoch hatten seine Worte ihr unerwartete Freude geschenkt. Ihren Gemahl hatte sie bezaubert, glaubte der Jesuit. Diese Worte allein hatten gereicht, damit eine Welle der Wärme ihren Körper flutete. Sie schenkte sich eine Tasse Reiswein ein und ließ die Flüssigkeit genüsslich auf ihrer Zunge kreisen.

Ein Schatten legte sich über ihr Gemüt. Warum war Bai Jun

jetzt nicht hier, sondern ließ den Jesuiten allein mit ihr reden? Warum blieb er weiterhin ihrem Schlafgemach fern?

Sophie vergrub ihr Gesicht in Zhonglis Fell, um dort Trost zu suchen.

Der Ausflug zum Mazu-Tempel wurde ohne irgendwelche Fragen genehmigt, doch bekam sie Bai Jun nur kurz zu Gesicht. Zheng Jing hatte ihn damit beauftragt, die Einrichtung chinesischer Schulen auf Formosa voranzutreiben, und er musste deshalb Reisen an andere größere Orte unternehmen, teilte er ihr höflich mit, als er einmal vorbeikam. Er wünschte ihr schöne Tage und bedankte sich, dass sie seine Tante versorgte.

Dann war er verschwunden.

Sophie wehrte das Gefühl von Verlust ab, indem sie mit Zhongli spielte, und wartete ungeduldig auf das Wiedersehen mit ihrer Schwester.

Im Tempel war eine große, grellbunt bemalte Statue der Göttin errichtet worden, vor der zahlreiche Räucherstäbchen glommen. In einem Nebenraum lasen kahlgeschorene buddhistische Mönche in orangen Gewändern heilige Texte. Sophie musterte zwei kleine Teiche, in denen Fische schwammen, und zahlreiche Opfergaben aus Obst und Reisgerichten vor der Göttin. Inzwischen hatte ein in ihren Augen sehr unübersichtliches Sammelsurium aus chinesischen und einheimischen Gottheiten den christlichen Glauben auf Formosa zurückgedrängt. Es war erstaunlich schnell gegangen, das Christentum hatte trotz aller Bemühungen der Missionare keine tiefen Wurzeln geschlagen.

Oder vielleicht doch? Bai Jun war Christ. Zheng Chenggong war es angeblich auch gewesen. Bei seinem Sohn wusste sie es nicht genau. Für Fra Bartolomeo lag eben darin das Problem. Asiaten waren es gewöhnt, eine bunt gemischte Götterwelt bei Laune zu halten, denn man konnte ja nie wissen, welche Art der Unterstützung einer höheren Macht man brauchen würde. Niemals würden sie sich auf einen einzigen himmlischen Herrn beschränken, schon aus Angst, es sich dadurch mit all den anderen zu verderben. Ob der Jesuit es schaffen würde, diese Einstellung zu ändern? Sie vermochte es nicht einzuschätzen, und das Wiedersehen mit Emma war ihr wichtiger, sodass sie nicht weiter darüber nachdachte.

Schließlich sah sie ihre Schwester eintreten und bemühte sich, nicht gleich auf sie zuzueilen. Bai Jun hatte ihr wieder eine Eskorte mitgegeben, die keinen Verdacht schöpfen sollte. Emma war in Begleitung einer Chinesin gekommen. Gemeinsam zündeten sie Räucherstäbchen an und verbeugten sich mit aufeinander gelegten Handflächen vor der Statue. Auch ihre tiefgläubige Schwester musste inzwischen die Notwendigkeit von gelegentlicher Täuschung gelernt haben.

Sophie spazierte so unauffällig wie möglich zu einem Seitenausgang, wo sie ein paar Münzen an Bettler verteilte. Emma tauchte wie zufällig in ihrem Rücken auf.

»Gehe zu der kleinen Statue dort hinten in der Ecke«, flüsterte sie ihr zu. Sophie gehorchte. Sie wusste nicht, welcher Gott dieses dunkle, grimmige Gesicht hatte, das eher Furcht als Vertrauen einflößte. Er musste weniger wichtig sein als Mazu, da man ihm nur einen kleineren Schrein mit deutlich weniger Opfergaben gönnte.

Nachdem sie sich einige Male umgesehen hatte, nahm Sophie auf einer kleinen Bank neben der Statue Platz. Sie hielt Zhongli an sich gedrückt und versuchte, ein ehrfürchtiges Gesicht zu machen, als bete sie zu dieser ihr völlig fremden Gottheit.

»Es gibt eine Möglichkeit, wie wir nach Batavia gelangen können«, flüsterte Emma ihr auf Holländisch ins Ohr, ohne sie anzusehen. Sophie wartete eine Weile, bevor sie in ihre Richtung blickte. Ihre Schwester trug nun einen schlichten, blauen Kittel wie eine einfache Chinesin. Die unbekannte Frau an ihrer Seite hingegen hatte ein Gewand mit weiteren Ärmeln und einem breiten Gürtel angezogen. Es mutete eher japanisch an.

»Wie?«, fragte Sophie leise, starrte dabei wieder die Götterstatue an.

»Admiral Bort hat ...«

»... einen kleinen Ort im Norden der Insel erobert«, ergänzte Sophie. Emma sollte merken, dass sie kein dummes, unwissendes Mädchen mehr war.

Die Schwester reagierte nicht gleich. Wie Sophie aus den Augenwinkeln sah, wurde sie von ihrer Begleiterin sanft angestupst. Beide senkten den Blick und bewegten die Lippen wie beim Sprechen von Gebeten.

Eine Gruppe von Menschen war erschienen und stellte sich der Reihe nach auf, um von einem der Mönche gesegnet zu werden. Sophies Eskorte wurde dadurch abgelenkt, sodass sie es wagte, näher an ihre Schwester heranzurücken.

»Wie sollen wir dort hinkommen? Durch den Dschungel laufen? Wir wissen nicht einmal, ob der Admiral uns wirklich aufnimmt. Zwei Frauen und dein Frans, ein Siraya. Wir sind nicht wichtig.«

»Unser Vater war wichtig«, protestierte Emma. Sie hatte also noch nicht aufgehört, ihn zu verehren.

»Unser Vater ist tot. Er ließ uns zurück und jetzt sind wir allein«, widersprach Sophie. Sie hörte ihre Schwester leise seufzen.

»Egal was du von ihm denkst. Pieter Verhoeven ist hier. Er kennt Admiral Bort, und wenn er uns zu ihm führt, dann werden wir aufgenommen.«

Diese Neuigkeit ließ Sophie auffahren. Zhongli winselte, sie setzte ihn kurz auf dem Boden ab und sah sich nach ihrer Eskorte um. Drei der Männer warteten inzwischen auf die Segnung durch den Mönch, die zwei anderen plauderten miteinander. Sie fühlte sich sicher genug, um das Gespräch mit ihrer Schwester fortzusetzen.

»Wer ist diese Frau, die du mitgebracht hast? Kann sie uns verstehen?«

»Sie kann ein bisschen Holländisch. Sie ist Pieters Gemahlin und erwartet sein Kind.«

Sophie schluckte. Die Verbindung zwischen Chinesen und Holländern verstörte sie immer noch, da ihr Vater es abgelehnt hatte. Dass holländische Männer Ureinwohnerinnen heirateten, war hingegen weit verbreitet gewesen.

»Können wir ihr wirklich vertrauen?«, fragte sie leise.

»Mit Sicherheit. Sie will mit Pieter nach Batavia. Gibt es jemanden, den du unbedingt mitnehmen willst?«

Nun sah Emma sie abwartend an. Sophie zögerte einen Moment. Bai Juns Namen konnte sie nicht nennen, denn er würde sie nicht begleiten wollen.

»Meinen Hund«, beharrte sie. »Ich lasse ihn nicht zurück.«

Emma sah überrascht aus, widersprach aber nicht.

»Na gut, er lässt sich tragen. Warte, bis ich dir eine Nachricht schicke. Dann musst du dich wieder herausschleichen, aber ohne Männer, die dich bewachen. Ist das möglich?«

Sophie überlegte kurz. Sie wusste nicht, wie gut die Eingänge von Bai Juns Residenz bewacht wurden, glaubte aber, einen Weg zu finden, wie sie hinauskäme. Inzwischen besaß sie genug Schmuck, um etliche Leute bestechen zu können.

»Ich werde es möglich machen«, versprach sie. Emma nickte, drückte kurz ihre Hand und schenkte ihr ein strahlendes Lächeln.

»Auch Frans und ich werden ein Kind bekommen. Hoffentlich wird es in Batavia zur Welt kommen, wo ein Priester es taufen kann.«

Mit diesen Worten stand sie auf und verbeugte sich zusammen mit ihrer Begleiterin nochmals dreimal vor der Statue. Danach verließen beide den Tempel, ohne Sophie weiter zu beachten.

Sophie blieb noch eine Weile sitzen, hob Zhongli erneut hoch und vergrub ihr Gesicht in seinem Fell. Die Neuigkeit, dass ihre Schwester schwanger war, löste Freude aus, aber auch einen Anflug von Neid. Emma hatte einen Mann, den sie liebte, und bald schon wäre sie auch Mutter.

»Du wirst mir bleiben, wenn ich alles zurücklassen muss«, flüsterte sie dem Hund ins Ohr.

Gleich darauf staunte sie selbst über ihre Worte. Wie lange hatte sie sich gewünscht, dieser von Chinesen beherrschten Insel entkommen zu können, um in eine Heimat zu gelangen, die sie nicht kannte, aber tief in ihrem Herzen als Zuhause empfand.

Nun kam ihr der Tempel mit der von Räucherstäbchen verpesteten Luft, den grellbunten Statuen und all den Menschen, die sich ehrfürchtig vor ihnen verneigten, plötzlich vertraut vor. Er gehörte zu einer Welt, in die sie langsam hineingewachsen war. Wenn Emma ihre Fluchtpläne verwirklichte, würde Sophie nie wieder einen Fuß auf den Boden dieser Insel setzen können. Auf einmal fühlte sie sich, als müsste sie ein Stück ihres Selbst zurücklassen.

Entschlossen stand Sophie auf. Sie durfte nicht vergessen, dass sie Holländerin und Christin war. In dieser chinesischen Welt hatte sie lernen müssen, sich durchzuschlagen, aber sie gehörte nicht hierher.

»Wir werden eine Reise machen«, flüsterte sie Zhongli auf Holländisch ins Ohr. Dann sah sie sich nach ihrer Eskorte um. Der Mönch hatte inzwischen Räucherstäbchen vor ihnen hochgehalten und Gebetssprüche aufgesagt, sodass sie sich gesegnet fühlten. Sophie trat auf sie zu und äußerte den Wunsch, nach Hause gebracht zu werden.

Im Tragestuhl schloss sie erschöpft die Augen. Sie durfte nun nicht in Wehmut versinken, weil sie einige Chinesen ins Herz geschlossen hatte. Wichtiger war, ihre Flucht zu planen, denn sobald sie Emmas Nachricht erhielt, durfte nichts mehr misslingen.

21. Kapitel

Die nächsten zwei Wochen verlief Sophies Leben in vertrauten Bahnen. Sie besuchte Lianhua, die sich bei ihrem Anblick inzwischen ein wenig aufrichtete und unverständliche Laute ausstieß. Ihr Blick drückte eindeutiges Erkennen aus. Sie aß, was Sophie ihr einflößte, und die Dienerinnen versicherten, dass ihr Appetit inzwischen viel besser geworden war. Schließlich hielt sie sogar Sophies Hand fest, um sie am Fortgehen zu hindern. Ihr Griff war herrisch, bestimmend, wie sie wohl einst als vornehme Dame gewesen sein musste.

»Sie hat Euch als Schwiegertochter anerkannt, Herrin«, flüsterte eine der Dienerinnen. Das stimmte nicht ganz, da Bai Jun nur Lianhuas Neffe war, aber da sie ihre Söhne ihrem Ehrgefühl geopfert hatte, blieb ihr sonst niemand mehr.

Sophie verbeugte sich, wie sie es Chinesen schon oft hatte tun sehen. Lianhua gab ihre Hand frei. Sie sah zufrieden aus.

»Ich komme morgen wieder«, sagte sie langsam und deutlich in ihrem neu gelernten Chinesisch. Lianhua schloss die Augen und Sophie entfernte sich. Es gab ihr ein Gefühl von Triumph, diese störrische Alte für sich gewonnen zu haben.

Beim Mittagsmahl leistete ihr wie üblich nur Zhongli Gesellschaft, während die Dienstmädchen Gerichte auftrugen. Sophie störte sich nicht mehr daran, sie fütterte den Hund mit Leckereien und erlaubte ihren Mädchen schließlich, den Rest der Mahlzeit aufzuessen, was sie freudig strahlen ließ. Rasch brachten sie die Schüsseln in einen Nebenraum, um die Herrin nicht zu stören.

Inzwischen genoss Sophie die Zeit, die sie allein mit ihrem Hund verbrachte. Bai Jun kam abends manchmal vorbei, aber sie konnte sich nicht darauf verlassen. Sie brach zu einem Spaziergang im Garten auf, erlaubte Zhongli, die Enten im Teich aufzuschrecken, und suchte eine Pagode auf, deren zarter, eleganter Baustil ihr gefiel. Sie wollte in ihr Haus zurückkehren, als plötzlich ein männlicher Diener auf sie zuhastete.

»Edle Herrin, ein Händler hat Waren für Euch abgegeben«, sagte er. »Eine Ladung Tee, die Ihr überprüfen sollt. Vielleicht wurde sie nicht von Euch bestellt, denn niemand weiß etwas davon.«

Der Mann sah nervös aus, hatte offensichtlich Angst, einen Fehler zu begehen. Sophie wusste, dass sie niemals Tee bestellt hatte. Aber eben aus diesem Grund musste sie die Lieferung unbedingt in Augenschein nehmen.

Sie folgte dem Diener in den ersten Hof hinter dem Eingangstor. Dort standen zwei große Kisten. Sophie bestätigte, dass sie diese Lieferung wollte, ließ sie in ihre Gemächer tragen und nahm dort die Waren allein in Augenschein.

Emmas Nachricht entdeckte sie ganz unten in der zweiten Kiste. Sie war in das Holz eingeritzt und leicht zu übersehen. Für einfache Chinesen würde die lateinische Schrift ohnehin keinen Sinn ergeben und daher als Kritzelei abgetan werden.

Wie schlau ihre ältere Schwester sein konnte!

Mazu-Tempel, morgen, Stunde des Drachen, las Sophie. Ihr Herz begann zu hämmern, während die Gedanken sich in ihrem Kopf überschlugen. Wie sollte sie so kurzfristig ihre Flucht planen? Aber sie hatte keine andere Wahl. Die Dienstmädchen konnte sie mit Geschenken vertrösten, auch die Wachen am Eingangstor kannten sie inzwischen und verhielten sich freundlich. Sie musste vorgeben, dringend etwas besorgen zu müssen. Oder den Tempel aufsuchen zu wollen. Die Menschen in diesem Haus misstrauten ihr nicht mehr, sodass sie einen kleinen Ausflug würde machen können. Vielleicht sollte sie ein Dienstmädchen mitnehmen und später fortschicken, um etwas zu kaufen. Das wäre weniger verdächtig.

Und Zhongli käme natürlich mit. Zum Glück verhielt er sich ruhig, wenn er genügend Leckereien erhielt.

Sophie legte die Säcke mit Tee sorgfältig auf dem Boden ab, schob die leeren Kisten in eine Ecke und wartete dann auf die Rückkehr ihrer Dienstmädchen.

»Ich habe bei einem japanischen Händler Tee bestellt«, erzählte sie ihnen, da ihr die Kleidung der Begleiterin ihrer Schwester wieder eingefallen war. »Er wurde bereits von mir bezahlt. Wenn der Herr Bai Jun mich wieder aufsucht, so soll dieser Tee für ihn zubereitet werden, denn er gilt als besonders wohltuend. Die Kisten könnt ihr gleich auf die Müllhalde werfen. Sie stehen hier nur im Weg herum.«

Je schneller Emmas Botschaft aus ihrem Zimmer verschwand, desto besser. Fra Bartolomeo würde die lateinische Schrift erkennen, Bai Jun ebenso.

Ihre Aussage stieß bei den Mädchen auf keinerlei Misstrauen. Zwar mussten die Männer von Sophies Eskorte wissen, dass sie niemals irgendwo Tee oder andere Nahrungsmittel erworben hatte, aber sie waren nicht zugegen und mit etwas Glück würde keine der Dienstmägde sie danach fragen.

Die Kisten wurden weggebracht, ein Sack Tee ebenso, um der Köchin anvertraut zu werden. Sophie setzte sich auf ihren Stuhl und schloss die Augen. Jetzt musste sie vor allem Ruhe bewahren.

Es kam ihr unwirklich vor, dass sie dieses Haus morgen für immer verlassen sollte. Sie liebte den Seerosenteich mit seinen Enten, die Blütenpracht und ihr Gemach mit den feinen Schnitzereien an allen Möbeln. Chinesische Kunst gefiel ihr. Aber in Wahrheit gehörte sie nicht hierher.

Bai Jun wäre über ihren Verrat sicher enttäuscht, doch er käme darüber hinweg. Lianhua würde bald vergessen, dass sie eine blonde Schwiegertochter angenommen hatte. Auch dem

Jesuiten bliebe nichts anderes übrig, als seinen christlichen, chinesischen Staat ohne die Unterstützung einer sündhaften Tochter Evas aufzubauen. Jeder Schaden, den sie anderen zufügte, wäre nicht besonders schlimm.

Nur musste morgen alles schnell gehen, damit sie nicht wieder aufgehalten wurde.

Ihre Sorge begann sich in Panik zu verwandeln. Sie erinnerte sich allzu gut an ihren ersten, misslungenen Fluchtversuch. Würde man sie nun hinrichten, wenn sie gefangen genommen wurde?

Unruhig drehte Sophie Runden in ihrem Zimmer. Zum Glück waren ihre Dienstmägde nicht da. Nur Zhongli starrte sie verwirrt an und winselte manchmal, als könne er ihre Unruhe spüren. Sophie sehnte sich nach einer Karaffe Reiswein. Zum Abendessen würde sie sicher eine bekommen. Bis dahin wollte sie warten, denn es wäre nicht gut, sich zu betrinken. Am nächsten Morgen brauchte sie einen klaren Kopf.

Irgendwie gelang es ihr, den Rest des Tags hinter sich zu bringen. Als es dämmerte, erschienen die Dienstmädchen erneut, um ihr das Abendessen zu servieren. Neben der erhofften Karaffe Reiswein erblickte Sophie auch eine Teekanne und Tassen aus feinem Porzellan.

»Der Hausherr wird Euch heute Abend aufsuchen«, flüsterte eines der Mädchen ihr ins Ohr. »Sollen wir Euch helfen, Euch herzurichten?«

Sie zwinkerte Sophie verschwörerisch zu. Überall auf der Welt sehnten Frauen sich nach der Aufmerksamkeit wichtiger Männer. Dass Sophie im Augenblick andere Pläne hatte, würde keines ihrer Dienstmädchen verstehen können.

»Ich danke euch, aber ich komme allein zurecht«, versicherte Sophie.

Dass Bai Jun zu ihr kommen wollte, verkomplizierte die

Lage ein wenig. Unter anderen Umständen hätte sie sich gefreut, aber nun würde sie sich große Mühe geben müssen, keinen Verdacht zu wecken.

Der Jesuit wäre aber die unangenehmere Wahl gewesen, denn sie fand ihn meistens anstrengend.

So richtete sie ein paar lose Haarsträhnen vor dem Spiegel und legte das Jadearmband an, das Fenzhi ihr geschenkt hatte. Sie würde es als Erinnerung mitnehmen, beschloss sie, und wenn irgendwie möglich ebenso wenig verkaufen wie den Ring ihrer Mutter.

Bai Jun erschien bald darauf, begrüßte sie mit einem Kopfnicken und nahm am Tisch Platz. Die Dienstmädchen schwirrten sofort um ihn herum wie Motten.

»Ihr habt Tee eingekauft, wurde mir mitgeteilt«, meinte er.

Sophie brach kurz der Angstschweiß aus, aber sie schaffte es, ruhig zu bleiben.

»Die Dame, die mich in ihr Haus einlud, empfahl einen japanischen Händler. Dank des Geldes, das Ihr mir großzügig zur Verfügung stellt, konnte ich eine Bestellung tätigen.«

Sie gab einer Dienstmagd ein Zeichen, den Tee einzuschenken. Er war dunkel wie der Nachthimmel und duftete aromatisch.

Bai Jun schlurfte an seiner Tasse.

»In der Tat ein hervorragender Geschmack«, gab er zu. Sophie atmete erleichtert auf. Zum Glück war Emma geistesgegenwärtig genug gewesen, keine billige Ware zu schicken.

Sie bediente sich an den Essschüsseln, obwohl sie kaum Hunger verspürte.

»Außerdem wurde mir mitgeteilt, dass es meiner Tante dank Eurer Pflege schon besser geht«, fuhr er fort. »Ich möchte Euch meinen Dank aussprechen. Als ich eine Holländerin in mein Haus holte, dachte ich nicht, dass sie so wunderbar in ihre Rolle als meine Gefährtin hineinwachsen würde.«

Sophie riss überrascht die Augen auf. Ihr war bisher selten gesagt worden, dass sie etwas richtig machte.

»Warum habt Ihr zugestimmt, mich als Gemahlin anzunehmen?«, wagte sie ihn erstmals zu fragen. Es gab sicher genug Chinesinnen, die froh gewesen wären, hier die Hausherrin zu sein. Zudem hatte ein chinesischer Mann das Recht auf Nebenfrauen, doch Bai Jun verzichtete darauf. Hatte es mit seinem christlichen Glauben zu tun?

Er zögerte mit seiner Antwort und reichte ihr einen Becher Reiswein.

»Die Dame Fenzhi bat mich, Euch vor der Hinrichtung zu bewahren«, sagte er schließlich. »Euer Fluchtversuch hatte unseren Herrscher sehr erzürnt. Wenn es ein paar Frauen gelungen wäre, sich aus seinem Palast davonzumachen, hätte er vor seinen Gefolgsleuten das Gesicht verloren. Und es hätte Euch wirklich gelingen können, wenn eine andere Palastdame Euch nicht verraten hätte.«

Sophie war nicht klar gewesen, wie nahe sie der Freiheit damals schon gekommen war. Aber sie wäre nur in eine neue Falle gelaufen. Diesmal klang alles sicher. Pieters japanischer Freund würde ihnen ein Schiff zur Verfügung stellen, das sie zu Admiral Bort brachte. Warum verspürte sie trotzdem keine ungetrübte Freude, sondern ahnte einen bevorstehenden Verlust?

»Ihr habt mich also als Ehefrau angenommen, um mein Leben zu retten?«, fragte sie leise.

Bai Jun lächelte.

»Ich bereue diese Entscheidung nicht. Ich war neugierig auf eine europäische Frau, denn bisher hatte ich nur Jesuiten wie Fra Bartolomeo kennengelernt. Fenzhi beschrieb Euch als wunderschön und von angenehmem Wesen. Sie hat nicht gelogen.«

Er griff in einen Beutel, den er mitgebracht hatte, und legte eine kleine Kiste auf den Tisch.

»Dies möchte ich Euch als Zeichen meiner Dankbarkeit überreichen. Ihr habt Euch um Lianhua gekümmert, die eine sehr schwierige Frau ist. Auch bei den Dienstboten geltet ihr als liebenswürdig und gütig.«

Nach kurzem Zögern nahm Sophie ihr Geschenk an. Es bestand aus zwei kleinen Jadeohrringen in Perlenform, die in Gold gefasst waren. Mit Fenzhis Armband harmonierten sie hervorragend.

»Das ist wunderschön!«, rief sie erfreut. Anders als in ihrem Vaterhaus hatte hier niemand ein Problem mit ihrer Liebe für Schmuckstücke. Sie steckte die Jadeperlen in ihre Ohren und warf einen Blick in den Spiegel hinter ihr. So sehr hatte sie sich selbst noch nie gefallen. Sie wusste nicht, ob es an dem Reiswein lag, aber das Wissen von ihrem bevorstehenden Aufbruch begann hinter einem Nebel zu verschwinden. Sie lebte gänzlich in diesem Moment, da Bai Jun ihr ein wunderschönes Geschenk gemacht hatte.

»Es freut mich, dass Ihr den Ausdruck meiner Dankbarkeit annehmen wollt«, sagte er und neigte erneut den Kopf. »Ich fühle mich geehrt, eine so schöne Frau in meinem Haus zu haben.«

Sophie rutschte verlegen auf ihrem Stuhl herum. Sie war im Begriff, diesen Mann zu hintergehen und zu verraten. Worte drängten auf ihre Zunge. Sie wollte ihm von der bevorstehenden Flucht erzählen, erklären, dass sie es bereute, sein Haus verlassen zu müssen, sich aber nach ihrer europäischen Heimat sehnte. Wenn er Verständnis zeigte, würde der Aufbruch weniger schmerzen. Bai Jun war ein so großmütiger Mann, wie sie sich ihn niemals hatte vorstellen können. Doch selbst ihr vom Reiswein benebelter Verstand verbot es ihr, sich ihm nun anzuvertrauen. Die Gefahr, dass er sich ähnlich empört zeigte wie sein Herrscher, war zu groß. Eine flüchtige Ehefrau wäre sicher ein Ehrverlust für ihn. Sophie durfte es nicht riskieren, dass Emma und Pieter gefährdet wurden, nur weil sie selbst ihr Gewissen erleichtert wollte.

Aber es gab eine andere Sache, die sie tun konnte. Als Bai Jun ihren Weinbecher erneut füllen wollte, berührte sie wie durch Zufall seine Hand. Er versteinerte für einen Moment, sein Blick traf kurz den ihren, dann musterte er die unter einer Glasscheibe verborgenen Schnitzereien des Tisches. Sie stellten eine Landschaft und Menschen dar.

Langsam legten Bai Juns Finger sich um die ihren. Sophies Herzschlag beschleunigte sich, aber sie verspürte keinerlei Widerwillen, nur Aufregung und Freude. Was sie tat, fühlte sich völlig richtig an. Dieser kluge, gutherzige Mann mit dem breiten Gesicht eines Jungen war ihr Gemahl. Früher hatte sie sich einen hochgewachsenen Holländer gewünscht, der sie aus dem Dschungel Formosas in ein zivilisiertes Europa bringen würde. Sie hatte nicht gewusst, dass ein chinesisches Haus komfortabel und wunderschön sein konnte. Vor allem aber war es ein völlig unerwartetes Gefühl, einen Chinesen, der kaum größer war als sie selbst und auch im Vergleich zu anderen Landsleuten nicht gerade stattlich wirkte, als ihren Gefährten zu empfinden. Sophie spürte, dass sie ihm so nahe sein wollte, wie sie es noch niemandem gewesen war.

»Ich habe nicht den Wunsch, Euch unter Druck zu setzen«, murmelte er sichtlich verlegen. »Wir können weiterleben wie bisher und ich werde Euch weiterhin als meine Gemahlin betrachten.«

»Dann behandelt mich auch wie Eure Gemahlin!«, entgegnete Sophie. »Oder gefalle ich Euch nicht? Habt Ihr irgendwo eine Geliebte? Ihr könnt sie hierherbringen. Ich weiß, dass Ihr als Chinese das Recht auf mehrere Frauen habt.«

Gleichzeitig zog sie ihre Hand zurück. Sie wollte nicht, dass Bai Jun ihre Annahme bestätigte, aber es würde ihr den Abschied erleichtern.

»Ich habe keine Geliebte«, erwiderte er sofort. »Als Christ möchte ich auch keine Nebenfrauen. Es gab in meinem Elternhaus deshalb nur Unfrieden. Ich wünschte mir immer eine einzige Gemahlin, die mein Leben wirklich teilt und mit der ich über Dinge reden kann, die mir wichtig sind. Als ich Euch hier einziehen ließ, erhoffte ich mir nicht viel, doch ich habe bekommen, wonach ich mich lange sehnte.«

Nun ergriff er selbst Sophies Hände und zog sie an sich. Es kam so schnell und unerwartet, dass sie kaum etwas anderes tun konnte, als sich mitreißen zu lassen.

Unter den Siraya hatte man aus Liebschaften kein Geheimnis gemacht. Die Bemühungen ihres Vaters, dieser Sittenlosigkeit Einhalt zu gebieten, hatten kaum gefruchtet, denn nur wenige Leute hatten ihn wirklich ernst genommen. Sophie hatte stets auf den richtigen Mann warten wollen, da es sich für eine holländische Christin so gehörte. Aber nun geschah alles mit solcher Selbstverständlichkeit, dass sie fast glaubte, ihn gefunden zu haben. Die Küsse gefielen ihr, ebenso die zaghaften Berührungen, mit denen ihre Gewänder entfernt wurden. Sie bewegten sich gemeinsam zu dem Bett mit Baldachin, wo Sophie so oft allein gelegen hatte, geplagt von einer unklaren Sehnsucht.

Nun wurde diese Sehnsucht greifbar. Sophie suchte gierig nach dem Körper ihres Gemahls, streifte alle Lagen von Stoff ab, hinter denen sich seine Haut verbarg, und drängte sich an ihn.

Sie hatte stets eine gewisse Angst vor diesem Teil des Ehelebens empfunden, obwohl Emma ihr erzählte, dass die Frauen der Siraya meist Freude daran hatten. Dennoch war es ihr unvorstellbar vorgekommen, sich wie eine Hündin besteigen zu lassen. Nun war sie überrascht, dass sie keinen Widerwillen verspürte, nicht einmal Scham. Diese Vereinigung mit einem anderen Körper löste wohltuende Schauer aus und fühlte sich so selbstverständlich an, wie es von den Ureinwohnern der Insel beschrieben worden war.

All das rückte in den Hintergrund, als sie dicht an Bai Jun gedrängt die Augen schloss. Sie wollte nur noch im Jetzt leben.

Ein Gongschlag riss Sophie aus ihrem Traum, in dem sie zusammen mit Emma am Tisch im Haus ihres Vaters gesessen hatte. Ihr war die ganze Zeit klar gewesen, dass ein Vorfall das Verhältnis zwischen ihnen völlig verändert hatte, aber es wollte ihr einfach nicht einfallen, woran es genau lag. Nun öffnete sie die Augen, sah den kunstvoll geschnitzten Baldachin über sich, die zerwühlte Decke an ihrer Seite und streckte die Hand aus. Sie griff ins Leere.

Schlagartig stürzten Erinnerungen auf sie ein. Hatte sie die Nacht mit Bai Jun ebenfalls nur geträumt? Sie konnte seine Nähe noch an den Laken riechen, spürte sie auf ihrer Haut. Doch jetzt war er fort.

Die Erkenntnis versetzte ihr einen Stich der Unzufriedenheit. Sie trat die Decke zur Seite und richtete sich auf.

»Soll ich Euch Badewasser bringen, Herrin?«, fragte Rougui, eine ihrer Zofen.

Sophie bejahte, ohne weiter nachzudenken. Indessen kam die Zofe herbei und hielt ihr einen seidenen Morgenmantel hin.

»Es wartet bereits ein Morgenmahl auf Euch«, berichtete die Zofe. »Der Herr Bai Jun ließ es bringen. Er aß allein, um Euch nicht zu wecken, denn er musste früh aufbrechen. Unser edler Herrscher erwartet ihn.«

Daher also sein Verschwinden. Er war wie gewohnt rücksichtsvoll gewesen. Sophies Laune besserte sich schlagartig, sie verspürte Hunger und hastete zu dem Frühstückstisch. Das Bad konnte sie auch nachher nehmen.

Dann fiel ihr wieder der Gong ein, den sie gehört hatte. Auf diese Weise wurde in chinesischen Haushalten der Beginn einer neuen Doppelstunde angekündigt. Welche es war, mussten die Leute am Himmel erkennen, denn anders als beim Glockenläuten der Kirchen konnte man nicht mitzählen. Draußen dämmerte der Morgen, wie Sophie nach einem Blick durchs Fenster feststellte.

»Haben wir die Stunde des Hasen?«, fragte sie Rougui, die bejahte.

»Wie lange wird es noch bis zur Stunde des Drachen dauern?«, fragte Sophie ungeduldig.

»Noch eine ganze Weile, denn der Gongschlag ist nicht lange her«, erwiderte die Zofe. »Ich kann im Haus unseres Herrn nachfragen. Dort steht eine Wasseruhr.«

»Nein, lass!«

Sophie winkte ungeduldig mit der Hand. In ihrem Kopf wirbelten die Gedanken durcheinander. Sie würde bald schon zum Mazu-Tempel aufbrechen müssen. Wenn Emma und Pieter ohne sie loszogen, würde sie ihnen niemals folgen können.

Ihr Körper fühlte sich plötzlich schwer an, als wolle er sich nicht bewegen. Aber sie zwang sich, vernünftig zu sein.

»Ich möchte zum Tempel der Göttin Mazu, um ihr für mein Glück zu danken«, teilte sie der Zofe mit. Rougui lächelte strahlend.

»Ja, natürlich, ich verstehe Euch. Nun seid Ihr wirklich die Herrin dieses Hauses. Welches Gewand soll ich herrichten?«

Der Jesuit hatte recht. Für Chinesen war es selbstverständlich, sich immer an jene Gottheit zu wenden, die gerade opportun schien. Daher fand die Zofe es in keiner Weise merkwürdig, dass Sophie als Christin eine heidnische Göttin anbeten wollte.

»Ich möchte ein sehr schlichtes Gewand, denn ich werde den Tempel allein betreten«, erklärte Sophie. »Nur mein Hund kommt mit.«

»Soll ich Euch denn nicht begleiten? Ihr werdet auch Sänftenträger brauchen.«

Rougui sah enttäuscht aus. Sophie dachte angestrengt nach. Am liebsten wäre sie zu Fuß gelaufen, aber das war für eine chinesische Dame so ungewöhnlich, dass es vielleicht Verdacht geweckt hätte. Sie konnte dennoch ohne Zofe aufbrechen, nur schien Rougui mitkommen zu wollen. Sophie wollte nicht noch einmal den Fehler begehen, die Bedürfnisse einfacher Chinesinnen zu missachten und sich dadurch Feindinnen zu machen.

»Begleite mich, wenn du möchtest. Aber wir sollten uns beeilen, sonst wird der Tempel so voll, dass ich nicht mehr in Ruhe beten kann. Also bringe mir mein Badewasser und mein blaues Gewand.«

Sie würde noch den Jadereif mitnehmen, den Ring ihrer Mutter und auch die Ohrringe von Bai Jun. Alle anderen Kostbarkeiten musste sie hier zurücklassen, denn sonst hätte sie Verdacht erregt. Als Rougui ihr beim Ankleiden half, steckte Sophie sich noch zwei Silberringe mit Mondsteinen an den Finger. Vielleicht würde sie ihren Schmuck irgendwann verkaufen müssen, daher war es besser, mehr davon zu haben.

Die Sänfte war schnell bereit und sie brachen auf. Unterwegs überlegte Sophie noch, dass sie Bai Jun vielleicht einen Brief hätte hinterlassen sollen, um ihr Verhalten zu erklären. Aber das wäre gefährlich gewesen. Sie hoffte, ihm irgendwann eine Nachricht schicken zu können, wenn sie in Sicherheit war.

Er war ein guter Ehemann und Liebhaber gewesen, aber sie gehörte in eine andere Welt, die sie nun hoffentlich bald erreichen würde.

Im Mazu-Tempel saßen nur ein paar alte Frauen herum, die immer wieder Holzstücke auf den Boden warfen. Rougui erklärte, dass sie dreimal hintereinander die richtige Formation erreichen mussten, um ein Orakel von den Mönchen zu bekommen. Chinesen schienen sogar in religiösen Dingen eine Schwäche für das Glücksspiel zu haben, dachte Sophie amüsiert.

Dann verneigte sie sich wieder vor der Statue der Göttin und zündete Räucherstäbchen an. Unterdessen überlegte sie, wie sie ihre Zofe abhängen konnte.

»Ich möchte noch eine alte Freundin treffen, ebenfalls eine Holländerin«, sagte sie schließlich vertraulich zu Rougui. »Am liebsten würde ich ungestört mit ihr reden. Du kannst dir inzwischen eine Weile freinehmen. Kauf dir ein paar Sachen auf dem Markt!«

Sie griff in ihren Beutel und drückte Rougui ein paar Käschmünzen in die Hand. Das Mädchen strahlte vor Freude und verbeugte sich gleich mehrfach.

»Ihr seid eine gütige Herrin! Ich bin mir sicher, Ihr werdet bald einen Sohn gebären und ein langes, glückliches Leben führen.«

Spontan zog Sophie noch einen der Silberringe vom Finger.

»Hier, nimm auch das. Du bist ein nettes Mädchen und ich bin froh, dass du dich um mich kümmerst!«

Nun sah Rougui kurz verwirrt aus, nahm das Schmuckstück aber sofort an sich.

»Komm zur Mittagszeit wieder zum Tempel. Dann kehren wir nach Hause zurück«, schlug Sophie vor. »Und rede bitte mit den Sänftenträgern. Sie können sich ebenfalls die Zeit vertreiben, wie sie wollen, müssen aber rechtzeitig wieder zur Stelle sein.«

Dann beschloss sie, noch auf ein paar Münzen mehr zu verzichten. Davon konnten die Männer sich Essen oder Reiswein kaufen. Es war besser, als wenn sie weiter vor dem Tempel saßen und es vielleicht mitbekamen, wenn Sophie ihn verließ. Rougui steckte das Geld ein und hastete davon. Einer der

Sänftenträger schien ihr zu gefallen, denn sie kokettierte eine Weile mit ihm, bevor sie alle zusammen zu unbekannten Abenteuern aufbrachen.

Sophie atmete tief durch. Bisher war alles gut gegangen, nun musste sie sich nach Emma umsehen. Chinesische Doppelstunden waren als Zeitangabe leider recht ungenau, daher würde sie bis zum nächsten Schlag des Gongs im Tempel ausharren müssen. So unauffällig wie möglich wanderte sie in die Seitenhalle, wo die Statue der unbekannten, dunkel angemalten Gottheit stand. Gleich darauf kam eine Chinesin im schlichten Kittel einer Bäuerin auf sie zu. Sophie erkannte Pieters Gemahlin.

»Komm mit mir«, flüsterte sie Sophie auf Holländisch ins Ohr. »Aber warte eine Weile und dann nimm denselben Ausgang.«

Sophie lächelte höflich und neigte den Kopf. Sie gab kurz vor, zu der unbekannten Gottheit zu beten, dann trat sie ebenfalls durch einen Seiteneingang auf die Straße.

Das inzwischen vertraute Geschrei einer chinesischen Stadt empfing sie. Händler priesen Waren und gekochtes Essen an, Bettler streckten ihre von Ausschlag entstellten Arme aus und drei Männer spielten dicht vor ihr auf dem Boden hockend irgendein Würfelspiel. Sophie entdeckte Pieters Frau vor dem Eingang zu einem Lokal. Sie ging langsam auf sie zu, folgte dem unauffälligen Winken in eine weitere Seitenstraße. Dort erblickte sie Emma in dem bunten Wickelrock der Siraya und einer chinesischen Bluse mit weiten Ärmeln. An ihrer Seite stand Frans, diesmal nur mit einem Lendenschurz unter seinem Baumwollhemd. Beide hatten sich große Mühe gegeben, wie Ureinwohner auszusehen, die ein paar Stoffstücke mehr als gewohnt angelegt hatten, um von Chinesen nicht als sittenlos eingeschätzt zu werden. Sophie lobte sich im Geiste selbst für ihre Entscheidung, ebenfalls schlichte Kleidung gewählt zu haben. Sowohl Unterkleid als auch Überrock, wie es Chinesinnen trugen, waren aus Baumwolle statt aus Seide gefertigt. Sie unterschied sich kaum von ihrer Zofe, nur im Vergleich zu Emma sah sie dennoch wie eine wohlhabende Frau aus.

Pieter tauchte am Ende der kleinen Gasse auf und gab ein unauffälliges Handzeichen. Seine chinesische Frau setzte sich in Bewegung, gefolgt von Emma und Frans. Sophie hielt bewusst etwas Abstand, bevor sie ebenfalls auf Pieter zuging. Erst, als sie in eine leere, baufällige Hütte getreten waren, wagte sie ihre Schwester endlich zu umarmen.

»Wir müssen jetzt schnell zum Hafen laufen. Dort wartet eine Dschunke auf uns«, sagte Pieter auf Holländisch. »Lanfang und ich gehen als Erste. Dann folgen Emma und Frans. Sophie muss weiterhin Abstand halten, denn als Gruppe könnten wir zu viel Aufmerksamkeit erregen. Wir steigen daher erst allmählich nacheinander auf die Dschunke, die dann so schnell wie möglich losfahren wird. Sobald wir den Hafen des einstigen Forts verlassen haben, sollten wir in Sicherheit sein. Zheng Jing wird keine Flotte losschicken, um uns zu verfolgen. Dann müssen wir hoffen, dass Admiral Bort noch in der Nähe des alten spanischen Forts ist, wo er angeblich sein Lager aufgeschlagen hat.«

»Was ist, wenn er es bereits verlassen hat?«, wollte Sophie wissen und drückte Zhongli an sich. Sie hatte die ganze Zeit zu verdrängen versucht, wie gefährlich dieses Unterfangen war.

»Wir würden ganz allein in der Wildnis enden«, fügte sie hinzu. »Zurück können wir dann nicht mehr.«

Ein weiterer Fluchtversuch würde ihr nicht verziehen werden.

»In diesem Fall finden wir eine Lösung«, sagte Pieter ohne Zögern. »Vielleicht kann die Dschunke uns nach Japan bringen, wo es einen holländischen Handelsstützpunkt gibt.«

»Warum fahren wir nicht gleich dorthin?«

Es erschien Sophie sicherer als die Reise zu einem verlassenen Fort im Norden der Insel, wo sich vielleicht schon wilde Stämme niedergelassen hatten.

»Eine längere Seereise ist auf einem großen holländischen Schiff weniger gefährlich«, erwiderte Pieter. »Und wir wissen nicht, wie wir in einer holländischen Niederlassung aufgenommen werden. Nur drei von uns sind Holländer.«

Er legte den Arm um seine Frau, um deutlich zu machen, dass er ohne sie nirgendwo hingehen wollte. Sophie verspürte einen Stich. Als Einzige hier hatte sie niemanden, mit dem sie derart verbunden war.

Oder war sie gar im Begriff, den Menschen, zu dem sie gehörte, für immer zu verlassen?

Sie küsste den wuscheligen Kopf ihres Hundes. Solange sie ihn im Arm hielt, war sie nicht völlig allein.

Manche Entscheidungen waren unumgänglich.

»Dann geht voraus und ich werde folgen«, teilte sie Pieter mit. Frans sagte noch etwas von einem König der Ureinwohner, bei dem sie sicher auch Aufnahme finden konnten, doch Emma winkte ab.

»Du vielleicht. Wir anderen nicht.«

Eine so bunt gemischte Gruppe wie die ihre hätte es überall nicht leicht, überlegte Sophie. Aber Bai Jun wäre von ihren Gefährten angenommen worden. Diese Vorstellung machte sie glücklich, obwohl sie wusste, dass er ihr niemals gefolgt wäre. Seine Loyalität gehörte Zheng Jing.

»Lanfang und ich gehen jetzt voraus«, unterbrach Pieter ihre Gedanken. »Verhaltet euch bitte so, wie ich es vorgeschlagen habe.«

Alle nickten, sodass er mit seiner Chinesin losziehen konnte. Emma und Frans fochten noch ein kurzes Wortgefecht aus, wo es wieder um diesen König von Middag ging, dann machten auch sie sich gemeinsam auf den Weg.

»Warte nicht zu lange«, flüsterte Emma Sophie noch zu.

Zhongli winselte. Sophie setzte ihn kurz auf dem Boden ab, denn er musste sein Geschäft verrichten. Dann hob sie ihn wieder hoch und lief ihrer Schwester hinterher. Es ging aus der Stadt hinaus, die Häuser wurden weniger. Ein paar Hühner liefen vor einer Hütte herum. Dahinter erstreckte sich eine von der Sonne ausgedörrte Wiese. Sophie erblickte die Ruinen von Fort Zeelandia, dachte an die Zeit, da sie dort viele Monate lang eingesperrt gewesen waren, voller Angst vor einem Sieg der Chinesen, erfüllt von der Hoffnung, dass ihre Landsleute sie retten würden.

Nun lief sie wieder auf die Halbinsel zu, von der aus Schiffe über den Ozean segelten. Sie glaubte, den Geruch des Salzwassers einatmen zu können, als sie die blau bemalten Boote der Ureinwohner auf dem Gewässer erblickte. Da gerade Ebbe herrschte, konnten sie durch eine flache Stelle zu Fuß zu der Ruine waten.

Gab es keine Kontrollen außerhalb von Tayouan? Es sah danach aus. Der neue Herrscher der Insel hatte wohl andere Sorgen, als seine Untertanen an einer unerlaubten Seereise zu hindern.

Just in dem Moment, da sie das bereits verfallene hintere Tor des Forts erreicht hatten, spuckte es eine Gruppe chinesischer Soldaten aus. Sophie erstarrte vor Schreck, drückte wieder den Hund an sich und sah sich nach einem möglichen Versteck um. Leider konnte sie keines entdecken. Vielleicht war alles nur ein Zufall und die Soldaten würden an ihnen vorbeilaufen.

Sie hielten Pieter auf, der sich verbeugte und völlig ruhig mit ihnen redete. Dennoch wurde er gepackt und am Weitergehen gehindert, ebenso wie seine Frau. Frans und Emma waren vorsichtig stehen geblieben. Zwei Soldaten hasteten ebenfalls auf sie zu.

Sophie erwog einen Moment lang, in die Stadt zurückzulaufen. Sie würde zum Tempel gehen und dort in ihre Sänfte steigen, als wäre nichts gewesen. Einen Versuch wäre es wert, denn die Soldaten waren noch mit ihren Gefährten beschäftigt. Aber ihre Beine fühlten sich wie mit dem Boden verwachsen an. Sie vermochte ihre Schwester nicht erneut im Stich zu lassen, weil sie schwächer und ängstlicher war. Falls sie sterben sollten wie ihr Vater, so würden sie es gemeinsam tun. So küsste sie noch einmal den Kopf ihres Hundes und trat den Soldaten entgegen.

»Ich bin die Gemahlin des Herrn Bai Jun, der ein enger Vertrauter unseres Herrschers ist«, sagte sie unaufgefordert zu jenem, der dem Auftreten nach ihr Anführer sein musste. »Ich wollte einen Ausflug zu der Ruine machen. Warum werden hier plötzlich Menschen festgenommen?«

»Weil wir den Befehl haben, Flüchtlinge aufzuhalten«, gab er sogleich zurück. »So auch Euch. Ich bitte Euch, mir zu folgen, damit keine Gewalt notwendig ist.«

Sein respektvoller Ton wies darauf hin, dass er Angst hatte, im Umgang mit ihr einen Fehler zu begehen. Sophie begriff, dass sie diesen Umstand zu ihrem Vorteil nutzen musste.

»Dann behandelt auch diese Leute gut. Ich kenne sie. Sie wollten mir den Weg zum Fort zeigen.«

Falls der chinesische Soldat ein wenig Verstand besaß, würde er die Lüge in ihren Worten riechen können. Eine Holländerin musste wissen, wo sich das wichtigste Fort der Holländer befunden hatte.

Aber er sah ein wenig verunsichert aus.

»Euren Gefährten wird nichts geschehen, wenn sie meinen Anweisungen folgen«, sagte er nur.

Sophie wechselte Blicke mit Pieter und Emma. Beiden konnte man die Sorge um ihre Zukunft ansehen, aber sie wahrten die Fassung.

»Dann lasst uns in die Stadt zurückgehen, wo sicher bald alles geklärt wird«, teilte Sophie dem Soldaten mit und lächelte. Wie Fenzhi ihr beigebracht hatte, zeigte sie dabei nicht die Zähne, denn das gehörte sich für eine chinesische Dame nicht.

»Ich habe den Befehl, Euch in den Palast zu bringen«, sagte der Soldat. »Gemeinsam mit Euren Begleitern.«

»Wir folgen Euch gern freiwillig.«

Sophie streichelte ihren Hund, um einen möglichst entspannten Eindruck zu machen. Für einen Moment schien sie die Siegerin in dieser schwierigen Lage, denn der Soldat gab seinen Männern den Befehl, ihre Gefangenen einfach mitzunehmen, ohne irgendwelche Gewalt anzuwenden.

Lange würde es nicht gutgehen, dachte Sophie. Sie konnte sich noch gut erinnern, wie erzürnt Zheng Jing über ihren ersten Fluchtversuch gewesen war.

Hatte diesmal Rougui sie verraten? Sie hatte gehofft, das Mädchen durch Geschenke für sich zu gewinnen, aber dabei dessen Verstand unterschätzt. Zheng Jings Belohnung würde sicher großzügiger ausfallen. Dennoch tat es weh, von ihrer Zofe, die sie gemocht hatte, derart hintergangen worden zu sein.

Vielleicht war genau das von Anfang an ihr Fehler gewesen. Ihr Vater hatte stets gesagt, dass Chinesen nicht vertrauenswürdig waren. Aber Sophie hatte immer wieder Freundschaften mit ihnen gesucht, da sie sonst nach ihrer Gefangennahme völlig allein gewesen wäre. Bai Jun war sogar deutlich mehr für sie geworden als ein Vertrauter. Sollte sie das nun bald bereuen, weil gnadenlose Härte auf sie niedergehen würde? Sie machte sich keine Illusionen, er hatte mit Sicherheit das Recht, sie für ihren Verrat mit dem Tod zu bestrafen. Falls er nicht auf ihre Hinrichtung drängte, würde Zheng Jing es von sich aus anordnen. Ihre Zeit auf dieser Welt würde bald zu Ende gehen, man würde ihr den Kopf abschlagen, wie es schon mit der Witwe Valentyn geschehen war.

Sie spürte, wie Emma, die ein Stück hinter ihr herlief, kurz ihre Hand berührte. Rasch umschloss sie die Finger ihrer Schwester, bevor die Soldaten sie wieder auseinandertrieben.

Wenigstens hatte sie Emma wiedergefunden und sie konnten gemeinsam in den Tod gehen. Der Gedanke schenkte ihr eine erstaunliche Ruhe. Wenn das Schicksal nicht mehr zu ändern war, musste man es annehmen. In dieser Hinsicht war sie bereit, dem Vorbild ihres Vaters zu folgen.

Sobald sie das Tor zum Herrscherpalast durchschritten hatten, wurde Sophie von ihren Gefährten getrennt. Sie versuchte zu protestieren, aber der Soldat meinte nur, er hätte seine Befehle. Gleich darauf erschienen andere Wachleute, die Emma, Pieter und deren Ehepartner fortschleppten. Wenigstens teilten sie dabei keine Schläge aus, dachte Sophie, während sie den Soldaten folgte. Würde man sie bis zu dem Moment ihrer Hinrichtung wieder allein in eine Hütte sperren? Sie wäre lieber bei Emma gewesen, aber um ihre Wünsche kümmerte sich hier niemand.

Diesmal wurde sie in ein dunkles Loch gestoßen und eine Klappe fiel über ihr zu. Sophie bemühte sich, ruhig zu atmen, um nicht in Panik zu verfallen. Zhongli schmiegte sich winselnd an ihre Beine, nachdem er eine Weile verängstigt herumgerannt war. Wenigstens hatte man dem Hund kein Leid zugefügt. Sie hoffte, dass sie ihn vor ihrer Hinrichtung Fenzhi übergeben konnte, doch war sie sich nicht sicher, ob es möglich wäre. Die Vorstellung, dass sie als seine Beschützerin versagt hatte, trieb ihr Tränen in die Augen. Bald darauf weinte sie auch um sich selbst, um Emma und um ihr Leben, das stets von anderen Menschen bestimmt worden war. Zunächst hatte sie ihrem Vater gehorchen müssen, dann den Männern der

Zheng-Familie und schließlich Bai Jun, der als Erster nicht versucht hatte, ihr Vorschriften zu machen. Auf einmal begriff sie, dass sie in seinem Haus glücklicher gewesen war als jemals zuvor. Aber nun gab es keinen Weg mehr zurück. Vielleicht hatte es so kommen müssen.

Sie wusste nicht, wie lange sie in dem Loch gesessen hatte, bis die Klappe über ihr wieder aufging. Das Sonnenlicht stach in ihre Augen. Sie fühlte sich zu schwach, um sich aufzurichten, ließ sich daher an den Schultern herauszerren. Zhongli sprang selbst heraus und lief neben ihr her. Zum Glück ließ man ihn gewähren.

Es ging über einen Hof in den nächsten. Zuschauer hatten sich versammelt, die Sophie angafften. Es waren die Diener und Frauen des Palastes, einige davon erkannte sie wieder. Gushe stand mit ein paar Gefährtinnen neben einer Pagode und warf Sophie ein abfälliges Grinsen zu. Sie war in der Zwischenzeit noch hässlicher geworden, dachte Sophie. Ihr Gesicht hatte tiefe Falten um die Mundwinkel und ihr Haar schien schütter. Doch sie konnte nicht lange hinsehen, da man sie weiterschleppte.

Schließlich wurde sie in einen Raum in einem ihr bisher unbekannten Hof gestoßen.

»Hier sollst du warten, bis man dich holt«, bellte einer der Wachmänner sie an. Dann wurde die Tür hinter ihr verrammelt. Zhongli suchte vergeblich in allen Ecken nach Nahrung. Auch Sophie wurde bewusst, dass sie sich nach Essen und vor allem Wasser sehnte. Vielleicht wäre man gnädig und würde ihr vor der Hinrichtung noch eine letzte Mahlzeit gönnen.

Sie sah sich um. Auf einem kleinen Tisch stand eine Schale mit Früchten, daneben eine Wasserkaraffe. Gierig biss sie in einen Apfel, stellte gleich darauf die Schale mit etwas Wasser auf den Boden, damit auch Zhongli seinen Durst stillen konnte.

Danach setzte sie sich auf einen Hocker in der Ecke des Raumes, um ihr weiteres Schicksal abzuwarten.

Von draußen drangen Stimmen herein. Jemand herrschte Dienstboten an, sich beim Liefern der Mahlzeit zu beeilen. Sie hörte zwei Männerstimmen lachen, ohne den Grund dafür zu kennen. Langsam faltete Sophie die Hände zum Gebet. Sie sollte die ihr bleibende Zeit nutzen, um Vergebung für ihre Sünden zu erflehen, denn einen Priester würde man ihr sicher nicht schicken. Doch wusste sie nicht, was sie falsch gemacht hatte, außer immer wieder Leute zu hintergehen, die freundlich zu ihr gewesen waren. Zunächst Fenzhi, dann Bai Jun. Es war geschehen, weil sie in ihre Heimat zurückkehren wollte. Hätte der himmlische Herr dafür kein Verständnis?

Ratlos saß sie eine Weile da, bis sie Schritte vernahm und die Tür sich öffnete. Sophie fuhr erschrocken zusammen. Jetzt also würde man sie zum Ort der Hinrichtung führen. So sehr sie sich bemühte, ruhig zu bleiben, konnte sie ein Beben ihres Körpers nicht verhindern.

Es waren keine Wachmänner, die eintraten. Auch keine Palastfrauen und auch nicht Zheng Jing, der ihr erneut Verrat vorwerfen wollte. Nur Bai Jun stand plötzlich vor ihr, in seiner blauen Seidenrobe und dem schwarzen Hut, der mit Phönixen verziert war. Anders als bei ihren früheren Begegnungen lächelte er nicht, sondern hatte eine sehr ernste Miene aufgesetzt, die wie eine Mauer zwischen ihnen stand.

Zhongli sprang ihm aufgeregt entgegen, wurde aber nicht beachtet. Nach Aufmerksamkeit heischend lief er unbeirrt um Bai Juns Füße herum.

»Wenn ich tot bin, so gebt ihn bitte Fenzhi«, sagte Sophie leise, den Blick auf den Boden gerichtet. »Der Hund soll ein gutes Leben haben.«

Eine Weile erwiderte Bai Jun nichts. Sophies Atem setzte

aus. Wollte er ihr selbst diesen Wunsch verweigern? Der Drang, Zhongli zu retten, beherrschte ihr ganzes Denken. Es war diese eine Aufgabe, die sie noch erfüllen konnte, damit ihr kurzes Dasein auf dieser Welt nicht völlig sinnlos gewesen wäre.

»Ihr werdet nicht sterben«, sagte Bai Jun schließlich. »Zheng Jing hat sich gnädig gezeigt. Ich bin gekommen, um Euch nach Hause zu holen, denn im Palast seid Ihr nicht erwünscht.«

Fassungslos sah sie ihn an. Sie wusste, dass sie Erleichterung hätte empfinden sollen, doch auf einmal kam sie sich nur noch klein und schäbig vor. Wie ein unartiges Kind, dem vergeben worden war, durfte sie also mit ihrer Schande weiterleben.

»Was ist mit meinen Gefährten? Meiner ... Schwester?«, fragte sie schnell. Falls Emma sterben sollte, wollte sie es mit ihr tun.

Zum ersten Mal regte sich Bai Juns Gesicht. Es drückte Erstaunen aus, aber auch Ablehnung.

»Ihr habt mir nie gesagt, dass Eure Schwester in Tayouan lebt.«

Wie vorwurfsvoll das klang! Als hätte sie allein dadurch Verrat begangen.

»Ich wusste nicht, dass es Euch wichtig war«, erwiderte sie. »Ihr habt nie nach meiner Familie gefragt.«

»Weil ich Euch schonen wollte. Ich dachte, Eure Eltern und Geschwister seien tot. So wie auch die meinen.«

Sophie rutschte auf ihrem Stuhl herum und griff wieder nach Zhongli. Für den Hund war sie immer noch die Person, der er am meisten vertraute, was ihr Zuversicht schenkte.

»Ich bedauere, dass ich Euch enttäuscht habe«, sagte sie leise. »Falls Ihr nicht wünscht, dass ich in Euer Haus zurückkehre, so werde ich versuchen, allein zurechtzukommen.«

Bai Jun stieß einen ungeduldigen Seufzer aus.

»Ihr würdet auf der Straße enden oder in einem Freudenhaus. Als Euer Gemahl ist es meine Pflicht, für Euch zu sorgen.«

Nun sprang Sophie wütend auf die Beine. Zhongli winselte empört, da er zu Boden gerutscht war, aber diesmal beachtete sie ihn nicht. Sie war es leid, wie ein lästiges Anhängsel behandelt zu werden.

»Wenn es ein übles Ende mit mir nimmt, so ist das die Folge meiner Entscheidungen. Niemand zwingt Euch, sich meiner anzunehmen. Aber sagt mir bitte, was mit den Leuten geschehen wird, die mit mir gemeinsam Formosa verlassen wollten.«

Sie sah Bai Jun gerade ins Gesicht. Er hielt ihrem Blick stand.

»Auch Eure Gefährten wurden begnadigt. Sie können gehen, wohin sie wollen. Falls Ihr es wünscht, so folgt dieser Person, die Eure Schwester ist. Ich werde Euch nicht daran hindern.«

Dann wandte er ihr den Rücken zu und trat einen Schritt zur Tür.

Sophie setzte sich wieder, denn ihre Beine gaben nach. Wie konnte plötzlich alles so einfach sein? Sie hatte damit gerechnet, bald schon sterben zu müssen, doch nun konnte sie zu Frans und Emma laufen, um eine neue Reisemöglichkeit zu besprechen. Pieters japanischer Freund würde ein weiteres Schiff auftreiben können, das sie zu dem holländischen Admiral brachte.

Nur fühlte sie sich nicht mehr in der Lage, einfach aufzubrechen. Bai Juns harter, anklagender Blick hatte ihre Beine schwer wie Blei werden lassen.

»Falls es Euer Wunsch ist, dass ich Euch begleite, so werde ich es tun«, rief sie ihm hinterher. »Andernfalls entferne ich mich für immer aus Eurem Leben. Ihr habt mich gut behandelt, dafür bin ich Euch dankbar.«

Bai Jun wandte sich langsam wieder um. Kurz sah es aus, als könne die Maske des Gleichmuts von seinem Gesicht gleiten, aber er hielt eisern an ihr fest.

»Kommt mit«, murrte er nur. »Lianhua vermisst Euch, sagten die Bediensteten.«

Wieder war es ihm gelungen, Sophie ein schlechtes Gewissen zu machen. Stumm hob sie Zhongli auf und folgte Bai Jun nach draußen. Erst jetzt wurde ihr bewusst, dass ein neuer Tag angebrochen war. Des Morgens war die Luft auf dieser Insel noch frisch und es herrschte keine so drückende Hitze. Man hatte sie also eine ganze Nacht in dem Loch gelassen. Ihr Gewand war schmutzig und sie musste erbärmlich stinken. Auf einmal schämte sie sich, so von allen Leuten im Palast gesehen zu werden. Es war, als trüge sie jenen Schandkragen, den Chinesen Verbrechern anlegten. Zum Glück ging Bai Jun schnell, sodass sie bald das Ausgangstor erreichten. Sophie hatte es vermieden, sich umzusehen. Sie wollte sich so schnell wie möglich säubern und frische Kleidung anziehen. Erst danach würde sie um eine Audienz bei Fenzhi bitten, der sie sicher auch ihre zweite Freilassung zu verdanken hatte. Was sie ihr sagen würde, musste sie sich noch in Ruhe überlegen. Sie hoffte, dass Fenzhi ihr Verhalten verstand. Hinter dem chinesischen Gleichmut hatte die Schwester des Herrschers geschickt einen rebellischen Geist verborgen.

Sie legten den Weg zu Fuß zurück, was Sophie erleichterte. Sie hätte nicht mit Bai Jun in einer Sänfte sitzen wollen. In seiner Seidenrobe fiel er auf, wurde häufig von Bettlern bedrängt, denen er Geldmünzen überreichte, um anschließend darauf zu bestehen, dass man ihn in Ruhe ließ. Die großzügige, aber auch vernünftige Art, wie er diese Situation meisterte, beeindruckte sie, während sie mit Abstand hinter ihm herlief.

Nachdem sie sein Anwesen erreicht hatten, forderte Bai Jun

sie auf, erst einmal ihr Haus aufzusuchen. Sophie wünschte sich im Augenblick vor allem ein Bad. Danach würde sie überlegen, wie es mit ihr weitergehen konnte.

Ihre Zofen bedienten sie mit der üblichen Beflissenheit, als sei sie von einem kleinen Ausflug zurückgekehrt. Nur fragte niemand nach ihrem Befinden, was sie sonst getan hatten. Sophie suchte auf Rouguis Gesicht vergeblich nach Zeichen von Scham oder Erstaunen. Auch diese Zofe schien nur bemüht, so zu tun, als ob nichts vorgefallen wäre. Sophie verstand inzwischen genug von chinesischer Denkart, um zu begreifen, dass sie auf diese Weise eine Möglichkeit erhalten sollte, ihr Gesicht zu wahren.

Nach dem Bad erhielt sie ein frisches Unterkleid mit kunstvoll besticktem Überrock, sodass sie sich wieder in die Dame des Hauses verwandelte.

»Wünscht Ihr allein zu speisen oder wollt Ihr warten, ob der Hausherr Euch besucht?«, fragte Rougui schließlich.

Sophie brauchte nicht lange zu überlegen, denn sie war völlig ausgehungert.

»Ich glaube nicht, dass der Hausherr kommt«, erwiderte sie. »Aber was ist mit dem Jesuiten? Fra Bartolomeo. Kann ihm jemand eine Nachricht schicken, dass ich ihn sehen möchte?«

Von ihm konnte sie vielleicht erfahren, ob der holländische Admiral sich noch auf der Insel aufhielt. Sie musste Klarheit in ihren Kopf bekommen, um zu entscheiden, was sie mit dem Leben anfangen sollte, das ihr wider Erwarten gelassen worden war.

Auf einmal sah ihre erste Zofe tatsächlich verlegen aus.

»Er ist … nicht mehr hier. Der Hausherr hat ihn aufgefordert, zu gehen. Wahrscheinlich soll er an einem anderen Ort seinen Glauben verbreiten.«

Sophie wurde unwohl. Wollte Bai Jun sie nun von allen Europäern isolieren? Aber warum hatte er ihr dann angeboten, Emma aufzusuchen, wenn sie es wollte?

»In diesem Fall werde ich allein essen«, teilte sie den Dienstmädchen mit.

Wieder ihren Magen füllen zu können war eine unerwartete Wohltat. Sophie staunte, wie wenig es oft brauchte, um glücklich zu sein. Sie lebte, sie aß und sie hatte Zhongli. Emma und ihre anderen Gefährten waren ebenfalls nicht tot. Erleichterung überwältigte sie und sie brach kurz in Tränen aus, die ihr halfen, die ausgestandene Angst abzuschütteln.

Dann rollte sie sich mit ihrem Hund auf dem Bett zusammen, um ein wenig zu ruhen. Bald schon hätte sie wieder genug Kraft, um der Welt die Stirn zu bieten, aber noch war es nicht so weit.

Als sie erwachte, brannte die Sonne vom Himmel und Hitze hatte die Luft in eine schwere Decke verwandelt. Sophie kämpfte sich auf die Beine. Mehrere Stellen ihres Körpers schmerzten noch von der Nacht in ihrem Verlies, aber sie konnte sich wieder bewegen, ohne dadurch gleich zu ermüden. Nur Zhongli war verschwunden. Sie schlüpfte in ihre Pantoffeln, um nach ihm zu suchen, betrat ihr Esszimmer und versteinerte, als sie Bai Jun dort sitzen sah.

Er hatte eine Tasse Tee geleert und spielte mit dem Hund, der fröhlich um ihn herumsprang. Sophie fühlte Freude in sich aufsteigen, was nicht wirklich zu ihrer gegenwärtigen Lage passte.

»Konntet Ihr Euch ausruhen?«, fragte Bai Jun. Es klang nicht unfreundlich, aber sein Gesicht blieb abweisend.

Sophie bejahte.

»Dann trinkt noch etwas von dem japanischen Tee mit mir, den Ihr gekauft habt. Er ist gut, obwohl er nur der Tarnung diente.«

Mit einem mühsam unterdrückten Seufzer nahm Sophie

Platz. Sie war seine unterschwelligen Anklagen leid, würde sie aber wohl noch eine Weile ertragen müssen.

»Meine Schwester schickte den Tee«, erklärte sie. »Sie hat Kontakt zu Japanern.«

»Ich weiß.«

Er starrte mit unbeweglichem Gesicht in seine Teetasse. Sophie verspürte plötzlich den Wunsch, ihn durchzuschütteln. Warum wurde er nicht wütend, überhäufte sie mit Vorwürfen, ersann Strafen, wie die meisten Männer es getan hätten? Ständig sein angespanntes, gekränktes Gesicht vor Augen zu haben kam ihr schlimmer vor als all dies zusammen.

»Ich bedauere, dass Ihr Euch hintergangen fühlt«, sagte sie schließlich. »Ich wollte mit meiner Schwester in meine Heimat zurückkehren. Ist das so schwer zu verstehen?«

»Nein«, erwiderte er, ohne sie anzusehen. »Ich hätte es verstanden, wenn Ihr mit mir geredet hättet. Es war nicht nötig, mich anzulügen und zu täuschen.«

Sein Rücken war so verkrampft, dass Sophie den Wunsch verspürte, mit der Hand darüber zu streichen, aber das wäre unpassend gewesen.

»Ich wollte Euch nicht täuschen. Alles, was ich tat und sagte, war ehrlich gemeint. Nur über unsere Fluchtpläne konnte ich nicht reden. Ich hätte meine Schwester und ihre Freunde in Gefahr gebracht.«

Nun fuhr er herum, stieß dabei eine Teetasse vom Tisch, die in Scherben zersprang.

»Warum? Warum hattet Ihr kein Vertrauen? Ich gab mir die größte Mühe, Euch freundlich zu behandeln, und Ihr benehmt Euch, als sei ich ein Tyrann!«

Im Moment war er eher ein gekränkter Junge. Sophie verspürte den Drang, ihn tröstend in die Arme zu schließen, aber das durfte sie nicht.

»Ihr wart kein Tyrann«, erklärte sie sanft. »Aber dennoch

war ich abhängig von Eurer Gnade. Ein Wort von Euch hätte gereicht, mich und auch meine Schwester ins Verlies zu werfen. In einer solchen Lage konnte ich nicht ehrlich zu Euch sein. Ich wünschte es mir, aber es war nicht möglich.«

Nun sah er sie lange an, ohne irgendetwas zu sagen. Sophie sehnte sich nach seiner Nähe, wollte wieder an seiner Seite einschlafen können wie in der Nacht vor ihrer Flucht. Doch diese Verbindung zwischen ihnen hatte sie selbst zerstört, so wie er die Teetasse.

»Ich danke Euch für Eure Offenheit«, sagte Bai Jun schließlich. »Nun muss ich meinen Herrscher aufsuchen. Bis zu meiner Rückkehr werden zwei Tage vergehen. In der Zwischenzeit könnt Ihr tun, was Euch beliebt.«

Er erhob sich, neigte höflich den Kopf und schritt davon. Sophie bekämpfte den Drang, ihn zurückzuhalten. Seine kühle Ablehnung hatte sie noch mehr verletzt als Schläge oder Schreie, die ihr Vater angewandt hatte, wenn sie ihm missfallen hatte. Wieder griff sie nach Zhongli, um sich noch für eine Weile hinzulegen, doch der Schlaf mied sie nun. Sie überlegte, stattdessen Lianhua aufzusuchen, wagte es aber nicht. Auch wenn die alte Frau wahrscheinlich nichts von ihrem Fluchtversuch wusste, hätte ihr harter Blick allein gereicht, damit Sophie sich klein und schäbig fühlte. So verbrachte sie den Rest des Tages allein in ihren Gemächern, drehte später ein paar Runden um den Seerosenteich und ließ sich schließlich ein Abendessen servieren, das sie allein verzehrte.

Es dämmerte bereits, als plötzlich Rougui wieder auftauchte. »Der Herr Bai Jun ließ ausrichten, ihr könnt morgen die Sänfte nehmen und zu jenem Haus fahren, wo Eure Schwester lebt«, teilte sie nach einer Verbeugung mit. »Ich darf Euch begleiten, doch könnt Ihr mich jederzeit fortschicken.«

Sophies Herzschlag beschleunigte sich. Die Freude, Emma wiedersehen zu dürfen, vermischte sich mit einem Hauch von

Bitterkeit. Es klang, als wolle Bai Jun sich ihrer entledigen. Sie konnte gehen, wohin sie wollte.

Hatte sie sich nicht eben das gewünscht?

»Ich danke dir für diese Nachricht«, teilte sie Rougui mit. »Du kannst mit mir in die Stadt fahren und dann hast du einen freien Tag zu deiner Verfügung.«

Die Zofe strahlte, was Sophie Freude schenkte. Sie würde auch dieses Mädchen vermissen, wenn sie nicht mehr in Bai Juns Haus lebte. Emma war wichtiger, rief sie sich in Erinnerung.

»Bring mir noch eine Kanne Reiswein«, bat sie Rougui. Sie würde diesen Abend allein im Mondschein verbringen, dem Zirpen der Grillen lauschen und den Ausblick auf den nächtlichen Teich genießen, in dem das Licht der Gestirne sich spiegelte. Chinesen schrieben gern Gedichte über solch stimmungsvolle Naturschauspiele. Fenzhi hatte ihr von einem Dichter erzählt, der ins Wasser gefallen war, als er den Mond bewunderte. Sophie hatte darauf hingewiesen, dass er vermutlich stockbetrunken gewesen war. Sie hatten beide ausgelassen gelacht.

Schwermut trieb Sophie Tränen in die Augen. Sie sehnte sich nach einem Ort, an den sie gehörte, einem Heim und einer Familie. Aber ständig wurde sie von einem Ort zum nächsten gehetzt.

Nachdem Sophie den Reiswein ausgetrunken hatte, schlief sie tief und fest, bis die Sonne wieder vom Himmel brannte. Dann ließ sie sich von ihren Zofen ankleiden und brach mit Zhongli auf. Diesmal würde es also ein endgültiger Abschied sein, dem Bai Jun im Grunde zugestimmt hatte.

Die Aufregung half ihr, alles schnell hinter sich zu bringen. Sie ließ die Sänfte wieder vor dem Mazu-Tempel halten, überreichte Rougui den restlichen Silberschmuck und ließ sie mit dem Sänftenträger, der ihr offenbar gefiel, zurück. Dann hastete Sophie zu dem Haus, in dem ihre Schwester lebte. Sie wurde nach einem Klopfen hereingelassen. Die Hausherrin Xiao Yue schien erfreut über ihr Erscheinen und bot sich an, sie selbst zu ihrer Schwester zu führen.

»Es heißt, dass ihr alle im Auftrag unseres Herrschers in den Norden der Insel fahren sollt«, erzählte sie unterwegs. »Eine wichtige Aufgabe, die großen Mut erfordert. Ich bewundere Euch, dass Ihr dazu bereit seid. Ebenso wie Eure Schwester, eine sehr starke Frau, von der ich später meinen Kindern erzählen werde. Ich hoffe, es gelingt Euch, den holländischen Admiral zu unserem Verbündeten zu machen.«

Sophie fragte sich, ob diese Frau noch bei klarem Verstand war. Vielleicht hatte sie auch zu viel Reiswein getrunken. Aber darauf kam es nicht an.

Vor der Tür, hinter der sich Emma verbarg, nahm Xiao Yue Abschied.

»Das Schiff wartet sicher schon. Ich wünsche Euch eine gute Reise.«

Nach einer knappen Verbeugung war sie verschwunden. Sophie starrte ihr kurz verwundert hinterher, dann betrat sie das Gemach ihrer Schwester.

Emma, Frans, Pieter und seine Chinesin saßen auf dem Boden und unterhielten sich angeregt. Anna, eine Siraya, die Sophie noch aus Davilo kannte, hockte ein Stück weiter weg und füllte Essschüsseln mit Suppe aus einem großen Tontopf.

»Da bist du ja endlich!«, rief Emma, sprang auf und schloss Sophie in die Arme.

»Im ersten Moment dachte ich, wir müssten alle sterben. Aber deinen chinesischen Ehemann hast du gut in den Griff bekommen. Das hätten weder Vater noch ich dir jemals zugetraut.«

Das Lob enthielt einen leicht missbilligenden Unterton, als

würde Sophie das berechnende Verhalten aller Töchter Evas unterstellt.

»Ich weiß nicht, was du meinst«, erwiderte sie daher verärgert und schob Emma von sich. »Es war die Schwester von Zheng Jing, die unsere Begnadigung ermöglichte. Sie hat großen Einfluss auf ihren Bruder, und als ich noch im Palast lebte, wurde sie meine Freundin.«

Emma schüttelte den Kopf.

»Aber nein, Thomas de Vries erzählte es völlig anders!«, sagte sie und zog Sophie zu ihren Gefährten. »Iss erst einmal etwas von der Suppe. Anna will uns jetzt übrigens begleiten. Vorher wagte sie es nicht, weil sie Angst hatte, dass wir erwischt würden. Aber jetzt ist ja alles anders, wir haben Zheng Jings Segen.«

Sie setzte sich wieder zu Frans. Sophie nahm ebenfalls Platz.

»Ich begreife nicht ganz, wovon du redest«, flüsterte sie Emma zu. »Wir wurden begnadigt und mein Gemahl ließ mich gehen, weil er mich satthat, aber deshalb haben wir noch lange nicht Zheng Jing auf unserer Seite.«

Nun war es Emma, die sie ratlos anstarrte. Leise wechselte sie ein paar Worte mit Frans.

»Uns wurde die Geschichte anders erzählt, aber das ist jetzt nicht so wichtig«, sagte sie schnell und überreichte Sophie die Reisschüssel. »Iss. Ich weiß nicht, ob Xiao Yue uns noch besonders viel Nahrung schicken wird. Sie kann es kaum erwarten, mich loszuwerden, und Thomas de Vries ist auch weniger entgegenkommend, seit er weiß, dass ich den Rest meines Lebens nicht in seiner Obhut verbringen werde.«

»Das heißt, wir reisen jetzt wirklich ab und müssen nicht fürchten, aufgehalten zu werden?«, fragte Sophie, immer noch ungläubig. Sie hatte gehofft, aber nicht ernsthaft geglaubt, dass es so schnell gehen könnte.

»Akira meint, das Schiff ist etwa zur Stunde des Affen wieder reisefertig«, erklärte Pieter. »Die Dschunke ist nach Japan unterwegs, um neue Waren zu holen, obwohl der Handel mit dem Ausland dort verboten ist. Selbst Japaner halten sich nicht immer an alle Vorschriften.«

Er lächelte, legte gleich darauf den Arm um seine Chinesin.

»Wenn die Lage anders wäre, würden wir hierbleiben, aber meine Frau ist in Gefahr.«

Sophie wusste nicht, warum das so war, hatte im Augenblick aber andere Sorgen.

»Wenn wir Admiral Bort nicht im Norden der Insel antreffen, können wir dann nach Japan mitkommen?«, wollte sie wissen.

»Nach Japan können wir nicht, denn dort sind keine Ausländer willkommen. Aber laut Akira gibt es an einem Hafen eine holländische Handelsniederlassung namens Deshima. Dort wird man uns hoffentlich aufnehmen, obwohl keine europäischen Frauen erwünscht sind.«

»Wir steigen einfach von einem Schiff auf das nächste, ohne die verbotene japanische Erde zu betreten und dadurch Unheil über das Land zu bringen«, sagte Emma lachend. »Aber warum haben sie ausgerechnet vor uns Frauen Angst?«

»Europäische Männer kennt man ein wenig in Asien«, sagte Pieters Chinesin nun in ihrem bemühten, aber erstaunlich guten Holländisch. »Frauen fast nicht. Sie halten euch für Dämoninnen.«

Sie grinste. Wahrscheinlich hatte ihr noch niemand erzählt, dass Frauen in Europa wegen einer solchen Anklage auf dem Scheiterhaufen enden konnten. Sophie verspürte keinerlei Verlangen, in dieses feindselige Japan vorzudringen. Aber nun war der Stein ins Rollen gekommen und riss sie mit sich.

»Meinen Hund werde ich nicht zurücklassen, egal wohin es geht«, sagte sie und vergrub ihre Hand in Zhonglis Fell. Er war etwas Vertrautes, das sie mitnehmen durfte.

»Das ist uns schon klar geworden«, erwiderte Emma mit einem schiefen Grinsen. »Diesmal können wir auch ein bisschen Gepäck mitnehmen. Ich habe noch einige Kleidungsstücke auf dem Markt erworben, die uns allen helfen werden, nicht völlig zerlumpt in Batavia anzukommen.«

Sie sah Sophie erwartungsvoll an. Es klang nun alles völlig sicher. Sie würden aufbrechen. Was danach auf sie wartete, war ungewiss, aber sie konnten das von der Familie Koxingas beherrschte Formosa für immer verlassen.

Sophie leerte ihre Reisschüssel, denn sie war tatsächlich hungrig. Dann bot sie sich an, ihrer Schwester beim Einpacken einiger Habseligkeiten zu helfen. Pieters Chinesin beteiligte sich ebenfalls.

»Ich hätte mehr mitgenommen, wenn ich gewusst hätte, dass wir ohne Widerstand abreisen dürfen«, murmelte Sophie, während sie zusammen mit Emma drei blaue Leinenkittel faltete, die in Bai Juns Haus nur von den einfachen Bediensteten getragen wurden.

»Hat Euer Gemahl Euch nicht gesagt, dass er uns allen helfen würde?«, fragte Pieters Chinesin nun und sah sie mit offenem Erstaunen an.

Sophie glitt ein Paar Stoffschuhe aus der Hand. Verwirrt griff sie wieder nach ihnen.

»Wie half er uns denn?«, fragte sie leise.

»Er sprach mit Zheng Jing und erklärte ihm, dass er uns alle zu Admiral Bort schicken wollte, um die Geschäftsbeziehungen mit der Handelsgesellschaft zu verbessern«, sagte Emma, während sie eine gefütterte Jacke faltete. »So hörte ich es von Thomas de Vries. Also laut seiner Aussage waren wir nicht auf der Flucht, sondern in den Diensten eines chinesischen Mandarins unterwegs. Thomas staunte selbst, dass der sehr gewiefte, misstrauische Sohn Koxingas eine derartige Geschichte glaubte.«

»Er glaubt sie vielleicht nicht«, wandte Pieters Chinesin ein und half Emma, die überfüllte Tasche zuzuschnüren. »Aber er gibt vor, es zu tun, weil er einem engen Vertrauten einen Gefallen tun möchte.«

Emma sah erstaunt aus, doch Sophie verstand. Auf diese Weise wurde unter Chinesen verhandelt. Am wichtigsten war es, den richtigen Schein zu wahren. Missliebige Umstände standen wie verhüllte Statuen im Raum, die ganz bewusst von allen ignoriert wurden, obwohl jeder sie sehen konnte.

»Das heißt also, mein Gemahl hat uns gerettet und ermöglicht uns nun auch eine sichere Abreise«, murmelte sie leise. Es war eher eine Feststellung als eine Frage, daher reagierten ihre Gefährtinnen auch nicht.

»Du hast es nicht gewusst?«, fragte Emma sichtlich erstaunt. Sophie schüttelte den Kopf. Sie schämte sich, weil ihr plötzliche Tränen in die Augen schossen.

»Ich gehe für einen Moment in den Hof«, murmelte sie. »Ich … ich brauche frische Luft. Mein Hund auch.«

Ohne auf eine Zustimmung zu warten, packte sie Zhongli und verließ das überfüllte enge Gemach.

Draußen hatte es zu regnen begonnen. Der Hof war menschenleer, was Sophie erleichterte, denn sie wollte für einen Moment allein sein. In einer kleinen Pagode fand sie Unterschlupf, streichelte weiter ihren Hund und versuchte, ihre völlig durcheinander geratene Gedankenwelt zu ordnen.

Es war also Bai Jun zu verdanken, dass sie dem Verlies entkommen war, ohne hingerichtet zu werden, und nun in Frieden abreisen durfte. Hatte er es getan, weil er sich ihrer entledigen wollte? In diesem Fall hätte er auch ihren Tod in Kauf nehmen können. Eine andere Erklärung schien wahrscheinlicher. Sie sollte gehen dürfen, weil sie gehen wollte. Doch musste Rougui ihm von dem Fluchtversuch berichtet haben, sonst wären sie nicht aufgehalten worden. Er hatte es Zheng Jing also zunächst gemeldet. Wollte er sich anschließend als besonders großzügig erweisen, indem er sie dennoch gehen ließ? Oder hatte er gehofft, sie würde aus schlichter Dankbarkeit beschließen zu bleiben?

Auch das schien ihr unwahrscheinlich, denn er hatte sie mit der Kälte eines abgewiesenen, enttäuschten Liebhabers behandelt.

Je länger sie nachdachte, desto mehr drehte sich ihr der Kopf. Am liebsten wäre sie zu Bai Jun gelaufen und hätte ihn zur Rede gestellt, doch das wagte sie nicht. Was wäre, wenn er plötzlich seine Meinung änderte und sie wieder einsperrte? Die Abhängigkeit, in der sie sich befand, machte völlige Ehrlichkeit unmöglich.

Also würde sie nun mit ihrer Schwester ins Ungewisse aufbrechen. Ganz gleich, wie das Abenteuer ausgehen mochte, eine Rückkehr zu ihrem chinesischen Gemahl wäre nicht möglich. Sie vermochte angesichts des bevorstehenden Aufbruchs keine solche Freude zu empfinden wie ihre Gefährten. Lag es daran, dass sie stets ein ängstliches Mädchen gewesen war, während ihre ältere Schwester vor Tatendrang strotzte? Die Vorstellung, bald schon die Dschunke zu besteigen, löste aber keinerlei Furcht in ihr aus, nur das Gefühl von Verlust. Sie würde niemals wieder mit Bai Jun am Seerosenteich sitzen und über ihre beiden Familien reden. Nicht mehr abends darauf warten, dass er sie zum Essen besuchte. Die Nacht, die sie mit ihm verbracht hatte, würde die einzige bleiben. In Batavia oder später in Holland konnte Sophie jenen großen, kräftigen Mann finden, von dem sie immer geträumt hatte. Diese Zukunft war weiterhin möglich, rückte sogar in greifbarere Nähe.

Dennoch empfand sie nichts weiter als tiefe Niedergeschlagenheit, verbunden mit dem Drang, noch ein paar Tränen mehr zu vergießen. Weibische Schwäche, hätte ihr Vater gesagt.

Wieder einmal schickte sie den Vater im Geiste zum Teufel, kraulte stattdessen das Fell ihres Hundes. Bai Jun hatte auch dafür gesorgt, dass sie den Hund wiederbekam. Er war in jeder Hinsicht bemüht gewesen, sie glücklich zu machen. Ihre Verhaftung zu veranlassen, musste ein Akt des Zorns und der Enttäuschung gewesen sein, weil er sich von ihr hintergangen gefühlt hatte. Wenn sie an die Ereignisse der letzten gemeinsamen Nacht zurückdachte, konnte sie ihn sogar verstehen.

Es kam ihr vor, als verlasse sie Formosa nach fünfzehn Jahren mit Schmutz an den Füßen, der sich nicht mehr würde abwaschen lassen. In dem europäischen Leben, das sie sich immer gewünscht hatte, würde er an ihr kleben und stinken.

Aber vielleicht sollte sie einfach beten. Ihr Vater hätte ihr dazu geraten. Einen chinesischen Ehemann hätte er niemals für sie gewollt, auch wenn dieser Christ war. Zudem hatte Antonius Hambroek Katholiken fast noch mehr verabscheut als die Inibs der Siraya. Sie tat das Richtige, indem sie nach Batavia zurückkehrte. Ohne ein wenig Unehrlichkeit war es eben nicht gegangen.

Entschlossen wischte sie sich die Wangen trocken und beschloss, zu ihren Gefährten zurückzukehren. Hier draußen allein zu sitzen, tat ihr nicht gut, brachte sie nur auf abwegige Gedanken. Leider hatte der Regen noch nicht aufgehört, sondern war zu einer Mauer der Nässe geworden. Aber sie kannte diese heftigen Regenschauer von Kindheit an, daher war sie bereit, schnell hindurchzulaufen.

Bevor sie die Pagode wieder verlassen konnte, sah sie eine patschnasse Gestalt auf sich zulaufen. Bereitwillig machte sie Platz, um dem Neuankömmling Schutz zu bieten.

»Meine Güte, was für ein Wetter!«, rief Emma und wischte sich mit den Ärmeln ihres Gewandes das Gesicht trocken. »Weißt du noch, was Vater immer erzählte? In Europa wird es im Winter furchtbar kalt, aber wenigstens hat man nicht das Gefühl, die Sintflut sei angebrochen.«

Sie lachte kurz auf, setzte sich dann auf die schmale Bank in der Pagode. Sophie nahm an ihrer Seite Platz.

»Ich wollte gerade zurücklaufen. Du musstest mich nicht holen kommen«, meinte sie schuldbewusst.

»Ich wollte einen Moment allein mit dir reden«, erwiderte Emma. Dann rieb sie sich die Arme, weil Wind aufgezogen war und sie in der nassen Kleidung frösteln musste.

»Als Kind habe ich manchmal von Schnee geträumt«, sagte sie gleich darauf. »Vater redete darüber. Weiße Flocken, die vom Himmel fielen und den Boden bedeckten. Wie sehr wünschte ich mir, sie sehen zu können!«

Sophie erinnerte sich nicht an solche Erzählungen ihres Vaters. Er hatte selten mit ihr gesprochen, und wenn, dann, weil sie Anlass zu Ermahnungen gegeben hatte. Emma hatte ihm nähergestanden.

»Wenn wir es nach Holland schaffen, wirst du Schnee sehen«, teilte sie der Schwester mit. Es sollte aufmunternd klingen, aber im Grunde fürchtete Sophie sich vor der schneidenden Kälte, die Griet Maas und andere Holländer ihr manchmal beschrieben hatten. Sie war sich nicht sicher, ob sie diese ebenso ertragen könnte wie jene Menschen, die mit ihr aufgewachsen waren.

»Ich weiß nicht, wie sich der europäische Winter wirklich anfühlt«, redete Emma auch schon weiter und starrte dabei die Fäden von Regen an, die vor der Pagode niedergingen. »Die einzigen Unwetter, die ich kenne, sind jene auf dieser Insel. Es wird sehr nass, ein heftiger Wind weht und daher fröstelt man. Die europäische Kälte muss von anderer Art sein, weniger feucht, aber dafür klirrender. Ich habe nur einige Erinnerungen an unsere Zeit in Batavia, wo Mutter starb. Wir sind Holländerinnen, die nichts von Holland wissen. Verrückt, nicht wahr?«

Für Sophie war das immer selbstverständlich gewesen.

»Wenn wir erst einmal in Holland sind, werden wir es kennenlernen«, sagte sie. Das Gespräch kam ihr sinnlos vor. Worauf wollte Emma hinaus?

»Vielleicht gefällt es uns dort ja nicht einmal. Vielleicht vermissen wir Formosa«, wandte Emma ein. Sophie verspürte einen Stich, denn eben dies war auch ihre Sorge.

»Es gibt keine andere Möglichkeit. Die Chinesen haben diese Insel eingenommen.«

Emma nickte, schwieg eine Weile und wischte sich nochmals das Gesicht ab.

»Für mich gibt es keine andere Möglichkeit«, murmelte sie. »Ich habe mich für Frans entschieden, möchte aber nicht bis an mein Lebensende in einem Dorf in den Bergen sitzen, wo heidnische Götzen angebetet werden und man Feinden die Köpfe abschneidet. Als Siraya wird Frans von den Chinesen nicht geachtet. Wäre ich die Gemahlin von Thomas de Vries, könnte ich vielleicht ein angenehmes Leben in Tayouan führen.«

Abwartend sah sie Sophie an.

»Ich bin deine Schwester«, erwiderte diese. »Schon deshalb will ich dir folgen.«

»Willst du es oder meinst du, es zu müssen?«

Sophie rutschte verlegen herum, denn Emmas Blick kam ihr bohrend vor, drang in Bereiche ihres Fühlens vor, die sie lieber für sich behalten hätte.

»Es ist doch selbstverständlich, dass wir zusammenbleiben, nachdem wir einander endlich wiedergefunden haben. Was soll ich hier noch, wenn du fort bist?«, sagte sie mit Nachdruck.

»Vielleicht gibt es andere Menschen, wegen derer du bleiben möchtest«, erwiderte Emma. »Ich würde Formosa nicht verlassen, wenn Frans in dieser neuen Gesellschaft eine Zukunft hätte. Pieter wäre wegen seiner Lanfang geblieben, doch sie geriet in Schwierigkeiten. Wir sind keine echten Europäerinnen, Sophie. Auch wenn wir so aussehen. Gott ließ uns in einer anderen Welt aufwachsen und wenn wir hier Wurzeln schlugen, so war es vielleicht Sein Wille.«

»So hätte Vater das sicher nicht gesehen«, wandte Sophie ein. Emma war für sie immer das Sprachrohr ihres Vaters gewesen, doch nun runzelte sie nachdenklich die Stirn.

»Inzwischen bin ich mir nicht mehr sicher, ob unser Vater die Dinge immer richtig einschätzte«, sagte sie leise. »Wenn all diese Kriege, die wir miterleben mussten, ein Gutes hatten, so war es eben diese Erkenntnis. Formosa hat nicht auf uns Holländer gewartet. Wir kamen einfach. Einige der Ureinwohner nahmen unseren Glauben gerne an, andere lehnten ihn ab. Indem wir die Inibs bekämpften, machten wir sie zu unseren Feindinnen. Jetzt sind die Chinesen hier und verbreiten ihr Denken. Vielleicht gibt es keine eindeutige Wahrheit, nur verschiedene Überzeugungen. Ich habe die meine. Aber deshalb musst du sie nicht teilen. Gehe deinen eigenen Weg. Ich glaube, du ahnst schon, wohin du wirklich willst.«

Sophie wollte widersprechen, aber die Worte blieben ihr im Halse stecken. Ja, sie wusste es. Doch hatte sie Angst, eine so endgültige Entscheidung zu treffen.

»Als Ehefrau eines chinesischen Mandarins wäre ich völlig abhängig von seinem Wohlwollen«, flüsterte sie. »Ich weiß nicht, wie sehr ich ihm trauen kann. Falls ich Schwierigkeiten mache, wird er zu seinen Leuten halten. Er rettete uns, aber zunächst verriet er uns auch, denn sonst hätte Zheng Jing nicht von unserer Flucht erfahren.«

Eben dieser Umstand verunsicherte sie am meisten. Bai Jun hatte zuerst seine Macht ausgespielt, um später als Wohltäter aufzutreten. Falls sie ihm irgendwann missfiel, würde er sie vielleicht wieder an seinen Herrscher ausliefern. Frauen waren immer gefährdet, vor allem, wenn sie als Fremde keine Familie hatten, die sie schützen konnte.

»Hat dein chinesischer Gemahl dir denn wirklich nicht gesagt, was vorgefallen ist?«

Emma sah völlig fassungslos drein.

»Er schien vor allem gekränkt, weil ich einfach hatte gehen wollen«, gab Sophie zu. »Deshalb verriet er uns wahrscheinlich.«

Nun stieß Emma einen tiefen Seufzer aus.

»Ich verstehe nicht, warum er dir nicht die Wahrheit sagte, aber so war es nicht. In seinem Haus lebte ein Jesuit, der Zheng Jing von unseren Fluchtplänen erzählte. Er ließ ihm ein Schreiben zukommen, das er als dringlich ausgab. Irgendwie hatte er herausbekommen, wann wir aufbrechen wollten. Wahrscheinlich ließ er dich heimlich beobachten. Daher kamen die Soldaten, um uns aufzuhalten. Ohne das Einlenken deines Gemahles würden wir jetzt alle noch in einem Verlies sitzen. Oder aber wir wären schon tot. Nach Pieter und Lanfang wurde gesucht, weil sie aus China geflohen sind. Dein Mann konnte Zheng Jing überzeugen, dass Pieter ihm lebendig nützlicher ist als tot.«

Zunächst verspürte Sophie nur Verwirrung, bis alle Einzelteile allmählich in ein Ganzes zusammenfielen. Nach einer Flucht aus Formosa wäre sie für Fra Bartolomeo nicht mehr von Nutzen gewesen. Daher hätte er ihren Tod in Kauf genommen, um seinen Einfluss auf Zheng Jing zu vergrößern, indem er sie verriet. Doch ihr Gemahl hatte sich von dem Priester abgewandt und bei seinem Herrscher dafür gesorgt, dass sie alle lebend davonkamen. Anschließend ließ er sie ziehen, ohne zu erwähnen, was er für sie getan hatte. Es gab niemanden, der ihr jemals eine derart bedingungslose Zuneigung gezeigt hatte. Aber sie hatte Bai Jun getäuscht und hintergangen.

»Ich … ich muss noch einmal mit meinem Gemahl reden, bevor wir losfahren«, rief sie aufgebracht. Sie wollte Frieden mit Bai Jun schließen, so bald wie möglich, denn die Erkenntnis ihres eigenen Fehlverhaltens schmerzte.

»Ich fürchte, dazu ist es zu spät«, erwiderte Emma. »Wir wollen alle so schnell wie möglich lossegeln, bevor Zheng Jing es sich am Ende noch anders überlegt. Ich glaube, dein Gemahl wird es verstehen, wenn du mit uns fortgehen willst. Aber tue es nicht nur meinetwegen. Und auch nicht, weil du glaubst, dass Vater es gewollt hätte.«

Sie verstummte und kraulte kurz Zhongli, um von dem angespannten Schweigen abzulenken.

»Ich ... ich könnte vielleicht nachkommen«, stammelte Sophie. »Bai Jun wird mich gehen lassen, wenn ich ihn darum bitte.«

»Er wird dir nicht so einfach ein Schiff nach Batavia herbeizaubern können, auch wenn er viel Einfluss auf den Herrscher hat«, konterte Emma. Dann stand sie auf, denn der Regen hatte nachgelassen.

»Ich muss nun weiter mithelfen, um unsere Abreise vorzubereiten. Es wäre schwer für mich, dich zurückzulassen, aber wenn ich weiß, dass du in Sicherheit jenes angenehme Leben führen kannst, das du immer wolltest, würde ich es schaffen. Meine kleine Schwester war immer die geborene Prinzessin, wie gemacht für ein edles Zuhause voller schöner Gewänder. Bedenke bitte, dass ein Mann, der dir dies bieten kann, nicht überall auf dich wartet.«

Empört sprang Sophie auf. So abfällig hatte auch der Vater immer über sie geredet.

»Wenn du glaubst, dass mir nur deshalb an Bai Jun liegt, kennst du mich nicht und ihn noch weniger. Er ist klug und friedfertig und ... und ich habe mich noch niemals einem Mann so nahe gefühlt.«

»Ja«, sagte Emma mit einem Zucken ihrer Schultern. »Ich dachte mir schon, dass es so ist. Ich gehe jetzt zu den anderen und hoffe, dass wir noch voneinander Abschied nehmen können.«

Dann rannte ihre Schwester über den Hof, wo die ersten Dienstboten aufgetaucht waren, um die durch den heftigen Regen herabgefallenen Zweige zu entfernen. Sophie rief den Hund zu sich. Sie wusste nun, dass sie ihrer Schwester nicht zu Admiral Bort folgen würde. Emma hatte sie selbst dazu gebracht, zu erkennen, wie wichtig Bai Jun ihr war. Vielleicht würde sie in ein paar Jahren nach Batavia fahren wollen und dann musste sie versuchen, es irgendwie zu schaffen. Aber jetzt ging es nicht, denn ihre Wurzeln in der Erde dieser Insel waren zu tief geworden.

Mit Zhongli auf dem Arm überquerte auch sie den Hof und trat noch einmal in das Zimmer, in dem Emma, Frans und deren Freunde wohnten.

»Ich möchte euch eine gute Reise wünschen«, sagte sie leise. »Ich werde beten, dass ihr alle heil und gesund in Batavia ankommt. Aber ich … kann euch leider nicht begleiten.«

Als es ausgesprochen war, verspürte sie vor allem Erleichterung, vermischt mit der Wehmut angesichts des bevorstehenden Abschieds.

Frans und Pieter sahen überrascht aus. Emma nickte auf ihre kühle, sachliche Art, aber in ihren Augen schwammen Tränen. Pieters chinesische Gemahlin trat plötzlich auf Sophie zu.

»Ich habe eine japanische Freundin, Chiyoko. Sie bemalt wunderschöne Fächer. Vielleicht kannst du ihr helfen, mehr davon zu verkaufen. Sie braucht Unterstützung, doch ich lasse sie allein.«

Sophie versprach spontan, es zu tun, obwohl sie in diesem Moment andere Dinge im Kopf hatte. Die Chinesin bedankte sich leise, ging dann wieder zu Pieter. Emma sprang auf, umarmte Sophie innig, unterdrückte mühsam ein Schluchzen und schob sie dann fast grob von sich.

»Jetzt gehe, bevor ich noch auf die Idee verfalle, dich daran zu hindern!«

»Ich werde dir schreiben«, versprach Sophie. »Es wird sich sicher eine Möglichkeit finden, Nachrichten nach Batavia zu schicken. Vielleicht nicht jetzt, aber irgendwann.«

Dann sah sie ihre Schwester noch einmal an, um sich ihre Gesichtszüge einzuprägen. Sie hatte mittlerweile gelernt, wie endgültig Menschen aus ihrem Leben verschwinden konnten.

»Ich werde oft an dich denken«, stammelte sie, während Tränen in ihrer Kehle würgten. »Dein Kind, ich würde es so gern einmal sehen!«

»Vielleicht wird es möglich sein. Vielleicht auch nicht.«

Emma hatte ihre Fassung wiedergewonnen und erinnerte Sophie durch ihre aufrechte, entschlossene Haltung an den Vater.

»Ich werde jeden Tag darum beten«, flüsterte Sophie, wischte sich die Augen trocken und scherte sich plötzlich nicht mehr darum, dass sie dadurch jene weibische Schwäche zeigte, die ihr Vater stets verachtet hatte.

»Wenn wir uns nicht mehr in dieser Welt wiedersehen, so können unsere Kinder einander vielleicht einmal begegnen. Daran werde ich glauben, solange ich lebe«, sagte sie leise zu Emma, drückte sie noch einmal an sich und lief dann schnell davon. Tränen machten sie fast blind, daher nahm sie die Hausherrin Xiao Yue nur verschwommen wahr, verabschiedete sich aber höflich von ihr, bevor sie ins Freie trat.

Eine Sänfte wartete nicht mehr auf sie, daher musste Sophie den Rückweg zu Fuß antreten. Sie musterte das fast völlig chinesische Tayouan nun in dem Wissen, dass es ihr endgültiges Zuhause war. Sie hatte es selbst gewählt, daher vermochte sie auf einmal seine schönen Seiten zu erkennen. Die feine, aber auch grellbunte Architektur der Chinesen hatte ihr stets gefallen. Wahrscheinlich würde sie den Rest ihres Lebens in einem solchen Umfeld verbringen, das sie inzwischen besser kannte als jenes Europa, von dem ihr Vater manchmal erzählt hatte. Sie freute sich auf den nächsten Besuch bei Fenzhi. Ihr Verdacht gegen Rougui hatte sich als unbegründet herausgestellt, daher wollte sie das Mädchen gern weiter als Zofe haben. Vielleicht würden sie sich auch einmal über jenen Sänftenträger unterhalten können, der Rougui stets länger als nötig am Eingang des Mazu-Tempels herumstehen ließ.

Vor allem aber musste sie mit ihrem Gemahl reden, um zu sehen, wie er ihre Rückkehr aufnahm. Als sie aus der Stadt hinauslief und dem Pfad zu Bai Juns Haus folgte, wurde ihr allmählich bewusst, in welche prekäre Lage sie sich gebracht hatte. Wenn er sie nicht mehr wollte, wohin würde sie dann gehen?

Es würde sich eine Möglichkeit finden, dachte sie. Irgendwie käme sie nach Batavia, wenn sie es wollte, doch im Augenblick hatte sie ein anderes Ziel.

An der Pforte wurde sie ohne Widerstand eingelassen. Sie durchquerte die ihr inzwischen vertrauten Höfe und verspürte Freude, als sie ihr kleines Haus am Seerosenteich vor sich sah, verziert mit Schnitzereien und gebogenen Dachgiebeln, auf denen kleine Figuren thronten. Zhongli zappelte ungeduldig, sodass sie ihn auf dem Boden absetzte. Er hastete auf sein Zuhause zu, Sophie lief ihm hinterher.

Das Esszimmer sah blitzsauber und aufgeräumt aus, obwohl sie nirgendwo Dienstboten entdecken konnte. Im Schlafzimmer stand ihre Kleidertruhe geschlossen in der Ecke. Auch das Bett war ordentlich hergerichtet worden, als warte man auf die Rückkehr der Hausherrin.

Oder auch auf das Eintreffen einer neuen.

Sophie setzte sich auf ihr Bett und atmete tief durch. Sie musste nun ausharren, bis irgendeine Dienstmagd auftauchte, und dann um eine Mahlzeit bitten. Nach draußen zu laufen und Befehle zu erteilen, wagte sie im Moment nicht. So schloss sie die Augen und legte sich nieder, denn der Tag war anstrengend gewesen.

Schritte ließen sie bald darauf wieder auffahren. Zhongli sprang bellend herum. Erschöpft rieb Sophie sich die Augen, erschrak fast, als Bai Jun plötzlich vor ihr stand. In seiner grünen, mit Goldfäden bestickten Seidenrobe, die bis zum Boden reichte, und dem schwarzen Hut wirkte er sehr vornehm. Wie jemand, der gekommen war, um ein Urteil über sie zu fällen.

Er hielt den Blick gesenkt und starrte seine Schuhspitzen an.

»Die Dienstboten sagten, dass Ihr zurückgekehrt seid. Ich konnte es nicht wirklich glauben«, murmelte er auf Latein.

Seine Miene war undurchschaubar, aber sie vermeinte, ein freudiges Leuchten in seinen Augen zu sehen.

»Ich habe mich von meiner Schwester verabschiedet und bin nach Hause gekommen«, erwiderte Sophie. Kurz hielt sie den Atem an. Sie hatte ausgesprochen, was sie empfand, doch er verhielt sich nicht so wie erhofft. Die Maske der Unnahbarkeit klebte weiterhin auf seinem Gesicht.

»Was wurde aus Fra Bartolomeo?«, fragte sie ihn, um die Ereignisse der letzten Tage endlich begreifen zu können.

Bai Jun setzte sich langsam an ihre Seite.

»Ich schickte ihn fort. Er hatte Euch ständig beobachten lassen und es gab Informanten unter den Dienstboten. So stieß er auf eine Kiste, die eine in lateinischer Schrift verfasste Botschaft an Euch enthielt. Auf holländisch. aber unser gewiefter Jesuit fand jemanden, der sie ihm übersetzte. Er hätte zuerst mit mir reden sollen, anstatt Unfrieden zu stiften, indem er Euch bei unserem Herrscher anschwärzte. Ich lege Wert auf Loyalität.«

Sophie nickte. Bai Jun war ihr gegenüber loyal gewesen und in Zukunft wollte sie es auch bei ihm sein.

Vorsichtig legte sie ihre Hand auf die seine. Er ließ sie gewähren, erwiderte den Druck aber nicht.

»Können wir heute Abend am Seerosenteich gemeinsam essen?«, fragte Sophie. »Die Nächte sind mild.«

»Das werden sie auch weiterhin sein«, erwiderte Bai Jun und schenkte ihr ein zaghaftes Lächeln. »Ich werde gern an Eurer Seite im Mondlicht sitzen. Aber seid Ihr Euch wirklich sicher, dass Ihr nicht Eurer Schwester folgen wollt? Noch könntet Ihr das Schiff erreichen, wenn Ihr eine Sänfte nehmt.«

Sophies Herz tat noch einen letzten, aufgeregten Sprung, dann atmete sie erleichtert aus.

»Es gibt keinen anderen Ort, an dem ich im Moment lieber wäre als hier. Ich fühlte mich schon bald nach meiner Ankunft angenommen und hoffe, dass es immer noch so ist.«

Sie spürte, wie Bai Jun sie aus den Augenwinkeln musterte. Diesmal leuchtete sein Gesicht freudig auf, doch er blieb steif sitzen. Es würde noch einige Ermutigungen brauchen.

Langsam legte sie den Kopf an seine Schulter. Er umschloss nun ihre Hand und ließ seine Finger über ihren Daumen streichen.

»Meine Tante freut sich ebenfalls auf Euren nächsten Besuch«, sagte er leise. »Ihr habt Licht in dieses Haus gebracht. Ich hoffe, es wird noch lange leuchten.«

»Ich denke, das wird es«, flüsterte Sophie und schlang die Arme um seinen Hals. Er war nicht der Ehemann, von dem sie geträumt hatte, übertraf aber all ihre Hoffnungen. Es tat so wohl, endlich an einem Ort angekommen zu sein. Zumindest für die nächste Zeit.

Nachwort

Bereits beim ersten Band dieser Saga, der sich mit der Eroberung Formosas durch den Chinesen Koxinga befasste, war die Quellenlage überschaubar. Nun, da es um das Schicksal der auf der Insel verbliebenen Holländer ging, musste ich mir Informationen mühsam zusammensuchen. Sie waren dürftig und manchmal widersprüchlich.

Admiral Bort war 1663 bei der Eroberung von Xiamen beteiligt. Die neue chinesische Dynastie, die Qing, waren keine geübten Seefahrer, schätzten daher die Hilfe der Holländer, deren Schiffe gefürchtet waren. Das Land Min, heute Fujian genannt, wo sich auch Xiamen befindet, war eine letzte Bastion des Widerstandes gegen die neuen chinesischen Herrscher. Nach dessen Eroberung war die Ming-Dynastie, der Zheng Chenggong/Koxinga die Treue geschworen hatte, endgültig gefallen.

Vorher hatte der Sohn von Koxinga, Zheng Jing, vergeblich versucht, den holländischen Admiral auf seine Seite zu ziehen. Ein tatsächliches Treffen mit Abgesandten ist aber nicht belegt, es wurden lediglich Briefe getauscht. Dabei wurde auch eine Herausgabe der auf Taiwan verbliebenen Holländer in Aussicht gestellt, was den Admiral aber nicht sonderlich beeindruckte.

Die Unterstützung der Qing bei den Versuchen, Taiwan wieder zu erobern, fiel allerdings spärlich aus. Admiral Bort soll zwei Dschunken bekommen haben, die ihm nicht viel nutzten. Dennoch gelang es ihm 1664, in Keelung, einer ehemaligen spanischen Festung im Norden Taiwans, eine neue holländische Niederlassung zu gründen. 1668 wurde diese wieder aufgegeben, weil sie der Handelsgesellschaft nicht viel nützte.

Das Schicksal der in Taiwan verbliebenen holländischen Gefangenen ist unbekannt. Eine der Töchter des Missionars Antonius Hambroek soll den Rest ihres Lebens als Konkubine eines chinesischen Mandarins verbracht haben. Das inspirierte mich zu meiner Figur Sophie, die auf diese Weise letztendlich ihr Glück findet.

Was aus den anderen Figuren wird, kann man im dritten Band der Saga erfahren.

Frauenschicksale im historischen China von Tereza Vanek

Das Geheimnis der Jaderinge

Edition Carat
im Bookspot Verlag
ISBN 978-3-937357-53-9
656 Seiten, gebunden mit Lesebändchen
16,95 Euro
Auch als E-Book erhältlich!

Die verarmte Hamburger Reederstochter Viktoria Virchow kommt im Jahr 1882 nach Shanghai, um dort ihr Auskommen als Gesellschafterin zu suchen. Durch ihre Arbeitgeberin, eine alte britische Lady, stößt sie auf ein dunkles Familiengeheimnis. Ein grüner Jadering und ein chinesisches Schriftstück aus Zeiten des Taiping-Aufstands geben ihr Rätsel auf.
Gemeinsam mit dem chinesischen Akrobaten Jinzi versucht sie, das Geheimnis zu lüften. Die Spurensuche bringt die Deutsche und den Chinesen in Lebensgefahr.

Die Rebellin von Shanghai

Edition Carat
im Bookspot Verlag
ISBN 978-3-937357-81-2
686 Seiten, gebunden mit Lesebändchen
17,95 Euro
Auch als E-Book erhältlich!

Shanghai 1900: Viktorias chinesische Adoptivtochter Charlotte lernt den englischen Offizier David kennen. Doch die Beziehung scheitert an gesellschaftlichen Zwängen. Charlotte muss erkennen, dass sie ihre Herkunft nicht verleugnen kann. Auf der Suche nach ihren Vorfahren gerät sie in den Bann der Boxerbewegung und schließt sich den Aufständischen an.
Auch die junge Hamburgerin Elsa Skerpov kämpft mit dem Schicksal; im Haus der Huntingdons findet sie eine Bleibe, bevor sie Schreiberin an der deutschen Gesandt-schaft in Peking wird. Doch dann erschüttert der Boxeraufstand die Stadt und Elsa muss um ihr Leben fürchten.

Die schöne Insel

Edition Carat
im Bookspot Verlag
ISBN 978-3-95669-050-1
448 Seiten, Klappenbroschur mit Lesezeichen
14,80 Euro
Auch als E-Book erhältlich!

Shanghai 1900: Als uneheliches Kind von ihrer Familie verstoßen, bleibt die junge Russin Anastassia allein in der Stadt zurück, da sie sich einer erzwunge-nen Heirat widersetzt. Durch Zufall trifft sie auf das chinesische Mädchen Clio, das aus einem Bordell geflohen ist, und die beiden Frauen verbünden sich. Clio verschenkt ihr Herz ausgerechnet an einen japanischen Offizier und damit an ein Mitglied eben der Besatzungsmacht, vor der Clios Familie aus ihrer Heimat, der Insel Taiwan, floh. Um ihn endlich wiederzusehen, kehrt die Chinesin, begleitet von Anastassia, zurück zur ›schönen Insel‹, wo Zauber und Gefahr die beiden Frauen erwarten.

Bitte beachten Sie die Leseprobe auf den folgenden Seiten!

Tereza Vanek

Sturm über Formosa

Edition Carat im Bookspot Verlag
ISBN 978-3-95669-141-6
528 Seiten
Klappenbroschur mit Lesezeichen
14,80 Euro
Auch als E-Book erhältlich!

Griet Verhoeven, eine so leidenschaftliche wie willensstarke Händlerstochter, kann sich den Traum einer Liebesheirat erfüllen. Doch diese erweist sich schon bald als große Enttäuschung, ihr Mann als immer abweisender. Schließlich verschlägt es das Ehepaar auf die im fernen Pazifik gelegene Insel Formosa und Griet taucht in eine fremde Welt voller Exotik und Abenteuer ein. Als sie von einem gesellschaftlichen Außenseiter plötzlich die Wertschätzung bekommt, nach der sie sich so lange gesehnt hat, gerät Griets Leben aus den Fugen. Denn als verheiratete Frau ist ihr diese Liebe verboten.
Zur gleichen Zeit sieht Yu Qianqian keinen anderen Ausweg, als aus ihrer chinesischen Heimat zu fliehen: Die gebildete junge Frau hat ihre ganze Familie im Bürgerkrieg verloren. Im nahe gelegenen Taiwan findet sie Zuflucht – und einen holländischen Soldaten, mit dem sie den Rest ihres Lebens verbringen möchte.
Doch dann taucht die Flotte des chinesischen Feldherrn Koxinga am Horizont auf. Und es entbrennt nicht nur ein Krieg um die Insel, sondern auch ein Kampf um Leben und Tod.

»Sturm über Formosa« von Tereza Vanek – romantisch und exotisch, für Historien-Fans ein Muss!

»5 Sterne für einen tollen historischen Roman, der in unterhaltsamer Weise ein eher unbekanntes Geschichtskapitel beleuchtet und dieses mit der bewegenden Lebensgeschichte zweier starker Frauen verknüpft.« Rezension auf Thalia.de

1. Kapitel

Rotterdam, März 1659

»Diese Töpfe sind niemals einen Gulden wert«, rief Griet und wies auf ein paar Unebenheiten an der Oberfläche. »Hier hat jemand einen Sprung zugespachtelt. Nicht besonders geschickt, würde ich sagen.«

Sie richtete einen erwartungsvollen Blick auf Johanna, die Magd ihrer Eltern, die hier eigentlich verhandeln sollte. Doch während die Händlerin ein grimmiges Gesicht zog, sah Johanna verlegen zu Boden. Sie war nett, aber als Geschäftsfrau taugte sie nicht besonders viel, befand Griet.

»Wir zahlen einen halben Gulden. Oder wir nehmen noch die Messer mit«, erklärte sie der Händlerin, die zwar nicht begeistert aussah, aber nach kurzem Zögern nickte.

»Ganz schön forsch ist die junge Dame«, knurrte sie nur, während sie die Waren in eine Kiste packte. Johanna wies den Hausdiener an, die Last auf den Karren zu laden, und überreichte der Frau den Gulden.

»Der Kaufmann, der dich zur Ehefrau bekommt, macht einen großen Gewinn«, stellte Johanna fest und schlenderte zum nächsten Verkaufsstand, der Stoffe und Spitze anbot. Griet folgte ihr zufrieden. Anders als Johanna machte sie sich nicht viel aus schöner Kleidung, aber die eben gesprochenen Worte hatten ihr gefallen. Je älter sie wurde, desto seltener kam es vor, dass irgendjemand sie lobte. Deshalb war sie auch bereit, still dazustehen, während Johanna ihre Hände über Brokat und Seide gleiten ließ, so zärtlich, wie Griet nur ihre Lieblingskatze streichelte. Ein verzücktes Lächeln umspielte Johannas Lippen.

»Wenn du eines Tages heiratest, wirst du ein Kleid aus solchen Stoffen tragen dürfen«, meinte sie zu Griet. »Davon können viele Mädchen nur träumen.«

Griet selbst träumte aber nicht davon. Die Töchter angesehener Kaufleute sollten den Mann nehmen, den die Eltern für sie ausgesucht hatten, und sahen dabei keineswegs immer so glücklich aus wie Johanna, wenn sie schöne Stoffe befühlte.

Die Vorstellung, dass dieses Schicksal in den nächsten Jahren auch sie ereilen könnte, verbannte Griet energisch aus ihrem Denken. Bisher war es ihr immer irgendwie gelungen, die Dinge so zu wenden, dass sie ihren Vorstellungen entsprachen.

Griet liebte die Tage, die sie Johanna auf dem Markt begleiten durfte, weil ihre Mutter mit den Geschäftsbüchern beschäftigt war. Inzwischen achtete Anneke Verhoeven darauf, dass die Tochter nicht mehr allein mit ihrem Lieblingsbruder Ruben herumtollte, weil sie zu einer jungen Dame herangewachsen war. Doch auf dem Markt war Griet sicher vor den Adleraugen ihrer Mutter, konnte den Duft exotischer Gewürze einatmen, der nach fernen Ländern schmeckte, mit gewöhnlichen Leuten schubsen, schreien und feilschen. Darauf verstand sie sich, auch wenn sie nur selten dafür gelobt wurde.

»Wenn meine Hochzeit vorbei ist, werde ich dir mein Kleid schenken«, versprach sie Johanna großzügig. Irgendjemand sollte doch Freude an diesem Tand haben! Tatsächlich lächelte die Magd und strich ihr dankbar über den Stoff der Haube.

»Dein Mann wird entscheiden, was mit dem Kleid geschieht«, meinte sie nur.

Griet scharrte verärgert mit dem Schuh auf dem Boden. Jemand hatte schmutziges Wasser ausgeschüttet, sodass ein paar Tropfen Griets Strümpfe besudelten.

»Ich werde einen Mann finden, der meine Meinung anerkennt«, erwiderte sie. Johanna runzelte kurz die Stirn.

»Der dürfte für dich schwerer zu bekommen sein als ein schönes Hochzeitskleid«, stellte sie fest.

»Warten wir einfach ab, was geschieht«, wandte Griet ein

und beschloss, das Thema zu wechseln. »Was sollen wir noch mitbringen?«

Johanna erklärte, dass sie Salz, Koriander und Zimt für die Köchin holen sollte. Sie drängelten sich gemeinsam zu der Ecke des Marktes, wo die Gewürzhändler standen. Griet überlegte, wo genau sie kürzlich den kleinen, dunkelhäutigen Mann gesehen hatte, der ausnehmend günstige Preise anbot, wenn man größere Mengen verschiedener Kräuter erwarb. Vielleicht konnte sie ihm Hoffnungen machen, regelmäßig wiederzukommen, und bekäme dann ein besonders gutes Angebot.

Auf einmal rempelte Jan, der ihre Einkäufe schleppte, sie von hinten an. Griet wandte sich verärgert um und sah, wie zwei junge Männer an Jan vorbeisprangen. Einer von ihnen stieß Griet weg, der andere riss den Beutel aus Johannas Hand.

Die Magd stand mit offenem Mund da, während er mit seiner Beute davonrannte. Jan fluchte, weil die Kiste von dem kleinen Karren gefallen war, den er schob.

»Haltet den Dieb!«, plärrte Griet in die Menge hinein, doch nur ein paar Menschen wandten sich um und sie vernahm ein wenig Gekicher.

»Man muss hier besser auf sein Hab und Gut aufpassen«, wurden sie von einer älteren Frau belehrt, deren Haubenform an die Ohren eines Affen erinnerte. »In der Menge kann jeder leicht untertauchen. Was einmal weg ist, sieht man nicht wieder. Also immer die Augen offenhalten, anstatt von hübschen Burschen zu träumen, mijn juffrouw.«

Sie warf Griet einen allwissenden Blick zu und grinste. Griet wusste nicht, ob sie widersprechen oder besser schweigen sollte. Bevor sie sich entschieden hatte, war auch die Frau im allgemeinen Gewühl untergetaucht. Griet sah sich kurz um, doch statt der merkwürdigen Haube erblickte sie auf ein mal das grüne Wams des Diebes neben dem Fass eines Bierbrauers, das nicht einmal besonders weit entfernt war. Auch er musste damit gerechnet haben, unsichtbar zu sein, wenn er sich nicht mehr in unmittelbarer Nähe befand. Johannas Beutel hatte er achtlos an seinen Gürtel gehängt, während er genüsslich einen Humpen Bier trank.

So viel dreiste Dummheit musste ausgenutzt werden, beschloss Griet ohne Zögern. Sie packte eines der neu gekauften Messer, das nun auf dem Boden lag, und stieß rücksichtslos die Umstehenden zur Seite, um möglichst schnell voranzukommen. Der Dieb wurde ihrer leider gewahr, bevor sie ihn erreicht hatte, grinste sie frech an und begann, sich ebenfalls durch die Menge zu schubsen. Griet vernahm Johannas besorgte Stimme, die sie aufforderte, zurückzukommen, hörte aber nicht darauf. Es konnte ja endlich einmal sein Gutes haben, dass ihr Bruder Ruben ihr beigebracht hatte, sich zu prügeln.

Das grüne Wams erwies sich als Segen, denn es stach inmitten der hauptsächlich dunklen Kleidung der Marktbesucher immer wieder hervor. Griet konnte den Dieb bis ans Ende des Marktplatzes verfolgen und sah, in welche Straße er abbog. Ihre Schuhe platschten erneut durch Pfützen, während sie ihre Jagd fortsetzte. Inzwischen war ihr ganzes Kleid befleckt, aber sie hatte genug andere und Johanna bekäme es schon wieder sauber. Der Dieb war in eine halb verfallene Hütte gerannt. Griet sauste ebenfalls hinein.

Dann stand er plötzlich seelenruhig vor ihr. Ein junger Mann von vielleicht zwanzig Jahren, so alt wie Ruben. Sein Gesicht war eingefallen, die Augen wirkten verquollen. Auch das kannte Griet von ihren Brüdern, die gern Bier und Schnaps tranken.

»Was jetzt, Mädchen? Willst du mich verhauen?«

Er zeigte ein paar Zahnlücken, als er sie frech angrinste.

Griet verspürte den Wunsch, ihm sein überhebliches Lächeln vom Gesicht zu kratzen.

»Gib mir einfach den Beutel wieder und ich gehe, ohne dass du Schwierigkeiten bekommst«, bot sie an. Er begann schallend zu lachen.

»Ich mache mir vor Angst gleich in die Hose, Mädchen! Verschwinde besser, damit dir nichts geschieht.«

Griet schluckte ihre Wut runter und zwang sich, nachzudenken. Tatsächlich war sie zu weit vom Marktplatz entfernt, um einen der Aufseher herbeirufen zu können. Das hätte sie gleich machen sollen, anstatt dem Dieb hinterherzurennen; nun war es zu spät. Aber sie war nicht willens, jetzt kampflos aufzugeben. Sie hob ihr Messer.

»Damit kann ich verdammt gut umgehen«, verkündete sie. »Wenn ich es werfe, verletze ich dich.«

»Tatsächlich? Dann lass mal sehen!«

Er lachte nochmals, sodass Griet sich nicht länger beherrschen konnte. Das Messer flog aus ihrer Hand wie ein Raubtier, das seine Beute ansprang. Ruben hatte diese Kunst von einem herumziehenden Schausteller gelernt und Griet später von ihm. Ihre Treffsicherheit war eines ihrer Talente, das kaum jemand außer ihrem Bruder würdigen wollte. Sie schaffte es immerhin, das grüne Wams an der Schulter aufzuschlitzen. Der Dieb schrie auf, anstatt weiter zu lachen, obwohl nicht einmal Blut floss.

»Verfluchte Schlampe!«, brüllte er. Griet wollte nochmals den Beutel einfordern, doch auf einmal wurde ihr ein unschöner Umstand bewusst.

Sie hatte das Messer geworfen und war daher nun völlig unbewaffnet. Es lag dicht neben dem Dieb, der leider nicht verwundet genug war, als dass sie es einfach hätte aufheben können. Er grinste auch schon wieder, da er ihre Notlage erkannt haben musste, und stieß einen schrillen Pfiff aus. Gleich darauf erklangen Schritte. Drei weitere Männer kamen in die Hütte, die alle deutlich kräftiger aussahen als Griets erster Gegner.

»Dieses Miststück hat mich angegriffen!«, rief der Dieb. Griet sah sich nach einem Fluchtweg um, doch die Männer versperrten die Ausgangstür.

»Ich bin Griet Verhoeven«, erklärte sie so gefasst wie möglich. »Mein Vater gehört zu den angesehensten Kaufmännern von Rotterdam. Wenn mir ein Unglück geschieht, wird es Folgen für euch haben.«

»Soso, die kleine Messerwerferin vom Marktplatz ist die Tochter von Lukas Verhoeven«, spöttelte der Dieb lautstark. »Klar, und meine Mutter, die Leuten als Wahrsagerin das Geld aus der Tasche zieht, heiratet demnächst den König von England.«

Das vereinte scheppernde Gelächter all der Männer schmerzte in Griets Ohren. Sie überlegte kurz, dann fuhr sie schnell herum und stieß den dünnsten der drei Neuankömmlinge energisch zur Seite. Er hatte mit diesem Angriff nicht gerechnet, was ihr Vorteil war, denn sie gelangte tatsächlich an ihm vorbei ins Freie. Doch gleich darauf packte eine eiserne Pranke ihre Schulter.

»Dageblieben, du Wildkatze. Wir lassen uns nicht gern zum Narren halten.«

Griet trat nach ihrem Angreifer und biss ihn in den Arm. Er heulte auf, ließ sie aber nicht los.

»Ich glaube, diese juffrouw Verhoeven braucht eine Lektion in gutem Benehmen. Sonst wirft ihr reicher Vater sie noch irgendwann hinaus. Das müssen wir verhindern.«

Wieder lachten alle, während die heftig zappelnde Griet an die äußere Wand der Hütte gedrückt wurde. Das Holz ächzte, gab aber nicht nach, obwohl sie mit der Kraft von Wut und Verzweiflung dagegentrat. Sie hatte sich für eine zähe Kämpferin gehalten, aber ihr einziger bisheriger Gegner war Ruben gewesen, der sie niemals ernsthaft verletzt hätte. Diese Männer waren anders. Sie pressten ihre Gelenke so heftig zusammen, dass sie fürchtete, ihre Knochen könnten bersten. Empört schrie sie um Hilfe, bis sie einen heftigen Schlag ins Gesicht erhielt und Blut schmeckte.

»Betteln und winseln hättest du vorher sollen, Kleine«, meinte der Größte ihrer Angreifer. »Jetzt hast du uns leider verärgert. Und in dieser Gegend haben wir das Sagen.«

Griet blickte sich entgeistert um. Es gab ein paar Gestalten, die in dieser engen, verdreckten Gasse herumschlichen, doch niemand machte Anstalten, sich einzumischen. Die Mutter hatte sie oft genug ermahnt, dass eine junge Frau in vielen Gegenden der Stadt nicht sicher war, aber Griet hatte das im Grunde für eine Übertreibung gehalten, denn in ihrem ganzen bisherigen Leben waren stets bewaffnete Ordnungshüter in der Nähe gewesen. Warum fehlten sie hier?

»Los, wir bringen sie in die Hütte und haben ein bisschen Spaß mit ihr«, schlug der Dieb mit dem grünen Wams vor. Griet versuchte, ihm ins Gesicht zu spucken, traf aber nicht. Dennoch erhielt sie eine weitere Ohrfeige.

»Was ist, wenn sie wirklich die Tochter vom Verhoeven ist?«, meldete sich plötzlich ein anderer ihrer Angreifer zu Wort. »Lasst sie besser laufen. Sie hat doch schon kapiert, dass wir stärker sind.«

»Dann verpfeift sie uns nur«, sagte der größte Mann. »Wir können sie nicht gehen lassen.«

Griet verspürte Übelkeit, als sie den Sinn seiner Worte erahnte. Sie hätte gern versichert, dass sie schweigen würde, wusste aber, wie sinnlos das wäre. An der Stelle der Ganoven hätte sie es auch nicht geglaubt.

»Ihr habt recht«, rief sie. »Ich bin nicht die Tochter eines reichen Kaufmanns, sondern eine gewöhnliche Dirne. Doch wenn ihr mich schändet, bekommt ihr die Franzosenkrankheit. Das ist einigen meiner Kunden geschehen und deshalb wurde ich aus dem Bordell geworfen, damit ich der Wirtin nicht das Geschäft verderbe.«

Ruben hatte ihr von dieser Krankheit erzählt, die Männer sich bei Freudenmädchen holten. Sie staunte, dass sie mit einer in Panik zusammengereimten Geschichte mehr Eindruck machte als mit der Wahrheit. Niemand drängte mehr darauf, sie in die Hütte zu zerren. Leider ließ man sie aber auch nicht laufen. Der Dieb mit dem grünen Wams hob das Messer, das sie nach ihm geworfen hatte.

»Zerschneiden wir ihr das Gesicht! Dann will sie kein Mann mehr anrühren und sie macht keinen krank.«

Zustimmendes Gejohle folgte. Griet zappelte wie ein gefangener Fisch, während die Klinge auf sie zukam. Wieder schrie sie aus Leibeskräften um Hilfe. Eine warme Flüssigkeit floss über ihre Schenkel und sie wollte nicht daran denken, worum es sich dabei wahrscheinlich handelte. Verzweifelt wich sie vor dem Messer zurück und schlug dabei mit dem Kopf gegen die Wand der Hütte. Ihr wurde schwarz vor Augen.

»Was macht ihr denn da mit dem Mädchen?«, hörte sie plötzlich jemanden sagen. Es war eine tiefe, warme Männerstimme, die Bildung verriet. Ihr Herzschlag beruhigte sich ein klein wenig.

»Ihr seid eine Schande für diese Stadt«, fügte der Sprecher noch hinzu, als schon trappelnde Schritte zu hören waren, mit denen ihre Angreifer davonrannten. Niemand hielt Griet noch fest, doch ihre Knie gaben nach. Sie fiel nicht auf den Boden, weil zwei Männerarme sie auffingen. Wie durch einen Nebel sah sie das Gesicht ihres Retters, das allmählich klare Umrisse bekam.

Er war jünger als ihr Vater, aber deutlich älter als Ruben

und sie selbst. Seine Augen waren traurig und klug. Die Halskrause, an der sich ihre Wange rieb, wies ihn als Angehörigen der wohlhabenden Schichten Rotterdams aus. Hinter ihm waren auch schon zwei Diener mit Schwertern am Gürtel aufgetaucht.

»Ich danke Euch, mijn heer«, stammelte Griet und schämte sich für ihr hilfloses Schluchzen. Noch nie zuvor hatte sie sich gefühlt, als hätte jemand sie in den Schmutz der Straße getreten. Doch allmählich wurde ihr wohler, denn der Mann hielt sie weiter fest und streichelte sanft über ihr Haar. Die Haube war ihr vom Kopf gerissen worden.

»Du warst sehr tapfer, Mädchen«, flüsterte die sanfte Stimme. »Du hast dich gewehrt wie eine Furie. So viel Mut hätte nicht einmal jeder Mann.«

Griet vermochte wieder gleichmäßig zu atmen. Sie konnte selbst nicht ganz verstehen, warum sie auf einmal so glücklich war, als hätte sie ein unverhofftes Geschenk erhalten. Der Rest der Ereignisse zog an ihr vorbei, ohne einen tieferen Eindruck zu hinterlassen. Eine aufgebrachte Johanna tauchte auf, jammerte und schluchzte, während sie Griet in die Arme schloss und versicherte, dass sie bald daheim in Sicherheit wäre. Beim Fortgehen konnte Griet noch einen letzten Blick auf ihren Retter werfen, der nun mit den Marktaufsehern redete. Wie klug er aussah! Wie gefasst er inmitten der ganzen Aufregung blieb! Er musste ein Mann von Rang und Namen sein, dem überall Respekt gezollt wurde. Von ihm gelobt worden zu sein, kam in der Tat einer Auszeichnung gleich.

...